Britta Röstlund

*Das Leben ist eine*
*wunderbare Bredouille*

Britta Röstlund

# *Das Leben ist eine* Wunderbare Bredouille

Roman

Aus dem Schwedischen von
Ursel Allenstein und
Ulla Ackermann

LIMES

Die schwedische Originalausgabe erschien 2016 unter dem Titel
»Vid foten av Montmartre« bei Norstedts, Stockholm.



Dieses Buch ist auch als E-Book erhältlich.

MIX
Papier aus verantwortungsvollen Quellen
FSC www.fsc.org
FSC® C014496

Verlagsgruppe Random House FSC® N001967

1. Auflage
Deutsche Erstveröffentlichung August 2018 bei Limes Verlag,
einem Unternehmen der Verlagsgruppe Random House GmbH,
Neumarkter Straße 28, 81673 München

Umschlaggestaltung und -abbildung: www.buerosued.de
JB · Herstellung: sam
Satz: Buch-Werkstatt GmbH, Bad Aibling
Druck und Bindung: GGP Media GmbH, Pößneck
Printed in Germany
ISBN 978-3-8090-2695-2

www.limes-verlag.de

Am 73. Boulevard des Batignolles in Paris liegt eines dieser kleinen Lebensmittelgeschäfte, die Englisch sprechende Touristen gern als »Arabic shops« bezeichnen. Mancebo, dem Besitzer des Ladens, gefällt das gar nicht, aber er sagt es nicht laut. An den Boulevard des Batignolles verirren sich ohnehin nicht viele Touristen, die meisten Besucher der Stadt halten sich an die Champs-Élysées, den Eiffelturm, den Louvre oder den Arc de Triomphe.

Wer das »wahre« Paris entdecken will, wählt eher das Château Rouge und fühlt sich mutig und weltgewandt dabei, das Viertel in sicherer Nähe zum Metro-Eingang auszukundschaften. In Wahrheit gibt es das eine, wahre Paris gar nicht. Die Stadt hat viele Gesichter. Wer Paris entdecken will, setzt sich am besten auf eine der zahlreichen Bänke der Stadt. Von dort kann man die Menschen dabei beobachten, wie sie versuchen, ihren Platz im Leben zu finden.

Auch Mancebo entdeckt Paris jeden Tag von Neuem, wenn er auf dem Hocker vor seinem Lebensmittelgeschäft am 73. Boulevard des Batignolles sitzt.

Aber er denkt gar nicht groß darüber nach. Unbewusst registriert er, was auf der Straße vor sich geht. Erst zur Mittagszeit, wenn aus dem ersten Stock Essensduft zu ihm hinunterweht, steht er von seinem Hocker auf. Da kommen nämlich in der Wohnung über dem Laden die Leckereien seiner Frau Fatima auf den Tisch. Doch noch bevor das Geklapper von Tellern und Besteck an Mancebos Ohr dringt, stürzt sein Cousin Tariq in den Laden. Er betreibt direkt auf der anderen Seite des Boulevards eine Schuhmacherwerkstatt, die er bald schließen will. Jeden Tag erzählt er Mancebo, dass er nach Saudi-Arabien zieht und dort eine Fallschirmschule eröffnet.

Tariq hat keine Ahnung vom Fallschirmspringen, aber vor ungefähr fünf Jahren ließ ein Kunde sich in seiner Werkstatt seine Schuhe neu besohlen. Während der Leim trocknete, erzählte er Tariq, er sei in Paris als Informatiker tätig gewesen, bevor er umgesattelt und in Jordanien eine Bungee-Jumping-Anlage aufgemacht habe. Und wie es der Zufall wollte, erschien am selben Tag auch noch ein junger Mann in Tariqs Werkstatt, der mit seiner Frau nach Dubai gezogen war. Nachdem das Paar sich in Paris mit Gelegenheitsjobs durchgeschlagen hatte, lebte es nun in Saus und Braus. So musste Tariq auf die Idee mit der Fallschirmschule in Saudi-Arabien gekommen sein. »Die Saudis sind ganz versessen darauf, in die Lüfte zu steigen«, behauptet er immer.

Solange das Öl fließt, geben sie Geld aus, davon ist Tariq überzeugt. Er hat sich sogar Bücher über Saudi-Arabien in der Bibliothek ausgeliehen. Fatima meint allerdings, es wäre doch sinnvoller, wenn er erst einmal das Fallschirmspringen lerne.

Tariq entdeckt Paris nicht auf dieselbe Weise wie Mancebo. Meistens sitzt er in seiner Schuhmacherwerkstatt im Büro und raucht. Mancebo darf sich nur eine Zigarette am Tag gönnen, nach dem Abendessen, obwohl er gern mehr rauchen würde. Aber Fatima erlaubt es ihm nicht.

»Ein Lebensmittelgeschäft, das nach Rauch riecht, was macht das denn für einen Eindruck!«, sagt sie.

Außerdem ist sie angeblich gegen Zigaretten allergisch, weshalb Mancebo nicht zu Hause rauchen darf. Mancebo hat eigentlich keine Angst vor seiner Frau, jedenfalls nicht, solange alles seinen geregelten Gang geht. Während Mancebo sieben Tage in der Woche arbeitet, bleibt Fatima zu Hause. Was sie eigentlich die ganze Zeit macht, weiß er nicht und traut sich auch nicht zu fragen. Auf jeden Fall kocht sie, denn es gibt immer etwas zu essen.

Mancebo und Tariq arbeiten nicht nur am selben Boulevard, sie sind auch Nachbarn. Tariq und seine Frau Adèle wohnen in dem Appartement direkt über Mancebos Geschäft; Mancebo, Fatima und ihr Sohn Amir im darüberliegenden Stockwerk. Allerdings ist Mancebo der Meinung, es müsste eigentlich umgekehrt sein. Seiner Ansicht nach wäre es die sinnvollste Lösung, wenn er mit seiner Familie in Tariqs Wohnung ziehen würde. Dann bräuchte er morgens nur eine Treppe hinunterzusteigen, um seinen Laden aufzumachen, und abends nach Ladenschluss auch nur eine Treppe wieder nach oben. Bei Fatima stößt er damit aber auf taube Ohren. »Das ist die einzige Bewegung, die du hast«, sagt sie.

Vor ein paar Jahren, als Mancebo noch mehr Elan hatte, dachte er über die Gründe für einen Wohnungswechsel nach. Sein erstes und überzeugendstes Argument lautete, dass er viel älter ist als Tariq und das Treppensteigen in einigen Jahren für ihn zum Problem wird. Zweitens steht er früher auf als Tariq und Adèle und könnte sie auf dem Weg nach unten in den Laden wecken. Drittens kocht Fatima sowieso immer in der Wohnung im ersten

Stock, weil dort der bessere Herd steht. Für Mancebo war es völlig einleuchtend, dass seine Familie die Wohnung im ersten Stock beziehen sollte. Er hat sich seine Argumente sorgfältig zurechtgelegt und sie den anderen eines Abends beim Verzehr eines perfekt gegrillten Hähnchens vorgetragen. Zu seiner großen Verwunderung leistete ihm niemand Schützenhilfe, nicht einmal seine Frau, was ihm bis heute sonderbar vorkommt. Stattdessen machte Fatima sich sogar über ihn lustig und fragte ihn, ob er im Viertel schon eine Unterschriftenaktion für sein Anliegen gestartet hätte. Tariq lachte wie immer, Adèle schwieg wie üblich, und Amir hörte vermutlich nicht einmal zu. Heute hat Mancebo nicht mehr die Zeit und den Elan, um über einen Wohnungswechsel zu diskutieren.

Nach seinem Beruf gefragt, antwortet Mancebo immer, er arbeite im Dienstleistungsbereich. Wenn jemand genauer nachhakt, sagt er, er sei Besitzer eines Lebensmittelgeschäfts. Nichts davon ist gelogen. Erkundigt sich jemand nach der Lage seines Ladens, antwortet er, er liege am Fuße des Montmartre. Darüber könnte man sich streiten.

Mancebo gefällt der Gedanke, zu Füßen der weißen Basilika Sacré-Cœur im Zuckerbäckerstil zu leben und zu arbeiten. Doch seine Antwort veranlasst viele zu glauben, man fände Mancebo und seinen Laden an dem kleinen Place du Parvis du Sacré-Cœur oder im Gassengewirr des Montmartre-Viertels. Man kann das Sacré-Cœur vom Boulevard des Batignolles aus zwar sehen, allerdings weit in der Ferne am Horizont, hoch oben auf dem Hügel.

Fatima findet es kindisch, wenn Mancebo sagt, sein Geschäft liege am Fuße des Montmartre, und schnaubt jedes

Mal missbilligend, wenn sie es mitbekommt. Manchmal zieht sie ihn auch am Ohr. Dann hält Mancebo dagegen, dass niemand wissen könne, wie groß der Fuß des Montmartre wirklich sei. Und damit hat er schließlich recht.

Mancebos Alltag wird von den Gerüchen und Zeichen der Stadt und ihrer Einwohner bestimmt, eine Armbanduhr braucht er nicht. Aber er besitzt einen Wecker, und der klingelt jeden Morgen um kurz nach fünf. Eine Viertelstunde später fährt er in seinem Lieferwagen zum Großmarkt in Rungis südlich von Paris, um frisches Obst und Gemüse zu kaufen. Um kurz nach acht ist er wieder am Boulevard, und ein paar Minuten später trinkt er bei François im Le Soleil einen Kaffee auf die Schnelle, sein morgendliches Frühstück.

Das Stammcafé der Cousins, die Bar Le Soleil, bildet mit Mancebos Lebensmittelgeschäft und Tariqs Schuhmacherwerkstatt ein Dreieck. »Das goldene Dreieck«, wie François gern scherzt und damit auf das berühmte goldene Dreieck zwischen den drei alteingesessenen Pariser Cafés Café de Fleur, Les Deux Magots und Brasserie Lipp anspielt. Tariq kontert dann immer mit »Bermudadreieck«, und weder François noch Mancebo können diesen Vergleich richtig nachvollziehen.

Um neun Uhr schiebt Mancebo das Ladengitter hoch und atmet die Morgenluft ein. Er arbeitet, bis ihm die Essensdüfte aus der oberen Etage verraten, dass es Zeit ist, das Gitter herunterzulassen und hinaufzugehen. Die Länge seiner Mittagspause hängt vom Essen und von dem Diskussionsthema bei Tisch ab. Danach geht er die Treppe wieder hinunter und schiebt das Gitter hoch. Am Nachmittag lässt er es erneut herunter und gönnt sich mit Tariq einen Pastis im Le Soleil. Anschließend arbeitet er weiter, bis gegen neun am Abend abermals Essensduft in der Luft liegt und er das Gitter ein letztes Mal herunterlässt.

Wieder ist ein Tag vergangen, wieder hat Mancebo Paris von seinem Hocker aus beobachtet. Wie üblich zählt er die Tageseinnahmen, bündelt die Geldscheine mit Gummibändern und legt sie in eine Plastiktüte, um sie zur Bank zu bringen. Durch den Türspalt zieht der Duft eines deftigen Bohneneintopfs herein.

Der Essensgeruch hat im Laufe der Jahre seinen eigenen Weg durch das Haus gefunden: Aus der Küche im ersten Stock weht er durch den Flur, zwischen den Türritzen hindurch und die Treppe hinunter und zu guter Letzt durch die Tür im Treppenhaus direkt in den Laden. Der Atem des Hauses sagt Mancebo, wann es Zeit ist, die Obst- und Gemüsestände auf dem Bürgersteig abzubauen, was wiederum Tariq auf der anderen Seite des Boulevards signalisiert, dass er seine Schuhmacherwerkstatt für den Tag schließen kann. Außerdem verrät der Essensduft, was auf dem Tisch stehen wird.

Wenn Mancebo morgens seinen Laden öffnet, liegt noch immer der Atem des Vortags in der Luft, aber nur für ein paar Minuten oder so lange, bis er die Obst- und Gemüsestände hinaus auf den Bürgersteig geschoben hat. Dann vermischt er sich mit der mehr oder weniger frischen Pariser Luft.

Mancebo hat seinen Kassensturz beendet. Es war kein guter Tag, die Hitze hat die Stadt gelähmt. Doch jetzt scheint ein Gewitter aufzuziehen. Er schließt die grünen Klappen der Gemüsestände. Das ist das Zeichen für Tariq. Mancebo rückt seine schwarze Mütze zurecht, die er das ganze Jahr über trägt. Ohne sie fühlt er sich nackt, so wie Adèle ohne ihren Schleier. Er erinnert sich noch an das Abendessen, an dem sie über die Parallelen zwischen seiner Mütze und Adèles Schleier diskutierten. Die Kopfbedeckungen sind zu einem Teil von ihnen geworden.

Fatima ist der Ansicht, dass weder Mancebos Mütze noch Adèles Schleier irgendeinen Zweck erfüllen. Sie selbst würde nie einen Schleier tragen, er würde sie nur bei ihren täglichen Verrichtungen stören. Wenn Fatima sauer auf Adèle ist, weil sie nicht im Haushalt hilft, bemerkt sie jedes Mal schnippisch, Schleier seien etwas für Frauen, die den lieben langen Tag nichts anderes täten, als Radio zu hören. Denn das ist außer Lesen tatsächlich das Einzige, womit Adèle ihre Zeit verbringt. Sie behauptet, sie könne aufgrund einer angeborenen Fehlstellung der Wirbelsäule nichts anderes tun. Und Fatima glaubt, deswegen könnten Tariq und Adèle auch keine Kinder bekommen, weil sie es nicht in der »Kinderposition« machen können.

Mancebo stellt die Obst- und Gemüsestände zurück in den Laden. Tariq hat seine Schuhmacherwerkstatt schneller geschlossen als Mancebo seinen Laden, weil er im Prinzip nur den Schlüssel umdrehen muss. Manchmal macht er schon eine Stunde nach ihrem gemeinsamen Pastis im Le Soleil zu und verbringt den Rest des Tages in seinem Büro im hinteren Teil des Ladens. Aber er verlässt die Werkstatt nie vor dem Abendessen. »Was soll ich da oben bei den Frauen«, sagt er immer. Mancebo hat keine Ahnung, was sein Cousin an den Tagen, an denen er früher schließt, im Büro macht. Tariq behauptet, er erledige die Buchhaltung. Doch manchmal liest er einfach nur Zeitung oder raucht. Das kann Mancebo von der gegenüberliegenden Straßenseite aus sehen.

Eine Frau mittleren Alters betritt das Geschäft, Mancebo begrüßt sie höflich. Er kennt sie, sie kauft abends öfter noch eine Kleinigkeit ein. Wahrscheinlich macht sie ihre Großeinkäufe woanders und kommt nur zu ihm, wenn sie etwas vergessen hat. Heute sind es salzige Cracker und eine Flasche Coca-Cola. Sie bezahlt, und Mancebo wünscht ihr einen schönen Abend und begleitet sie zur Tür. Als sie geht, kommt Tariq in den Laden, klopft seinem Cousin auf die Schulter und verschwindet nach oben in den ersten Stock; der Essensduft strömt jetzt ungehindert durch den Laden.

Es ist ein ganz gewöhnlicher Tag gewesen. Ein Tag, der wie alle anderen begonnen hat und wie alle anderen weitergegangen ist, und deshalb glaubt Mancebo verständlicherweise auch, dass er wie alle anderen Tage enden wird. Wobei – eigentlich glaubt er gar nichts, denn erst wenn ein Tag ungewöhnlich verlaufen ist, erscheint einem die Zeit davor gewöhnlich. In Wirklichkeit denkt er gerade an nichts anderes als an das Abendessen.

Und vielleicht hat Fatima recht, wenn sie sagt, dass im Laufe des Tages Mancebos Denken zunehmend dem eines trägen Reptiliengehirns gleicht. Morgens muss er ausgeschlafen und konzentriert sein. Er muss zum Großmarkt fahren und genau ausrechnen, welche Mengen er von jeder Ware kaufen muss. Anschließend bedient er in seinem Laden die unterschiedlichsten Menschen. Doch je weiter der Tag vorrückt, desto passiver wird er, wie eine Eidechse, die in der Sonne liegt. Der Startschuss für das gemächlichere Tempo ist der Pastis im Le Soleil. Wenn sich der Tag allmählich dem Ende zuneigt, kann Mancebo an nichts anderes mehr denken als an das Essen und seine einzige Zigarette.

Das Ladengitter rasselt quietschend nach unten, und Mancebo schließt gewissenhaft ab, bevor er das Licht ausschaltet und nach oben geht.

»Hallo zusammen!«, ruft er, als müsse er seine Ankunft ankündigen.

Fatima steht am Herd und rührt schwungvoll in einem orangefarbenen Eintopf, während sich Tariq die sechzehnte Zigarette des Tages ansteckt und gleichzeitig darüber klagt, dass er die ganze Zeit nicht zum Rauchen gekommen sei.

»Hast du das gehört!«, ruft Fatima. »Tariq hat nicht einmal Zeit zum Rauchen gehabt.« Lachend schmeckt sie den Eintopf ab.

»Hallo, du fauler Sack«, begrüßt Mancebo seinen Cousin, bevor er Amir liebevoll durch das Haar zaust und Fatima auf die Wange küsst.

In der Küche ist es unerträglich heiß. Adèle scheint die Hitze am besten zu vertragen, obwohl der Schleier ihr Haar und einen Teil ihres Gesichts verdeckt. Der niedrige Tisch im Wohnzimmer ist schnell gedeckt, und alle nehmen Platz, nur Fatima wuselt weiter geschäftig herum. Mit einer Handbewegung bedeutet ihr Tariq, dass sie sich hinsetzen soll, und sie lässt sich augenblicklich auf den Teppich sinken, als habe sie nur auf dieses Zeichen gewartet. Tariq drückt seine Zigarette aus, und Adèle hebt den Schleier. Sie beginnen zu essen.

»Eines schönen Tages werden wir alle noch durch Passivrauchen sterben«, grunzt Mancebo, vor allem, um seine Frau zu besänftigen.

Wie üblich loben alle Fatimas Kochkünste, nur Adèle ist an diesem Abend ungewöhnlich still, was Tariq zu stören scheint.

Plötzlich zuckt sie erschrocken zusammen und sieht die anderen der Reihe nach an.

»Habt ihr das auch gehört?«

Fatima schüttelt den Kopf, dass ihr Doppelkinn zittert, und schleckt den letzten Rest Dressing vom Löffel. Amirs Handy klingelt, und seine Mutter gestikuliert wild, weil er nicht am Tisch telefonieren soll.

»Entspann dich, Liebling, das war nur das Handy«, sagt Tariq beruhigend zu seiner Frau.

»Nein, davor war noch ein anderes Geräusch. Irgendjemand hat geklopft.«

Kaum hat sie den Satz ausgesprochen, hören sie es alle. Unten auf der Straße klopft tatsächlich jemand durch das Gitter hindurch an die Ladentür. Tariq steht auf, nutzt die Gelegenheit, um sich eine neue Zigarette anzustecken, und schaut aus dem Fenster. Draußen nieselt es, und der Boulevard liegt verlassen da.

»Ich kann nichts erkennen, aber vielleicht steht jemand vor dem Laden.«

Es klopft erneut, und Mancebo setzt wortlos seine schwarze Mütze auf und eilt die Treppe hinunter. Er denkt gar nicht darüber nach, wer der Besucher sein könnte, stellt nicht einmal Vermutungen an. Er ist viel zu müde zum Denken. Eigentlich geht er nur nach unten, um anschließend in Ruhe essen zu können, seine Zigarette zu rauchen und ins Bett zu gehen.

Vor dem Geschäft steht eine Frau. Als Mancebo die Tür aufgeschlossen und das Gitter hochgeschoben hat, gleitet sie an ihm vorbei in den Laden. Mancebo denkt nur: Wenn ich wieder oben bin, haben die anderen das ganze Brot aufgegessen. Aber er weiß, dass sein geschäftliches Überleben von gutem, persönlichem Service und flexiblen

Öffnungszeiten abhängt. Sonst könnten seine Kunden ebenso gut im Monoprix oder im Franprix um die Ecke einkaufen. Viele seiner Waren kosten dort nur die Hälfte. Doch das ändert nichts daran, dass wahrscheinlich kein Brot mehr da sein wird, wenn er wieder nach oben kommt. Die Frau sieht sich um, als wäre sie verwundert, plötzlich in einem Lebensmittelgeschäft zu stehen. Dann lächelt sie. Mancebo reagiert nicht. Erst beim zweiten Mal erwidert er ihr Lächeln: »Was kann ich für Sie tun, Madame?«

Die Frau blickt sich ein zweites Mal im Laden um, und Mancebo wird langsam ungeduldig und fragt sich, ob er den Tee und das süße Gebäck wohl auch verpassen wird.

Plötzlich interessiert sich die Frau für die Waren in den Regalen, als hätte sie begriffen, dass Mancebos Geduld langsam am Ende ist. Sie schwebt umher, ein besseres Wort für ihre Bewegungen fällt Mancebo nicht ein. Er kratzt sich unter der Mütze am Kopf und gähnt. Auf einmal bleibt sie stehen, doch diesmal lächelt sie nicht, sondern sieht Mancebo ernst an, nimmt dann ein Glas Oliven aus dem Regal und geht zur Kasse. Sie stellt das Glas auf den Tresen, als wolle sie ihm zeigen, was sie in seinem Laden gefunden hat, und würde eine erstaunte Reaktion erwarten. Als diese ausbleibt, hebt sie das Glas ein paar Zentimeter und stellt es mit einem lauten Knall wieder ab.

»War das alles?«, fragt Mancebo müde und ungeduldig.

Er weiß nicht recht, was er von der Frau halten soll. Jetzt nimmt sie das Glas schon zum dritten Mal in die Hand und stellt es wieder ab, als wolle sie ihm mit dieser Geste etwas zu verstehen geben, während sie geheimnisvoll den Kopf wiegt und auf den Boulevard hinausblickt.

Endlich bezahlt sie, bedankt sich und verlässt das Geschäft, das Olivenglas wie einen Staffelstab in der Hand. Mancebo schüttelt den Kopf und schließt zum wiederholten Mal seinen Laden ab.

»Das war vielleicht eine verrückte Nudel«, sagt er keuchend, nachdem er einmal mehr die Treppenstufen zum ersten Stockwerk erklommen hat.

»Meine Rede«, sagt Tariq, »wenn man alle verrückten Pariser einsperren würde, wäre Paris keine Millionenstadt mehr.«

Fatima lacht und gibt Mancebo das Brot, das sie für ihn aufgehoben hat. Das ist ihre Art, ihm ihre Liebe zu zeigen. Mancebo beißt gerade in das noch warme Pitabrot, als unten auf der Straße schon wieder jemand an die Ladentür klopft. Alle am Tisch sehen sich an. Haben sie richtig gehört? Fatima runzelt die Stirn und geht in die Küche.

Das Klopfen setzt erneut ein, diesmal verzweifelter, doch Mancebo bleibt seelenruhig sitzen und isst sein Brot. Als es zum dritten Mal klopft, starren ihn alle an, als wäre es an ihm, etwas zu unternehmen. Mancebo nimmt sein Pitabrot und steigt mit ungerührter Miene abermals die Treppe hinunter, die er an diesem Abend eigentlich nicht noch einmal hinuntergehen wollte. Auf halbem Weg fällt ihm ein, dass er seine Mütze vergessen hat. Nie im Leben würde er jemandem, den er nicht kennt, ohne Kopfbedeckung gegenübertreten, also muss er wieder nach oben, wo eine wilde Diskussion im Gange ist. In Mancebos Familie ist es selten still. Adèle wirft ihm einen flüchtigen Blick zu, die anderen bemerken ihn gar nicht.

Unten im Laden knipst Mancebo die Lampe über der

Kasse an und schaut blinzelnd zur Tür, kann jedoch nichts erkennen und fragt sich, ob wirklich jemand geklopft hat. Er wartet ein paar Sekunden und trommelt mit den Fingern gegen den Türrahmen. Abgesehen vom leisen Prasseln des Regens ist es still.

Mancebo gähnt und schaltet die Lampe aus. Beinahe hat er vergessen, was ihn in den Laden geführt hat. Als er sich gerade umdrehen will, klopft es erneut, diesmal lauter, als würde der Besucher mit einem Gegenstand gegen das Gitter hämmern. Verflucht noch mal, denkt er, knipst die Lampe wieder an und geht mit entschlossenen Schritten zur Tür. Draußen steht dieselbe Frau, die erst vor ein paar Minuten Oliven gekauft hat. Ihr Lächeln deutet an, dass ihr die ganze Situation selbst unangenehm ist und ihr dennoch keine andere Wahl bleibt.

Als Mancebo die Tür öffnet, spürt er den Regen auf seiner Hand. Sicherheitshalber schiebt er das Gitter nicht hoch. Die Frau, die vor ihm steht, trägt einen langen schwarzen Regenmantel und schwarze Schuhe. Ihre nassen, dunklen Haare bilden einen Kontrast zu ihrem blassen Gesicht. Sie hält das Olivenglas hoch, als würde das genügen, damit Mancebo das Gitter nach oben schiebt. Es regnet in den Laden hinein.

»Was kann ich diesmal für Sie tun, Madame? Kann ich Ihnen irgendwie helfen?«

Mancebo ist selbst von seiner Geduld überrascht. Die Frau nickt heftig.

»Ja, Sie können mir helfen, Monsieur …«

Sie verstummt und scheint zu erwarten, dass Mancebo seinen Nachnamen nennt.

»Ja, Sie können mir helfen, Monsieur, aber dazu müssen Sie mich hereinlassen.«

»Das Geschäft ist geschlossen, Madame. Kann das nicht bis morgen warten?«

Die Frau schüttelt den Kopf.

»Nein, kann es nicht.«

Sie klingt verzweifelt. Mancebo blickt sich um, ob jemand die Frau begleitet, aber nur ein paar Passanten hasten vom Regen überrascht über den Boulevard. Die Frau umklammert das Olivenglas, mit dem sie gegen die Tür gehämmert haben muss. Sie sieht ihm direkt in die Augen.

»Ich verspreche Ihnen, es wird nicht lange dauern, Monsieur.«

Mancebo gibt sich einen Ruck und schiebt das Gitter hoch, und die Frau schlüpft wie eine nasse Katze in seinen Laden, schnell und graziös. Sie setzt ihre Kapuze ab und schüttelt den Kopf. Dann lächelt sie, dieses Mal freundlich, und blickt sich erneut um. Jetzt, wo sie den Laden betreten hat, scheint sie ihr dringendes Anliegen vergessen zu haben.

Mancebo spürt eine gewisse Spannung in der Luft, die er so noch nie erlebt hat. Dieses Ereignis passt so gar nicht in seinen geordneten Alltag, vielleicht würde er bald etwas Außergewöhnliches zu erzählen haben. Normalerweise unterhält Tariq die Familie mit lustigen Anekdoten und interessanten Geschichten. Die meisten hat er natürlich aus dem Internet, aber trotzdem. Mancebo rechtfertigt sein Schweigen immer damit, dass man in einer Schuhmacherwerkstatt Zeit für solchen Unsinn hat, in einem Lebensmittelgeschäft dagegen nicht.

Auf einmal hört es auf zu regnen, als wären die Wettergötter einzig und allein hinter ihr her gewesen. Neugierig mustert Mancebo seine Besucherin. Sie lacht und stellt das bereits bezahlte Olivenglas auf den Tresen.

»Damit Sie nicht glauben, ich hätte es gestohlen.«

Offenbar will sie Zeit schinden und nicht wieder hinaus auf die Straße. Aber wenn ihr irgendetwas da draußen Angst einjagt, warum sucht sie dann ausgerechnet in meinem Geschäft Unterschlupf?, fragt sich Mancebo. In der Nähe gibt es Bars und Restaurants, sogar eine McDonald's-Filiale, die noch geöffnet hat. Sein Laden ist geschlossen, und sie hatte sich ja noch nicht einmal sicher sein können, dass er ihr Klopfen hört und nach unten geht. Die Frau fährt mit ihren langen weißen Fingern über die Konservendosen, als wollte sie prüfen, ob sie staubig sind.

»Wie kann ich Ihnen helfen, Madame?«

Sie sieht ein wenig enttäuscht aus, als hätte er die Frage zu früh gestellt, als hätte sie noch etwas erledigen wollen, ehe sie diese Frage beantwortet.

»Sie können mich Cat nennen«, flüstert sie und hält ihm ihre Hand entgegen.

Mancebo ergreift sie reflexhaft und denkt darüber nach, was die Frau gerade gesagt hat.

»Madame Cat?«, fragt er.

»Cat genügt«, antwortet sie.

»Cat wie Katze?«

Sie nickt. Mancebo nickt ebenfalls und findet, dass die Geschichte immer besser wird. Den Tee und das süße Gebäck hat er längst vergessen.

»Womit kann ich Ihnen helfen … Madame … Cat?«

Mit einem Mal wirkt die Frau verunsichert und antwortet nicht.

»Also, womit kann ich Ihnen helfen?«, wiederholt Mancebo.

»Sie sind der Einzige, der mir helfen kann, Monsieur …«

»Mancebo.«

»Können wir hier ungestört reden?«

Mancebo nickt und streckt die Brust heraus. Ihm gefällt das Gefühl, wichtig zu sein. Er war noch nie der Einzige, der jemandem helfen konnte. Vielleicht hat er ab und an mal eine Party gerettet, weil alle anderen Lebensmittelgeschäfte geschlossen hatten, oder er hatte die fehlende Zutat für einen halbfertigen Kuchenteig im Sortiment oder alle Delikatessen für ein spontanes Picknick. Aber noch nie hat jemand zu ihm gesagt, dass er der Einzige wäre, der helfen könne. Madame Cat wirft einen hastigen Blick nach draußen auf den Boulevard.

»Ich möchte Sie um einen Gefallen bitten. Oder genauer gesagt, ich möchte Ihnen einen Job anbieten.«

»Ich habe einen Job.«

»Und genau aus diesem Grund möchte ich Ihnen noch einen anbieten.«

Mancebo sieht sie skeptisch an.

»Niemand ist dafür besser geeignet als Sie, Monsieur Mancebo.«

Der Regen wird wieder stärker, und ein paar aufgekratzte Jugendliche laufen Hand in Hand vorbei. Als sie fröhlich lachen, zuckt Madame Cat zusammen.

»Ich möchte, dass Sie meinen Mann beschatten.«

Zum ersten Mal im Laufe ihrer Unterhaltung kommt Mancebo der Gedanke, das Ganze könnte ein Scherz sein. Doch als er Madame Cat in die Augen sieht, wird ihm klar, dass diese Frau keine Scherze macht. Ernst erwidert sie seinen Blick.

»Ihren Mann beschatten? Aus welchem Grund? Und warum ausgerechnet ich? Ich habe nicht die Zeit, den ganzen Tag hinter einem fremden Mann herzulaufen.

Sehen Sie denn nicht, wie viel ich hier zu tun habe? Ich stehe morgens um fünf Uhr auf, um meine Waren zu besorgen, und mache das Licht erst um Mitternacht wieder aus.«

»Genau deshalb«, erwidert Madame Cat. »Sie haben Ihre Fragen soeben selbst beantwortet. Sehen Sie das Haus dort drüben?«

Mit ihrem langen Finger zeigt sie auf das Haus auf der anderen Straßenseite, in dessen Erdgeschoss Tariqs Schuhmacherwerkstatt liegt. Das Gebäude ist identisch mit jenem, in dem sie sich gerade befinden. Im Erdgeschoss liegt ein Geschäft, und in den beiden Stockwerken darüber befinden sich Wohnungen. Der einzige Unterschied ist, dass das Haus auf der gegenüberliegenden Straßenseite frei steht und eine Feuertreppe besitzt.

»Mein Mann und ich wohnen im obersten Stock. Das Appartement unter uns steht leer. Ich habe seit einiger Zeit den Verdacht, dass mein Mann mich betrügt. Ich bin Stewardess und beruflich viel unterwegs. Und mein Mann ist Schriftsteller und arbeitet von zu Hause aus. Oder zumindest war es bisher so. Jetzt haben sich seine Gewohnheiten plötzlich geändert. Er schreibt nicht mehr so viel … und meine Freundin hat ihn tagsüber in der Stadt gesehen.«

»Aber wie kommen Sie darauf, dass er Sie betrügt?«

»Eine Frau spürt so etwas.«

Langsam tut Mancebo der Rücken weh, sein Gehirn läuft dafür wieder auf Hochtouren, von seinem Herzen ganz zu schweigen, das eine solche Spannung gar nicht gewohnt ist. Er bedeutet Madame Cat, dass sie einen Moment warten soll, verschwindet im hinteren Bereich des Ladens und kommt kurz darauf mit zwei Hockern wieder.

Madame Cat setzt sich und knöpft ihren Regenmantel auf. Mancebo wertet das als Zeichen, dass sie ihm vertraut, und fühlt sich geehrt. Stolz wie ein Gockel nimmt er auf dem anderen Hocker Platz.

Trotz dieser Geste der Gastfreundschaft hat Mancebo nicht die geringste Absicht, den Auftrag anzunehmen, aber er möchte mehr über die Hintergründe erfahren. Zwar hört er Tag für Tag den neuesten Klatsch und Tratsch über die Bewohner des Viertels, aber eine solche Geschichte ist ihm noch nie untergekommen. Madame Cats Haare trocknen allmählich, und Mancebo vermutet, dass sie eigentlich schokoladenbraun sind.

»Sie müssen doch aber konkretere Anhaltspunkte für die Untreue Ihres Mannes haben, als dass er manchmal tagsüber in der Stadt unterwegs ist?«, fragt er.

»Ja. Er wirkt gestresst.«

Madame Cat verstummt und scheint zu überlegen.

»Und er kommt mit Büchern nach Hause.«

»Was ist daran merkwürdig? Ich dachte, Ihr Mann ist Schriftsteller?«

»Ja ... aber er schreibt Kriminalromane, und er liest auch nichts anderes. In den letzten Wochen hat er allerdings alle möglichen Bücher mit nach Hause gebracht. Neulich habe ich ein Buch über den Schnitt von Obstbäumen gefunden.«

»Und?«

Madame Cat blickt Mancebo an.

»Wir wohnen in einem Appartement.«

Mancebo schämt sich für seine Frage. Er fühlt sich nicht gerade wie der cleverste Detektiv aller Zeiten, aber dass der Mann nicht mehr schreibt, muss doch noch kein Beweis für einen Ehebruch sein? Von Schreibblockaden hört man ja öfter. Und um jemandem eine Affäre zu unterstellen, bräuchte man eindeutigere Beweise.

»Und wie erkenne ich Ihren Mann?«, fragt Mancebo, um nach seiner Blamage zu zeigen, dass er auch klar denken kann.

Madame Cat sieht ihn an.

»Außer uns wohnt niemand in dem Haus, und mein Mann trägt meistens eine braune Schirmmütze. Eigentlich wollte ich einen professionellen Privatdetektiv engagieren. Ich habe sogar ein paar angerufen. Wussten Sie, dass es zweitausendsiebenunddreißig Privatdetektive in Paris gibt?«

Mancebo schüttelt den Kopf und saugt die Informationen in sich auf. Ihm gefallen solche kurzen, überzeugenden Fakten, mit denen er im Le Soleil Eindruck schinden kann.

»Aber als mein Mann letzten Samstag so um die Mittagszeit Zigaretten holen war, habe ich schnell seinen Computer durchsucht, und da sind Sie mir aufgefallen, wie Sie draußen vor Ihrem Laden auf Ihrem Hocker gesessen haben. Vermutlich habe ich Sie dort schon tausendmal sitzen sehen, aber erst in dem Moment bin ich auf die Idee gekommen. Mir wurde klar, dass niemand für diesen Auftrag besser geeignet wäre als Sie! Sie würden keinen Verdacht erregen, weil Sie sowieso jeden Tag von morgens bis abends dort sitzen. Und für Sie würde sich dadurch nicht groß etwas ändern.«

Madame Cat senkt die Stimme und beugt sich zu Mancebo hinüber.

»Ich möchte nur, dass Sie mir schriftlich Bericht erstatten, was den Tag über passiert. Wann mein Mann das Haus verlässt, wann er wiederkommt, wer unsere

Wohnung betritt und andere Dinge, die Sie für relevant halten. Ich werde Sie großzügig bezahlen, Sie bekommen dasselbe Honorar wie ein Privatdetektiv. Sie werden das Geld jeden Dienstagmorgen in so einem Glas finden.«

Madame Cat hält das Olivenglas in die Höhe. Mancebo kratzt sich am Kopf und hätte fast seine Mütze abgenommen, kann sich aber gerade noch beherrschen.

»Das Geld steckt in einem Olivenglas?«

Madame Cat nickt.

»Ich wohne lange genug hier, um zu wissen, dass Sie sonntagabends immer das Altglas an die Straße stellen. Sie stecken Ihren Wochenbericht einfach in ein leeres Olivenglas, das ich am nächsten Morgen noch vor sieben Uhr abholen lasse. Dienstag früh kommt Ihre wöchentliche Lebensmittellieferung ja meistens noch, bevor Sie Ihren Laden geöffnet haben. Dort werden Sie Ihr Honorar finden.«

Mancebo kratzt sich erneut am Kopf.

»Es tut mir leid, Monsieur Mancebo, aber ich brauche Ihre Antwort sofort. Ich habe lange genug gewartet.«

Es war irgendwie kein besonderes Gefühl, wieder in dem Café zu sein. Dabei hatte ich hier bei meinem letzten Besuch ein Interview zu meinen Enthüllungen über die HSBC-Bank gegeben, die ihren internationalen Kunden behilflich gewesen war, ihr Vermögen in der Schweiz anzulegen, und ihnen so eine Steuerersparnis in Höhe von mehreren Hundert Millionen Dollar beschert hatte.

Ich war nicht die Einzige, die über die HSBC recherchiert hatte. Wir waren hundertvierzig Journalisten aus fünfundvierzig Ländern gewesen, die jedoch eigenständig Recherchen anstellten. Am Ende hatte ich Tag und Nacht gearbeitet, weil meine Zeitung *Le Monde* das Datum der Veröffentlichung schon lange im Voraus festgelegt hatte. Wir deckten auf, dass die Bank auch in Geschäfte mit Waffenhändlern verwickelt war, die Kindersoldaten in Afrika mit Waffen versorgten. Der Skandal wurde immer größer und damit auch der Druck auf uns Journalisten.

Jetzt war ich also wieder zurück am Ausgangspunkt, im Café, auf der Jagd nach neuen Aufträgen. Die Tabletten lagen in meiner Handtasche. Für alle Fälle. Eigentlich nahm ich sie noch nicht lange genug, als dass sich die versprochene Wirkung einstellen konnte. Während meiner monatelangen Arbeit an der Reportage über den HSBC-Skandal hatte ich gehofft, dass die Enthüllungen

Aufmerksamkeit erregen würden. Als sich die Hoffnung tatsächlich erfüllte, erschien mir das Ganze mit einem Mal völlig sinnlos. Und mit der Sinnlosigkeit kam der Zusammenbruch.

Natürlich hatte ich Warnsignale wie Schlafstörungen und andere körperliche Symptome bemerkt. Erschöpfungsdepression, lautete die Diagnose, aber ich fühlte mich nicht depressiv, nur gleichgültig. Das Medikament, das man mir verschrieben hatte, war allerdings gegen Angstzustände, und deshalb hatte ich mit der Einnahme der Tabletten gewartet. Doch mit dem Warten kam plötzlich auch die Angst, was wiederum die Entscheidung erleichterte, sie zu nehmen.

Er betrat das Café wie ein gewöhnlicher Gast und stellte sich wie ein Auserwählter in die Mitte des Raums. Sein Blick wanderte von einem Gesicht zum nächsten. Ich sah zu ihm auf. In seinen Augen lag eine ungewöhnliche, aber irgendwie reizvolle Mischung aus Unsicherheit, Zuversicht und Entschlossenheit. Auf einmal sah er mich an, und ich hielt seinem Blick stand. Der Mann schaute sich weiter im Café um, ich hatte das Gefühl, dass er eine Frau suchte. Ich wandte mich wieder meinem Laptop zu und arbeitete weiter.

»Sie warten auf Monsieur Bellivier, Madame?«

Es war keine Frage, eher eine Begrüßung, eine Nachricht, ein Code. Es lag keine Hoffnung darin, keine Erwartung, nichts Persönliches. Hastig, beinahe reflexhaft schüttelte ich den Kopf. Der Mann blieb stehen, als wolle er mir Zeit geben, es mir anders zu überlegen. Dann drehte er sich um, kehrte zu seinem zentralen Ausgangspunkt zurück und ließ seinen Blick erneut über die Cafébesucher wandern.

Ich gewann immer mehr den Eindruck, dass er tatsächlich nach einer Frau Ausschau hielt. Bei seiner Suche schien er die Männer von vornherein auszusieben.

Er sprach eine andere Frau an, und auch wenn ich es nicht hörte, wusste ich, dass er ihr dieselbe Frage stellte wie mir. Sie schüttelte den Kopf. Ich setzte einen Punkt hinter meinen letzten Satz und betrachtete sie. Sie hatte braune Haare und eine Pagenfrisur, genau wie ich. Der Mann ging wieder zurück auf seinen Posten. Allmählich wirkte er ein wenig verzweifelt. Ob er selbst Monsieur Bellivier war? Oder nur in dessen Auftrag handelte?

Der Mann verharrte auf seinem Platz, als sei er fest entschlossen herauszufinden, wer auf Monsieur Bellivier wartete. Da kam mir die Idee. Sie war im Grunde banal, und doch erschien sie mir ebenso verlockend wie beängstigend. Der Mann durchkämmte den Raum ein weiteres Mal mit seinem Blick. Die Frau musste hier sein. Ich winkte ihn zu mir. Der erste Schritt. Er schien nicht überrascht, eher ungehalten darüber, dass ich das nicht schon eher getan hatte. Ich flüsterte:

»Ja, ich warte auf Monsieur Bellivier.«

Wir gaben uns die Hand, ohne uns vorzustellen. Einen Moment lang fand ich es befremdlich, doch dann nahm ich es als Bestätigung, dass er tatsächlich Monsieur Bellivier war. Und meinen Namen zu nennen, war ebenfalls überflüssig, schließlich sollte er ja wissen, wer auf ihn wartete. Deshalb schien ein wortloses Händeschütteln völlig angemessen. Außerdem war es ein Zeichen dafür, dass keinerlei persönliche Beziehung zwischen uns bestand, sonst hätte er mich auf die Wange geküsst. Unser Treffen war rein beruflicher Natur.

So weit, so gut. Ich war meiner spontanen Eingebung

gefolgt. Und der Gedanke, die Rolle noch ein wenig länger zu spielen, reizte mich. Im weiteren Verlauf unserer Unterhaltung würde er sicher ohnehin irgendwann merken, dass ich nicht die gesuchte Person war.

Ich klappte meinen Laptop zu, um mich nicht zu entlarven. Falls der Mann verärgert reagierte, wenn ihm klar wurde, dass ich die falsche Frau war, sollte er meine wahre Identität lieber nicht kennen. Der Mann blickte sich um. Wahrscheinlich wollte er sichergehen, dass wir nicht beobachtet wurden. Er nahm in dem Sessel gegenüber von mir Platz und zog seine Hosenbeine ein Stück hoch. Schnell ließ ich mein Handy in meiner Handtasche verschwinden. Ein weiterer Versuch, meine Identität zu verbergen.

Plötzlich stand er auf und fragte, ob er mir etwas bestellen solle. Aus Angst, meine Stimme könnte mich verraten, schüttelte ich den Kopf. Vielleicht hatten wir schon einmal miteinander telefoniert? Er ging zur Theke. Der grüne Sessel, in dem ich saß, schien zu wachsen, als er mich allein am Tisch zurückließ. Der Platz, wo ich mich normalerweise so sicher und geborgen fühlte, schien plötzlich viel zu groß für mich zu sein.

Der Mann schüttete Zucker in seinen Kaffee und rührte mit einem Holzstäbchen um. Ich schwieg und überlegte, wie ich wieder aus dieser Sache herauskam. Doch die Neugier, wer er war und wer auf Monsieur Bellivier wartete, überwog schließlich. Vielleicht hielt er mich für eine Begleitdame? Lief das nicht so ab? Man traf sich an einem neutralen Ort und ging dann in ein elegantes Hotel?

»Warten Sie schon lange?«

Derselbe formelle Tonfall. Es konnte eine reine Höflichkeitsfloskel oder eine Fangfrage sein. Womöglich war er eine Stunde zu spät oder zu früh erschienen.

»Ich wollte pünktlich sein«, antwortete ich.

Für einen Moment sah es aus, als wollte er lächeln, doch dann unterdrückte er den Impuls, und sein Gesichtsausdruck blieb neutral.

»Gut. Ich bin im Auftrag von Monsieur Bellivier hier. Leider konnte er nicht persönlich kommen, aber Sie werden ihn bestimmt bei einer anderen Gelegenheit kennenlernen.«

Der Mann war also nicht Monsieur Bellivier. Doch das half mir im Grunde wenig. Ich hatte nach wie vor keine Ahnung, wer mein Gegenüber war. Und ich musste für ihn ebenso konturlos sein.

»Es freut mich, dass Sie sich zur Verfügung stellen, und ich hoffe, es wird Ihnen gefallen.«

Dass Sie sich zur Verfügung stellen. Ich sollte irgendetwas erledigen. Wieder kam mir der Begleitservice in den Sinn.

»Sind Sie müde?«

Ich schüttelte den Kopf und lächelte.

»Gut, bevor ich noch viele Worte verliere, denke ich, es ist am besten, wenn wir uns die Gegebenheiten direkt vor Ort anschauen, dann kann ich Ihnen alles Weitere erklären, und Sie können sich schon einmal einrichten.«

Höflich hielt er mir die Tür auf. Eine Mauer aus Hitze schlug uns entgegen. Ich hatte dieses Café im Pariser Geschäftsbezirk La Défense nicht zuletzt wegen seiner Klimaanlage gewählt. Außerdem gab es mir das Gefühl, in Kontakt mit der realen Welt zu kommen und normal zu sein, wenn ich hier saß.

Als wir mit der Rolltreppe nach unten auf den offenen

Platz fuhren, betrachtete ich den Mann aus den Augenwinkeln und dachte noch einmal darüber nach, wie ich mich möglichst elegant aus der Affäre ziehen konnte. Ich könnte behaupten, ich hätte eine SMS von demjenigen erhalten, auf den ich gewartet hätte, und sagen, dass alles ein Missverständnis sei. Oder ganz plötzlich krank werden …

»Es ist nicht weit zu Fuß«, sagte der Mann lächelnd.

Kurz darauf standen wir vor dem Sitz von Areva im höchsten Büroturm von La Défense. Ich verwarf die Idee vom Escortservice. Areva gehörte zu den führenden Energiekonzernen Frankreichs und war in den vergangenen Wochen wiederholt wegen fragwürdiger Geschäfte in die Schlagzeilen geraten. Während meiner Recherchen über die Geschäfte der HSBC in Afrika war mir der Name des Unternehmens häufiger begegnet.

Arbeitete Monsieur Bellivier bei Areva? Würde ich Einsicht in geheime Dokumente erhalten? Wartete ein Scoop auf mich? Mein Interesse an dem Auftrag war geweckt, und dadurch legte sich meine Angst ein wenig. Ich wollte mehr erfahren. Der Mann ging durch die Drehtür und steuerte den imposanten Empfangstresen an, wo er ein paar Worte mit der Rezeptionistin wechselte. Schneller als gedacht war er wieder zurück und überreichte mir einen Zugangsausweis.

»Verlieren Sie ihn nicht.«

Zögernd drehte ich den Ausweis um. Ich befürchtete schon, meinen eigenen Namen zu lesen. Doch ich hatte keinen Namen erhalten, sondern nur einen Titel: »Sales Manager« stand darauf. Der Mann blickte mich forschend an und machte seine bislang rätselhafteste Bemerkung: »Humor hat er ja.«

Sicherlich spielte er auf Monsieur Bellivier an. Was bedeutete, dass ich nicht als Sales Manager arbeiten sollte. Ich wurde in meiner Vermutung bestärkt, ich könnte Dokumente zu sehen bekommen.

Der Mann hatte ebenfalls einen Zugangsausweis. Ich versuchte, die Aufschrift zu lesen, doch es gelang mir nicht. Er zog die Karte durch den Schlitz, es piepte, und er passierte die Schranke. Ich hatte meine Chance verpasst, ohne Komplikationen aus der Sache herauszukommen.

Wir gingen zum Aufzug, vor dem bereits einige Leute warteten. Ich würde also nicht allein mit dem Mann sein. Als ich vor dem Fahrstuhl stand, kehrte plötzlich die Lust zu arbeiten zurück, die ich schon lange nicht mehr gespürt hatte.

Wir betraten den Fahrstuhl mit zwei Männern in Anzügen und einer Frau, die ein rotes Kleid trug. Der hellrote Farbton verlieh ihren schönen Beinen etwas Surreales. Zu meinem Entsetzen merkte ich, dass mein Begleiter den Knopf für das oberste Stockwerk drückte. Doch eigentlich untermauerte das nur meine Theorie über die geheimen Dokumente, die vermutlich an einem möglichst abgeschiedenen Ort aufbewahrt wurden. Die beiden Männer wünschten uns einen angenehmen Nachmittag, als sie den Aufzug verließen. Wir fuhren weiter nach oben. Die wohlgeformten Beine verließen uns ebenfalls. Ich umklammerte meinen Zugangsausweis.

Zum ersten Mal befanden wir uns allein auf begrenztem Raum, nur wir beide, und mein Begleiter wirkte ebenfalls nervös. Vielleicht musste auch er jemanden spielen, der er nicht war. Vielleicht sollten wir zusammen etwas spielen. Die Fahrt nach oben wollte kein Ende nehmen, aber irgendwann hält jeder Fahrstuhl. Die Türen gingen auf. Der Mann ließ mir mit einer übertriebenen Geste den Vortritt. Auf dem Flur war es vollkommen still. Keine Menschenseele weit und breit.

Über einer Tür unweit vom Fahrstuhl leuchtete verführerisch ein Notausgangsschild. Doch was sollte ich tun, wenn die Tür abgeschlossen war? Panik überkam mich. Ich rannte zum Notausgang und riss an der Klinke. Die Tür flog auf, Stimmengewirr drang mir entgegen. Ich drehte mich um. Der Mann hatte nicht den geringsten Versuch unternommen, mich aufzuhalten. Er stand immer noch neben dem Aufzug und sah mich entsetzt an. Keuchend blickte ich in das Treppenhaus hinab und ging ein paar Stufen hinunter. Ein Anzugträger hastete mit einem Kaffeebecher in der Hand vorbei. Ich ging wieder nach oben. Unter mir befanden sich mehrere Hundert Menschen. Die Tür führte zu ihnen hinunter, und sicher benutzten gestresste Angestellte das Treppenhaus, wenn sie keine Lust hatten, auf den Fahrstuhl zu warten. Ich war nicht aus der Welt. Wieder oben angekommen, erklärte ich mein Verhalten: »Verzeihung, das passiert mir manchmal. Ich leide unter Klaustrophobie. Aufzüge sind eine Qual für mich. Tut mir leid.«

»Machen Sie sich keine Gedanken. Sie hätten es mir sagen sollen. Wie Sie sehen, gibt es auch Treppen.«

Ich folgte ihm. Der Gang hatte mehrere Türen mit Fenstern, und durch die Lamellen konnte ich große Konferenzräume erkennen.

»Hier ist es«, sagte der Mann und deutete auf eine Tür.

Ich blieb stehen. Er holte zwei identische Schlüssel hervor und schloss auf. Diesmal ließ er mir nicht den

Vortritt, sondern betrat mit raschen Schritten das Zimmer, während ich im Türrahmen verharrte. Es war ein geräumiger Konferenzraum mit einem klassischen runden Tisch in der Mitte. Vor dem Fenster befand sich ein niedriger Schreibtisch mit einem Computer. In einer Ecke stand ein alter, ausrangierter Drehstuhl. Das spärliche Mobiliar stand verlassen herum. Sogar der Computer schien alt.

Der Mann blickte aus dem Fenster.

»Ein bisschen spartanisch, aber sauber. Jeden Tag kommt eine Frau und putzt. Auch wenn nur Sie hier sind, muss ja ab und zu jemand staubsaugen und den Papierkorb leeren«, sagte er.

Sollte ich mich an dieser Stelle bedanken? Ich schwieg. Er zog einen der beiden Schlüssel vom Schlüsselring und reichte ihn mir. Als ich ihn entgegennahm, wirkte der Mann plötzlich erleichtert, als hätte ich einen Teil seiner Bürde geschultert.

»Gut, dann werde ich Ihnen jetzt alles Nötige erklären.« Er machte eine ausholende Geste. »Tja, die Aussicht lässt nichts zu wünschen übrig.«

Tatsächlich konnte ich selbst von meinem Platz im Türrahmen bis weit über die Dächer von Paris sehen.

»Von hier oben reicht der Blick bis zum Fuß des Montmartre. Sehen Sie Sacré-Cœur? Wunderschön.«

Es war offensichtlich, dass er mich in den Raum locken wollte, und ich folgte seiner Aufforderung. Die Aussicht, war phänomenal. Wir stellten uns ans Fenster und betrachteten das Panorama, und für einen kurzen Moment trafen sich unsere Blicke in der Glasscheibe. Er drehte sich um, und ich musterte weiter die unbekannte Frau, die sich im Fenster spiegelte.

»Ja, womit soll ich anfangen ...«

Der Mann stellte seine braune Aktentasche auf den Tisch, öffnete sie und nahm ein Dokument heraus.

»Am besten, Sie lesen es sich selbst durch und stellen hinterher Fragen. Ich hole uns mal einen Kaffee. Ein Stockwerk tiefer gibt es einen Automaten. Den können Sie gern benutzen.«

Noch vor wenigen Minuten hatte ich im Café gesessen und Angst gehabt, auch nur das kleinste Detail meiner Identität preiszugeben. Und gleich würde ich ein Dokument lesen, das wie ein Arbeitsvertrag aussah, während mein unbekannter Arbeitgeber Kaffee holte. Er ließ die Tür offen stehen, wofür ich ihm dankbar war. Ich nahm mein Handy aus der Handtasche. Es stellte keine Gefahr mehr dar, sondern gab mir ein Gefühl von Sicherheit, auch wenn ich keine Ahnung hatte, wen ich im Notfall anrufen sollte. Trotzdem vergewisserte ich mich, dass ich Empfang hatte, ehe ich begann, die beiden zusammengehefteten Seiten zu lesen.

Auch wenn der sogenannte Arbeitsvertrag ausführlich und klar formuliert war, hatte ich nicht das Gefühl, dass er meine Fragen beantwortete. Die Arbeitszeiten waren ziemlich moderat, aber vielleicht hatte das einen bestimmten Grund. Ich würde später zu arbeiten anfangen als die meisten Angestellten und vor dem üblichen Feierabend wieder gehen.

Der Vertrag galt für einen Zeitraum von drei Wochen – was die fehlende Kündigungsklausel erklärte – und enthielt eine Tätigkeitsbeschreibung. Das Gehalt würde nach dem letzten Arbeitstag ausbezahlt werden. Der Betrag war fett gedruckt. Eine hohe Summe. Es konnte sich unmöglich um einen gewöhnlichen Journalistenjob handeln.

Meine Arbeit konnte ich ebenso gut hier wie im Café ein paar Straßen weiter erledigen. Und vielleicht würde ich Zugang zu interessanten Materialien erhalten. Auch wenn ich bezweifelte, dass ich das versprochene Gehalt je ausbezahlt bekäme, beschloss ich, dass mein Sohn und ich eine Reise machen würden, sollte ich es wider Erwarten doch erhalten. Andernfalls müsste er den ganzen Sommer in der Stadt verbringen.

Gedankenverloren betrachtete ich das Sacré-Cœur, als jemand an die offene Tür klopfte. Ich zuckte zusammen.

»Tut mir leid, wenn ich Sie erschreckt habe, aber Sie müssen sich daran gewöhnen, dass das ab jetzt Ihr Büro ist. Und dazu gehört auch, dass jeder, der hereinkommen möchte, anklopft.«

Der Mann hielt zwei Plastikbecher mit Kaffee in der Hand. Seltsamerweise war es ein schönes Gefühl, ihn wiederzusehen. Er war trotz allem real. Nicht nur ein Name, eine Unterschrift oder eine Schattenfigur. Er war niemand, über den man sprach, sondern jemand, mit dem man sprechen konnte. Er erschien mir realer als ich selbst. Ich hatte keine Ahnung, wer ich war, und seit ich den Vertrag gelesen hatte, wusste ich es noch weniger. Der Mann stellte die beiden Kaffeebecher auf den Tisch und griff nach einem Stift.

»Wie Sie vermutlich festgestellt haben, werden Sie sehr viel Leerlauf haben. Die Tätigkeit ist leider nicht besonders ereignisreich. Vielleicht auch nicht unbedingt anspruchsvoll, aber dafür stressfrei. Sie werden sehr viel Zeit für andere Dinge haben.«

Er deutete auf einen braunen Karton unter dem Tisch,

der mir bisher nicht aufgefallen war. Ich bezweifelte sogar, dass er bereits dort gestanden hatte, als wir den Raum betreten hatten.

»Monsieur Bellivier sagte, dass Sie gern lesen, und hat Ihnen deswegen einen Karton mit Büchern hiergelassen. Also, sind wir uns einig?«

Ich unterschrieb den Vertrag mit einem unleserlichen Schnörkel, und erst im nächsten Moment fiel mir ein, dass der Name des Unterzeichners häufig auch in Druckbuchstaben unter der Unterschrift stehen muss. Der Mann nahm den Vertrag.

»Dann verbleiben wir so«, sagte er. »Falls wir uns nicht mehr sehen, wünsche ich Ihnen viel Glück. Aber ich bin mir sicher, dass alles gut gehen wird.«

Ich nickte.

»Nehmen Sie sich den Nachmittag frei, es genügt, wenn Sie morgen anfangen.«

»Gibt es jemanden, den ich bei Fragen kontaktieren kann? Ich meine, falls etwas passiert, der Computer kaputtgeht oder so.«

Zum ersten Mal hatte er keine Regieanweisung, und er wechselte die Taktik. Jetzt befanden wir uns in einem anderen Stück.

»Es wird nichts passieren, alles wird funktionieren. Sollte wider Erwarten doch etwas Unvorhergesehenes geschehen, wenden Sie sich bitte nicht an … Außenstehende. Wenn etwas nicht klappt, wird Monsieur Bellivier es bestimmt schnell bemerken und persönlich mit Ihnen in Verbindung treten.«

Wir gingen gemeinsam zum Aufzug. Was sollte ich sagen, wenn ein Areva-Mitarbeiter in meinem Büro auftauchte und sich erkundigte, was ich dort eigentlich tat?

Ich sprach die Frage nicht laut aus, weil ich wusste, was mein Begleiter antworten würde: »Es wird niemand zu Ihnen nach oben kommen.« Und vielleicht hatte er recht. Der Fahrstuhl erreichte das oberste Stockwerk, und wir stiegen ein.

»Wissen Sie, wer früher hier oben gewohnt hat? Die ganze Etage war eine einzige Wohnung«, sagte er.

Ich schüttelte den Kopf und traute mich nicht, auf Monsieur Bellivier höchstpersönlich zu tippen.

»Vor Areva hat das Gebäude Framatome gehört, und davor war es der Firmensitz von Fiat. Der Konzernchef Giovanni Agnelli hat die gesamte Etage als Privatwohnung genutzt.«

Es war eine perfekte Fahrstuhl-Anekdote, als hätte man sie eigens für diese Situation erfunden.

»Am besten knüpfen Sie keine Kontakte zu den Angestellten hier im Gebäude. Wie soll ich es formulieren ... Seien Sie so diskret wie möglich. Das werden Sie sicher verstehen.«

Ich verstand es.

Mancebo wird davon wach, dass Fatima ihn an der Schulter rüttelt. In achtundzwanzig Jahren hat Mancebo nur zwei Mal verschlafen. Dies ist das dritte Mal. Er sieht auf den Wecker, 6:59 Uhr, und flucht zweimal.

Fatima steht auf, schlüpft in ihre Pantoffeln und schlurft auf der Suche nach der Hose ihres Mannes durch die Wohnung.

»Wo in aller Welt hast du dich ausgezogen?«

Am Ende entdeckt Mancebo seine Hose auf dem Sofa und muss noch einmal alles auf den Kopf stellen, weil er seine Autoschlüssel nicht finden kann. Er hat sie noch nie suchen müssen, aber andererseits ist es auch das erste Mal, dass er Privatdetektiv spielt.

»Verbreite doch nicht so eine Hektik, Mann. Du betreibst doch kein Sushi-Restaurant.«

Vor einigen Tagen hat Mancebo seiner Frau erklärt, dass die Sushi-Restaurant-Besitzer immer als Erste beim Großmarkt sein müssten. Die besten Fische sind schnell ausverkauft, vor allem der fette Thunfisch.

Er schaut flüchtig zur gegenüberliegenden Wohnung hinüber, aber in den Fenstern ist noch alles dunkel. Amir geht am Schlafzimmer vorbei und wirft einen müden Blick auf seinen Vater, der kopflos umhereilt.

Als Mancebo zu guter Letzt endlich in seinem weißen

Lieferwagen sitzt und gerade den Zündschlüssel ins Schloss gesteckt hat, hält er plötzlich inne. Wenn er jetzt zum Großmarkt fährt, kann er seinen Laden nicht vor zehn Uhr aufmachen, womöglich sogar noch später, je nach Verkehrslage. Bei seinem neuen Job kann er doch nicht gleich am ersten Tag zu spät kommen. Er blickt in den Seitenspiegel und fährt sich mit der Hand über die Bartstoppeln. Hastig wägt er die möglichen Alternativen ab. Entweder fährt er zum Großmarkt, kauft frische Waren und öffnet seinen Laden mindestens eine Stunde später als üblich – aber was würde es für einen Eindruck bei Madame Cat machen, wenn er sich schon am ersten Arbeitstag solche Freiheiten herausnahm? Schließlich kennt sie seine Öffnungszeiten. Oder er macht pünktlich auf und fährt nicht zum Großmarkt. Dann hätte er zum ersten Mal unter der Woche kein frisches Obst und Gemüse im Angebot. Doch dann denkt er an Madame Cats grüne Augen und daran, dass er seiner Familie nach Erledigung des Auftrags davon erzählen könnte, und steigt aus dem Wagen.

Wie jeden Tag schließt Mancebo die Tür auf. Wie jeden Tag schiebt er das Gitter hoch. Wie jeden Tag stellt er die Obst- und Gemüsestände auf den Bürgersteig und grüßt Madame Brunette, als sie mit ihrem weißen, grässlich getrimmten Pudel an seinem Geschäft vorbeigeht. Doch eigentlich ist nichts so wie jeden Tag. Mancebo fehlt die übliche Energie und Besonnenheit. Seine ganze Welt besteht einzig und allein aus dem Gebäude auf der anderen Seite des Boulevards.

Die Stadt schläft noch. Ein Geruch von Regen erinnert ihn an den gestrigen Abend, und er muss unweigerlich lächeln. Was auch immer passiert, er hat eine Frau namens

Madame Cat getroffen, die ihn als Privatdetektiv engagiert und ihm den Auftrag erteilt hat, ihren Ehemann zu beschatten. Das kann ihm niemand mehr nehmen. Selbst wenn er an seinem ersten Arbeitstag gefeuert werden oder weit und breit kein Schriftsteller mit Schirmmütze auftauchen sollte, hätte er etwas zu erzählen. Was gestern Abend geschehen ist, ist geschehen. Das ist die Hauptsache.

Dann wollen wir mal, denkt Mancebo, schiebt die leicht verschrumpelten Äpfel nach draußen und besprüht sie mit Wasser, damit sie wieder glatt und frisch aussehen. Paris erwacht allmählich aus seinem Schlaf, wie es nur Großstädte tun: Ganz langsam, als würden sie sich darauf vorbereiten, Millionen Menschen willkommen zu heißen. Inzwischen hat sich der Regen verzogen, und die Morgensonne glitzert über den Dächern. Es verspricht ein schöner Tag zu werden.

Ein Großteil der Möhren wandert direkt in die Mülltonne, und auch die Tomaten sehen nicht mehr besonders appetitlich aus. Als Mancebo gerade die Paprika in Augenschein nehmen will, lenkt etwas anderes seine Aufmerksamkeit ab. So früh am Morgen bemerkt er noch jedes kleinste Detail, und sei es ein Blatt, das zu Boden segelt. Aber im Laufe des Tages wird es schwieriger, alles im Blick zu haben.

Eine ziemlich schwerfällige, schwarz gekleidete Frau überquert gemächlich die Straße. Erst nach ein paar Sekunden begreift er, dass es Fatima ist. Er hatte keine Ahnung, dass sie vor dem Mittagessen aus dem Haus geht, und weiß nicht einmal, warum er selbstverständlich davon ausging, sie würde morgens zu Hause bleiben.

Vielleicht weil sie nie erwähnt hat, dass sie so früh Besorgungen macht. Vielleicht weil er geglaubt hat, dass sie ihm alles erzählt, was sie den Tag über tut. Mancebo tritt auf den Bürgersteig hinaus und blickt seiner Frau hinterher. Doch in diesem Moment geschieht etwas Sonderbares. Als hätte sie Augen im Hinterkopf, dreht sich Fatima abrupt um und starrt ihren Mann an, der in jeder Hand eine Paprika hält.

»Was machst du denn schon hier?«, ruft sie und kommt zurück. Für einen Augenblick vergisst Mancebo, dass er unter keinen Umständen schon um diese Uhrzeit im Geschäft sein dürfte. Es ist erst kurz vor acht. Sogar für seinen Kaffee im Le Soleil ist es noch zu früh. In diesem Moment wäre er eigentlich auf dem Rückweg vom Großmarkt, mit einem Lieferwagen voll frischem Obst und Gemüse. Doch wie es sich für einen guten Privatdetektiv gehört, hat sich Mancebo schnell wieder im Griff.

»Die verdammte Schrottkiste wollte nicht anspringen. Der Motor hat gestottert und gestottert, bis er komplett abgesoffen ist. Schau dir mal das Gemüse an! Das ist eine Katastrophe! Was werden die Kunden sagen?«

Sicherheitshalber tut er so, als würde er sich eine Träne von der Wange wischen. Fatima inspiziert das Gemüse und sortiert wütend ein paar Mohrrüben aus.

»Ich habe doch gesagt, dass es nur noch eine Frage der Zeit ist, bis diese Rostlaube den Geist aufgibt. Was wirst du morgen machen?«

»Morgen?«

»Ja, wie willst du morgen zum Großmarkt kommen?«

»Tja … ich habe ja noch den ganzen Tag, um mir eine Lösung einfallen zu lassen.«

Mancebo ist so sehr damit beschäftigt, sich aus dem

Schlamassel zu befreien, dass er Fatima gar nicht fragt, wo sie zu dieser frühen Stunde hingeht.

»Und die Äpfel sind auch nicht mehr gut, die kannst du nicht verkaufen«, sagt Fatima und reißt ihm die Sprühflasche aus der Hand.

Plötzlich wird Mancebo zornig. Wäre der Lieferwagen wirklich kaputtgegangen und er hätte deswegen nicht zum Großmarkt fahren können, wäre ihre Reaktion keinesfalls gerechtfertigt. Warum war sie wütend auf ihn? Sollte sie ihn nicht vielmehr bedauern?

»Warum gehst du eigentlich so früh aus dem Haus?«, fragt er.

Sie sieht auf und schüttelt unwillig den Kopf.

»Früh? Ich habe gehört, dass der Lieferwagen nicht angesprungen ist. Der Motor hat ja wie verrückt gestottert, das hast du selbst gesagt. Ich habe gerade auf dem Balkon Teppiche ausgeschüttelt und bin runtergekommen, weil ich dir helfen wollte, das vergammelte Obst und Gemüse auszusortieren. Was ist daran so merkwürdig?«

Mancebo fällt auf, dass sie ein Portemonnaie in der Hand hält. Und warum ist sie über den Boulevard gegangen? Denn das hat sie doch getan, oder?

Er schweigt, nicht nur aus Angst vor Fatima, sondern auch, weil er von nun an aufpassen muss, nicht zu viel zu verraten.

Immer mehr Passanten drängen sich auf dem Bürgersteig, und Mancebo behält nur schwer den Überblick. Eine braune Schirmmütze ist weit und breit nicht in Sicht. Es ist erst zehn Uhr, aber sein Magen knurrt bereits. Wahrscheinlich weil er heute Morgen auf seinen Kaffee verzichten musste. Das warme Getränk hat die Eigenschaft, seinen Magen bis mittags zum Schweigen zu bringen. Mancebo schaut ein weiteres Mal zu dem Haus auf der anderen Straßenseite hinüber, aber dort ist alles dunkel. Im Treppenhaus poltert es, und im nächsten Moment stürzt Tariq in den Laden.

»Ich habe das mit dem Lieferwagen gehört, was für ein Mist! Soll ich Raphaël bitten, dass er vorbeikommt und sich die Blechkiste ansieht?«

Raphaël ist Tariqs bester Kumpel. Eigentlich arbeitet er als Elektriker, ist aber ein wahrer Zauberer, wenn es darum geht, kaputte Sachen zu reparieren. Das letzte Mal hat er seine Künste unter Beweis gestellt, als er Fatimas Fußmassagegerät wieder zum Laufen brachte, das in einer Ecke vor sich hin staubte, weil sie glaubte, es nie wieder benutzen zu können.

»Danke, aber ich kann ihn auch anrufen. Erst mal versuche ich es allein. Heute wird wohl nicht viel Kundschaft kommen, der Laden sieht ja aus wie ein Komposthaufen.«

»Verdammt ärgerlich.«

»Wohl wahr.«

Tariq zündet sich eine Zigarette an – mit Sicherheit nicht die erste am heutigen Tag – und begibt sich auf die andere Seite des Boulevards. Mancebo fällt ein, dass Tariq den Schriftsteller vielleicht sogar kennt, schließlich wohnt er über seiner Schuhmacherwerkstatt. Womöglich ist er ein guter Kunde. Doch er kann sich nicht erinnern, dass Tariq jemals einen Kunden erwähnt hat, der über seinem Laden wohnt, oder einen Schriftsteller. Was eigentlich seltsam ist, denn jeder muss irgendwann einmal seine Schuhe neu besohlen oder einen Schlüssel nachmachen lassen, und dafür geht man zur nächstgelegenen Schuhmacherwerkstatt. Und im Falle des Schriftstellers ist das Tariqs Laden.

Was soll er Madame Cat berichten, wenn sich nichts ereignet? Der Morgen ist vergangen, ohne dass auf der anderen Straßenseite etwas Dramatisches vorgefallen wäre. Allmählich bahnt sich der Essensduft seinen Weg in den Laden. Endlich. Mancebo ist schon ganz schlecht vor Hunger. Dennoch schließt er die Klappen der Obst- und Gemüsestände nur widerwillig, den Blick noch immer auf das gegenüberliegende Haus gerichtet. Tariq kommt und hilft ihm, das Gitter herunterzulassen. Schweigend gehen sie die Treppe hoch, folgen dem Essensduft zum Mittagessen, das wie gewöhnlich auf dem Tisch steht, allerdings an einem ungewöhnlichen Tag.

Mancebo verrenkt sich bei Tisch den Hals, damit er gegenüber nichts verpasst. Nichts darf ihm entgehen, nicht am ersten Tag. Die Familienmitglieder setzen sich hin, ohne ein Wort zu sagen, und Mancebo fragt sich, ob das immer so ist. Jeder hat seinen festen Platz. Er selbst sitzt mit dem Rücken zum Fenster, in der Ecke neben Tariq.

Er kann sich nicht mehr daran erinnern, warum ihm vor vielen Jahren ausgerechnet dieser Platz zugefallen ist, und ebenso wenig weiß er, warum die anderen dort sitzen, wo sie sitzen. Seit er denken kann, ist es so gewesen. Adèle sitzt an der Stirnseite, Amir gegenüber von Tariq und Fatima gegenüber von ihm. Vielleicht gibt es eine logische Erklärung für diese Sitzordnung. Fatima hat den kürzesten Weg in die Küche, so stört sie niemanden, wenn sie immer wieder aufsteht, um die von ihr zubereiteten Köstlichkeiten zu holen. Neben ihr sitzt Amir, vielleicht weil er oft später nach Hause kommt und seinen Platz einnehmen kann, ohne sich an den anderen Familienmitgliedern vorbeidrängen zu müssen.

Adèle wiederum hat an der Stirnseite alles und jeden

im Blick. Dafür hat Mancebo allerdings nur die Erklärung, dass ihr trotz allem die Rolle der Gastgeberin zufällt – es ist ihr Zuhause, auch wenn sie nicht für das Essen zuständig ist. Mancebo wischt sich den Schweiß von der Stirn und mustert die anderen. Sie sind Fremde für ihn. So ein Gefühl hat er noch nie gehabt, aber er hat auch noch nie ein Geheimnis mit sich herumgetragen. Er kann den ständig wechselnden Diskussionsthemen nicht richtig folgen, weiß aber, dass er sich anstrengen muss. Zu seinem Auftrag gehört auch, dass er sich normal verhält. Und das ist der schwierigste Teil. Seine rechte Augenbraue zuckt unkontrolliert, er hat versehentlich sein Wasserglas umgestoßen und außerdem nicht mitbekommen, dass Adèle ihn mehrfach gefragt hat, wann sie in diesem Sommer nach Tunesien fahren.

Ich kann nicht mit dem Rücken zu meiner Arbeit sitzen. Ich habe einen Auftrag zu erledigen, denkt Mancebo und beschließt, sofort etwas daran zu ändern. Er steht auf und setzt sich auf Amirs Platz, weil der noch nicht nach Hause gekommen ist. Es ist, als würde er ein Verbrechen begehen oder auf einen anderen Kontinent ziehen. Der Tisch verwandelt sich in einen Ozean. Noch vor ein paar Sekunden lag sein angestammter Platz am gegenüberliegenden Ufer. Tariq sieht müde auf und zündet sich eine Zigarette an.

»Was machst du da?«, fragt er.

»Was ich mache?«

»Ja, warum hast du dich auf Amirs Platz gesetzt?«

Fatima kommt mit einer dampfenden Reisschüssel aus der Küche.

»Was machst du denn hier? Setz dich auf deinen Platz, damit du dich nicht verbrennst.«

Ein riskantes Manöver erfordert Konzentration, und Mancebo ist konzentrierter als je zuvor in seinem Leben. Während er das Haus auf der anderen Straßenseite im Auge behält, muss er gleichzeitig versuchen, die kritische Situation zu meistern, in die er sich hineinmanövriert hat. Adèle wirft ihm einen Blick zu, sagt aber nichts.

»Warum sitzt du jetzt hier?«, fragt Fatima und lässt sich neben ihren Mann auf den Teppich sinken.

»Vielleicht will er mich heute noch genauer in Augenschein nehmen«, lacht Tariq. »Es reicht ihm nicht, dass er mich schon den ganzen Tag über die Straße hinweg anglotzt.«

»Was hast du angestellt?«

Fatima beäugt den Teppich an Mancebos ursprünglichem Sitzplatz, um einen Fleck oder einen anderen Grund für das seltsame Verhalten ihres Mannes zu finden.

»Feng-Shung«, sagt Mancebo plötzlich.

Tariq drückt seine Zigarette aus und grinst.

»Das heißt Feng-Shui«, lacht Adèle.

Fatima funkelt ihren Mann an.

»Unsere alte Sitzordnung ist nicht optimal. Zwei alte Männer auf der einen Seite des Tisches, aber keiner auf der anderen, weil Amir nicht zu Hause ist. Und dann das Fenster dort drüben … nein, das ist sehr schlechtes Feng-Shui.«

»Und was ist an dieser Aufteilung jetzt besser?«, fragt Adèle und klingt aufrichtig interessiert.

»Ich bin hier, Mann und Frau auf derselben Seite. Und auf der gegenüberliegenden Tischseite sollte es genauso sein, Mann und Frau. Du solltest dich also neben Tariq setzen und Amir den Platz an der Stirnseite überlassen«, antwortet Mancebo.

Er hat keine Ahnung, woher die Worte kommen, aber vor einigen Wochen hat Adèle einer gelangweilten Fatima erklärt, was Feng-Shui ist. Fatimas Desinteresse war so offensichtlich, dass Mancebo Mitleid mit Adèle bekam und so tat, als würde er sich für das Thema interessieren. Aber auch wenn man nur so tut, als ob, muss man gut zuhören, um ein paar höfliche Fragen stellen zu können. Und dieser Akt der Nächstenliebe zahlte sich nun aus.

»Was weißt du denn darüber?«, fragt Fatima erstaunt.

»Nachdem Adèle uns davon erzählt hat, bin ich neugierig geworden. Und dann habe ich im Auto eine Radiosendung darüber gehört. Und bisher hatten wir einfach kein gutes Feng-Shui. Wir müssen etwas ändern. Dann geht es uns allen besser. Und vielleicht würde auch der Laden besser laufen. Gutes Feng-Shui bringt Glück, Harmonie, Erfolg. Es geht um den ganzen Lebensstil.«

Mancebo gibt sämtliche Phrasen von sich, die er sich während Adèles Vortrag gemerkt hat. Adèle kichert. Fatima schüttelt den Kopf. Tariq beginnt zu essen.

»Und wo soll dein Sohn sitzen, wenn er kommt?«, erkundigt sich Fatima.

»Das Licht kommt von hier … und der Raum ist rechteckig … die Küche ist dort, der Teppich ist rot … Da drüben soll er sitzen!«, ruft Mancebo und zeigt in die Ecke, wo der Fernseher steht. »Da soll mein Sohn sitzen, wenn er nach Hause kommt.«

Adèle biegt sich vor Lachen. Sogar Tariq lacht, und auch Mancebo kann sich ein Grinsen nicht verkneifen.

»Was redest du da? Geht es dir gut? Woher hast du das alles? Bist du verrückt geworden?«, sagt Fatima besorgt.

Mancebo weiß, dass er seine Frau mit seinem nächsten Schachzug beruhigen und ihr versichern muss, dass alles in Ordnung ist. Er küsst sie auf die verschwitzte Stirn.

»Nein, das war ein Scherz. Amir kann sitzen, wo er will, aber ein paar kleine Veränderungen können nicht schaden. Wenn Adèle sich für Feng-Shui interessiert, können wir es doch auch mal ausprobieren. Ehrlich gesagt ist mir die Idee heute Morgen gekommen, als ich verschlafen habe. Ich musste über das Gespräch mit Adèle letzte Woche nachdenken, als sie gesagt hat, dass Feng-Shui auch im Geschäftsleben Wunder bewirken kann. Und ich bin zu dem Schluss gekommen, dass es zumindest einen Versuch wert wäre.«

Mancebo ist von sich selbst beeindruckt.

»Setz dich endlich hin, du verrückter Kerl, damit wir essen können, bevor alles kalt wird. Und du hast Glück, Amir isst heute nicht zu Hause. Dieses Problem können wir also später lösen.«

Mancebo hätte sich nie träumen lassen, dass ihm diese scheinbar sinnlose Unterhaltung mit Adèle einmal aus der Klemme helfen würde.

»Soll ich Raphaël anrufen?«, fragt Tariq und gibt einen leisen Rülpser von sich.

»Nicht nötig, ich mach das schon.«

Mancebo erhebt sich und setzt seine Mütze auf, doch gerade, als er die Wohnung verlassen will, fällt ihm ein, dass er sich nach dem Essen üblicherweise immer die Hände wäscht. Er darf seine Gewohnheiten nicht ändern, sonst werden sie misstrauisch. Während er sich die Hände einseift, fällt ihm ein, dass er beim Händewaschen immer vor sich hin summt. Aber die Töne, die aus seinem Mund kommen, hat er noch nie gehört. Er hat vergessen, welches Lied er normalerweise summt, und bleibt bei der neuen Melodie, obwohl sein Gehirn dagegen protestiert. Als er die Treppe hinuntergeht, spürt er die verdutzten Blicke der anderen im Rücken.

Vor dem Laden wartet ein alter Mann mit einem unförmigen roten Handy. Normalerweise kennt Mancebo seine Kunden, es sei denn, es sind Touristen. Der Mann scheint sich in der Stadt auszukennen, aber nicht im Geschäft. Mancebo begrüßt ihn und schaltet den kleinen Ventilator neben der Kasse an. Für gewöhnlich hält er gern ein Schwätzchen mit neuen Kunden, aber heute fühlt er sich gestört.

Der Mann mit dem Handy legt eine Weinflasche, ein Baguette, Käse, Oliven und ein paar kleine Zitronenkuchen in seinen Korb. Mancebo tippt auf ein spontanes Picknick. Als er seine Vermutung laut äußert, nickt der Mann. Vielleicht ist Mancebo als Detektiv gar nicht mal schlecht. Schließlich ist er im Laufe seines Lebens den unterschiedlichsten Menschen begegnet. Und er hat zahllose Stunden von seinem Hocker aus die Passanten beobachtet und ihre Verhaltensweisen studiert. Das ist eine gute Grundlage für einen Detektiv. Als der Mann das Olivenglas auf den Tresen stellt, erinnert ihn die Geste an Madame Cat.

Er hat das Gefühl, ihr Besuch in seinem Laden läge schon Wochen zurück. Mancebo kassiert, und der Mann verlässt mit seinen Einkäufen den Laden. Hastig stellt Mancebo seinen Hocker auf den Bürgersteig und setzt sich auf den Platz, wo er schon seit Jahren sitzt.

Die Zeit verstreicht nur langsam, die Sonne wandert so gemächlich über den Himmel, als hätte sie beschlossen, direkt über Mancebos Laden innezuhalten. Im Radio werden alte Leute und Kinder dazu aufgefordert, im Haus zu bleiben und viel Wasser zu trinken. Nichts tut sich. Niemand scheint das gegenüberliegende Haus zu betreten oder zu verlassen. Allmählich verliert Mancebo den Mut. Vielleicht wird er seinen Auftrag, der ein bisschen Würze in sein ansonsten fades Leben gebracht hat, nie ausführen können.

Als er das Ladengitter herunterlässt, fällt ihm auf, dass er sich beeilen muss. Die Signale der Stadt und ihrer Einwohner geben ihm zu verstehen, dass er seine Nachmittagspause später als gewöhnlich beginnt. Madame Brunette und ihr Pudel haben ihren nachmittäglichen Spaziergang schon beendet. Das Restaurant nebenan hat bereits das Brot gekauft, das es für den Abend braucht, und dem Licht nach zu urteilen ist er mindestens eine halbe Stunde zu spät für seinen Pastis im Le Soleil. Tariq schlendert herüber, nimmt sich einen verschrumpelten Apfel und verzieht das Gesicht. Schweigend gehen sie zum Le Soleil. Die Sonne, an einem Tag wie heute gibt es keinen passenderen Namen für eine Bar. Die Cousins wischen sich den Schweiß von der Stirn.

»Diese verfluchte Hitze«, murmelt Tariq zwischen zwei Bissen.

»Ja, im Sommer sollte man nicht in Paris bleiben.«

»Da gebe ich dir recht. Weißt du, dass es in Saudi-Arabien in jedem Raum eine Klimaanlage gibt, und wenn er noch so winzig ist?«

Sie biegen in die Rue de Clapeyron ein, wo die Sonne nicht an den hohen Gebäuden vorbeikommt.

»Was ist, Bruder, hast du schon Raphaël angerufen?«, fragt Tariq.

»Nein, ich glaube, der Wagen läuft wieder. Es lag wahrscheinlich nur an der Hitze.«

»Du glaubst es? Ein Auto repariert sich doch nicht von allein. Du solltest wenigstens eine Probefahrt machen, bevor du morgen zum Großmarkt fährst.«

»Ja, du hast ja recht. Ich teste den Wagen, wenn wir unseren Pastis getrunken haben.«

Sich mit dem Lieferwagen in den Pariser Verkehr zu stürzen, ist eigentlich das Letzte, was Mancebo will, doch er weiß, dass er keine andere Wahl hat, wenn seine Geschichte glaubwürdig klingen soll.

François begrüßt sie wie immer mit einem Handschlag und dreht den Tischventilator in ihre Richtung, als sie sich auf den Barhockern niederlassen.

»Für meine VIP-Gäste«, sagt er und stellt wie jeden Tag zwei Pastis auf die Theke, einen mit Eis und einen ohne.

»Mancebos Lieferwagen hat seinen Geist aufgegeben«, verkündet Tariq.

Langsam hat Mancebo die Nase voll. Warum muss Tariq eine solche Lappalie, ein kaputtes Auto, das nicht einmal kaputt ist, so dermaßen aufblasen? Warum kann sein Cousin die Sache nicht einfach auf sich beruhen lassen? Aber vielleicht macht sich Tariq seine Probleme generell zu eigen. Natürlich ist Mancebo seinem Cousin dankbar, dass er das Ladengitter repariert, wenn es klemmt, oder ihm bei der Steuererklärung hilft, doch diesmal nicht.

»Das stimmt, ich konnte heute Morgen nicht zum Großmarkt fahren. Aber ein Tag ohne frisches Obst und Gemüse wird meinen Ruf schon nicht ruinieren.«

»Bitte Raphaël um Hilfe«, schlägt François vor.

»Das habe ich ihm auch schon geraten«, sagt Tariq und leert sein Glas in einem Zug.

Auf dem Rückweg redet Tariq wie ein Wasserfall. Mancebo sagt kein Wort. Er ist niedergeschlagen. Fast ein ganzer Tag ist vergangen, ohne dass er den Schriftsteller gesehen hat. Vielleicht entpuppt sich die Geschichte letzten Endes als Reinfall. Vielleicht würde er nie etwas Interessantes erzählen können. Mancebo fühlt sich, als hätte jemand die Luft aus ihm herausgelassen, während er neben Tariq herläuft, der mittlerweile von einem Clochard erzählt, der heute Morgen seine Schuhe zum Besohlen in die Werkstatt gebracht hat.

Der Motor springt ohne Murren sofort an, aber da jemand seine Startversuche mitbekommen könnte, betätigt Mancebo den Anlasser mehrmals. Er seufzt und fädelt sich in den dichten Stadtverkehr ein. Die Luft steht still. So trage ich ganz sicher zum Treibhauseffekt bei, denkt er und hält an einer roten Ampel. Diese Rumfahrerei, nur um den Schein zu wahren, ist der reinste Wahnsinn, noch dazu, wenn die Bevölkerung aufgefordert wird, das Auto stehen zu lassen. Mancebo kurvt durch das Viertel. Als er am Le Soleil vorbeikommt, steht François hinter der Bar. Er winkt ihm zu und hebt die Augenbrauen, als wolle er fragen, ob mit dem Wagen alles in Ordnung sei. Mancebo reckt einen Daumen in die Höhe und grinst über das ganze Gesicht. Diese Autogeschichte muss ein für alle Mal ein Ende haben.

Obwohl Mancebo nur ein paar Hundert Meter von seinem Geschäft entfernt ist, hat er das Gefühl, die Gegend zum ersten Mal zu entdecken. Seit dreißig Jahren läuft er täglich durch die Straßen des Viertels, aber Auto gefahren ist er hier noch nie. Dafür gab es keinen Grund. In Gedanken darüber versunken, wie anders die Welt aussieht, wenn man hinter dem Steuer sitzt, biegt er in eine Einbahnstraße ein, und die anderen Pariser machen ihn sofort durch wildes Gehupe auf seinen Fehler aufmerksam.

Mancebo hebt beschwichtigend die Hand, schimpft leise vor sich hin und hält nach Schildern Ausschau, die ihn zurück in die vertraute Umgebung des Boulevards führen.

Er beginnt unter seiner Mütze zu schwitzen. Touristen mit Stadtplänen schleichen in der Hitze phlegmatisch über die Straße.

Ein paar Tauben haben einen Balkon zu ihrer Toilette auserkoren. Vielleicht können sie nicht gleichzeitig fliegen und scheißen. Mancebo biegt nach rechts ab und stellt erleichtert fest, dass der Boulevard direkt vor ihm liegt. Im selben Moment erblickt er den Schriftsteller. Er geht mit einem Papierstapel in der Hand die Feuertreppe hinunter. Obwohl Mancebo weiß, dass es sinnlos ist, hupt er; es ist seine Art, Stress abzubauen. Er blinkt links, biegt aber abrupt nach rechts ab.

Diese Gelegenheit darf er sich nicht entgehen lassen. Jetzt kommt ihm der dichte Verkehr gelegen. Die Autos kriechen im Schneckentempo voran, sodass Mancebo den Schriftsteller auf der gegenüberliegenden Seite im Auge behalten kann. Er umklammert das Lenkrad. Der Schriftsteller biegt in die Rue de Chéroy ein, Mancebo gibt Gas, dreht eine Runde durch den Kreisverkehr. Die Straße ist schmal, und er kann direkt neben dem Schriftsteller herfahren. Nichts in seinem Gesicht deutet auf eine Affäre hin. Allerdings weiß Mancebo auch nicht genau, welche Anzeichen dafür sprechen würden. Lippenstift auf der Wange? Das wäre zu einfach. Während er nach offensichtlichen Beweisen für die Untreue des Mannes sucht, scheppert es plötzlich.

Mancebo prallt mit der Brust gegen das Lenkrad. Ans Anschnallen hat er gar nicht gedacht, schließlich wollte er nur eine vorgetäuschte Probefahrt machen. Alles um ihn herum scheint innezuhalten. Vollkommene Stille erfüllt den Lieferwagen. Mancebo hat das Gefühl, dass der Schriftsteller, der wie viele andere Passanten stehen geblieben ist, ihn anstarrt. Der Fahrer des Taxis, das Mancebo gerammt hat – ein untersetzter junger Mann mit zahlreichen Tattoos –, ist bereits ausgestiegen.

Mancebo weiß, dass er die Verantwortung für den Unfall übernehmen muss. Seine Brust schmerzt. Er greift nach der Gebetskette, die am Rückspiegel hängt, und öffnet die Wagentür. Aus Angst, man könne ihn nach den Anschlägen, die in letzter Zeit im Namen des Islam verübt worden sind, für einen Terroristen halten, versteckt er die Kette hinter dem Rücken und lässt eine Holzperle nach der anderen durch seine schweißnassen Finger gleiten. Das hat sein Vater auch immer gemacht, wenn er unter Druck stand.

Plötzlich tauchen zwei Verkehrspolizisten auf.

Der linke Schweinwerfer des Lieferwagens ist kaputt. Das Taxi hat mehr abbekommen und eine ordentliche Beule. Bevor die Polizisten sich Mancebo zuwenden, bitten sie die Passanten, die den Unfall beobachtet haben, zu bleiben, die anderen können gehen.

Mancebo wirft dem Schriftsteller einen verstohlenen Blick zu. Mittlerweile schwitzen seine Hände so stark, dass ihm die Gebetskette zwischen den Fingern hindurchrutscht. Ist meine Mission zu Ende, bevor sie richtig begonnen hat?, denkt er. Wenn sich der Schriftsteller als Zeuge meldet, ist alles vorbei. Dann kennen wir uns, wenn auch nur oberflächlich, und ich kann ihn nicht mehr unauffällig beschatten. Für den Schriftsteller wäre er nicht mehr ein unbekannter Mann auf der gegenüberliegenden Straßenseite, sondern derjenige, der das Taxi gerammt hat.

Mancebo ist froh, dass der Taxifahrer den Polizisten seine Version des Unfallhergangs schildert, denn er hat keine Ahnung, was eigentlich passiert ist. Der Schriftsteller geht langsam davon, und die Polizisten kommen auf Mancebo zu.

Meine Arbeitsaufgabe bestand darin, E-Mails an Monsieur Bellivier weiterzuleiten. Jedes Mal, wenn eine neue E-Mail im Posteingang landete, erklang ein Signalton. Die Zugangsdaten standen in meinem sogenannten Arbeitsvertrag. Mein Account hieß *tout.mon.monde@free.fr,* und ich sollte sämtlichen Schriftverkehr an *monsieur.bellivier@free.fr* weiterleiten. Warum die E-Mails nicht direkt an ihn geschickt wurden, hatte man mir nicht gesagt. Aus dem Vertrag ging aber klar und deutlich hervor, dass ich in den E-Mails nichts ändern, hinzufügen oder löschen, sondern sie lediglich weiterschicken sollte.

Merkwürdigerweise schlief ich in der Nacht vor meinem ersten Arbeitstag gut, obwohl die Hitze ganz Paris lähmte. Zu diesem Zeitpunkt wusste ich noch nicht, dass es sehr lange dauern sollte, bis ich wieder eine Nacht tief und fest durchschlafen würde. Und daran war nicht die Hitzewelle schuld. Obwohl ich es an meinem neuen Arbeitsplatz nicht benötigte, steckte ich ein Verlängerungskabel in meine Laptoptasche. Irgendwie war ich nach wie vor überzeugt, dass ich den Tag wie immer im Café verbringen würde.

Der Weg zu meinem Büro barg mehrere Hindernisse. Zuerst die Drehtüren, denen man nie trauen kann, dann eine weitere kritische Zone, der Empfangsbereich.

Vielleicht hielt mich die Rezeptionistin auf. Vielleicht war das Gerücht, dass sich jemand im obersten Stockwerk einnisten wollte, bis zu ihr vorgedrungen. Anhand der Videoüberwachung war es den Sicherheitsleuten gelungen, die beiden Unbekannten zu identifizieren, die sich gestern mit gefälschten Zugangskarten Zutritt ins Gebäude verschafft hatten. Und auf ihrem blitzblanken Empfangstresen lag jetzt ein Foto der gesuchten Personen. Ein Mann und eine Frau. Aber nur die Frau würde in die Falle tappen. Nur sie war so naiv, an den Tatort zurückzukehren. Und wenn schon nicht die Rezeptionistin meinen Auftrag zunichtemachte, dann die Zugangskarte. Würde das grüne Lämpchen aufleuchten? Dass mir die Karte gestern Einlass gewährt hatte, musste nichts heißen. Möglicherweise hatte sie ein Verfallsdatum.

Das letzte Hindernis war die Tür zum Büro. Würde der Schlüssel passen? Und wer garantierte mir, dass der Computer funktionierte und die Login-Daten korrekt waren und überhaupt irgendwelche E-Mails eingingen? All diese Stolperfallen und meine eigenen Bedenken waren der Grund, warum ich an diesem Morgen das Verlängerungskabel einsteckte. Höchstwahrscheinlich würde ich wie immer als digitale Nomadin im Café landen. Ich überlegte lange, ob ich meine Tabletten einpacken sollte. Zu guter Letzt steckte ich sie in die Handtasche.

Nachdem ich mich zwei Mal umgezogen hatte, wurde mir bewusst, dass ich mir Gedanken über mein Aussehen machte. Das war schon lange nicht mehr vorgekommen. Überhaupt war mir schon lange nichts mehr wichtig gewesen. Dass ich voller Erwartung war, wäre übertrieben gewesen, aber ich machte mir Gedanken, und das genügte. Seit Monaten hatte ich nicht darüber nachgedacht, was ich anzog oder in meine Tasche packte. Aber an diesem Morgen war es anders.

Wenn man nicht weiß, wer man ist, findet man auch nur schwer die passende Kleidung. Nichts schien angemessen für die Person, die ich sein sollte. Wahrscheinlich wäre es am logischsten gewesen, etwas anzuziehen, in dem ich mich wohlfühlte, das meinem Stil entsprach, doch das machte mir am meisten Angst. Das wäre dasselbe gewesen, wie ohne Kostüm eine Bühne zu betreten.

Verunsichert schielte ich hinüber zu meiner Handtasche, in der die Tabletten lagen. Ich musste mich entscheiden, wer ich war. Das war die einzige Möglichkeit. Ich allein bestimmte die Spielregeln. Die anderen, wer auch immer sie waren, mussten sich nach mir richten. Das redete ich mir jedenfalls ein. Meine Zugangskarte musste zu meinem Personalausweis werden, und da sie mich als Sales Manager auswies, wählte ich zu guter Letzt einen schwarzen Rock, eine weiße, kurzärmelige Bluse und rote Schuhe. Die Frau im Spiegel sah mir ähnlich.

Viele hasteten auf den schwarzen Wolkenkratzer zu. Wahrscheinlich war ich die Einzige, die sich in einer so seltsamen Lage befand, dachte ich und umklammerte meine Laptoptasche. Oder vielleicht doch nicht? Vielleicht waren viele nur Figuren in einem Spiel, dessen Regeln sie nicht kannten? Sie spielten eine Rolle und führten scheinbar sinnlose Tätigkeiten aus.

Die Drehtür schlug mir mit voller Wucht ins Gesicht. Ich kam ohne Blessuren davon, aber es war, als hätte die Tür meine Bedenken gehört. Vielleicht hatte sie es mir auch übel genommen, dass ich ihre Kompetenz anzweifelte. Im nächsten Moment erkundigte sich ein Mann im Anzug, ob alles in Ordnung sei. Ich nickte und lächelte.

Mein Herz klopfte schneller. Am Empfang saß dieselbe Frau wie gestern. Sie telefonierte und starrte ins Leere. Vielleicht sprach sie gerade mit der Polizei.

Auf beiden Seiten der Rezeption befanden sich Schranken. Womöglich gab es auch zwei Liftsysteme, die in unterschiedliche Bereiche des Gebäudes führten. Ich stellte mich in die linke Schlange. Hätte sich der Zwischenfall mit der Drehtür nicht ereignet, wäre ich vermutlich nicht so nervös gewesen. Einen Moment später war ich an der Reihe, meine Karte durch den Schlitz zu ziehen. Falls das rote Lämpchen aufleuchtete, konnte ich einfach umdrehen und ins Café gehen. Doch das grüne Lämpchen gab mir den Weg frei, und ich eilte zum Aufzug, damit es nicht im letzten Augenblick doch noch seine Farbe änderte.

Vom ersten Tag an war der Aufzug der Ort, an dem ich mich am sichersten fühlte. Eine überschaubare Fläche, vier Wände, und jeder, der den Fahrstuhl betrat, nickte und wünschte einen guten Morgen. Die Leute faszinierten mich. Die Frauen mit ihrer Weiblichkeit und die Männer mit ihrer Männlichkeit. Hier herrschte Perfektionismus, und ich war froh über meine Kleiderwahl. Als letzten Fahrgast brachte mich der Aufzug hinauf zur Endstation. Als ich den Flur betrat, fiel mir als Erstes auf, dass das Licht brannte. Vielleicht hatte das Gebäude einen Bewegungsmelder. Das musste die Erklärung sein, denn auf der Etage war kein Laut zu hören. Der Aufzug fuhr wieder hinab, und ich ging zu meinem neuen Büro. Das Rot meiner Schuhe harmonierte mit dem dunkelroten Farbton des Teppichs. Ich schloss auf. Niemand war da. Ich ließ die Tür offen stehen. Heute sah alles anders aus. Wahrscheinlich lag es am Licht. Ich zog den Vertrag aus der Tasche, als würde er mir die Erlaubnis geben, den klobigen Computer anzuschalten. Er brauchte ewig, um hochzufahren, und während ich wartete, betrachtete ich das Sacré-Cœur.

Ich loggte mich ein. Das Postfach war leer. Nicht einmal eine Begrüßungsmail vom Anbieter. Also hatte schon jemand vor mir den Account benutzt. Ich schaltete meinen Laptop ein. Falls sich alles als Bluff erweisen sollte, hätte ich zumindest keine Arbeitszeit vergeudet. Ich beschloss, den neuen Job sausen zu lassen, falls bis zur Mittagspause keine E-Mail eintreffen würde, und begann mit einem Artikel, den ich schon länger vor mir hergeschoben hatte. Es war ein schönes Gefühl, sich ein paar Stunden mit einem so trivialen Thema wie den Pariser Touristenattraktionen zu beschäftigen. Auf diese Weise stand ich mit einem Fuß in der Wirklichkeit. Und so war es auch, zumindest so lange, bis mir durch ein lautes »Pling« der Boden darunter weggezogen wurde. Eine E-Mail. Ich las die Mail und musste lächeln. Irgendwie war es doch schön, dieses Pling, und dass alles real war.

Ich stand auf und schloss die Tür. Dieser Raum war jetzt mein Büro. Obwohl ich wusste, was ich zu tun hatte, las ich mir den Vertrag noch einmal Wort für Wort durch. Und als hätte ich das Vertrauen in meine Fähigkeiten verloren, buchstabierte ich die E-Mail-Adresse, an die ich die Nachrichten weiterleiten sollte. Die Mail bestand aus einer Zahlenkombination. Möglicherweise eine Kontonummer. Der Absender hieß *laposte.92800@free.fr*.

Ich klickte auf »Senden«, als wäre es eine rituelle Handlung. Erledigt. Bevor ich in die Wirklichkeit zurückkehrte, blieb ich einen Moment lang sitzen und starrte auf den Bildschirm. Dann widmete ich mich mit neuer

Energie meinem Artikel über die beliebtesten Touristenattraktionen von Paris.

An diesem ersten Arbeitstag erklang das Pling bis zur Mittagspause drei Mal. Und jedes Mal bereitete es mir die gleiche Freude. Monatelang hatte ich wie im Nebel gelebt, eine Luft geatmet, die mir undurchdringlich erschienen war. Am Ende war ich so verzweifelt gewesen, dass ich Hilfe gesucht hatte. Gespräche und Tabletten, Gewissensbisse und Leere hatten meine Tage gefüllt. Wie konnte ein völlig sinnloser Auftrag mir das Gefühl geben, etwas Sinnvolles zu tun? Aber so war es. Die Arbeit machte mir Spaß. Ich hatte gehofft, dass ich im Rahmen des Auftrags Arevas schmutzige Geschäfte in Nordafrika aufdecken konnte. Doch je mehr E-Mails im Postfach eingingen, desto überzeugter war ich, dass nichts dergleichen geschehen würde. Die E-Mails hatten nie einen Betreff. Der Absender lautete immer *laposte92800@free.fr*, und schon bei der ersten Nachricht war mir klar gewesen, dass es sich bei der Ziffernfolge um die Postleitzahl des Geschäftsbezirks handelte.

Ich las jede E-Mail aufmerksam durch, konnte ihnen aber keinen Sinn abgewinnen. Meistens enthielten sie Zahlen, manchmal waren sie mit einzelnen Großbuchstaben kombiniert. Sie waren nie länger als drei Zeilen. Zwischen den Plings blieb mir viel Zeit zum Nachdenken. Bereits am ersten Tag beschlich mich ein ziemlich beängstigender Gedanke, der meine Freude ein wenig dämpfte: War ich ein Rädchen in einem Terrornetzwerk, das La Défense zu seinem nächsten Anschlagsziel auserkoren hatte? Ganz abwegig war das nicht; im größten Geschäftsbezirk von Paris hatten viele französische und globale Unternehmen ihren Hauptsitz.

Ich begann, im Internet zu recherchieren, wie Terrororganisationen normalerweise arbeiteten, was meine Angst nur noch mehr schürte. Oft bildeten sie isolierte Zellen. Sie arbeiteten voneinander unabhängig. Sie wussten nichts voneinander. Häufig hatten die Einzelpersonen keine Kenntnis darüber, warum sie eine bestimmte Aufgabe ausführten. Ich versuchte, einen klaren Kopf zu bewahren und mir zu sagen, dass ich lediglich harmlose E-Mails weitergeleitet hatte. Die Sache hätte anders ausgesehen, wenn ich in einem Vorort von Paris dubiose Flüssigkeiten oder Gasflaschen zwischen Keller- und Abstellräumen hin und her transportiert hätte. Ich weiß nicht, wie oft ich mich zwingen musste, die Situation unvoreingenommen zu betrachten. Eines aber stand fest: Monsieur Bellivier wollte nicht, dass jemand seinen Aufenthaltsort erfuhr, und deshalb mussten die E-Mails weitergeleitet werden.

E-Mails lassen sich leicht zurückverfolgen, und hätte ich mehr Ahnung von Computern gehabt, hätte ich vielleicht herausfinden können, wer *laposte92800* und Monsieur Bellivier waren oder zumindest, wo sie sich aufhielten. Falls *laposte92800* Monsieur Bellivier schaden wollte und ich als Mittelsmann fungierte, befand ich mich in der Schusslinie. Wenn meine Vermutung zutraf und ich wirklich zum Rädchen im Getriebe einer terroristischen Vereinigung geworden war, würde doch wohl nie herauskommen, wer die E-Mails weitergeleitet hatte? Nicht einmal der Mann, der mich zum Büro geführt hatte, kannte meinen Namen. Andererseits entsprach das vielleicht genau ihrer Vorgehensweise. Vielleicht wussten sie nicht einmal selbst, wer ihre Mitglieder waren. Areva war einer der höchsten Wolkenkratzer in La Défense und somit ein denkbares Anschlagsziel. Doch warum sollte jemand im obersten Stockwerk des Ziels E-Mails weiterleiten?

Schließlich hatte ich mich so weit wieder im Griff, dass ich in meine erste Mittagspause gehen konnte, die ich bei McDonald's verbrachte. Dort konnte ich mir sicher sein, weder alten noch neuen Kollegen zu begegnen. Als ich mir mit meinem Fischburger einen Platz gesucht hatte, warf ich einen Blick auf die Uhr, als würde mich jemand zurückerwarten. Denn nichtsdestotrotz hatte ich eine Aufgabe zu erledigen. In meinem Arbeitsvertrag stand, dass meine Mittagspause von 12:00 Uhr bis 13:30 Uhr dauerte. Fünf Minuten vor dem vertraglich geregelten Ende war ich wieder zurück im Büro und schloss die Tür ab. Von meinen wilden Spekulationen war ich in der Zwischenzeit abgekommen. Während der Mittagspause waren keine neuen E-Mails eingegangen.

Mein Paris-Artikel nahm langsam Formen an. Besonders zufrieden war ich nicht, aber ich hatte Spannenderes zu tun, als über Touristenattraktionen zu schreiben. Ein Pling kündigte den Eingang der ersten E-Mail an diesem Nachmittag an. Diesmal war es eine Zahlenkombination mit dem Zusatz »inkl. MwSt«. Offenbar ging es um die Umsatzsteuer, und Terroristen waren vermutlich nicht beim Finanzamt gemeldet. Im Laufe des Nachmittags kamen nur vereinzelte Mails, sodass ich Zeit hatte, einen Text über die politische Situation in Frankreich zu redigieren. Die letzte Stunde meines Arbeitstages verbrachte ich damit, das Sacré-Cœur zu betrachten.

Ein letztes Mal erklang das Pling. Zwei Buchstaben, AF, gefolgt von zehn Ziffern. Die Kombination kam mir bekannt vor, doch sicher war ich mir nicht. Ohne genau zu wissen, warum, speicherte ich die Buchstaben und

Zahlen in meinem Handy. In einer Viertelstunde war mein Arbeitstag zu Ende, in ein paar Minuten würde ich mich der Wirklichkeit stellen und mit lauter Scheintoten in der Metro sitzen. In einer Stunde würde ich meinen Sohn aus der Kita abholen. Ich würde all das tun, was uns Menschen Sicherheit gibt und uns zugleich so verwundbar macht. Ich schaltete den Computer aus, schloss die Bürotür ab und ging zum Fahrstuhl.

Mittlerweile war ich überzeugt, alle Hindernisse überwunden zu haben. Dass der schwierige Part darin bestanden hatte, das Büro zu erreichen, nicht, es wieder zu verlassen. Meine Karte funktionierte einwandfrei, das grüne Lämpchen leuchtete auf. Das Foyer war fast leer. Um diese Uhrzeit kam niemand zur Arbeit oder ging, es sei denn, er hatte einen geschäftlichen Termin.

»Madame!«

Ich begriff sofort, dass ich gemeint war, doch ich wollte es nicht wahrhaben. Alles hatte so gut angefangen. Würde es jetzt ein abruptes Ende nehmen? Ich blieb stehen und betrachtete meine Schuhe. Auf dem weißen Marmorboden wirkte das Rot ganz anders. Ich drehte mich um. Die Rezeptionistin lächelte mich an.

»Vergessen Sie die nicht, Madame.«

Sie überreichte mir einen schönen Blumenstrauß.

»Für mich?«, fragte ich.

Mir war sofort klar, dass ich einen Fehler gemacht hatte. Ich hätte nicht erstaunt sein dürfen. Andererseits durfte ich nicht zu streng mit mir sein, Menschen reagieren ja oft spontan.

»Ja, sind sie nicht schön?«, erwiderte die Empfangsdame.

Ein kühler Luftzug wehte durch das Foyer. Das Café war nicht der einzige Ort mit einer effektiven Klimaanlage.

Die Blumenstiele klebten in meiner Hand. Der Strauß bestand aus roten Blumen, die wie Nelken aussahen, und ein paar zarten grünen Zweigen als Dekoration. Plötzlich fühlte ich mich verfolgt, als wollte mich Monsieur Bellivier bis nach Hause begleiten. Dazu hatte er kein Recht. Kein Kärtchen, kein Name verriet, wer der Absender der Blumen war. Ich entdeckte nur einen kleinen Aufkleber mit dem Namen des Blumenladens. Alles war so gut gelaufen an meinem ersten Arbeitstag – bis ich diese Blumen bekommen hatte.

Ich schwitzte in den hochhackigen Pumps, als ich von der Avenue abbog. Am liebsten hätte ich die Blumen einfach in den nächsten Mülleimer befördert, aber das wäre mir falsch vorgekommen. Es widerstrebte mir nicht nur, die schönen frischen Blumen wegzuwerfen, ich bildete mir auch ein, dass sich das in irgendeiner Form rächen würde.

Mir kam die fixe Idee, der Blumenstrauß sei ein anonymer Staffelstab. Ich hatte ihn von der Rezeptionistin bekommen, die ihn von Monsieur Bellivier erhalten hatte, und jetzt war ich an der Reihe, ihn weiterzugeben. So ähnlich wie mit den E-Mails. Doch es war nicht nur der Gedanke, dass ich die Blumen einem Verstorbenen schenken könnte, der mich schließlich auf den Friedhof führte. Ich wollte mir ein paar Minuten Atempause verschaffen, bevor ich meinen Sohn abholte. Es war meine Art, in die Wirklichkeit zurückkehren. Der Tod erinnerte mich an das Leben.

Die Frau in dem Wachhäuschen am Eingang des jüdischen Friedhofs nickte mir zu. Seit dem vergangenen Jahr wurden alle jüdischen Friedhöfe der Stadt bewacht, da in letzter Zeit wiederholt jüdische Gräber geschändet worden waren. Mit dem Blumenstrauß wurde ich von einer anonymen Besucherin zu einer vermeintlichen Angehörigen.

Ziellos lief ich zwischen den Gräbern umher. Das trockene Laub raschelte unter meinen Füßen, ein Geräusch, das sonst nur dem Herbst vorbehalten war. Die Hitze nahm ab. Die kühlen Grabsteine leisteten den sommerlichen Temperaturen tapfer Widerstand. Obwohl ich schon häufig über den Friedhof geschlendert war, hatte ich mir die Steine noch nie näher angeschaut. Wenn die Verstorbene jüdischen Glaubens und mit einem nicht-jüdischen Mann verheiratet gewesen war, stand auch ihr Mädchenname darauf. Doch es gab keinerlei religiöse Symbole. Auf den Grabsteinen waren weder der Davidstern noch die Menora abgebildet. Sie trugen auch keine hebräischen Inschriften, lediglich verschiedene Arten von Kreuzen sowie Name, Geburts- und Todesdatum.

Die großen Familiengräber türmten sich auf wie kleine, steinerne Spielhäuser. Viele Gräber schienen aufgegeben worden zu sein, und das Moos hatte sich wie eine schützende Decke über ihnen ausgebreitet. Andere prahlten mit frischen Blumen. Den verwitterten Gräbern haftete nichts Trauriges an, im Gegenteil, sie sahen wunderschön aus in dem Gewand, in das die Natur sie gekleidet hatte. Als ich den Friedhof verließ, lag ein schönes rotes Blumenbouquet auf dem Grab einer Frau namens Judith Goldenberg.

Mein Morgen richtete sich danach, ob mein Sohn bei mir war oder nicht. Mein Exmann konnte diesen Sommer keinen Urlaub nehmen, und ich konnte nach meiner langen Krankheit auch nicht gleich wieder freimachen. Deshalb musste mein Sohn während seiner Ferien in die Kita gehen. Ich glaubte, er war gern dort, oder redete es mir zumindest ein. Wenn ich ihn fragte, wie ihm seine Sommerferien gefielen, zuckte er nur mit den Schultern. Ich stellte die Frage immer morgens. Nachmittags war ich zu beschäftigt und abends zu müde. Da holten mich stattdessen die Gefühle ein.

Am nächsten Morgen fragte ich mich, ob es richtig gewesen war, den Auftrag anzunehmen. Mein Sohn sah mich jedes Mal verwundert an, wenn ich die Küche zunächst in einem Kleid betrat, um zwei Minuten später in Hosen aufzukreuzen. Ich weiß nicht, ob er sich Gedanken darüber machte, dass ich mich ständig umzog, aber wenn er seinem Vater davon erzählen würde, glaubte der sicher, ich hätte jemanden kennengelernt. Was im Grunde auch egal war.

An meinem zweiten Arbeitstag bewältigte ich die Drehtüren ohne Probleme. Die Rezeptionistin lächelte mir zu. Was wusste sie über meine Tätigkeit? Über mich und Monsieur Bellivier? Ich beschloss, mir nicht den Kopf darüber zu zerbrechen. Ich würde sie ohnehin nie danach fragen können. Sowie ich mein Büro betreten hatte, wusste ich, dass jemand hier gewesen war. Erst als ich meinen Mantel aufgehängt und mich an den Tisch gesetzt hatte, konnte ich sagen, woran ich es erkannt hatte. Der Papierkorb war geleert worden, und die Stühle standen penibel am Konferenztisch. Sogar die Fensterscheiben glänzten ein bisschen mehr. Jemand war hier gewesen und hatte geputzt.

Obwohl ich mehrmals pro Stunde durch den Signalton des Postfachs unterbrochen wurde, schaffte ich mehr als sonst. Ich hatte einen weiteren Artikel abgeschlossen und sah aus dem Fenster. Unten auf dem Platz fuhren einige Militärfahrzeuge hin und her. Von oben betrachtet, sahen sie aus wie die kleinen Spielzeugautos meines Sohnes. Wahrscheinlich sollten sie den Bürgern ein falsches Gefühl von Sicherheit vermitteln und zeigen, dass sie die Terroristen unter Kontrolle hatten.

»Madame!«

Der gestrige Ausklang meines Arbeitstages wiederholte sich. Ich drehte mich um, nahm den Strauß mit einem Lächeln in Empfang und brachte ein Dankeschön über die Lippen. Heute waren es zarte blaue und gelbe Blumen. Eigentlich war es nur das Ende des Arbeitstages, das mich störte. Der Gedanke, dass jeder Tag so enden würde, bereitete mir Übelkeit. Plötzlich fühlte ich mich, als wäre ich zu schnell gerannt. Hatte ich etwas übersehen? Etwas, was ich erkennen oder verstehen müsste? Wem schenkte man normalerweise Blumen? Jemandem, der einen Wettkampf gewonnen hatte, der Geburtstag hatte, den man liebte, der gestorben war …

Ich setzte mich auf den Rand des Springbrunnens in der Nähe des Metroeingangs. Mir schoss der Gedanke durch den Kopf, dass ich die Einzige war, die das Areva-Gebäude mit einem Blumenstrauß in der Hand verließ. Ich stach aus der Menge hervor. Mit dem Hinweis, dass die Zielperson einen Blumenstrauß in der Hand hielt, war ich leicht zu entdecken. Die Blumen dienten dazu, mich zu identifizieren. Ich blickte mich um. Ein Anflug von Paranoia befiel mich und nahm innerhalb von Sekunden meinen ganzen Körper in Besitz. Ohne zu überlegen, stellte ich mich auf den nassen, glitschigen Brunnenrand. Er musste als Bühne herhalten. Ich hielt den Blumenstrauß hoch. Das war die einzige Möglichkeit, wieder ein wenig die Oberhand zu gewinnen. Ich musste zeigen, dass ich das Rätsel gelöst, den Zweck der Blumen durchschaut hatte. Hoffentlich war jetzt Schluss mit diesem Ritual und mit der Paranoia.

Auch diese Blumen wurden einer neuen Besitzerin überreicht. Diesmal einer lebenden. In meiner Nähe stand eine hochschwangere Frau und telefonierte, ihr Gesichtsausdruck wirkte gequält. Ich wartete, bis sie ihr Gespräch beendet hatte.

»Entschuldigung, möchten Sie die hier vielleicht haben?«

Ich hielt ihr den Strauß entgegen. Die Frau sah erst die Blumen an und dann mich.

»Nein«, sagte sie. »Warum sollte ich?«

»Die sind von meinem Liebhaber. Mein Mann kommt aber gleich, und bevor ich die Blumen in den nächsten Mülleimer werfe, wollte ich sie lieber verschenken.«

»Ja, das wäre schade. Sie sind schön.«

»Nehmen Sie sie. An einem Tag wie heute sind Blumen nie verkehrt.«

»Wenn Sie meinen ... Danke schön. Und viel Glück ... mit Ihrem Mann.«

Als ich kurz darauf einen Blick über die Schulter warf, sah ich, dass sie die Blumen nachlässig neben sich abgelegt hatte. Vielleicht wusste sie meinen Strauß doch nicht zu schätzen. Aber das spielte keine Rolle. Jedenfalls war ich die Blumen losgeworden und hatte sie nicht wegwerfen müssen.

Am nächsten Morgen wachte ich mit einem Ruck auf und glaubte zu wissen, wo ich die Zahlen- und Buchstabenkombination aus der Mail schon einmal gesehen hatte. Ich ging in die Küche und suchte nach meinem Portemonnaie. Mein Nachbar auf der anderen Seite des Innenhofs war wach. Er hatte Krebs. Das hatte mich die Concierge wissen lassen. Vermutlich war es nicht der Krebs, der ihn wachhielt, sondern die Angst davor. Er ging zwischen dem Küchentisch und dem Radio auf und ab. Nervös holte ich meine Air-France-Bonuskarte aus dem Portemonnaie und verglich die Ziffernfolge mit der, die ich in meinem Handy gespeichert hatte. Kein Zweifel. Der Zahlencode war vermutlich eine Mitgliedsnummer aus dem Meilenprogramm von Air France.

Mir wurde übel. Warum hatte es nicht wenigstens die Mitgliedsnummer einer Supermarktkette sein können? Der Zusammenhang mit der Fluggesellschaft gab meinen Terrorismus-Spekulationen neuen Auftrieb. Der Mann von gegenüber trat mit seiner Katze auf dem Arm ans Fenster und streichelte ihr liebevoll über den Kopf. Seine Angst dämpfte die meine. Was waren ein paar übereinstimmende Zahlen schon angesichts meines Nachbarn, der jede Nacht dem Tod ins Auge blickte?

Es dauert einen Moment, bis Mancebo wieder einfällt, warum seine Brust schmerzt. Die Erinnerung an den Autounfall mischt sich mit Madame Cats grünen Augen, als er sich aus dem Bett wälzt. Er ist vor dem Weckerklingeln aufgewacht und fühlt sich trotzdem ausgeruht und gewappnet für einen neuen Tag mit seinen zwei Jobs. Bevor er ins Badezimmer geht, stellt er den Wecker eine Viertelstunde vor, damit er nicht klingelt. Er ist noch nie von selbst aufgewacht, und Fatima würde es höchst sonderbar finden, wenn ihr Mann noch vor dem Klingeln des Weckers auf den Beinen ist.

Voller Stolz angesichts seiner Idee, den Wecker vorzudrehen, schlurft Mancebo ins Badezimmer, wo er sich vor den Spiegel stellt und sein weißes Nachthemd hochzieht, um nachzuschauen, ob er sich bei dem Unfall sichtbare Blessuren zugezogen hat. Auf seiner Haut ist jedoch nichts zu sehen. Es ist alles in meinem Inneren, denkt Mancebo.

Bevor er die Wohnung verlässt, geht er ins Schlafzimmer und betrachtet seine Frau, die immer noch tief und fest schläft. Er fragt sich im Stillen, was sie gestern so früh am Morgen draußen zu suchen hatte. Doch er hat weder Zeit noch Lust, weiter darüber nachzudenken. Immerhin hat er heute viel zu erledigen. Er darf keine Minute vergeuden, wenn alles wie geplant laufen soll.

Seine Notlüge hat ihm einen kaputten Lieferwagen beschert, aber er fährt, und das ist die Hauptsache. Er hat es gestern kontrolliert, nachdem er gemeinsam mit den Polizisten und dem Taxifahrer die notwendigen Versicherungspapiere ausgefüllt hatte. Jetzt muss er allerdings dafür sorgen, dass niemand aus seiner Familie den kaputten Scheinwerfer entdeckt.

Gott wollte mich bestrafen, denkt Mancebo. Der Allmächtige gibt mir die Lüge zurück, die ich mir selbst ausgedacht habe. Mancebo setzt seine Mütze auf. Jetzt braucht er tatsächlich Raphaëls Hilfe.

Die Luft ist drückend. Es wird wieder ein heißer Tag werden, denkt Mancebo, als er am Großmarkt seine Waren in den Lieferwagen packt. Er macht sich auf den Rückweg nach Paris. Noch fließt der Verkehr ungehindert, und Mancebo gibt Gas. Denn er will sich ein Notizbuch kaufen, damit er seinen Job korrekt und professionell erledigen kann.

Er biegt in die Avenue d'Italie ab und fährt in das 13. Arrondissement. Er kennt das Viertel, aber niemanden, der dort wohnt, und genau deshalb will er das Notizbuch hier kaufen. Im 13. Arrondissement leben und arbeiten viele Chinesen. Mancebo fährt dort nicht gerne hin, weil er sie nur so schwer versteht. Ihr Französisch klingt in seinen Ohren wie eine Fremdsprache, doch diesmal hat er keine Wahl.

Er steigt aus dem Lieferwagen und geht die Straße hinunter. Chinesische Banken, Modeboutiquen, Lebensmittelgeschäfte und eine Videothek, deren Schaufenster mit chinesischen Kampffilmen bestückt ist. Aber alle Läden haben geschlossen. Die Chinesen sind noch nicht wach. Mancebo will schon aufgeben, als er einen Mann und eine

Frau entdeckt, die vor einer offenen Ladentür Kartons stapeln. Er geht ein Stück näher und sieht im Schaufenster rote und schwarze Taschen liegen. Weiter hinten im Geschäft erspäht er ein paar Porzellanhasen und ein Bild mit einem elektrischen Wasserfall.

»Bonjour, haben Sie auch Notizbücher?«

Die beiden werfen Mancebo einen erschrockenen Blick zu. Sie sind es nicht gewohnt, dass um diese Tageszeit ein Araber in ihrem Viertel auftaucht, und erst recht keiner, der nach Notizbüchern fragt.

»Wir noch geschlossen.«

»Das sehe ich, Madame. Aber ich brauche ein Notizbuch, verkaufen Sie welche? Das Aussehen ist völlig egal, aber ein fester Einband wäre gut.«

»Das kann nicht sein«, antwortet die Frau, da der Mann offenbar kein Französisch spricht.

Ich wusste es, denkt Mancebo, ich sollte mich von ihnen fernhalten.

»Nicht mal ein kleiner Block?«

»Das kann nicht sein.«

»Das kann nicht sein? Wie meinen Sie das, Madame?«

Allmählich wird er ungehalten. In all den Jahren als Besitzer eines Lebensmittelgeschäfts hat er noch nie zu einem Kunden gesagt, dass etwas nicht sein kann. Was für ein Service!

»Ich meine, dass es nicht sein kann. Wir verkaufen nur an Firmen, Großhändler. Nicht Privatperson wie Sie, Monsieur. Nur große Mengen, kein Einzelhandel. Nicht ein Buch, viele.«

Mancebo parkt seinen weißen Lieferwagen wie gewöhnlich vor dem Le Soleil, um seinen Kaffee zu trinken. Doch er ist nicht allein im Wagen. Drei Kartons Salat, zwei Kartons grüne und rote Äpfel, ein paar Kilo Möhren, fünf kleine Körbchen Himbeeren und siebzig chinesische Notizbücher leisten ihm Gesellschaft. Die alte Uhr hinter dem Bartresen zeigt 8:36 Uhr. Er hat seine Mission erfolgreich ausgeführt.

Heute ist Freitag, was bedeutet, dass auf Paris' Straßen ein schnelleres Tempo herrscht. Die Pariser wollen vor dem Wochenende mit allem fertig werden und haben es eilig. Am späten Nachmittag werden die Straßen voller Menschen sein, die alles nach der Arbeit, aber vor dem Abendessen erledigen müssen. Dazu gehört auch ein Aperitif mit den Bekannten, für die man unter der Woche keine Zeit hatte. Tariq absolviert seine Behördengänge grundsätzlich am Freitagnachmittag. Seine Theorie ist, dass die Bürohengste ihre Krawattenknoten lockern, sobald sie sich am Freitag in der Mittagspause ein Gläschen Wein zum Lunch gegönnt haben. Und meistens bekommt er tatsächlich, was er will.

Tariq hat gerade seine Schuhmacherwerkstatt aufgeschlossen, und Mancebo nutzt die frühe Uhrzeit, um seine bisherigen Beobachtungen in einem seiner vielen chinesischen Notizbücher festzuhalten. Dabei lässt er nicht eine Sekunde die gegenüberliegende Straßenseite aus den Augen. Einmal ist er zusammengezuckt, weil er glaubte, dass dort etwas Außergewöhnliches vor sich ging, aber es war nur Tariq, der auf dem Bürgersteig vor seiner Werkstatt die Markise herunterkurbelte. Mancebo setzt einen stolzen Punkt hinter seinen Bericht vom Donnerstag, notiert das neue Datum auf einer weißen Seite, schlägt das bunte Notizbuch zu und verstaut es in einer Schublade unter der Registrierkasse, wo Rechnungen, wichtige Quittungen und ein paar Bonrollen liegen. Die übrigen neunundsechzig Notizbücher hat er ganz nach hinten in ein Regal unter dem Ladentisch geschoben. Er hat keine Ahnung, was er mit ihnen machen soll. Eigentlich könnte er sie wegwerfen, doch irgendetwas sagt ihm, dass das eine Verschwendung von Rohstoffen wäre.

Plötzlich sieht er am Haus gegenüber einen Mann mit einer braunen Schirmmütze die Feuertreppe herunterkommen. Mancebo würde am liebsten sofort auf die Straße laufen. Doch er beherrscht sich. Benimm dich wie immer, schießt es ihm durch den Kopf, und er nimmt sich einen Lappen und ein Stück Kreide und geht gemächlich hinaus in die Morgensonne.

Der Schriftsteller steigt rasch die Treppe hinunter und sieht prüfend zum Himmel hinauf, als wollte er die Wetterlage bestimmen, dann wendet er sich nach links und geht an der Schuhmacherwerkstatt vorbei. In der Hand trägt er eine kleine Reisetasche. Er geht zügig, deshalb kann die Tasche nicht schwer sein, er wird nicht lange wegbleiben, vielleicht nur übers Wochenende.

Mancebo spielt rasch alle denkbaren Szenarien durch. Womöglich fährt er in die Normandie, um das Wochenende mit seiner Geliebten am Meer zu verbringen? Diese Erklärung gefällt ihm und beflügelt ihn.

Er stellt sich vor, wie er dem Schriftsteller zum Gare Saint-Lazare folgt, wo der Schriftsteller seine Geliebte unter der großen Anzeigetafel begrüßt. Die beiden setzen sich in ein Erste-Klasse-Abteil und können die Hände nicht voneinander lassen. Sie küssen sich zärtlich, und genau in dem Moment, als sich der Zug in Bewegung setzt, springt Mancebo selbst in den Wagen, um Madame Cat von dem heimlichen Tête-à-Tête berichten zu können.

Da sitzt er, schräg hinter ihnen, mit einer Zeitung vor dem Gesicht und hört jedes Wort, das sie sagen.

Der Schriftsteller liest einige Kapitel aus seinem neuen Kriminalroman vor. Seine Geliebte lauscht ihm andächtig. Sie ist schön wie eine frisch aufgeblühte Rose. Eine passendere Beschreibung, ein weniger abgedroschener Vergleich will Mancebo in diesem Augenblick nicht einfallen. Als die beiden in den Speisewagen gehen, um sich zwei Gläser Champagner zu bestellen, nutzt er die Gelegenheit, um alles in sein rotes chinesisches Notizbuch zu schreiben. Als der Schriftsteller und die Frau zurückkommen, legt Mancebo das Notizbuch diskret zur Seite und widmet sich wieder der Zeitung.

Er sollte lieber einen Blick auf die Uhr werfen und seine Tagträumereien beenden. Der Schriftsteller kann ebenso gut das Wochenende mit seiner Frau verbringen. Mancebo sieht zur Kirchturmuhr hinauf, um den genauen Zeitpunkt seiner Beobachtung zu notieren, doch das Zifferblatt starrt höhnisch zurück, wie ein Gesicht ohne Augen und Mund, stumm und blind. Die Uhr ist stehen geblieben. Ein älteres Ehepaar betritt den Laden.

»Bonjour, Madame. Bonjour, Monsieur.«

»Bonjour, Monsieur Mancebo«, erwidert die Frau.

Ihr Mann nickt zur Begrüßung. Die beiden wohnen einen Steinwurf vom Boulevard entfernt und sind seit dem ersten Tag seine Kunden.

»Womit kann ich an diesem schönen Morgen dienen?«, fragt er.

»Ich bräuchte eine Packung Kekse, dunkle, falls Sie die haben, mit vielen Ballaststoffen. Ich habe Probleme mit der Verdauung. Mein Arzt hat mir ballaststoffreiche Kekse verordnet.«

»Dann muss ich Sie um das Rezept bitten.«

Die beiden lachen, allerdings klingt das Lachen des Mannes ein bisschen gequält. Mancebo sieht nach, was er vorrätig hat. Schließlich findet er eine Kekspackung, die im Regal liegt, solange er denken kann. Auf der Packung steht irgendetwas von Vollkorn.

»Ich glaube, das ist genau das, was Sie brauchen.«

Die Frau mustert skeptisch die Packung und kramt in ihrer großen roten Stofftasche nach ihrer Brille. Ihr Mann reißt ihr die Kekse aus der Hand und liest die Inhaltsstoffe vor.

»Wir nehmen sie«, sagt die Frau rasch, damit ihr Mann nicht sämtliche Zutaten aufzählt.

Mancebo nimmt die Kekspackung wieder an sich und geht zur Kasse.

»Wie ist es eigentlich Ihrem Lieferwagen ergangen?«, erkundigt sich die Frau plötzlich.

»Du solltest lieber fragen, wie es Monsieur Mancebo ergangen ist«, sagt ihr Mann seufzend und schüttelt den Kopf.

»Der Lieferwagen?«

Mancebo tut ungerührt.

»Ja, wir haben den Unfall gesehen. Er hat sich ja direkt vor unserem Fenster ereignet. Wir saßen sozusagen in der ersten Reihe.«

Die Frau lacht, ihr Mann seufzt noch einmal.

»Ach so, der Unfall ...«

Am liebsten würde Mancebo die Sache mit einem Scherz überspielen, aber ihm fällt nichts Passendes ein.

»Es ist ja nichts passiert. Nur ein kaputter Scheinwerfer. So was kommt vor. Wahrscheinlich lag es an der Hitze.«

»Genau das hat Ihre Frau auch gesagt.«

»Meine Frau?«

»Ja, Fatima.«

»Wir sollten jetzt gehen«, drängt der Mann.

»Meine Frau hat den Unfall gesehen?«

»Nein, aber wir haben sie später am Nachmittag getroffen und haben uns erkundigt, wie es Ihnen ergangen ist.«

»Sie haben sie getroffen? Wo denn?«

»In dem Tabakwarenladen unter unserer Wohnung.«

Mancebos Fragen verwirren die alte Dame, und ihr Mann möchte gehen.

»Was hat sie denn da gemacht?«

Die Frau sieht Mancebo verwundert an.

»Das weiß ich nicht. Sie ist öfter da und trinkt mit dem Monsieur, der dort arbeitet, einen Kaffee. Meistens sitzen sie hinter dem Vorhang in seinem Büro. Ich dachte, Sie wüssten ...«

»Liebling, du solltest dich nicht in Monsieur Mancebos private Angelegenheiten mischen. Jetzt nehmen wir die Kekse, gehen nach Hause und lösen dein kleines Problem.«

Der Mann hält die Vollkornkekse hoch, die der Verdauung seiner Frau wieder auf die Sprünge helfen sollen, und Mancebo sieht ihm an, dass er am liebsten im Erdboden versinken würde.

Die Sonne steht hoch am Himmel, und die Abgase der Autos dringen in jede Pore. Millionen Menschen versuchen in einem Glutofen zu überleben, der nicht einmal nachts abkühlt. Mancebo wischt sich den Schweiß von der Stirn und zieht kurz in Erwägung, seine Mütze abzusetzen, verwirft den Gedanken jedoch genauso schnell wieder. Zum ersten Mal kommen ihm Zweifel am erfolgreichen Ausgang seiner Mission. Die Sache wächst ihm über den Kopf. Und er kann die neue Information über Fatima nicht richtig verarbeiten. Es sind die Worte »hinter dem Vorhang«. Was macht Fatima hinter einem Vorhang in einem Tabakwarenladen, und warum hat sie ihn nicht wegen des Autounfalls zur Rede gestellt, obwohl sie doch davon weiß? Normalerweise ist sie die Erste, die ihm die Leviten liest, wenn er etwas Dummes gemacht hat.

Bei dieser Hitze kann Mancebo keinen klaren Gedanken fassen. Er steht auf, um sich eine Flasche Wasser zu holen, und kehrt dann schnell auf seinen Hocker zurück. Das ist ein sicherer Ort. Die Beine des Hockers haben an der Stelle, wo er immer steht, schon deutliche Markierungen im Asphalt hinterlassen, und jedes Mal stellt Mancebo den Hocker ohne nachzudenken dorthin. Auch andere Ladenbesitzer sitzen auf Stühlen und Hockern vor ihren Geschäften, um etwas Luft zu schnappen

Bei Hitze laufen die Geschäfte schlecht, mit Ausnahme der Kette Picard, die ausschließlich Tiefkühlwaren vertreibt und ihren Verkauf in den heißen Sommerwochen um bis zu dreißig Prozent steigert. Viele Kunden betreten den Laden allein schon, um sich ein paar Minuten abzukühlen, und die Clochards scharen sich um die Klimaanlage. Aber für den Besitzer eines kleinen Lebensmittelgeschäfts ist die Hitze nichts als ein Fluch. Mancebo kann seine Kunden nicht einmal mit einer Klimaanlage locken.

Mancebo verbringt den Nachmittag damit, seine Beobachtungen aus der Mittagspause zu notieren. Außerdem erstellt er eine kurze Einkaufsliste mit Dingen, die er für seine neue Arbeit benötigt. Er weiß nur nicht, wann er sie kaufen soll. Normalerweise überlässt er so etwas Fatima, aber wie soll er ihr erklären, warum er plötzlich eine Armbanduhr und ein Fernglas braucht? Was das Fernglas angeht, ist er sich nicht ganz sicher. Schließlich will er ja keine Aufmerksamkeit erregen, aber er muss sich den Gegebenheiten auch anpassen. Es könnten Situationen auftreten, die unauffällige, aber professionellere Spionagetechniken aus der Distanz erfordern.

Am Horizont türmen sich dicke schwarze Wolken auf. Der Gedanke an die bevorstehende Abkühlung macht die Hitze erträglicher. Tariq pfeift von der anderen Straßenseite herüber, um ihn daran zu erinnern, dass es Zeit für ihren täglichen Spaziergang ins Le Soleil ist. Mancebo reckt einen Daumen in die Höhe. Tariq hilft Mancebo dabei, seine Stände in den Laden zu schieben, und stibitzt sich einen Apfel. Dann hält er inne.

»Hast du einen Sonnenstich bekommen, Bruder?«, fragt er und zeigt auf die Kiste mit den Äpfeln.

Am Morgen war Mancebo so sehr von allem anderen abgelenkt, dass er aus Versehen die Äpfel falsch ausgezeichnet hat. Sie kosten jetzt neunundvierzig Euro das Kilo.

»So fantastisch schmecken sie nun auch wieder nicht.«

Mancebo kratzt sich am Kopf. Ich muss lernen, mehrere Dinge gleichzeitig zu tun, denkt er. Er wischt den Preis mit dem Ärmel ab, und die beiden Cousins gehen den Boulevard hinunter. Tariq mit einem roten Apfel in der Hand und Mancebo mit weißer Kreide am rechten Ärmel seines Mantels.

Tariq und François reden über das Wetter. Mancebo versucht, der Unterhaltung zu folgen, driftet aber immer wieder ins Reich der Fantasie ab. In seinen Gedanken befindet er sich nicht in einer verrauchten Pariser Bar, sondern an einem Strand in der Normandie. Dort scheint auch die Sonne, aber durch die Meeresbrise bilden sich keine Schweißperlen auf der Stirn. Die sind nämlich nicht romantisch. Der Schriftsteller hat alles geplant. Die beiden haben schon seit mehreren Wochen über diese Reise gesprochen, aber keinen konkreten Zeitpunkt festgelegt. Es ist das erste Mal, dass der Ehemann der Geliebten und die Ehefrau des Schriftstellers am selben Wochenende verreist sind.

Die Wellen schwappen gütig an den Strand, als sich die beiden zur Feier ihres Liebeswochenendes einen Aperitif genehmigen. Wobei – genießen sie wirklich einen Drink am Strand? Hatten sie im Zug nicht Champagner bestellt? Vielleicht haben sie schon ihr Zimmer in dem pittoresken kleinen Hotel in dem Fischerdörfchen bezogen oder …

Mancebo unterbricht seine Gedanken mit einem theatralischen Seufzer. Er muss dem jungen Liebespaar ein bisschen Privatsphäre lassen. Er darf nicht zu indiskret sein. Professionalität, mein Freund, ermahnt er sich und trinkt seinen Pastis. Die letzte Pause ist vorbei, Zeit, wieder an die Arbeit zu gehen.

Da Mancebo sicher ist, dass der Schriftsteller übers Wochenende oder zumindest über Nacht fortbleibt, hat er es nicht eilig, in seinen Laden zurückzukommen. Er kann guten Gewissens einen kleinen Ausflug in privater Sache unternehmen.

»Ich geh nur eben Zigaretten kaufen«, sagt Mancebo entschuldigend, als Tariq und er draußen auf dem Boulevard des Batignolles stehen.

»Du kannst eine von mir haben, Bruder. Wenn du willst, kann ich dich für den Rest deines Lebens mit Zigaretten versorgen. Weil sich deine Frau so um deine Gesundheit sorgt, wäre es ja höchstens eine Schachtel im Monat.«

Tariq findet Fatimas strikte Rationierung von Mancebos Zigarettenkonsum höchst amüsant. Mancebo hat keine Ahnung, wieso, und fühlt sich jedes Mal gedemütigt.

»Vielleicht ist Fatima diejenige, die dich mit Zigaretten versorgt?«

Die Bemerkung rutscht Mancebo einfach so heraus, als ihm die ungeklärte Beziehung seiner Frau zu dem Tabakhändler wieder in den Sinn kommt.

»Was zum Teufel willst du damit sagen?«

Tariq packt Mancebo am Ärmel, besinnt sich aber eines Besseren und versucht, sich zu beruhigen.

»Tut mir leid, aber was meinst du damit?«

Tariqs Augen sind schwarz. So schwarz wie nie zuvor. Mancebo erkennt seinen Cousin nicht wieder. Er macht ihm Angst. Sie sehen sich an. Mancebo weiß, dass er Tariq auf seiner Seite haben muss. Er könnte es nicht ertragen, ihn zum Feind zu haben, nicht ausgerechnet jetzt.

»Sag mir was? Was habe ich gesagt? Ich kann mich nicht erinnern. Warum so wütend, Bruder?«

Tariq mustert ihn ein paar Sekunden, dann entspannen sich seine Gesichtszüge, und er lacht: »Tut mir leid. Die Hitze ist mir zu Kopf gestiegen.«

»Ja, das geht uns wohl allen so«, sagt Mancebo und lächelt.

Eigentlich müsste Mancebo kein Geheimnis daraus machen, dass er seine Zigaretten heute in der Rue de Chéroy kaufen geht und nicht wie sonst beim Tabakhändler auf dem Boulevard, doch nach Tariqs Reaktion erscheint ihm das angebracht. Also läuft er wie üblich nach links und steuert auf das Geschäft zu, wo er immer seine Zigaretten kauft. Am liebsten würde er sich prüfend umdrehen, ob sein Cousin ihm nachschaut, traut sich aber nicht.

Mancebo betritt den Tabakwarenladen, lässt ein paar Sekunden verstreichen und geht wieder hinaus. Er biegt auf den Place Prosper-Goubaux ab, umrundet den Block und kommt auf der Rue de Chéroy heraus. Als er die Unfallstelle passiert, muss er schlagartig an den Zusammenstoß denken. Glasscherben oder Bremsspuren sind nicht mehr zu sehen. Nichts deutet darauf hin, dass sich genau an dieser Stelle ein Unfall ereignet hat. Mancebo bedankt sich im Stillen bei den Pariser Straßenreinigern und ihren Kehrmaschinen mit den grünen Bürsten.

Vielleicht steht Fatima hinter dem Vorhang, denkt Mancebo, als er den Tabakwarenladen betritt. Er war erst einmal hier, zusammen mit Amir, der eine Zeitung für die Schule brauchte. Warum er seine Zigaretten nie hier kauft, weiß Mancebo selbst nicht. Er hat seine Gewohnheiten. Als er eintritt, klingelt die Ladenglocke, und eine himmlische Kälte empfängt ihn. Manche Ladenbesitzer haben es gut. Der unfassbar korpulente Tabakhändler dreht sich um und zieht die Augenbrauen in die Höhe, als sei er erstaunt, ihn in seinem Geschäft zu sehen. Merkwürdig, Mancebo ist dem Tabakhändler noch nie begegnet. Aber er beruhigt sich, die Leute benehmen sich wegen der Hitze einfach merkwürdig. Erst jetzt fragt er sich, warum er eigentlich hergekommen ist. Er hat nicht die geringste Ahnung und wirft einen verstohlenen Blick auf den Vorhang.

»Bonsoir.«

»Bonsoir, Monsieur. Was kann ich für Sie tun?«

»Schön haben Sie es hier.«

Der Mann sieht Mancebo fragend an.

»Schön kühl.«

»Ach so, ja«, erwidert der Tabakhändler erleichtert.

Wie soll ich das Gespräch nur unauffällig auf Fatima lenken, denkt Mancebo verzweifelt.

»Ich bin hier, weil ich meine Frau suche.«

»Ihre Frau? Hier?«

»Ja, sie hat gesagt, dass sie hier vorbeigehen wollte.«

»Was Sie nicht sagen ... Und wer ist Ihre Frau?«

»Fatima.«

Der Tabakhändler fängt an, die Zeitungsstapel auf dem Tresen zu sortieren.

»Nein, ich bin allein im Laden.«

»Das sehe ich Monsieur, aber kommt sie nicht hin und wieder her?«

»Nein, tut mir leid, ich weiß nicht, von wem Sie sprechen. Ich kenne keine Fatima. Vielleicht haben Sie sich im Geschäft geirrt? Ein Stück weiter die Straße hoch gibt es noch einen Tabakladen.«

»Ja, vielleicht.«

Mancebo wird klar, dass er hier dieselbe Taktik anwenden muss wie vor einigen Minuten bei Tariq. Klein beigeben. Einen Rückzieher machen. Sich tot stellen, wie die Tiere in brenzligen Situationen.

»Ich wünsche Ihnen noch einen schönen Abend, Monsieur«, verabschiedet sich Mancebo.

»Gleichfalls«, erwidert der fette Tabakhändler mit einem falschen Lächeln.

Mancebo kehrt im Laufschritt zurück und stürzt in den Tabakwarenladen, den er für gewöhnlich aufsucht.

»Bonsoir, Mancebo. Was bringt Sie dazu, an einem so heißen Tag durch die Gegend zu hetzen?«

»Ich muss schnell zurück in den Laden.«

»Die Geschäfte laufen also gut?«

Mancebo lächelt und legt das Geld passend auf den Tresen. Als er den Boulevard überquert, blickt er zur Schuhmacherwerkstatt hinüber. Tariq steht in der Tür und beobachtet ihn. Dass sein Zigarettenkauf ein bisschen länger gedauert hat, ist nicht ungewöhnlich, Mancebo hält gern ein Schwätzchen mit dem Tabakhändler.

Als Beweis, dass er keine Dummheiten gemacht hat, hält er die Zigarettenschachtel hoch. Tariq nickt ihm zu und geht in seine Werkstatt.

Der sehnsüchtig erwartete Regen kommt in der Nacht, und es gibt ein Gewitter. Mancebo schlägt das Laken zur Seite und steht auf. Er blickt hinaus auf den Boulevard, der ebenso verwaist ist wie das Appartement im Haus gegenüber. Am liebsten würde er sich jetzt eine Zigarette anzünden, doch er hat seine Tagesration bereits geraucht. Und was würde Fatima sagen, wenn sie ihn mitten in der Nacht beim Rauchen erwischte? Besser, er lässt es bleiben.

Ein Blitz und der darauffolgende Donner lassen ihn so heftig zusammenfahren, dass er einen Satz macht. Selbst Fatima, die sonst kaum wach zu bekommen ist, schreckt aus dem Bett hoch. So schnell sie kann, bewegt sie ihren plumpen Körper und stellt sich neben ihn ans Fenster. Sie schauen hinaus. Fatimas Augen wandern über die Straße, um einen möglichen Blitzeinschlag auszumachen, während Mancebo wie hypnotisiert in die gegenüberliegende Wohnung starrt. Nicht einmal die Kraft des Donners kann ihn von seinem Auftrag ablenken.

»Er hat bestimmt die Kirchturmspitze getroffen«, murmelt Fatima.

Mancebo mustert sie von der Seite. Fatima und der dicke Tabakhändler? Der Gedanke ist absurd. Angestrengt versucht er, sich die beiden hinter dem Vorhang vorzustellen, aber es gelingt ihm nicht. Und warum hat sie kein Wort über den Autounfall verloren? Wenn du wüsstest, denkt Mancebo. Ich habe auch meine Geheimnisse. Ich bin nicht der, für den du mich hältst.

Zum ersten Mal googelte ich Monsieur Bellivier. Die Suche ergab einige Treffer. Nachdem ich alle aussortiert hatte, die mir irrelevant erschienen, wie beispielsweise ein belgischer Bauer, blieben noch eine Handvoll möglicher Kandidaten übrig. Einer von ihnen, ein Gynäkologe namens Bertrand Bellivier, betrieb eine Praxis in Pont de Neuilly, nur ein paar Metrostationen von La Défense entfernt. Bevor ich in der Praxis anrief, vergewisserte ich mich, dass niemand vor meiner Bürotür stand.

»Bonjour, ich würde gerne einen Termin bei Dr. Bellivier vereinbaren.«

»Sind Sie bereits Patientin bei ihm?«

»Nein.«

»Es tut mir leid, aber Dr. Bellivier nimmt keine neuen Patientinnen an.«

»Es handelt sich um einen Notfall, meine Gynäkologin ist verreist. Es wäre nur dieses eine Mal, um etwas überprüfen zu lassen.«

»Also gut, ich kann Ihnen einen Termin in der nächsten Woche anbieten«, erwiderte die Sprechstundenhilfe.

»Es müsste zwischen zwölf und halb zwei sein.«

Am Vormittag, zwischen den Plings, versuchte ich, in Monsieur Belliviers Namen eine Flugreise auf die Malediven zu buchen. Ich gab den Zahlencode der

Air-France-Karte ein, um zu sehen, ob Name und Code übereinstimmten. Doch bevor die Buchung bestätigt werden konnte, musste man auch den Vornamen und die Adresse angeben. Also war ich genauso schlau wie vorher. Ich forderte mein Glück ein zweites Mal heraus und rief bei der Service-Hotline der Fluggesellschaft an.

»Bonjour, ich habe einen Air-France-Mitgliedsausweis gefunden und würde gerne wissen, wem er gehört.«

»Und warum, wenn ich fragen darf?«

»Er lag an meinem Arbeitsplatz, und ich möchte herausfinden, wer ihn verloren hat.«

»Auf sämtlichen Mitgliedsausweisen unserer Gesellschaft steht der Name des Besitzers.«

»Ja, aber er ist nicht mehr entzifferbar ... Die Buchstaben sind verblasst, aber ich habe die Zahlen.«

»Es tut mir leid, Madame. Ich darf keine Informationen über unsere Kunden herausgeben. Bitte schicken Sie uns den Ausweis zu, dann werden wir uns mit der betreffenden Person in Verbindung setzen.«

»In Ordnung, vielen Dank.«

So kam ich nicht weiter. Für heute hatte ich mein Glück oft genug auf die Probe gestellt. Der Computer gab ein Pling von sich.

Etwas entmutigt fuhr ich zu Beginn meiner Mittagspause mit dem Aufzug nach unten ins Foyer. Ich war nicht nur bei der Arbeit allein, ich war mit allem allein. Obwohl ich den Job erst ein paar Tage machte, kam mein Sohn mir fremd, konturlos vor, und ich litt darunter.

Ich gab nur deshalb nicht auf, weil der Auftrag zeitlich begrenzt war. Drei Wochen lang würde ich die Plings hören, dann hätte das Ganze ein Ende, und ich würde wieder in meinen normalen Alltag zurückkehren. Was ich mir davon versprach? Möglicherweise eine ansehnliche Summe Geld, Erinnerungen, ein bisschen Spannung. Das dachte ich jedenfalls, als ich draußen vor dem Areva-Tower auf einer Bank saß. Eigentlich war es zu warm, um die Mittagspause im Freien zu verbringen, doch aus irgendeinem Grund wollte ich schwitzen, ich wollte leiden.

Ein Flugzeug donnerte über die Hochhäuser hinweg, und ich sah nach oben. Wenn es in die falschen Hände geriet, konnte ein Flugzeug zu einer Massenvernichtungswaffe werden. Ironischerweise war es eine Air-France-Maschine. Was vor über einem Jahrzehnt auf der anderen Seite des Atlantiks geschehen war, hatte alles verändert. Ich stand auf, die Pflicht rief.

Ich beschloss, den Dingen nicht weiter auf den Grund zu gehen – weder Air-France-Mitgliedsausweisen noch Zahlenkombinationen oder Gynäkologen, die zufälligerweise denselben Nachnamen wie mein Arbeitgeber hatten –, sondern mich auf meine Arbeit zu konzentrieren. Ich musste ein paar Artikel zu Ende schreiben. Sie waren meine Rettung. Nicht einmal die Plings konnten meine neu gewonnene Konzentration stören. Ich hatte die Zeit im Blick und machte bereits Überstunden, wenn auch nur ein paar Minuten, aber ich wollte noch einen Artikel abschicken.

Plötzlich hörte ich ein Geräusch. Jemand war mit dem Fahrstuhl auf dem Weg in die in Vergessenheit geratene Etage. Was sollte ich tun, wenn einer der Sicherheitsleute hier auftauchte? Ich erinnerte mich daran, dass mich mein Zugangsausweis als Sales Manager auswies, und sofort fühlte ich mich ein bisschen sicherer. Ich hielt mir das Telefon ans Ohr. Falls jemand in mein Büro kam, würde ich so tun, als hätte ich diesen abgeschiedenen Ort aufgesucht, um ungestört zu telefonieren. Meinen Laptop konnte ich schnell verschwinden lassen. Irgendwelche anderen Spuren würde ich nicht hinterlassen. Einen Augenblick später konnte ich durch die Lamellen der Tür die Umrisse einer Gestalt erkennen, und bevor ich auch nur eine Vermutung anstellen konnte, wer mein Besucher war, stand sie auch schon vor mir.

»Bonsoir.«

»Bonsoir.«

»Ich wollte gerade gehen.«

Die Frau antwortete nicht, sondern zog einen großen Staubsauger ins Büro und ging wieder in den Flur hinaus, um ihren Putzwagen zu holen. Mir fiel ein, dass der Mann irgendetwas von einer Reinigungskraft gesagt hatte. War die Frau in dieses Spiel eingeweiht, oder hatte sie keine Ahnung, was vor sich ging? Vielleicht war sie, ohne es zu wissen, eine lebendige Terrorzelle. Der Staubsauger machte einen Heidenlärm, und ich hätte ihn am liebsten ausgestellt und ihr erklärt, dass uns jemand in den unteren Stockwerken hören könnte.

Ich hatte mich dabei ertappt, wie ich aus Angst, man könnte meine Anwesenheit entdecken, auf Zehenspitzen herumschlich. Aber vielleicht gehörte die oberste Etage zu ihrer üblichen Runde, und die Areva-Angestellten waren es gewohnt, am späten Nachmittag Geräusche aus dem leer stehenden Stock zu hören. Oder vielleicht drangen die Geräusche auch gar nicht bis zu ihnen hinunter. Der Gedanke verursachte mir Unbehagen. Ich loggte mich aus und fuhr den Computer herunter.

»Au revoir, Madame.«

»Au revoir, Madame.«

Sie sah mich nicht einmal an, als ich das Büro verließ, aber warum hätte sie das auch tun sollen?

Der Mann lehnte tief in Gedanken versunken an den Türen der Metro. Er versuchte zu telefonieren, doch hier unten gab es keinen Empfang. Ich stand nur ein, zwei Meter von ihm entfernt. In seinen goldbraunen Augen blitzte ein Funken Lebensfreude auf, der gegen das Erlöschen ankämpfte.

Sofort malte ich mir seinen Alltag aus: Er war ein lebenslustiger Mensch, der gern kochte und die guten Dinge im Leben zu schätzen wusste, das folgerte ich aus seinem leichten Übergewicht. Doch momentan wuchs ihm die Arbeit über den Kopf, und er machte sich Sorgen, das Projekt, das ihm aufgehalst worden war, nicht bewältigen zu können. Nein, in diesem Punkt irrte ich mich. Seine Lebensfreude wurde nicht durch berufliche Probleme erstickt. Als er mich anschaute, wich ich seinem Blick aus.

Es sollte zufällig wirken. Die Metro hielt an der Station Saint-Paul. Als die Türen aufgingen, trat der Mann einen Schritt zurück. Ich stieg aus und wartete, bis die neuen Fahrgäste eingestiegen waren. In dem Moment hielt ich ihm den Blumenstrauß hin. Automatisch nahm er ihn entgegen, damit er nicht auf den Boden fiel, und sah mich erstaunt an. Die Türen schlossen sich, und ich ging den Bahnsteig entlang Richtung Ausgang.

Bevor ich den Auftrag angenommen hatte, hatte ich geglaubt, ein ziemlich einsamer Mensch zu sein. Aber ich hatte mich getäuscht. Denn erst jetzt war ich wirklich einsam. Ich redete mit niemandem und senkte den Blick, wenn mich jemand ansprach. Ich ertappte mich dabei, wie ich auf den Boden starrte, als mich der Freizeitbetreuer meines Sohnes fragte, ob mein Sohn nächste Woche mit ins Freibad fahren würde. Ich hatte keine Ahnung, wer ich war. Ich war in eine Rolle geschlüpft, die ich allem Anschein nach gut spielte, aber ich war einsam.

Meine Anonymität ging so weit, dass ich völlig fremden Leuten, sogar Toten, Blumen schenkte. Judith Goldenberg hatte ich bereits in der ersten Woche mehrere Sträuße vermacht. Vielleicht hatte ich ihr Grab ausgewählt, weil es nicht mit Blumen geschmückt war. Weil es mich an mich selbst erinnerte.

An meinen Zugangsausweis hatte ich mich gewöhnt. An die Blumen nicht. Der Strauß am Ende eines jeden Arbeitstages überschritt eine Grenze. Er stellte eine unvermeidliche Verbindung zwischen dem Auftrag und meinem Privatleben her, die mir nicht gefiel.

Der Abwechslung halber und um die Blumen nicht nur Toten oder Fremden in der Metro zu überlassen, war ich einmal kurz davor gewesen, meinem Exmann einen Strauß zu überreichen, als er unseren Sohn abholte. Aber im letzten Augenblick überlegte ich es mir anders. Er hätte diese Geste als Zeichen genommen, dass es mir nicht gut ging. Ansonsten war ich keine besonders redselige Gesprächspartnerin. Ich wollte mich nicht unterhalten, nicht einmal mit meinen Nachbarn, aus Angst, ich könnte ausplaudern, was ich zurzeit tat. Diejenigen, die wussten, was ich im letzten halben Jahr durchgemacht hatte, hielten meine Einsilbigkeit für eine Begleiterscheinung meiner Depression. Doch ich war nicht depressiv, ich bewegte mich lediglich auf unbekanntem Terrain.

Der junge Mann lächelte mir zu. Er sah ganz und gar nicht wie jemand aus, der in einem Blumenladen arbeitete. Ich hatte keine Ahnung, was besser zu ihm gepasst hätte, aber auf keinen Fall ein Blumenladen. Auch der Blumenladen wirkte oberhalb der Metrostation in direkter Nachbarschaft zu mehreren großen Müllcontainern deplatziert. Zwischen dem grauen Beton leuchteten die Blumen wie bunte Farbtupfer. Ich hatte schon länger mit dem Gedanken gespielt, in das Geschäft hineinzugehen, mich aber nicht getraut. Ich sagte, ich wolle wissen, wer die Blumen bestelle, die jeden Nachmittag an die Rezeption des Areva-Towers geliefert würden. Der junge Mann sah mich misstrauisch an, und das mit Recht.

»Warum möchten Sie das wissen?«, fragte er.

»Es interessiert mich einfach.«

»Das darf ich Ihnen leider nicht sagen. Wer sind Sie?«

Im Grunde wollte der Blumenverkäufer nicht meinen Namen erfahren, es war nur eine Routinefrage, aber ich bekam Herzrasen.

Statt einer Antwort hielt ich ihm den Blumenstrauß entgegen.

»Gefällt er Ihnen? Ich habe ihn gebunden, schön, oder?«, sagte er und lächelte.

Ich nickte.

»Sie gefallen mir alle. Und deshalb würde ich gerne wissen, von wem sie sind.«

Er zögerte, und ich begriff, dass er glaubte, es gäbe einen Kavalier, der versuchte, mein Herz zu erobern. Einerseits war er stolz, das Verbindungsglied zwischen uns zu sein, andererseits verbot sein Pflichtbewusstsein ihm, den Namen des Auftraggebers zu verraten.

»Es tut mir leid, Madame, aber ich kann Ihnen nicht

weiterhelfen. Wenn es keine Karte mit einem Absender gibt, dann, möchte er … oder sie … anonym bleiben.«

»Monsieur Bellivier?«, fragte ich auf gut Glück.

Der Blumenverkäufer verzog keine Miene.

Die U-Bahn ruckelte um eine Kurve, und ich bemerkte, dass meine Mitreisenden sich wunderten, warum ich nicht besser auf meine Blumen achtgab. Jedes Mal wenn sich jemand an mir vorbeidrängte, um auszusteigen, wurden sie zerdrückt. Um mich herum verstreut lagen kleine grüne Blätter, als würde ich mein Revier markieren.

Eine alte Dame lächelte mir zu, vielleicht hatte auch sie irgendwann in ihrem Leben einmal einen Blumenstrauß misshandelt und wusste, was ich durchmachte. So, wie die Blumen nach der Fahrt in der Metro aussahen, konnte ich sie nicht einmal mehr auf Judith Goldenbergs Grab legen. Den Toten muss man Respekt erweisen.

Ich übergab die Blumen den kalten Bronzearmen von Michel de Montaigne. Die Statue mit den blitzblank geputzten Schuhen machte einen zufriedenen Eindruck. Einigen Studenten von der Sorbonne gefiel meine Wahl, sie klatschten und reckten die Daumen in die Höhe. Ich trat ein paar Schritte zurück und betrachtete meine Installation. Michel de Montaigne schien wie dafür gemacht, einen Blumenstrauß zu halten. Ich war frei und ging nach Hause, zurück in die Wirklichkeit.

Die Tür stand offen, aber die Rezeption war unbesetzt, sofern man den kleinen weißen Tisch und den Stuhl als Rezeption bezeichnen wollte. Ich ging ins Wartezimmer. Eine schwangere junge Frau saß neben ihrem Freund. Vermutlich der Kindsvater. Ich schätzte, dass sie im sechsten, siebten Monat war. Wir begrüßten uns, wie man sich in einem Wartezimmer begrüßt: leise, diskret, höflich. Die beiden hielten sich an der Hand. Sie waren der Liebe wegen hier. Ich war hier, weil ich paranoid war. Sie waren hier, um sich zu vergewissern, dass es dem, was ihnen am wichtigsten war – ihrem Kind – gut ging. Ich war hier, um einen Gynäkologen aufgrund seines Nachnamens zu treffen.

Eigentlich wusste ich, dass diese Idee an den Haaren herbeigezogen war. Genauso abwegig wie die Aktion, bei der ich mich auf den Brunnenrand gestellt und den Blumenstrauß in die Höhe gehalten hatte. Beides war ein Versuch, das Gefühl der Machtlosigkeit zu bekämpfen, das Gefühl, dass mich jemand kontrollierte. Aus Verzweiflung hatte ich einen Termin bei einem Frauenarzt vereinbart, der so hieß wie mein Auftraggeber. Und selbst wenn er sich wider Erwarten als jener Monsieur Bellivier entpuppte, der in mein Leben eingedrungen war, würde das eigentlich nichts verändern. Mit dem einzigen Unterschied, dass er wüsste, wie mein Unterleib aussah.

In der Praxis erklangen Stimmen, eine Frau in meinem Alter ging am Wartezimmer vorbei. Dicht hinter ihr erschien ein grauhaariger schlanker Mann. Sie blieben stehen und gaben sich die Hand. Mit einem gestressten Lächeln kam die Sprechstundenhilfe zurück. Der grauhaarige Gynäkologe drehte sich um. Zu meiner Enttäuschung würdigte er mich keines Blickes, aber nichtsdestotrotz verspürte ich einen leichten Nervenkitzel, denn zum ersten Mal wartete ich tatsächlich auf Monsieur Bellivier. Zum ersten und zum letzten Mal, schwor ich mir. Dr. Bellivier nickte dem jungen Paar zu, und sie standen auf.

Ich begann zu schwitzen, und mir wurde übel.

»Madame«, rief die Sprechstundenhilfe am Empfang. Als ich aufstehen wollte, stand sie schon mit einem Formular in der Hand neben mir.

»Weil Sie zum ersten Mal hier sind«, erklärte sie. Einen Augenblick später saß sie schon wieder hinter ihrem Tisch und feilte sich die Nägel.

Ich füllte den Aufnahmebogen mit Angaben zu meiner Person und meiner Krankengeschichte aus. Ich trug einen falschen Namen, eine falsche Adresse und ein falsches Geburtsdatum ein. Zum ersten Mal in meinem Leben machte ich falsche Angaben. Meine Krankenversicherungskarte hatte ich ganz einfach zu Hause vergessen. Das würde mich nur ein paar Euro mehr kosten. Ich las den Bogen noch einmal durch, als würde es eine Rolle spielen, ob ich mich verschrieben hatte, wo ohnehin keine einzige Zahl, kein einziger Buchstabe korrekt war.

Sonderbarerweise notierte ich eine Anschrift, die nur einen Katzensprung von meiner Wohnung entfernt lag. In Paris gab es mehrere Tausend Straßen, warum wählte ich ausgerechnet eine in meiner unmittelbaren Nachbarschaft? Vielleicht weil ich so das Gefühl hatte, nah an der Wahrheit zu bleiben, aber vielleicht war es auch reine Fantasielosigkeit. Es hatte keine Bedeutung. Nichts schien mehr eine Bedeutung zu haben. Ein Kind, einen Sohn, gab ich an. Doch dann strich ich es wieder durch und schrieb stattdessen »Tochter«.

Die Sprechstundenhilfe nahm den Aufnahmebogen und den Stift. Die Zeit wurde allmählich knapp. In zwanzig Minuten musste ich zurück im Büro sein. Allerdings würde es wohl kaum das Ende der Welt bedeuten, wenn ich die E-Mails ein paar Minuten später weiterleitete.

Wieder erklangen Stimmen. Das junge Paar und Dr. Bellivier erschienen. Eigentlich hatte ich keine Ahnung, warum ich so fürchterlich nervös war. Vielleicht weil ich gleich einem gewissen Monsieur Bellivier gegenüberstehen würde oder weil ich ohne Grund zum Arzt ging und falsche Angaben machte.

Ich hatte mir keine konkrete Vorstellung von Dr. Bellivier gemacht, aber irgendwie kam er mir bekannt vor. Er bedeutete mir, ins Behandlungszimmer zu gehen, und überflog meinen Aufnahmebogen. Mein Körper war zur Flucht bereit. Vor der Person, die ich vorgab zu sein, vor mir selbst und vor der wahnsinnigen Situation, in die ich mich hineinmanövriert hatte. Womöglich war der Arzt ein Psychopath, der junge Frauen in seine Praxis lockte, indem er ihnen zuerst eine Tätigkeit im obersten Stockwerk eines Wolkenkratzers zuwies und sie dann zu sich bestellte, um sie aufzuschneiden.

Mir wurde wieder schlecht. Ich war mir nicht sicher, ob ich mich setzen durfte, also blieb ich stehen und starrte auf eine anatomische Abbildung einer schwangeren Frau. Mir schwirrte der Kopf, und ich hörte, wie die Tür hinter mir geschlossen wurde.

»Nehmen Sie Platz, Madame.«

Ohne mich anzusehen, setzte er sich mir gegenüber hinter seinen Schreibtisch und gab meine Daten aus dem Aufnahmebogen in seinen Computer ein. Er nahm sich Zeit und wirkte nicht im Geringsten gestresst.

»Was verschafft mir die Ehre?«

Der weiße Raum erschien mir plötzlich sehr dunkel. Drückte sich ein Arzt so aus? »Was verschafft mir die Ehre?« Sollte das ein Versuch sein, die Stimmung aufzulockern?

»Ich … ich würde gern einen Zellabstrich machen lassen«, stammelte ich.

»Aha. Wie lange ist der letzte her?«

»Schon ein paar Jahre.«

»Haben Sie einen Frauenarzt?«

»Ja, aber ich bin vor Kurzem hierhergezogen, vorübergehend.«

Er erkundigte sich nicht nach dem Namen meines Gynäkologen, sondern deutete auf den Stuhl. An meinen Beinen liefen langsam ein paar Schweißtropfen hinunter.

Das Ergebnis meines Abstrichs würde durch ganz Paris irren. Ich würde nie erfahren, ob sich mein Zellbild verändert hatte. Monsieur Bellivier – oder in diesem Fall Dr. Bellivier – würde es erfahren. Es war wichtig, diese beiden Personen trotz allem auseinanderzuhalten.

Der Arzt hatte versprochen, sich zu melden, falls der Abstrich »Auffälligkeiten« aufweise, und gesagt, dass ich die detaillierten Untersuchungsergebnisse per Brief zugeschickt bekäme. Aber der Brief würde mich nie erreichen. Dr. Bellivier konnte sich nicht bei mir melden.

In dieser Nacht konnte ich nicht schlafen. Ich öffnete das Fenster, um es im nächsten Moment wieder zu schließen, und setzte mich an den Küchentisch. Draußen war es immer noch wärmer als drinnen.

In der Wohnung gegenüber ging das Licht an. Mein krebskranker Nachbar nahm seine nächtliche Wanderung zwischen Radio und Küchentisch auf. Ich spürte, wie mir ein weiteres Mal übel wurde. Was, wenn ich wirklich Krebs hatte und hier saß und meinen Nachbarn bemitleidete? Warum hatte ich ausgerechnet einen Zellabstrich als Vorwand für den Besuch bei Dr. Bellivier benutzt? Bekam ich jetzt die Quittung, weil ich mit einer so ernsten Sache gespielt hatte? Ich beschloss, einen richtigen Zellabstrich machen zu lassen und irgendwo Abbitte zu leisten, als Wiedergutmachung all denjenigen gegenüber, die tatsächlich Krebs hatten.

Ich saß am Küchentisch und dachte nach. Den Auftrag, im Areva-Tower kryptische E-Mails weiterzuleiten, meisterte ich. Es waren meine eigenen Gedanken und exzentrischen Seiten, die ich nicht kontrollieren konnte. Durch diesen Auftrag konnten sie sich frei entfalten. Sie wurden durch banale Dinge und Ereignisse befeuert, Blumen, Arzttermine, Zahlen … Aber es war ja nur für eine begrenzte Zeit. Ich würde mich einfach auf meine Arbeit und meinen Sohn konzentrieren und den Auftrag als das ansehen, was er war: ein Job, bei dem ich drei Wochen lang sinnlose E-Mails weiterleitete. Nichts weiter.

Normalerweise hilft Amir seinem Vater an den Wochenenden immer im Laden. Aber Mancebo teilt seinem Sohn mit, dass er ihn an diesem Samstag nur für ein, zwei Stunden braucht. Er hat die schlaflose Nacht dazu genutzt, alles zu planen.

Wortlos akzeptiert Amir die neue Regelung. Mancebo ist überzeugt, dass er keinen Verdacht schöpft und Fatima nichts von seinen reduzierten Arbeitszeiten erzählen wird. Und weil Fatima jeden Sonntag mit Adèle in den Hamam geht, wird sie nicht mitbekommen, dass Amir nicht so viel im Laden aushilft wie üblich.

Die Luft ist angenehm kühl. In der Wohnung auf der gegenüberliegenden Straßenseite tut sich nichts. Mancebo hat die Lage unter Kontrolle. Er kippelt mit seinem Hocker und ist trotz Schlafmangel voller Tatendrang. Er darf nicht zu ungeduldig sein. Das ist ihm in der Nacht klar geworden.

Er beschattet den Schriftsteller erst seit zwei Tagen, und der dritte Tag hat gerade erst begonnen. Ihm gefällt seine Detektivarbeit, und nachdem der Schriftsteller mit einer Reisetasche verschwunden ist, ist er jetzt so richtig auf den Geschmack gekommen. Wie üblich poltert Tariq wie ein Elefant im Porzellanladen durch sein Geschäft. Er klopft ihm kurz auf die Schulter und überquert im

Laufschritt den Boulevard, wo er um ein Haar überfahren wird. Der Bäcker schreit auf, als das Auto bremst. Der Fahrer gestikuliert wild. Und er hat das Gesetz auf seiner Seite, das kann Mancebo bezeugen. Tariq und der Bäcker wechseln ein paar Worte miteinander. Wahrscheinlich macht der Bäcker einen Scherz darüber, dass Tariq noch nicht ganz wach ist. Mancebos Wahrnehmung von Details scheint sich innerhalb von nur wenigen Tagen verschärft zu haben, oder er hat einfach nur sein Beobachtungstalent entdeckt.

Ihm kommt ein Spruch seiner Mutter in den Sinn, die immer sagte, das Einzige, was einer guten Beobachtungsgabe im Weg stehe, sei die Eitelkeit, und eitel ist Mancebo ganz und gar nicht. Mit ein bisschen Mühe kann er von den Lippen des Bäckers auch einige Sätze über das Unwetter der vergangenen Nacht ablesen: Was für ein merkwürdiges Klima. Am einen Tag stürzt ein wahrer Monsunregen vom Himmel, am nächsten hängt eine Wüstensonne über der Stadt. Tariq sagt etwas über den Treibhauseffekt. Was weiß er denn darüber?, denkt Mancebo und jongliert mit ein paar Pflaumen, während er zwei Passanten grüßt.

Mancebo kippelt weiter mit seinem Hocker und macht sich einen Spaß daraus, die Beine immer wieder exakt auf die Markierungen im Asphalt zu setzen. Warum habe ich den Hocker von Anfang an genau hier hingestellt?, überlegt er gerade, als Amir nach draußen kommt und ihm die Hand auf die Schulter legt.

»Alles klar, Papa?«

»Ja, heute ist es ruhig. Wenn es heiß ist, will niemand einkaufen, und wenn es kühl ist, haben die Leute Besseres zu tun, als durch Geschäfte zu hetzen. Ich bin in ein oder zwei Stunden wieder da. Wenn du Hilfe brauchst, kannst du den Laden zumachen und Tariq fragen, das weißt du, oder?«

Amir nickt.

»Ich bin in ein, zwei Stunden zurück, habe ich das gesagt?«

Amir nickt wieder, setzt sich auf den Hocker seines Vaters und blättert in einem Comic.

»Vergiss nicht zu lächeln, mein Sohn. Das ist das Einzige, was in unserem Laden nichts kostet.«

Mancebo gibt seinem Sohn einen liebevollen Klaps auf die Wange und geht zur Garage. Als er losfährt, ruft er Raphaël an. Als Erstes muss der Lieferwagen in Ordnung gebracht werden.

Heute ist mein Tag, denkt Mancebo und tritt aufs Gas. Der Lieferwagen scheint ein paar PS mehr zu haben, nachdem Raphaël an ihm rumgeschraubt hat. Mancebo hat irgendetwas Unverständliches über ein kleines Missgeschick mit dem Scheinwerfer gemurmelt, aber Raphaël wollte gar nicht wissen, wie der Scheinwerfer kaputtgegangen ist, und ihn nur ohne großen Aufwand reparieren.

Mancebo hat noch nie einen Fuß in diesen Teil von Paris gesetzt. Er fährt zu einem Parkhaus, weil er keine Zeit mit der Parkplatzsuche verschwenden darf. Aus drei Gründen hat er sich für das Kaufhaus Galeries Lafayette entschieden: Erstens: Er braucht ein Geschäft, das alle Dinge führt, die auf seiner Liste stehen. Zweitens: Es liegt in der Nähe von Raphaëls Werkstatt. Und drittens: Hier wird er sicher niemandem über den Weg laufen, den er kennt.

Mancebo fährt zusammen mit einem jungen Pärchen,

das riesige Einkaufstüten in den Händen hält, im Fahrstuhl nach oben. Die Tüten verursachen ihm Unbehagen, und er verschränkt die Arme vor dem Bauch. Aber das Unbehagen im Fahrstuhl ist nichts im Vergleich dazu, wie er sich fühlt, als die Türen aufgehen. Er ist völlig überwältigt von dem Glitzer, den Geräuschen, Düften und der Hektik, von dem Geld, das schnell den Besitzer wechselt, großen Parfümflakons, Spiegeln, Kristallleuchtern, Lichtern und den vielen elegant gekleideten Menschen, die alldem hinterherjagen. In seinem blauen Mantel und mit seiner schwarzen Mütze steht er da und weiß nicht so recht, wo er sich hinwenden soll. Er glaubt, alle würden ihn anstarren, und kann sich nicht erinnern, dass er sich je so verloren gefühlt hat.

Parfümierte, schöne Menschen drängen sich an ihm vorbei, und er kommt sich wie ein unsichtbarer Geist vor, der eine Aufgabe zu erledigen hat. Ihm schießt durch den Kopf, dass er Madame Cat hier begegnen könnte. Sie kauft vermutlich häufig in solchen Läden ein. Sie ist genauso attraktiv wie all die anderen Frauen hier.

Mancebo nimmt die Liste aus der Innentasche seines Mantels. Punkt eins: eine Armbanduhr. Er sieht sich nach einem Informationsschalter um. Um sich einen besseren Überblick über diese neue Welt zu verschaffen, geht er in die Mitte der Abteilung, sieht aber nichts als Farben, Lichter und Gefunkel. Wenn Fatima wüsste, dass ich in der Galeries Lafayette bin, denkt er und lächelt. Angestachelt durch diesen Gedanken wagt er sich tiefer ins Inferno. Und da, ganz hinten, entdeckt er den Informationsschalter und geht widerstrebend darauf zu.

Kleine Uhren, große Uhren, glitzernde Uhren, matte Uhren, teure Uhren, astronomisch teure Uhren, bunte

Uhren, diskrete Uhren, Damenuhren, Herrenuhren, Taucheruhren, Wecker, hässliche Uhren, schöne Uhren, laute Uhren und leise Uhren.

»Was kann ich für Sie tun, Monsieur?«

»Ich brauche eine Uhr.«

»Mmm, an was haben Sie gedacht?«

»Eine Uhr, eine Armbanduhr.«

»Ja, eine bestimmte Marke?«

Mancebo kennt keine Uhrenmarken, aber er kennt ein Land, das Uhren herstellt.

»Ich suche eine Schweizer Uhr, die diskret und nicht so teuer ist.«

Der junge Verkäufer lächelt und geht los, um die perfekte Uhr für einen Privatdetektiv zu holen.

Damit kann er das Wort »Armbanduhr« auf seiner Liste durchstreichen. Obwohl er weiß, was er kaufen will, kommt er sich mit einer Liste professioneller vor. Das zweite und damit letzte Wort auf der Liste ist »Fernglas«. Mancebo beschließt, zum Informationsschalter zurückzugehen. Schließlich hat die freundliche Dame ihm den Weg zu den Uhren erklärt, dann wird sie ihm wohl auch sagen können, wo er Ferngläser findet.

Mancebo wird durch eine riesige Gruppe Japaner aufgehalten, die durch das Kaufhaus schwärmt. Ihr Reiseleiter hält sie zusammen wie ein Hirte seine Schafherde, und es gibt kein Durchkommen. Geduldig wartet er, bis sie weitergehen.

Das Angebot an Ferngläsern ist nicht so umfangreich wie das Uhrensortiment. Zur Auswahl stehen Ferngläser aus Kunststoff – für die Jagd, vermutet Mancebo –, ein paar gewöhnliche schwarze Ferngläser und zwei Opernglas-Modelle.

»Bonjour, wie kann ich Ihnen helfen, Monsieur?«

»Sind das alle Ferngläser, die Sie haben?«

»Ja, wofür benötigen Sie das Fernglas?«

Mancebo blickt sich prüfend um, bevor er antwortet:

»Spionage.«

Kaum hat er das Wort ausgesprochen, bereut er es. Er hätte wenigstens Detektivarbeit sagen können. Allerdings macht das Wort »Spionage« deutlich, dass er nicht nur ein einfacher Ladenbesitzer ist, sondern ein echter – wenn auch inkognito ermittelnder – Detektiv, dem man Respekt entgegenbringen muss. Mancebo streckt die Brust raus. Niemand ist perfekt. Niemand ist über jeden Verdacht erhaben. Niemand ist absolut vertrauenswürdig. Nicht für Mancebo.

»Oh, wie interessant. Dann würde ich Ihnen dieses Modell empfehlen. Falls Sie etwas aus der Distanz erkennen müssen, wenn Sie zum Beispiel im Auto sitzen oder dergleichen.«

Der Verkäufer holt eines der schwarzen Ferngläser hervor.

»Oder wenn Sie sich ganz in der Nähe der betreffenden Person befinden, Ihrem Zielobjekt, oder … ja, dann würde ich Ihnen zu einem dieser beiden Opernglasmodelle raten. Sie sind … diskreter.«

Er legt die beiden kleineren Operngläser neben das große Fernglas.

»Ich nehme das teurere der beiden Operngläser.«

Das teuerste Modell zu kaufen ist auch ein Weg, um sich in dieser Welt, in der sich Mancebo so unsicher fühlt, Respekt zu verschaffen. Er streicht »Fernglas« von seiner kurzen Liste. Mission erfüllt.

Mancebo legt die Uhr um sein Handgelenk, ein Stück

weiter oben, damit sie unter dem Ärmel seines Mantels nicht zu sehen ist, und streckt probehalber den Arm aus.

Als er kurz darauf aus der Tiefgarage fährt, zeigt die Uhr 12:45.

Er wirft den Parkschein und die beiden Kassenbons aus dem Seitenfenster und fädelt sich in den dichten Verkehr ein. Siebzehn Minuten später stellt er den Lieferwagen ab, steckt das Opernglas in seine Manteltasche und winkt Amir zu, der in sein Comicheft vertieft ist. Mancebo eilt zu Tariqs Werkstatt und geht hinein. Tariq bedient gerade einen Kunden, und Mancebo spielt gedankenverloren mit einem glänzenden Schlüsselring, während er seinen Laden auf der anderen Straßenseite betrachtet. Wie viel sieht man von hier aus? Erkennt man, was Amir macht? Wo kann er sich unbemerkt im Laden verbergen? Wie fällt das Licht?

»Wo hast du dich denn rumgetrieben?«, fragt Tariq, als der Kunde gegangen ist.

»Ich war mit dem Lieferwagen bei Raphaël.«

»Ich dachte, der läuft?«

»Tut er auch, aber einer der vorderen Scheinwerfer ... war nicht richtig eingestellt, und ich dachte, Raphaël könnte sich heute darum kümmern.«

»Gute Idee. Wie geht's ihm?«

Mancebo will das Thema nicht weiter vertiefen, so wie vorhin bei Raphaël. Er hat noch nicht begriffen, dass er sich entspannen kann. Für heute ist sein Auftrag erledigt. Er braucht kein Alibi mehr.

»Gut, und seine Frau Camille war genauso charmant wie immer. Eine Frau, wie man sie sich vorstellt. Jung und immer gut gelaunt.«

»Nicht so wie unsere, meinst du?«

Die beiden Cousins lachen, klopfen sich auf die Schulter und wünschen sich einen angenehmen Nachmittag. Mancebo überquert den Boulevard mit einer Armbanduhr, die ein Stück höher als normal am Handgelenk sitzt, und einem Fernglas, das in seiner Manteltasche verborgen ist.

»Hat alles geklappt?«

Amir nickt und verschwindet. Er hat vermutlich was Besseres vor, denkt Mancebo und versteckt das Fernglas hinter den neunundsechzig chinesischen Notizbüchern.

Bald geht die Sonne unter, und weil es noch früh im Sommer ist, sind die Strände noch nicht von deutschen und englischen Touristen bevölkert. In der Ferne tauchen Pferde auf. Sie trainieren für das morgige Rennen. Ein paar Kinder lassen ihre neu erworbenen Drachen steigen, sonst sind nur noch ein paar vereinzelte Badegäste am Strand, die jetzt ihre Handtücher, Sonnencremetuben und Picknickkörbe zusammenpacken, um sich auf den Heimweg zu machen und vor dem Abendessen zu duschen.

Der Schriftsteller und seine Geliebte sind bereits geduscht und umgezogen. Sie machen einen Strandspaziergang. Beide haben ihre Schuhe ausgezogen, und sie hat sich bei ihm eingehakt. Vielleicht reden sie über ein ernstes Thema, darüber, dass ihre Liebe einer schlechten Karte gleicht, die niemand bei einer Pokerpartie in seinem Blatt haben möchte. Aber wie bei einer Kartenpartie hat auch bei ihrer Liebe der Zufall die Hand im Spiel. Keiner von ihnen hat sich entschieden, den anderen zu lieben. Sie wissen, dass ihre gemeinsamen Stunden selten und kostbar sind, und werden melancholisch. Mancebo lässt sich das

Wort »melancholisch« auf der Zunge zergehen, er kann sich nicht daran erinnern, es je benutzt zu haben. Nicht einmal gedacht hat er es. Aber in seinen Fantasien über den Schriftsteller und seine Geliebte verwendet er dieses Wort.

Mancebo sitzt wie gewöhnlich vor dem Laden auf seinem Hocker. Es war ein ruhiger Tag, und er ist froh darüber. Genau das hat er nach der schlaflosen Nacht und der Hektik in der Galeries Lafayette gebraucht. In Gedanken ist er wieder bei dem Schriftsteller an den Stränden der Normandie, genauer gesagt in Cabourg. Das junge Liebespaar geht gerade am Grand Hôtel vorbei, das pompös und luxuriös am Strand emporragt. In dem Hotel hat Marcel Proust – der übrigens das große Vorbild des Schriftstellers ist – gewohnt. Cabourg war der einzige Ort, an dem Proust von seinen schweren Asthmaanfällen verschont blieb. Das erzählt der Schriftsteller nun seiner Geliebten, und sie lauscht voller Hingabe. Dass Mancebo einen Autor wie Marcel Proust kennt, hat er Amir zu verdanken, der in der Schule einmal ein Referat über den Schriftsteller halten musste und seinen Vortrag zu Hause geübt hatte. Tariq hat die Zeit gestoppt, und Fatima hat schnippisch bemerkt, dass auch sie bald gezwungen sein würde, in dieses Hotel in Cabourg zu fahren, um ihr Asthma auszukurieren, das sie dem ständigen Gequalme um sie herum zu verdanken habe.

Je länger Mancebo über das sündige Pärchen nachdenkt, desto größer wird sein Verständnis für die beiden. Er leidet mit ihnen. Nach alldem, was Madame Cat in ihm ausgelöst hat, mag das merkwürdig erscheinen. Aber um nichts in der Welt kann er Madame Cats Verzweiflung mit der Affäre des Schriftstellers in Verbindung bringen. Für ihn sind das Elemente aus zwei verschiedenen

Geschichten, und Mancebo ergreift zusehends Partei für den »Schurken«.

Er fragt sich, ob das seine Arbeit beeinflusst. Sollte ein Privatdetektiv gegenüber seinem Auftraggeber nicht loyal sein? Andernfalls wäre das so, als würde sich ein Verteidiger bei seinem Schlussplädoyer von seinen Sympathien für die Klägerseite leiten lassen. Mancebo grübelt lange über diesen Vergleich nach und bekommt nicht mit, dass vor der Bäckerei eine Vespa mit einem Auto zusammenstößt. Die Leute strömen zur Unfallstelle. Mancebo steht auf, um besser sehen zu können, und hat eine Idee. Das ist die perfekte Gelegenheit, sein Fernglas zu testen.

Er richtet das Opernglas auf die Schaulustigen vor der Bäckerei, sieht allerdings nur grauen Nebel. Er hat noch nie ein Fernglas benutzt, weiß aber intuitiv, wie er die Schärfe einstellt. Plötzlich weicht er ein paar Schritte zurück und nimmt das Fernglas von den Augen. Einige der Leute sind so klar zu erkennen, dass er vor Überraschung nach Luft schnappt. Er hatte keine Ahnung, dass Ferngläser so effektiv sind. Mancebo nimmt jede Person in der Nähe der Unfallstelle genau unter die Lupe und richtet das Fernglas dann auf das gegenüberliegende Gebäude. Die Sicht wird wieder unscharf, und er braucht einen Moment, bis er die Distanz neu eingestellt hat. Er beobachtet Tariq. Durch das Fernglas erscheint ihm sein Cousin unwirklich, und Mancebo hat das Gefühl, ihn zum ersten Mal zu sehen. Ist er wirklich so dunkel?, denkt er und wirft einen letzten Blick auf die Feuertreppe, bevor er das Opernglas vorsichtig in die Hülle zurücklegt und es ganz weit hinten im Regal unter der Kasse versteckt. Dann kehrt er zu seinem Hocker zurück und nimmt den würzigen Essensduft aus dem ersten Stock wahr.

In seine Euphorie über die neue Aufgabe hat sich ein Gefühl von Einsamkeit eingeschlichen. Im Zimmer ist es dunkel, und Mancebo weiß, dass er dringend ein paar Stunden Schlaf bräuchte. Wenn er seine Arbeit im Laden und seinen Detektivauftrag bewältigen will, muss er schlafen. Doch seit dem Abend, an dem Madame Cat in seinem Leben aufgetaucht ist, ist nichts mehr so wie vorher, auch wenn sich auf den ersten Blick nicht viel verändert hat.

Mancebo liegt auf dem Rücken, die Arme auf dem Bauch verschränkt. Plötzlich fällt ihm auf, dass er in dieser Pose aussieht, als habe er seine ewige Ruhe gefunden, und er dreht sich um. Hin und wieder fährt unten auf der Straße ein Auto vorbei, ab und an heult eine Sirene, ansonsten ist es ungewöhnlich still. Dieses Gefühl der Isolation hat sich während des Abendessens eingestellt, genauer gesagt, als er sich auf seinen neuen Platz gesetzt hat.

Zum ersten Mal in seinem Leben weiß und tut er etwas, das er seiner Familie nicht erzählt. Und er weiß nicht, ob diese Veränderung gut oder schlecht ist. Aber eines weiß er ganz genau: Er muss weitermachen, er muss den Auftrag zum Abschluss bringen.

Das Sacré-Cœur erhob sich wie ein wohlgeformter Marshmallow über den Dächern eines nebligen Paris. In den Fernseh- und Radionachrichten wurden die Pariser aufgefordert, ihre Autos nach Möglichkeit stehen zu lassen. Meine Augen tränten, allerdings nicht wegen des Smogs. Vermutlich forderte der Schlafmangel seinen Tribut. Irgendwie musste ich schließlich dafür büßen, dass ich mir die Nächte um die Ohren schlug.

Die erste Mail an diesem Tag landete im Postfach: »3A 3B 27E 27F.« Allein das Weiterleiten kostete mich Kraft. Obwohl ich normalerweise große Schwierigkeiten hatte, mir Zahlen zu merken, speicherte ich inzwischen alle möglichen Zifferkombinationen in meinem Kopf ab.

Am Nachmittag erledigte ich private Dinge. Ich vereinbarte einen Termin für einen neuen Zellabstrich bei einem anderen Frauenarzt, sagte meine Teilnahme an einem Seminar ab und bestellte Schuhe. Ich schaffte es sogar, ein paar mögliche Urlaubsziele zu googeln, bevor ich meine Sachen für heute zusammenpackte.

Der Fahrstuhl hielt im obersten Stockwerk, und obwohl es bestimmt wieder die Putzfrau war, machte sich mein Körper zur Flucht bereit. Vielleicht würde ich es in den Flur hinaus schaffen, bevor sie mein Büro erreichte.

Und so war es. Sie zog gerade den Reinigungswagen und den Staubsauger aus dem Aufzug.

»Bonsoir, Madame.«

Die Frau zuckte zusammen, als wäre sie mit ihren Gedanken woanders gewesen.

»Bonsoir«, erwiderte sie, ohne eine Miene zu verziehen. Der Mann hatte nicht gesagt, dass es mir nicht gestattet war, ein paar Worte mit der Putzfrau zu wechseln. Er hatte mich nur gebeten, keine Kontakte zu den Angestellten zu knüpfen.

»Gehen Sie nach Hause?«, fragte die Frau.

Vielleicht hatte man ihr dieselbe Anweisung erteilt. Sie ging mit dem Staubsauger in mein Büro. Ich blieb vor der Tür stehen und überlegte, ob ich versuchen sollte, sie in ein Gespräch zu verwickeln.

»Arbeiten Sie hier schon lange? Putzen Sie auch noch woanders?«, erkundigte ich mich.

Die Frau sah mich an, und erst jetzt fiel mir auf, dass sie stark schielte. Ich wusste nicht, auf welches Auge ich schauen sollte. Sie war klein und untersetzt. Ich schätzte sie auf Mitte fünfzig, vermutlich mit arabischen Wurzeln.

»Hier putze ich am Nachmittag, morgens in einem anderen Gebäude.«

Ich wusste nicht, was ich darauf erwidern sollte. Die Unterhaltung, wenn man sie überhaupt so bezeichnen konnte, war abrupt beendet.

»Bonsoir«, verabschiedete ich mich, ging zum Fahrstuhl und bereitete mich mental darauf vor, den unvermeidlichen Blumenstrauß in Empfang zu nehmen.

In den letzten Tagen war mir ein neuer Verdacht gekommen. Allerdings wusste ich nicht, ob er mir mehr behagte als der Gedanke, ich sei eine isolierte Terrorzelle.

Womöglich war ich Teil einer wissenschaftlichen Studie, für die die Versuchsperson sorgfältig ausgewählt werden musste. Eine depressive Frau eignete sich perfekt. Anhand der Probandin untersuchte man, wie ein Mensch sich an seine Umgebung und seine Tätigkeit anpasst. Wie jemand reagiert, der eine absurde und völlig sinnlose Aufgabe ausführt. Eine moderne Version des pawlowschen Hunds. Aber anstelle des Futters erhielt ich Blumen. Falls dieses Szenario zutraf, litt ich nicht unter meiner Tätigkeit, sondern unter der Belohnung.

Wenn der Blumenstrauß nur dazu diente, mich aus der Menge hervorzuheben, konnte ich den Stier ebenso gut bei den Hörnern packen und mich demjenigen, dem ich auffallen sollte, offen zu erkennen geben. Ich setzte mich vor dem Areva-Tower auf eine Bank und legte die Blumen gut sichtbar auf meinen Schoß. Obwohl der Strauß einer der schönsten war, die ich bisher erhalten hatte – die Blumen schienen direkt von einer Sommerwiese zu stammen –, ekelte er mich an. Meine Wangen verkrampften sich, und ich kämpfte gegen die Tränen an. Sich einsam und erniedrigt zu fühlen und trotzdem nicht aufzugeben, erforderte Mut, und ich war mir nicht sicher, ob ich ihn besaß.

Ich wurde beobachtet. Diesmal war es nicht nur ein vages Gefühl, keine Paranoia. Aus den Augenwinkeln bemerkte ich einen Mann, der etwas weiter weg stand und mich betrachtete. Bevor ich sein Gesicht genauer erkennen konnte, senkte er den Blick.

Stand er jeden Tag da, wenn ich Feierabend machte? Ohne aufzuschauen, verließ ich die Bank und ging in Richtung Metro. Falls er mir folgte, konnte ich ihn leicht abschütteln. Ich kannte die Gegend wie meine Westentasche. Und wenn es mir gelang, ihn loszuwerden, würden wir die Rollen tauschen. Ich würde ihn beobachten. Der Gedanke machte mir Mut. Gleichzeitig wäre damit alles zu Ende. Und ich wusste nicht, ob ich das wollte.

Langsam ging ich die Treppe zu dem offenen Platz hoch. Ich warf keinen Blick über die Schulter, weil ich in den großen Panoramafenstern der HSBC-Bank unauffällig kontrollieren konnte, ob er hinter mir war. Ich umrundete das nostalgische Karussell, auf dem ein paar Kinder fröhlich lachten, und ein Gefühl der Unwirklichkeit ergriff mich. Mitten am helllichten Tag wurde ich im Pariser Geschäftsbezirk verfolgt, mit Sommerblumen in der Hand und von Kinderlachen begleitet.

Nachdem ich den Eingang der Bank passiert hatte, warf ich einen unauffälligen Blick in die Glasscheibe, und meine Vermutung wurde bestätigt: Der Mann blieb mir dicht auf den Fersen. Dass er denselben Weg wie ich nahm, konnte unmöglich ein Zufall sein. Ich schlug die Richtung zum Cnit-Kongresszentrum ein, und bereits da wusste ich, welchen Verlauf dieses Katz-und-Maus-Spiel nehmen würde.

An jeder Ecke des Cnit-Gebäudes gab es kleine verglaste Aufzüge, die ins nächste Stockwerk fuhren. Die Etage war wie ein Glastunnel geformt, der sich um das Gebäude wand. In den winzigen Aufzügen war höchstens Platz für drei Personen, und ich konnte mir kaum vorstellen, dass sich mein Beschatter – sofern er unerkannt bleiben wollte – in denselben Fahrstuhl wagen würde. Sobald einer der Fahrstühle im Erdgeschoss hielt, würde ich rasch einsteigen und zu dem Glastunnel hochfahren. Von dort würde ich ihn beobachten. Er hatte keine Chance, sich zu verbergen.

Als ich die Eingangshalle des Cnit-Gebäudes betrat, war der linke Aufzug gerade auf dem Weg nach unten, und ich schlenderte darauf zu. Die Fahrstuhltüren gingen auf, und ein elegant gekleidetes Paar verließ den Lift. Den Blick auf den Boden gerichtet, drückte ich auf den Knopf. Die Fahrstuhltüren schlossen sich, doch in letzter Sekunde drängte sich noch jemand hindurch.

»So trifft man sich wieder«, sprach mich ein Mann im Lift an.

Ich antwortete nicht, obwohl ich ihn auf Anhieb erkannte. Es war der Mann, dem ich vor ein paar Tagen in der Metro meinen Blumenstrauß in die Hand gedrückt hatte.

Auf dem Weg zum Cnit-Gebäude hatten die Blumen ihre Frische verloren. An meinen Händen klebte eine Mischung aus Schweiß und Blumensaft. Krampfhaft umklammerte ich die dünnen Stiele. Der Aufzug setzte sich in Bewegung. Nichts zwang mich dazu, auf seine Begrüßung zu reagieren. Vielleicht würde er einfach aufgeben, wenn er keine Antwort bekam. Vielleicht würde er mich in Ruhe lassen und wieder nach unten fahren. Ich hatte mit diesem Mann noch nie ein Wort gewechselt, warum sollte ich es jetzt tun?

Ich starrte auf meine schwarzen Schuhe, auf denen kleine Blütenblätter lagen. Der Lift blieb mit einem Ruck stehen, und die geschwungenen Türen öffneten sich zu dem Glastunnel, den ich mir als Zufluchtsort und Aussichtspunkt auserkoren hatte.

Obwohl ich keine Zeit hatte, meinen nächsten Zug sorgfältig zu planen, konnte ich zumindest logisch denken. Der Mann konnte unmöglich in diesen Auftrag verwickelt sein, weil ich ja den ersten Kontakt zu ihm hergestellt hatte. Ich war in das Metroabteil gestiegen und hatte ihn ausgewählt.

Ich verließ den Fahrstuhl als Erste und machte ein paar ziellose Schritte.

»Vielleicht sollten wir uns vorstellen?«, hörte ich den Mann hinter mir sagen.

Unschlüssig ging ich weiter. Wenn er nicht mit Monsieur Bellivier unter einer Decke steckte, war es vielleicht besser, ihm nicht die kalte Schulter zu zeigen. Im nächsten Moment tat ich etwas Überraschendes. Er war der erste Mann seit Langem, der mir gefiel. Und dann diese Augen. Ich wollte verstehen, was vor sich ging.

Mit hängenden Armen stand er da. Er war unfähig, einen Schritt auf mich zuzumachen. Ich ging auf ihn zu und streckte ihm wie ein Friedensangebot die Hand entgegen. Hier, in dem Glastunnel, unter uns unzählige Menschen, gaben wir uns die Hand.

»Christophe«, sagte er mit weicher Stimme.

»Bonsoir«, antwortete ich.

Er lächelte.

»Darf ich Sie zu einem Kaffee einladen?«

Noch immer hatten wir die Hände nicht voneinander gelöst.

»Das ist nett gemeint, aber nein danke.«

Ich zog meine Hand zurück und sah einen Hauch von Enttäuschung in seinen schwer zu deutenden Augen.

»Dann möchte ich die Gelegenheit nutzen und mich für die Blumen bedanken. Sie blühen noch immer.«

»Das freut mich«, erwiderte ich und schluckte.

Ich wollte nur noch weg. Er betrachtete meinen Blumenstrauß und war kurz davor, etwas zu sagen, überlegte es sich aber anders. Er schwieg hartnäckig. Schließlich drehte ich mich um und ging den Glastunnel in Richtung Hilton Hotel hinunter. Eine andere Wahl hatte ich nicht.

»Bonsoir, Madame, was kann ich für Sie tun?«, begrüßte mich der Mitarbeiter am Empfang.

»Ich warte nur auf jemanden.«

»Ist es ein Hotelgast? Möchten Sie, dass ich ihn anrufe?«

»Nein, er kommt bestimmt gleich runter.«

Der Rezeptionist lächelte und wandte sich wieder seinem Computer zu. Im Foyer roch es sauber wie in einer Zahnarztpraxis. Ich setzte mich auf einen harten, unbequemen Stuhl. Die Flucht vor Christophe hatte meinen Puls in die Höhe schnellen lassen, doch jetzt beruhigte er sich allmählich, und ich spürte, wie ich melancholisch wurde. Der Empfangsmitarbeiter blickte auf und lächelte. Ich lächelte zurück. Die Minuten verstrichen.

»Könnten Sie den Strauß dem Mann geben, der in Zimmer sieben wohnt?«, fragte ich schließlich.

»Ja … aber sind Sie sich sicher? In dem Zimmer wohnt nur eine Dame.«

»Ach ja, entschuldigen Sie bitte. Die Blumen sind für sie.«

»Was soll ich ausrichten, von wem der Strauß ist?«

»Sie weiß, von wem die Blumen sind.«

Es war ein gutes Gefühl, dem Rezeptionisten den Rücken zuzukehren. Den Weg zur Metro legte ich mit gesenktem Kopf zurück. Ich wusste, dass mich niemand beobachtete. Ich war allein.

Meine melancholische Stimmung ging in eine willkommene Ruhe über. Nachdem ich mich eine Weile schlaflos im Bett hin und her gewälzt hatte, stand ich auf und kochte Tee. In der Wohnung gegenüber beendete mein Nachbar seine rastlose Wanderung und setzte sich an den Küchentisch. Obwohl ich ihn häufig beobachtete, hatte ich nie das Gefühl, dass er mich bemerkte. Er hatte vermutlich andere Sorgen.

Mit der Ruhe meldete sich mein schlechtes Gewissen, weil ich mich selbst bemitleidete. Ich war nicht allein. Mein Sohn schlief tief und fest nebenan. Ich hatte eine Wahl. Bevor ich wieder ins Bett ging, öffnete ich seine Zimmertür einen Spaltbreit. Nächte können Gedanken trüben. Die Dunkelheit kann die Wirklichkeit verfärben. Ich durfte jetzt nicht die Nerven verlieren.

Sonntage unterscheiden sich von den anderen Tagen der Woche. Die Schuhmacherwerkstatt ist geschlossen. Das Lebensmittelgeschäft ist geöffnet, aber Mancebo fährt nicht zum Großmarkt und schiebt das Ladengitter erst nach dem Mittagessen hoch. Fatima und Adèle gehen in den Hamam und Tariq auf die Pferderennbahn. Doch dieser Sonntag ist anders. Mancebo schiebt das Ladengitter schon um zehn Uhr morgens hoch, sobald Fatima und Adèle sich auf den Weg zum Hamam gemacht haben, und erinnert Amir daran, dass er seine Hilfe heute nicht benötigt.

Heute Abend wird er seinen ersten Bericht für Madame Cat in ein Olivenglas stecken, das er in den Altglasbehälter legt, für den jeder Ladenbesitzer selbst verantwortlich ist. Die grüne Kunststoffkiste ist noch längst nicht voll, nur ein paar Saftflaschen und ein leeres Glas Instantkaffeepulver lagen darin. Doch am Ende des Tages werden sie Gesellschaft von einem fast leeren Olivenglas bekommen.

Im Grunde wird die Übergabe des Berichts Mancebo keine Antwort auf die Frage liefern, ob er seine neue Tätigkeit ernst nehmen kann, ob die Geschichte hier und jetzt ein Ende hat oder ob er in dem chinesischen Notizbuch noch ein paar weitere Seiten mit seinen Beobachtungen füllen wird. Das Olivenglas ist nur ein Schritt auf dem Weg zur Wahrheit. Der endgültige Beweis, dass er seine Sache gut gemacht hat, wird von einem anderen Olivenglas mit einem anderen Inhalt erbracht werden: Mancebos Vergütung oder Honorar, wenn man so will.

Auf der Straße sind Eltern mit ihren Kindern unterwegs. Sonntag ist Familientag, und sonntagmorgens übernehmen häufig die Väter die Kinderbetreuung. Mancebo mag Sonntage. Die Kunden, die sonntags in seinen Laden kommen, sind dankbar, dass er geöffnet hat. Und an Sonntagen beschwert sich auch niemand über die hohen Preise. Alle sind froh, die Dinge zu bekommen, die sie nicht rechtzeitig vor dem Wochenende besorgt haben. Ein paar schwedische Touristen fragen nach Zigaretten. Ansonsten kommen überwiegend Anwohner aus dem Viertel ins Geschäft, um Milch, Baguette oder eine Flasche Wein zu kaufen. Der Tag vergeht im gemächlichen Sonntagstempo. Wie es sich gehört.

Nichts Außergewöhnliches geschieht, nichts, was einen Eintrag in das chinesische Notizbuch wert gewesen wäre. Erst am Nachmittag fällt Mancebo etwas auf, womit er seinen Wochenbericht abrunden kann, bevor er ihn an Madame Cat übergibt. Um Punkt 14:56 Uhr – Mancebo wirft automatisch einen Blick auf seine neue Armbanduhr – hält ein Taxi vor der Schuhmacherwerkstatt, und der Schriftsteller steigt aus. Er trägt dieselbe Kleidung wie am Freitag. Dieses Detail findet Mancebo so bemerkenswert, dass er es später in seinem Bericht ausdrücklich erwähnt.

Der Schriftsteller hält auch dieselbe Reisetasche in der Hand, allerdings kommt sie Mancebo jetzt schwerer vor, oder trägt er sie nicht mehr mit derselben Leichtigkeit?

Mancebo meint, der Antwort auf die Spur zu kommen, als er beobachtet, wie der Schriftsteller die Feuertreppe hinaufsteigt. Am Freitag hat sein Gang noch etwas Leichtes, Beschwingtes, Unbekümmertes gehabt. Heute scheint die Welt schwer auf seinen schmalen Schultern zu lasten.

Das Taxi fährt weg, und Mancebo schaut durch sein Fernglas. Er sieht das Gesicht des Schriftstellers wie in Großaufnahme direkt vor sich, und er ist sich sicher: Der Schriftsteller leidet. Mancebo kann sich nicht erinnern, je einen solch stillen Schmerz in einem Gesicht wahrgenommen zu haben. Allerdings hat er auch noch nie einen Fremden aus nächster Nähe beobachtet. Er hat das Gefühl, das Leiden der ganzen Welt durch ein Vergrößerungsglas zu betrachten.

Bevor der Schriftsteller in der Wohnung verschwindet, richtet Mancebo sein Fernglas auf die Reisetasche. Ein Adressanhänger wäre ein Indiz dafür, dass die Tasche in einem Flugzeug und nicht in einem Zug befördert wurde. Aber an dem altmodischen Modell ist kein Anhänger. Trotzdem ist Mancebo stolz auf seine Idee. Er darf nicht vergessen, dass er trotz seiner Gedankenspielereien nicht weiß, wo der Schriftsteller das Wochenende verbracht hat. Noch nicht, aber er wird es herausfinden, das und noch vieles mehr. Momentan hat er nichts anderes zur Verfügung als seine Fantasie. Und bei allem Respekt für die Wahrheit, auf seine neue Erfindungsgabe will er nicht verzichten.

Mancebo ist wie elektrisiert. Die Möglichkeiten, die ihm das Fernglas eröffnet, lassen ihn seinen Laden und sich selbst vergessen. Auf der Bühne befinden sich einzig und allein der Spion, das Fernglas und der Schriftsteller.

Er geht hinter die Registrierkasse und stellt sich in die Ecke, wo die Taschentücher und Streichhölzer liegen. Hier ist er von außen nicht zu sehen, das hat er überprüft. Leider hat er von dort nur den Flur des Appartements im Blick. Im Flurfenster taucht ein Schatten auf, um mehr zu erkennen, ist es zu dunkel. Der Schatten verlässt den Flur, und Mancebo geht schnell zur Tür. Hoffentlich kommt nicht ausgerechnet jetzt ein Kunde in den Laden.

Mancebo hat das Fernglas wieder in seine Manteltasche gesteckt und lässt den Blick durch die drei Räume schweifen: Flur, Badezimmer und Arbeitszimmer. Plötzlich taucht der Schriftsteller im Arbeitszimmer auf, die Hände hat er in die Seiten gestemmt. Sein Verhalten wirkt ein bisschen theatralisch, und Mancebo befürchtet, Madame Cats Ehemann könnte ahnen, dass er einen heimlichen Zuschauer hat, der ihn beobachtet, und absichtlich übertreiben. Vielleicht hat er gemerkt, dass seine Frau einen Detektiv auf ihn angesetzt hat, und inszeniert deshalb ein Theaterstück. Er führt Regie und hat Mancebo in eine Marionette verwandelt, bei der er die Fäden zieht.

Als sich der Schriftsteller in seinen Schreibtischstuhl fallen lässt und seinem Beobachter direkt ins Gesicht starrt, besteht für Mancebo kein Zweifel mehr. Er richtet seinen Blick auf die Straße und tut so, als würde er jemanden grüßen.

Dann inspiziert Mancebo die Äpfel. Als er sich umdreht, sieht der Schriftsteller immer noch aus dem Fenster. Um kein unnötiges Risiko einzugehen, sortiert er ein paar Mohrrüben aus. Vielleicht hat der Schriftsteller erkannt, dass der Verursacher des Auffahrunfalls auf der Rue de Chéroy und der Besitzer des Lebensmittelgeschäfts auf der anderen Seite des Boulevards ein und dieselbe Person sind.

Als Mancebo sich abermals umwendet, ist der Schriftsteller verschwunden. Vermutlich ist er in die Küche gegangen. Mancebo stellt seinen Hocker auf den Bürgersteig, kratzt sich am Kopf und winkt. Diesmal ist sein Gruß an jemand Konkretes gerichtet, Madame Cannavar hastet auf hohen Absätzen vorbei. Der Schriftsteller taucht wieder in Mancebos Blickfeld auf und wandert mit einem Glas in der Hand durch die Wohnung. Vielleicht hört er Musik.

Plötzlich verschwindet er im Schlafzimmer, und Mancebo stellt sich vor, dass er sich aufs Bett legt. Er nutzt die Unterbrechung, um alles zu notieren, was er zwischen 14:56 Uhr und 15:48 Uhr beobachtet hat.

Aus der Perspektive eines Privatdetektivs ist dieser Sonntag ziemlich ereignisreich. Mancebo wirft einen Blick auf die Uhr und lächelt. Ihm gefällt seine Schweizer Armbanduhr. Warum hat er sich nicht schon früher eine gekauft? Aber er kennt die Antwort. Er hat nie einen Grund gehabt, sein Leben in Stunden, Minuten und Sekunden einteilen zu müssen. Und niemand hat ihn je zuvor auf die Art gebraucht, wie Madame Cat ihn braucht. Das Schicksal von zwei Menschen liegt in seinen Händen. Vielleicht sind es sogar mehr als zwei, philosophiert Mancebo. Die Entscheidungen, die Menschen treffen, bilden Ringe auf dem Wasser. Und viele Leute werden von den Wellen eines Bauchklatschers – denn letzten Endes ist ein Ehebruch nichts anderes – in Mitleidenschaft gezogen. Mancebo hat sich noch nie als kleines Rädchen in einem Getriebe betrachtet, als Ring auf dem Wasser, als jemand, der etwas beiträgt. Jetzt kann er sich nicht einmal mehr daran erinnern, wie er sich die Zeit vertrieben hat, bevor er diesen Auftrag angenommen hat.

Weil im Appartement auf der anderen Seite nichts Außergewöhnliches passiert und keine Kunden im Geschäft sind, weiß Mancebo nicht, was er tun soll. Was habe ich eigentlich sonst immer gemacht?, überlegt er und kratzt sich unter der Mütze am Kopf. Aber er muss nicht lange nachdenken, denn um 18:04 Uhr taucht sein Zielobjekt erneut in einem Fenster auf, und Mancebo ist wieder im Dienst.

Er macht den Laden für heute zu. Wenn er länger unten bleibt, könnten die anderen misstrauisch werden. Sonntags arbeitet er normalerweise höchstens bis neunzehn Uhr. Obwohl viele Leute unterwegs sind, kommen nur wenige Kunden ins Geschäft.

Die Pariser scheinen die Abkühlung zu nutzen, um sich ein wenig Bewegung zu verschaffen, bevor die nächste Hitzewelle anrollt. Denn die ist bereits im Anmarsch. Das hat die Fünf-Tage-Prognose angekündigt. Aus Osteuropa zieht eine neue Warmfront heran, die dort schon einige Menschenleben gefordert hat.

Mancebo stellt die Obst- und Gemüsestände in den Laden und verscheucht einen kleinen Vogel, der auf die Eingangstür zuhüpft. Er ist immer noch unschlüssig, wie er die Übergabe mit dem Olivenglas am besten bewerkstelligt. Soll er das Glas leeren und es anschließend ausspülen? Oder ein paar Oliven übrig lassen und seinen Bericht dazwischenstecken? Um die endgültige Entscheidung noch ein wenig hinauszuschieben, reißt er zunächst einmal die fünf beschriebenen Seiten aus dem Notizbuch und faltet sie sorgfältig zusammen. Soll er einen persönlichen Gruß hinzufügen? Nein, das wäre zu riskant, falls das Glas in falsche Hände gelangt.

Seine Armbanduhr zeigt 19:12 Uhr, und Mancebo wird allmählich nervös. Er nimmt ein Olivenglas aus dem Regal, schüttet den Inhalt in die Mülltonne und spült das Glas im Waschbecken hinter der Tür aus. An der Innenseite klebt immer noch ein leichter Ölfilm, aber Mancebo ist mit dem Ergebnis zufrieden: ein fast sauberes, leeres Olivenglas. Er steckt seinen Bericht hinein.

Er nimmt die moderne Flaschenpost und wirft einen hastigen Blick zum Haus auf der anderen Seite. Der Schriftsteller starrt gedankenverloren auf seinen Computerbildschirm. Mancebo legt das Olivenglas auf das restliche Leergut und trägt die grüne Kunststoffkiste nach draußen vor die Tür. Aber er kann sich nicht mehr erinnern, wo er sie normalerweise hinstellt. Direkt neben die Ladentür oder an die Bordsteinkante? Jetzt, wo er genauer darüber nachdenkt, erscheinen ihm seine alten Gewohnheiten plötzlich fragwürdig. Mancebo schiebt den grünen Kunststoffbehälter einige Male hin und her – ein paar Zentimeter nach links, ein paar nach rechts –, dann lässt er das Gitter herunter und schließt den Laden ab.

Als er die Treppe hochgehen will, hört er, wie etwas gegen die Schaufensterscheibe prallt. Mancebo knipst das Licht über der Kasse an und schaut zum Fenster, kann aber nichts erkennen. Er macht ein paar Schritte auf die Tür zu und blickt zur anderen Seite des Boulevards hinüber und direkt in Madame Cats grüne Augen.

Für den Bruchteil einer Sekunde überlegt er, grüßend die Hand zu heben, besinnt sich aber eines Besseren.

Madame Cat steigt die Treppe zum Appartement

hinauf und verrät mit keiner Miene, dass sie ihn erkennt. Mancebo rührt sich keinen Millimeter von der Stelle, bis sie die Wohnungstür hinter sich geschlossen hat. Dann geht er zur Tür und richtet den Blick auf die Feuertreppe. Nicht um zu spionieren, sondern um seine Gedanken zu ordnen, bevor er nach oben geht. In dem Moment entdeckt er einen kleinen Spatz, der reglos neben der Ladentür liegt.

An der Scheibe ist ein roter Fleck. Gedankenverloren betrachtet Mancebo den winzigen Körper. Es ist derselbe Vogel, den er vor ein paar Minuten vom Eingang verscheucht hat.

Wenn der Spatz nicht gegen die Scheibe geflogen wäre, hätte ich niemals diesen besonderen Moment mit Madame Cat erlebt, denkt Mancebo später im Bett. In dem kurzen Augenblick, in dem sich ihre Blicke trafen, hatte Madame Cat ihm nicht nur gezeigt, dass sie ihm vertraut, sondern ihn auch von etwas anderem überzeugt. Obwohl er noch nicht weiß, wovon genau.

Er hat ihre grünen Katzenaugen beinahe vergessen. Diese Augen, die nur ein klein bisschen Licht hinein- und noch weniger hinauslassen. Die Augen, die innerhalb weniger Sekunden Schmerz, Verzweiflung, Erleichterung und Freude ausdrücken. Wenn der Spatz nicht gewesen wäre …

Fatima wälzt sich im Bett herum und schlägt Mancebo dabei mit dem Arm gegen die Stirn. Er dreht sich um und macht die Augen zu. Er weiß, dass er schlafen muss. Morgen beginnt eine neue Woche, und er kann sich nicht daran erinnern, wann er das letzte Mal eine ganze Nacht durchgeschlafen hat. In der Wohnung unter ihnen erklingen Schritte. Mancebo lauscht angestrengt. Sein detektivischer Spürsinn lässt ihm keine Ruhe mehr. Wer ist um diese Uhrzeit noch wach? Die Schritte klingen leicht, er tippt auf Adèle. Wahrscheinlich nimmt sie ein paar Schmerztabletten oder liest noch ein Kapitel in ihrem Feng-Shui-Buch. Mancebo muss daran denken, wie er die Sitzordnung geändert hat, und grinst.

Die Schritte verstummen, und jemand betätigt die Klospülung. Wenn der Spatz nicht gewesen wäre … Mancebo kann nicht aufhören, an den zarten, leblosen Vogelkörper zu denken. Normalerweise macht er sich nichts aus Tieren. Tiere sind Tiere, sie sind dazu da, gegessen zu werden. Er würde sich nie ein Haustier anschaffen.

Er gibt den Versuch zu schlafen auf. Draußen wird es allmählich hell. Der Vogel hat eine Beerdigung verdient. Vielleicht verliere ich langsam den Verstand, denkt Mancebo, schwingt die Beine aus dem Bett. Fatima schläft tief und fest. Er riecht den Seifenduft aus dem Hamam. Nachdem sie sich abgeschrubbt haben, verwenden sie immer eine Rosenseife. Automatisch wirft er einen Blick aus dem Fenster und bemerkt, dass im Arbeitszimmer des Schriftstellers Licht brennt. Aber einen Moment später geht das Licht aus, und er sieht einen Schatten verschwinden. Er hat keine Ahnung, wer die schemenhafte Gestalt war.

Mancebo beschließt, diese Beobachtung in seinem Bericht festzuhalten. Dass er sogar nachts wachsam ist, könnte ihm einen zusätzlichen Fleißpunkt einbringen. Und vielleicht ist es gar nicht so schlecht, ein wenig im Plus zu sein, falls ihm irgendwann einmal ein wesentliches Detail entgehen sollte. Aber ein nächtlicher Einsatz darf nicht zur Gewohnheit werden. Madame Cat soll es nicht für selbstverständlich halten, dass er auch nachts arbeitet. Hin und wieder kann er allerdings ruhig ein bisschen mehr Zeit und Energie investieren, denkt Mancebo und kramt auf der Suche nach einem geeigneten Vogelsarg zwischen den Tupperdosen im Küchenschrank herum.

Die Freunde des Verblichenen haben sich zu seinen Ehren versammelt. Mancebo hat noch nie ein solches Gezwitscher gehört, aber normalerweise ist er um diese Uhrzeit ja auch nicht im Laden. Er schließt die Tür auf und schiebt das Gitter so weit hoch, dass er auf den Bürgersteig hinausgehen kann.

Es ist Vollmond. Mancebo blickt zu der weißen Kugel hinauf, die den nahezu leeren Boulevard erleuchtet. Eine völlig ausgestorbene Straße gibt es in Paris nicht. Paris ist eine lebendige Stadt, allerdings mit vielen toten Seelen. Kaputten Existenzen, die von dem Leben um sie herum absorbiert werden. Möglicherweise waren sie ursprünglich mit der Hoffnung nach Paris gekommen, sie könnten einen Teil der pulsierenden Energie abbekommen. Paris: eine vielschichtige Stadt, die vor ihren Fehlern die Augen verschließt. Sie lebt vor sich hin, als hätte es die Vergangenheit nie gegeben, als wäre alles erfunden und erlogen. Was vergangen ist, ist vergessen. In Paris kommt es auf die Zukunft an.

Für den kleinen Vogel gibt es keine Zukunft mehr, und das bekümmert Mancebo vielleicht am meisten. Noch nie ist ihm die Zukunft so wichtig erschienen. Aber auch noch nie so ungewiss. Doch das macht ihm keine Angst, im Gegenteil. Suchend blickt er sich nach dem Vogel um. In der Hand hält er eine Tupperdose, in der Fatima immer den

Käse aufbewahrt. Mancebo könnte schwören, dass der Spatz unter dem roten Fleck lag. Das ist die einzige Spur, die er hinterlassen hat. Der einzige Beweis dafür, dass er wirklich gegen die Scheibe geprallt ist.

Aber weit und breit ist kein toter Spatz zu sehen. Mancebo betrachtet die weiße Tupperdose in seiner Hand. Hat ein Windstoß den Vogel fortgeweht? Aber es geht kein Lüftchen. Haben die Straßenreiniger ihn weggekehrt? Aber die kommen erst später. Hat eine Katze den Vogel geholt?

Mancebo geht wieder in die Wohnung hinauf. Tot und verschwunden, denkt er mit einem leichten Schaudern. Hoffentlich bleibt der Vogel das erste und letzte Opfer in dieser Geschichte. Er geht in die Küche, um sich ein Glas Wasser zu holen. Als er das Schlafzimmer betritt, merkt er, wie Fatima hastig die Augen wieder zukneift.

»Bist du wach?«, fragt Mancebo.

Sie antwortet nicht. Da trifft sie sich heimlich mit dem Tabakhändler hinter dem Vorhang, jetzt tut sie auch noch so, als würde sie schlafen, denkt Mancebo und legt sich neben sie.

Militärpolizisten patrouillierten mit ernster Miene auf dem Platz zwischen den Hochhäusern auf und ab und trugen ihre Maschinengewehre wie Wünschelruten vor sich her. Sie waren da, um die Touristen zu beruhigen, ihnen das sichere Gefühl zu geben, dass ihr Urlaub nicht in die Luft gesprengt werden würde.

Ich ging an ihnen vorbei, fuhr mit der Rolltreppe hinunter in die Metro und winkte im Vorbeigehen dem Blumenverkäufer zu. Das war zur Gewohnheit geworden. Er war überzeugt, ein Bote zwischen zwei Liebenden zu sein. Irgendwie tat er mir leid. Und eigentlich schade, denn in Zukunft würden mich Blumen immer an diesen Auftrag erinnern.

Ich hielt den heutigen Blumenstrauß hoch: drei schlichte Pfingstrosen, zusammengebunden mit einem breiten altrosafarbenen Samtband. Der Blumenverkäufer reckte einen Daumen in die Höhe. Schon als ich den Strauß entgegennahm, wusste ich, dass er für Judith Goldenberg bestimmt war, auch wenn ich sie in der letzten Zeit ziemlich verwöhnt hatte. Das altrosa Samtband passte zu einer Frau mit diesem Namen.

Bevor ich das Friedhofsgelände betrat, warf ich einen hastigen Blick auf die Kirchturmuhr. In einer halben Stunde musste ich meinen Sohn abholen. An diesem warmen Nachmittag war es ungewöhnlich still. Auf einer Bank am Eingang saß ein älteres Ehepaar und fächelte sich mit Zeitungen Luft zu. Ich lächelte sie an. Mittlerweile hätte ich den Weg zu Judiths Grab auch mit verbundenen Augen gefunden.

Als ich vor dem unauffälligen grauen Grabstein stand, hatte ich das Gefühl, dass etwas anders war als sonst. Ich blickte mich um und musterte den Stein, als hätte sich über Nacht die Inschrift verändert. Aber Judith Goldenberg war nach wie vor 1916 geboren und 1992 gestorben. Erst als ich auf dem Nachbargrab ein lebloses Blumengebinde entdeckte, fiel mir auf, was mich störte. Sonst hatte ich immer erst die alten Blumen wegnehmen müssen, bevor ich die neuen aufs Grab legen konnte. Heute lag der Strauß vom Vortag nicht mehr da. Aber vielleicht war er vom Wind fortgeweht worden, oder der Friedhofsgärtner hatte ihn entsorgt.

Auch auf dem Komposthaufen lag der Strauß nicht. Er hatte nur eine Spur aus abgefallenen Blütenblättern hinterlassen, die den Gehweg wie Konfetti bedeckten – sie erinnerten an das Überbleibsel eines Totenfests.

Nachlässig legte ich meinen Blumenstrauß auf das Grab. Als wollte ich mir selbst beweisen, dass ich mir von ein paar Blumen nicht mein Leben diktieren ließ, dass sie gar nicht solche Macht über mich hatten. Dass ich einen großen Umweg über den Friedhof gemacht hatte, verdrängte ich.

Ein Mann ging auf das Grab zu. Im ersten Moment konnte ich ihn nicht richtig erkennen, er wirkte wie ein Schatten. Die Vorsicht und Wachsamkeit, die mir während des Tages zur Gewohnheit geworden waren, fielen von mir ab, sobald ich den Friedhof betrat. Die Toten konnten mir nichts anhaben. Hier war ich frei.

Vielleicht bemerkte ich ihn deshalb zu spät. Zu spät, um mich wehren zu können.

Wer uns beobachtete, hätte den Mann vermutlich für einen Gentleman gehalten, der mich – wenn nicht zu einem Tanz – dann zumindest zu einem Spaziergang aufforderte. Er packte mich am Arm und zog mich mit sich. Ich versuchte, mich loszumachen, aber trotz seines hohen Alters hatte er einen erstaunlich festen Griff. Ich hätte um mich treten und schreien können, aber der Mann strahlte etwas Verletzliches aus. Vielleicht hatte er mich mit jemandem verwechselt. Vielleicht litt er an Alzheimer. An der Stelle, wo man die Grabvasen mit Wasser füllte, blieben wir stehen.

»Entschuldigung?« war alles, was ich herausbrachte.

Er sah mich nicht einmal an. Aus heiterem Himmel gab er mir eine schallende Ohrfeige.

Sein Gesicht war vom Leben gezeichnet, er musste so um die siebzig sein. Trotz der Wärme trug er einen langen schwarzen Mantel, eine graue Hose und blitzblank geputzte Schuhe. Außerdem hatte er einen schwarzen Hut auf dem Kopf. Innerhalb einer Sekunde hatte sich der alte Mann, den ich für einen verwirrten, harmlosen Rentner gehalten hatte, in einen Verrückten verwandelt. In eine Gefahr, vor der ich mich in Acht nehmen musste. Ich wich einige Schritte zurück.

Ich hatte keine Angst, ich war nur schockiert. Wenn man sich fürchtet, handelt man oft intuitiv logisch. Bei einem Schock ist das anders. Deshalb blieb ich stehen und musterte mein Gegenüber. Trotz seiner Größe und obwohl er ein Mann war, hätte ich ihn leicht überwältigen können. Er wirkte gebrechlich. Er konnte vielleicht Ohrfeigen austeilen, aber das war auch schon alles. Ich hätte ihm einen Stoß verpassen können. Das wäre vermutlich sein Tod gewesen. Ich hätte die Beine unter die Arme nehmen und davonlaufen können.

Auf einmal packte mich die Wut.

»Bist du noch bei Trost? Was verdammt noch mal hast du dir dabei gedacht?«, schrie ich.

»Sie, wenn ich bitten darf.«

»Wie bitte?«

»Sie haben mich geduzt. Sie, wenn ich bitten darf.«

Der Mann hatte mich nicht mit jemandem verwechselt. Er war verrückt. In einer Großstadt wimmelt es nur so von Verrückten. Ich sollte mich einfach umdrehen und gehen. Es hatte keinen Sinn, mit ihm zu diskutieren.

»Wenn Sie mich noch einmal anfassen, rufe ich die Polizei. Bitte gehen Sie!«, sagte ich.

Er rührte sich nicht von der Stelle und blickte mich mit seinen eiskalten blauen Augen unverwandt an. Über ihnen schien eine Art Schleier zu liegen. Als wäre er nicht richtig anwesend. Ich traute mich nicht, ihm den Rücken zuzudrehen. Auch ein verrückter alter Mann kann eine Waffe haben.

Er erinnerte mich an ein wildes Tier, das sich vorübergehend beruhigt hatte, aber hundertprozentig sicher konnte man sich nicht sein. Ich wich weiter zurück. Seine Arme hingen merkwürdig schlaff herab. Er sah aus wie eine Marionette, die sich in Todeskrämpfen wand. Ich drehte mich um, blickte aber immer wieder über die Schulter. Jetzt zuckte er am ganzen Körper, aber ich empfand kein Mitleid.

Dann hörte ich einen Laut, eine eigentümliche Mischung aus einem Schrei und einem Seufzer. Der alte Mann lag auf dem Boden. Die Zuckungen ähnelten spastischen Krämpfen, und sein Gesicht war bis zur Unkenntlichkeit verzerrt. Er starb.

Ich sah mich nach jemandem um, der helfen konnte, der den Vorfall bezeugte. Aber weit und breit war niemand zu sehen.

Sollte ich um Hilfe rufen? Der Mann starb vor meinen Augen, und kein Mensch, der auch nur einen Funken Anstand besaß, konnte dabei einfach zusehen. Zum ersten Mal in meinem Leben rief ich die Notrufzentrale an und sagte, dass auf dem Cimetière de Grenelle ein alter Mann einen Schwächeanfall erlitten habe und offenbar im Sterben liege. Man bat mich, den Mann nach seinem Namen zu fragen, wahrscheinlich um zu prüfen, ob er bei Bewusstsein war. Ich ging zu ihm hinüber, brachte es aber nicht über mich, ihn anzusprechen. Ich hatte Angst.

»Er reagiert nicht.«

Der Krankenwagen traf schnell ein.

Meine Hände zitterten, als ich den Rettungssanitätern den Vorfall schilderte. Sie hörten zu. Aus Angst, in etwas verwickelt zu werden, verschwieg ich, dass der Mann mich geschlagen hatte. Ich sagte, dass er auf mich zugekommen und zusammengebrochen sei. Wenn ich die Ohrfeige erwähnte, würden sie bestimmt misstrauisch werden und annehmen, ich hätte etwas zu verbergen. Sie notierten meinen Namen und meine Adresse.

Eine kleine Menschenansammlung bildete sich. Wie Hyänen standen die Leute um uns herum. Niemand von ihnen war da gewesen, als ich sie gebraucht hätte. So war es immer. Die Rettungssanitäter drückten dem Mann eine Sauerstoffmaske auf das Gesicht. Einer von ihnen fragte, ob ich im Krankenwagen mitfahren wollte. Er ging davon aus, dass der Mann und ich miteinander bekannt waren. Ich hätte ihm erklären können, dass ich den Mann noch nie zuvor gesehen hatte und dass ich meinen Sohn aus der Freizeitbetreuung abholen musste. Aber der Mann würde vielleicht sterben. Und das allein in einem Krankenwagen. Aber wenn ich nicht mitkam, würde ich mich für den Rest meines Lebens fragen, wer mich geschlagen hatte, und vor allem, warum.

Ich rief meinen Exmann an und erzählte ihm, dass ein alter Mann auf offener Straße einen Herzinfarkt erlitten hatte und die Sanitäter meine Aussage benötigten.

Als wir vor der Notaufnahme hielten, schien sich der Zustand des Mannes stabilisiert zu haben. Das nahm ich jedenfalls an, da sich die Sanitäter über irgendwelche Belanglosigkeiten unterhielten. Aber vielleicht taten sie das auch, wenn sie einen sterbenden Patienten im Wagen hatten. Das war schließlich ihr Alltag.

Als ich im Wartezimmer saß, erschien eine Krankenschwester und fragte, ob ich einen Kaffee trinken wollte. Ich schüttelte den Kopf. Mein Exmann rief an und erkundigte sich, ob er mich abholen sollte. Ich nahm sein Angebot an. Wenn mich in den nächsten Minuten niemand brauchte, konnte ich das Krankenhaus vermutlich guten Gewissens verlassen. Ich hatte gerade aufgelegt, als ein Arzt durch die Tür kam.

»Sind Sie die Dame, die Monsieur Caro begleitet hat?«

»Ja, wenn das sein Name ist.«

»Sie wissen nicht, wie er heißt? Sind Sie nicht miteinander bekannt?«

»Nein ... Wir sind uns zufällig begegnet, und er ist zusammengebrochen. Ich wollte nur sichergehen, dass es ihm gut geht. Die Sanitäter haben mich gebeten, mit ins Krankenhaus zu kommen.«

»Ich verstehe. Er hat eine Vergiftung.«

»Eine Vergiftung?«

Ein Herzinfarkt oder etwas Ähnliches wäre mir lieber gewesen. Bei Gift dachte ich sofort an ein Verbrechen.

»Ja, er hat sich vermutlich selbst vergiftet. Ein Selbstmordversuch.«

»Oh. Wird er durchkommen?«

»Er wird sich komplett erholen. Dank Ihrer Geistesgegenwart.«

»Das freut mich … Vielen Dank.«

Ich drehte mich um und verließ das Wartezimmer, ohne mich noch einmal umzusehen. Der Arzt rief mir etwas hinterher. Die Worte bohrten sich in mich hinein wie ein Messer.

»Monsieur Caro möchte Sie gerne sehen.«

Er brachte mich zum Zimmer. Zu meinem Erstaunen und Entsetzen ging er nicht mit hinein, sondern schloss die Tür.

Ich betrachtete den Mann, der mir erst vor ein paar Stunden eine Ohrfeige gegeben hatte. Er lag unter zwei Decken. In seiner Nase steckte ein Schlauch. So etwas hatte ich bislang nur im Fernsehen gesehen. Ich bezweifelte, dass er tatsächlich darum gebeten hatte, mich zu sehen. Vielleicht hatte der Arzt das nur als Vorwand genommen. Vielleicht glaubte er, dass wir nichtsdestotrotz in irgendeiner Beziehung zueinander standen.

Ich dachte an meinen Sohn. Ich wollte nicht, dass er ins Krankenhaus kam. Ich wollte nicht, dass er Angst bekam. Trotz allem war ich immer noch eine Mutter und wollte mein Kind beschützen. Auch wenn mein Sohn die Schattenseiten des Lebens früher oder später selbst kennenlernen würde. Eigentlich konnte ich jetzt gehen. Ich hatte meine Pflicht getan. Ich hatte dem Mann das Leben gerettet und seinen Namen herausgefunden.

Monsieur Caro schlief. Der gelbe Bettvorhang berührte seine Hand. Wenn er gestorben wäre, hätte seine letzte Handlung auf Erden darin bestanden, einen Menschen zu schlagen. Wieder einmal ließ ich mich von meiner Fantasie mitreißen und blieb im Zimmer. Vielleicht war er sein Leben lang ein frommer, gläubiger Mensch gewesen und hatte keiner Fliege etwas zuleide getan. Vielleicht hatten ihm seine Mitmenschen in der Vergangenheit übel mitgespielt, und jetzt, wo er sich anschickte, die Bühne des Lebens zu verlassen, wollte er sich rächen. Ich entdeckte eine Tätowierung auf seinem Unterarm. Ohne nachzudenken und ohne genau zu wissen, warum, nahm ich mein Handy aus der Handtasche, machte ein Foto und nickte dem scheinbar schlafenden Mann zum Abschied zu.

»Da sind Sie ja wieder.«

Für jemanden, der vor ein paar Minuten noch zwischen Leben und Tod geschwebt hatte, war seine Stimme ungewöhnlich deutlich. Ich trat näher an sein Bett heran, damit er sich nicht zu sehr anstrengen musste. Er öffnete die Augen. Sie wirkten jetzt klarer. Die Trübung von vorhin musste der Schleier gewesen sein, der sich vor dem Moment des Todes auf unseren Blick legt. Als wollte er die Augen des Sterbenden ersticken.

»Warum ehren Sie sie?«

»Wie bitte?«

»Warum ehren Sie sie?«

»Wen?«

»Meine Mutter!«

Ich blickte zur Tür. Bestimmt würde sie jeden Moment

aufgehen. Trotz seines Zustands war der Mann in der Lage zu schreien.

»Es tut mir leid, aber ich verstehe nicht. Wer ist Ihre Mutter? Und wieso habe ich sie geehrt?«

»Meine Mutter war Judith Goldenberg. Sie legen Blumen auf ihr Grab. Ehrt man denn die Toten nicht so?«

Während wir nach Hause fuhren, musterte ich meinen Sohn. Das Warten im Eingangsbereich des Krankenhauses schien ihm nicht geschadet zu haben. Vor dem Autofenster zog das Pariser Nachtleben an uns vorbei. Auf der Straße herrschte erstaunlich wenig Verkehr, in den Straßencafés und Bars dagegen Hochbetrieb.

Im Auto war es kalt. Vielleicht wollte mein Exmann mit der Klimaanlage seines kürzlich erstandenen Neuwagens prahlen. Merkwürdigerweise fragte er nicht, was geschehen war. Nicht weil er es für völlig normal hielt, fremde Menschen ins Krankenhaus zu begleiten. Vermutlich war er mit wichtigeren Dingen beschäftigt. Ich drückte die kleine, kalte Hand meines Sohnes.

»Frierst du?«

Ein Krankenwagen fuhr in den Innenhof und hielt vor der Haustür. Ich saß mit einer Tasse lauwarmem Tee am Küchenfenster und konnte alles aus nächster Nähe beobachten. Ich wusste, weshalb sie kamen. Wie er sich in der letzten Nacht bewegt hatte, hatte schon ahnen lassen, was geschehen würde. Jetzt begriff ich, warum er die Katze rausgelassen hatte. Das hatte er noch nie gemacht. Die Katze schien ihre neu gewonnene Freiheit auf dem Balkon auch nicht zu schätzen. Nachdem sie eine Weile an der Tür gekratzt hatte, war sie auf das Balkongeländer gesprungen und von dort auf die Regenrinne geklettert, um schließlich über das Dach des Abfallraums zu verschwinden. Mich überkam eine tiefe Traurigkeit, und ich weiß nicht, wer mir mehr leidtat, mein Nachbar oder die Katze. Auch wenn sie noch lebten, waren sie doch zwei Todgeweihte. Eine Hauskatze würde auf den Straßen von Paris nicht lange überleben. Die Sanitäter liefen ins Haus. Ich nahm das als gutes Omen, dass mein Nachbar noch lebte. Aus dem Zimmer meines Sohnes kam ein Geräusch. Vielleicht hatte ihn die Sirene des Krankenwagens geweckt. Aber war er überhaupt mit eingeschaltetem Martinshorn auf den Hof gefahren? Als in der Wohnung meines Nachbarn Licht anging, stand ich auf und schaltete die Badezimmerlampe an. Ihr Schein genügte, um nachzusehen, ob mein Sohn schlief. Ich öffnete seine Zimmertür einen Spaltbreit. Er hatte die Hände auf der Brust verschränkt und schlief tief und fest. Ich ging ans Küchenfenster zurück, um das Drama zu verfolgen.

Es dauerte ziemlich lange. Eigentlich hätte ich versuchen sollen zu schlafen, aber ich wollte das Ende nicht verpassen. In der Wohnung gegenüber wurde es dunkel. Kurz darauf erschienen die Sanitäter. Sie trugen meinen Nachbarn auf einer Trage hinaus. Er hielt sich eine Hand vor das Gesicht. Der Rettungswagen fuhr vom Hof, das Blaulicht blinkte stumm, keine Sirenen. Vielleicht nahmen sie Rücksicht auf die schlafenden Einwohner der Stadt. In gewisser Weise war ich erleichtert. Jetzt würde ich sein Leiden nicht mehr mitansehen müssen. In letzter Zeit hatte ich mir eingebildet, mein Nachbar sei ein Geist, ein Hirngespinst meines überspannten Verstandes. Jemand, den nur ich sah.

Jetzt befand sich unser Nachbar unter Menschen, die

den Umgang mit Sterbenden gewohnt waren. Ich hoffte, dass in die Wohnung gegenüber eine Familie mit Kindern einziehen würde, gerne mit einem schreienden Neugeborenen, das an Koliken litt, oder einem Jugendlichen, der laut Musik hörte. Mir war alles recht – nur kein stiller Krebspatient, der nachts durch die Küche wanderte.

Auf dem Rückweg vom Großmarkt sprudelt Mancebo förmlich über vor Neugier. Ob sich sein Honorar tatsächlich in einem der neu angelieferten Olivengläser befindet? Er ist kurz vorm Explodieren und würde François am liebsten küssen, als er den frisch gebrühten Kaffee vor ihn hinstellt. Zum ersten Mal wird Mancebo bewusst, wie gern er den Barbesitzer hat. Auf diesen Mann ist Verlass, jeden Morgen serviert er ihm frischen Kaffee.

Auch wenn Tariq und Mancebo den Barbesitzer genauso gut kennen, hat Mancebo das Gefühl, dass er François nähersteht als Tariq. Obwohl er ihn selten woanders sieht als hinter dem Tresen. Er könnte ein Holzbein haben, ohne dass ich es weiß, denkt Mancebo. François wohnt nicht hier im Viertel, sondern im 7. Arrondissement. Dort lebt er mit seinen vier Frauen: einer Ehefrau und drei Töchtern.

»Ich habe neulich Amir getroffen. Einen guten Jungen hast du da.«

»Ja, das stimmt, vielleicht ein bisschen zu gut.«

»Wie meinst du das?«

»Er ist zu nett. Und du weißt ja, wie Fatima sein kann … Sie ist manchmal ziemlich barsch.«

»Ja, bei uns geht es auch oft hoch her. Da werden Türen geknallt, und ›Hexe‹ und ›alter Penner‹ sind an der

Tagesordnung. Drei Töchter im Teenageralter und noch dazu …«

»Für mich klingt das ganz normal.«

»Und Nadia?«

»Sie hat sich letzte Woche gemeldet, wir haben eine Postkarte bekommen … aus Brighton, glaube ich. Sie machen da Urlaub, sie und ihr Mann.«

»Keine Kinder?«

»Nein.«

»Die kommen bestimmt noch.«

»Ja, Enkelkinder wären schon schön.«

François klopft Mancebo auf die Schulter.

»Ich sollte dich nicht länger aufhalten. Ich sehe, dass du auf glühenden Kohlen sitzt. Du bist ein pflichtbewusster Mann, Mancebo.«

Mancebo lächelt ein bisschen enttäuscht. Er hatte geglaubt, seinen Tatendrang gekonnt überspielt zu haben. In Wahrheit hält er es vor Ungeduld kaum noch aus und will endlich die Kartons auspacken, die vor seinem Geschäft auf ihn warten. Am liebsten hätte er den hochgewachsenen Barbesitzer umarmt, wie er da so steht, die Ärmel hochgekrempelt, sodass die verblassten Tattoos auf seinen Armen zu sehen sind. Aber Mancebo hat Angst, Dinge zu tun, die er später bereut. Er kann seine Energie nur schwer zügeln, aber wenn er ihr freien Lauf lässt, kann das ungeahnte Folgen haben. Mancebo bedankt sich bei François und eilt davon wie ein Pferd auf der Trabrennbahn, das am liebsten galoppieren würde. Aber dann würde die Disqualifizierung drohen. Also drosselt Mancebo sein Tempo und geht langsam zum Lieferwagen. François sieht ihm nach, während er ein Glas poliert.

Die Kartons stehen wie üblich auf dem Bürgersteig vor dem Laden. Mancebo weiß nicht mehr, welche Waren er für die kommende Woche bestellt hat. Die Bestellung stammt noch aus seinem alten Leben vor dem Auftrag. Das ist jetzt Vergangenheit. Damals wäre ihm nicht im Traum eingefallen, was die nahe Zukunft für ihn bereithalten würde. Wahrscheinlich ist in den Kartons gar kein Olivenglas.

Er sperrt das Ladengitter auf und merkt, dass der Schlüssel ein bisschen schief ist. Ich muss Tariq bitten, einen neuen anzufertigen, denkt er. Das Gitter gleitet schwerfällig nach oben. Die Ladentür lässt sich dagegen problemlos öffnen. Der Geruch des gestrigen Abendessens hängt noch in der Luft. Mancebos Herz pocht heftig, er kann sich nicht erinnern, jemals so aufgeregt gewesen zu sein. Vielleicht ist er doch ein bisschen zu alt für diese ganze Angelegenheit. Andererseits ist er überzeugt, dass er in der Lage ist, in solchen Situationen einen kühlen Kopf zu bewahren, sobald er mehr Erfahrung gesammelt hat. Irgendwann einmal werden ungewöhnliche Geldübergabemethoden für ihn völlig normal sein.

Mancebo schaltet das Licht über der Kasse an und hakt die Ladentür ein, damit sie nicht zufällt. Der Essensgeruch vermischt sich mit der frischen Morgenluft. Er hat genau geplant, wie die Bescherung ablaufen soll. Als Erstes trägt er die drei weißen Kartons in den Laden. Sie sind schwerer als gedacht, und ihm fällt ein, dass er eine große Menge Mineralwasser bestellt hat. Nach der Zehn-Tage-Wettervorhersage schien ihm das ratsam. Er stellt die Kartons vor dem Kassentresen ab.

Dann holt er die beiden braunen Kartons. Sie sind leichter, aber er hat keine Ahnung, was sie enthalten.

Mancebo zuckt zusammen. Ein sichtlich abgehetzter Mann mit einem Hund betritt den Laden. Der Hund zerrt an der Leine in die entgegengesetzte Richtung. Immer schön professionell bleiben, ermahnt sich Mancebo, bevor er den Kunden begrüßt.

»Bonjour, Monsieur. Was kann ich für Sie tun?«

»Bonjour. Können Sie mir sagen, wo ich hier in der Nähe Zigaretten kaufen kann?«

»Auf der anderen Seite des Boulevards gibt es einen Tabakwarenladen.«

»Ist das weit von hier?«

»Ungefähr hundert Meter, auf Höhe der Metrostation.«

»Vielen Dank.«

Der Hund zerrt wieder an der Leine, aber der Mann fühlt sich verpflichtet, etwas zu kaufen, und zieht den Vierbeiner zurück ins Geschäft. Bitte, du musst nichts kaufen. Es macht mir nichts aus, wenn du einfach gehst. Ich möchte nur meine Ruhe haben, denkt Mancebo.

»Heute wird es bestimmt wieder heiß. Haben Sie kleine Mineralwasserflaschen?«

Mancebo lächelt oder versucht es zumindest. Er kann seine Neugier kaum noch bezwingen. Die kleinen Mineralwasserflaschen sind in den angelieferten Kartons, doch Mancebo will seine Geschenke nicht vor einem Zuschauer auspacken. So hat er sich das nicht vorgestellt. Widerwillig schlitzt er einen Karton auf und hofft inständig, nicht auf ein Olivenglas zu stoßen. Wahrscheinlich hat Madame Cat einen Karton genommen, der nicht zugeklebt ist.

»Wir haben Glück, Sherlock«, sagt der Mann zu seinem Hund und zieht an der Leine.

Ein passender Name, denkt Mancebo. Der Hund scheint

die Meinung seines Herrchens ganz und gar nicht zu teilen, sondern leistet weiter beharrlich Widerstand. Mancebo hat den richtigen Karton erwischt, in dem nur Mineralwasserflaschen sind.

Der Mann legt das abgezählte Geld für das Mineralwasser auf den Tresen und fliegt förmlich aus dem Laden, Sherlock hat eindeutig die Nase voll. Nachdem Mancebo die Münzen einsortiert hat, hebt er das Geldfach an, nimmt seine Armbanduhr heraus und legt sie wie üblich ein Stück weiter oben um sein Handgelenk. Als er den Ärmel nach unten zieht, stürzt Tariq plötzlich polternd in den Laden.

Mancebo ist so in Gedanken versunken, dass er zusammenzuckt. Vor lauter Schreck rutscht ihm das Geldfach aus der Hand, und er klemmt sich die Finger ein. Er stöhnt auf.

»Das nenne ich jemanden mit der Hand in der Keksdose erwischen«, neckt ihn Tariq.

»Du hast mich erschreckt.«

Hastig kontrolliert Mancebo, ob die Armbanduhr immer noch unter seinem Ärmel verborgen ist.

»Guck mal, was ich hier habe!«

Tariq hält triumphierend einen Lottoschein in die Höhe. Mancebo seufzt, in erster Linie, um seinen Schock zu verarbeiten.

»Tausend Euro. Volltreffer! Ich hab Adèle heute Morgen gebeten, die Zahlen noch mal zu überprüfen. Erst habe ich ihr nicht geglaubt. Du weißt ja, Adèle hat eine blühende Fantasie und will immer alles zu ihrem Vorteil ummünzen. Aber die Zahlen stimmen! Das muss gefeiert werden!«

»Glückwunsch, Bruder!«

Mancebo kann sich über den Lottogewinn seines Cousins nicht richtig freuen und fragt sich, warum. Er mag Tariq, und natürlich gönnt er ihm und Adèle alles Geld der Welt. Sie haben es nicht leicht. Der unerfüllte Kinderwunsch und Adèles Rückenprobleme. Vermutlich rührt seine mangelnde Begeisterung daher, dass er sich jetzt endlich die restlichen Kartons vornehmen will. Glücklicherweise verschwindet Tariq relativ schnell wieder, den Lottoschein fest umklammert, als hätte er Angst, der Wind oder ein Passant könnten ihn ihm aus der Hand reißen.

Doch nachdem sein Cousin gegangen ist, ist Mancebos Aufregung wie weggeblasen. Die prickelnde Neugier hat sich mit eingezogenem Schwanz verzogen. Sie hat sich einmal zu oft gedulden müssen. Als Trostpflaster schließt Mancebo die Ladentür. Er räumt die weißen Kartons hinter den Tresen, die können warten, nimmt einen der braunen Kartons und hebt ihn vorsichtig auf den Ladentisch.

Was ist höher, die Wahrscheinlichkeit, im Lotto zu gewinnen, oder dass sich ein Olivenglas mit Geld in diesem Karton befindet?, überlegt er und klappt den Deckel auf. In dem Karton sind ein paar Tomatendosen, sieben Gläser mit Sellerie und zehn Maisdosen und da – bingo! Mancebo bekommt weiche Knie. Er greift nach dem Olivenglas, in dem mehrere 50-Euro-Scheine stecken.

Er setzt sich hinter die Kasse und schraubt langsam den Deckel auf. Falls ein Kunde den Laden betritt, stellt er das Glas in das Regal unter dem Tresen. Gott sei Dank sitzt er mit dem Rücken zur Tür, wenn also jemand aus der Wohnung herunterkommt, kann er nicht sehen, was er in der Hand hält. Mancebo nimmt das Geldbündel aus dem Glas und registriert, dass es sauber ausgespült ist.

Er zählt nach. Zwanzig 50-Euro-Scheine. Tausend Euro. Er zählt ein zweites Mal und merkt, dass er den Atem anhält. Tausend Euro für eine Woche. Plötzlich wird er nervös. Ist das eigentlich legal? Muss er das Geld versteuern? Was ist, wenn ihm jemand auf die Schliche kommt? Wo soll er das Geld verstecken?

Die Fragen schwirren durch Mancebos Kopf. Ich werde bald sechzig, beruhigt er sich, und habe in meinem ganzen Leben nicht ein einziges krummes Geschäft gemacht. Wen kümmerten schon ein paar versteuerte Euro mehr oder weniger? Außerdem weiß er ja gar nicht, wie lange der Auftrag dauert. Vielleicht war es nur eine einmalige Sache. Es gibt keinen Grund, gleich den Teufel an die Wand zu malen.

In dem Glas befindet sich keine Nachricht. Aber als Mancebo den Deckel wieder aufschraubt, bemerkt er, dass jemand mit einem schwarzen Stift drei Buchstaben daraufgeschrieben hat: »C.A.T.« Er erschaudert und verstaut das Olivenglas mit dem Geld an derselben Stelle wie die neunundsechzig chinesischen Notizbücher und das Fernglas. Seine wertvollsten Besitztümer so offen aufzubewahren, zwischen diversem Kleinkram unter der Kasse, ist ein kluger Schachzug. Niemand, der nach etwas Wichtigem sucht, würde auf die Idee kommen, dort nachzusehen.

Heute Abend wird gefeiert, denkt Mancebo, macht die Ladentür sperrangelweit auf und nimmt das gegenüberliegende Gebäude ins Visier. Ein neuer Arbeitstag hat begonnen.

Der Korken knallt. So, wie man das von einem Champagnerkorken erwartet. Fatima lacht und wedelt mit dem

Telefonhörer. Sogar Amir wirkt heute Abend ausgelassen. Nach seinem obligatorischen Pastis im Le Soleil ist Mancebo in die Weinhandlung Nicolas gegangen und hat zwei Flaschen Champagner gekauft. Den ganzen Tag ist er aufgekratzt gewesen. Er fühlt sich wie ein Kind, das genau das Weihnachtsgeschenk bekommen hat, das es sich am meisten gewünscht hat. Tariqs und Adèles Lottogewinn hat ihm einen idealen Vorwand geliefert, seine eigene Freude offen auszuleben.

»Ja! Hörst du nicht, was ich sage? Tausend Euro, einfach so!«

Fatima telefoniert mit ihrer betagten Tante, die einzige ihrer näheren Verwandten, die noch am Leben ist.

»Komm endlich, damit wir anstoßen können!«, sagt Tariq lachend.

Fatima versucht, das Gespräch zu beenden. Nicht weil sie anstoßen will, sondern weil ein Ferngespräch nach Tunesien ziemlich teuer ist. Alle heben ihre Gläser. Adèle ist die Einzige, die keinen Champagner in ihrem Glas hat. Sie trinkt nie Alkohol und behauptet, auch noch nie einen Tropfen probiert zu haben. Mancebo betrachtet die Wirklichkeit, seine Familie, durch ein Meer von gelben Bläschen. Er muss an sein Fernglas denken und grinsen. Durch sein Champagnerglas sieht er Tariqs weißes Lächeln. Er wirkt glücklich, und Mancebo überlegt, ob er seinen Cousin jemals so glücklich gesehen hat. Nicht einmal bei seiner Hochzeit wirkte er so ausgelassen.

Mancebo trinkt einen Schluck Champagner und prostet seiner Familie noch einmal zu. Er nimmt Adèle durch die gelbe prickelnde Flüssigkeit in Augenschein. Heute Abend hat sie ihren Schleier abgenommen. Schon unzählige Male hat er sie ohne Schleier gesehen, aber heute sieht sie anders aus. Sie wirkt fröhlich und gelöst. Mancebo hat das Gefühl, dass sie sich nicht wegen dem Lottogewinn so freut. Sie ist schön, denkt er, und betrachtet ihre mandelförmigen braunen Augen. Sein Glas gleitet über Amir hinweg, der gerade das Zimmer verlässt, als wüsste er, dass er sonst als Nächster unter die Lupe genommen würde. Mancebos Champagnerblick wandert zu seiner Frau hinüber, die gerade lachend irgendetwas erzählt. Der jähe Kontrast zwischen Fatima und Adèles apartem Gesicht lässt ihn zusammenzucken. Er stellt seinen Champagner ab, um seine Frau ohne die Brechung des Lichts und die perlende Flüssigkeit im Glas zu betrachten, und hofft, dass ihre Nase deshalb so verzerrt ausgesehen hat. Aber eigentlich hat Champagner ja die entgegengesetzte Wirkung und macht die Menschen und die Welt schöner.

Tariq geht in den Flur hinaus, kehrt kurz darauf mit einer braunen Schachtel zurück. Fatima ist in der Küche und kocht Tee. Adèle ist verschwunden, wohin, weiß Mancebo nicht. Er trinkt sein drittes Glas Champagner, beobachtet die gegenüberliegende Wohnung und fantasiert über das Doppelleben des Schriftstellers.

»Träumst du, Bruder?«

Tariq lässt sich auf den Platz neben Mancebo fallen und öffnet die braune Schachtel.

»Bedien dich. Du spendierst den Champagner, ich die Zigarren.«

In der braunen Holzkiste liegen fünf dicke Zigarren auf braunem Papier, das aussieht wie Backpapier. Mancebo will sich gerade eine nehmen, als Fatima, die mit dem Tee ins Wohnzimmer zurückkommt, den Deckel über seiner Hand zuschlägt.

»Wenn mich nicht alles täuscht, hast du deine Ration für heute schon geraucht?«

Mancebos Finger tun weh. Der Deckel ist schwer. Vermutlich war es nicht ihre Absicht gewesen, ihn zu verletzen. Doch es sind nicht seine schmerzenden Finger, die ihm am meisten zusetzen, sondern dass er so unvermittelt aus seinen Gedanken gerissen wurde. Als würde man jemanden brutal aus dem Tiefschlaf rütteln.

»Eine resolute Frau hast du«, sagt Tariq und zündet sich eine Zigarre an.

Mancebos übersprudelnde Freude hat einen Dämpfer erhalten und prickelt nicht länger wie die Champagnerbläschen. Adèle kommt passend zum Tee zurück. Auch Amir taucht wieder auf, aber nicht wegen des Tees, sondern wegen des süßen Gebäcks. Mancebo schüttet den Rest der Champagnerflasche in sein Glas. Er ist es nicht gewohnt, mehr als seinen obligatorischen Nachmittags-Pastis im Le Soleil zu trinken, und fühlt sich leicht beschwipst. Fatima wirft ihm einen Blick zu, doch er ignoriert sie.

Als er bemerkt, wie der Schriftsteller auf der anderen Seite des Boulevards die Wohnungstür abschließt, ist er von einer Sekunde auf die nächste nüchtern. Mancebo schaut unauffällig auf die Wanduhr über dem Fernseher. 22:45 Uhr. Wo will der Schriftsteller so spät noch hin? Das Appartement ist dunkel. Madame Cat schläft also oder ist wieder auf Reisen. Aber weil seine Auftraggeberin die Antwort auf diese Frage selbst kennt, muss er sich nicht weiter den Kopf darüber zerbrechen. Mancebo verspürt den Drang aufzustehen, hinauszugehen und sein Zielobjekt zu beschatten. Die Pariser Nacht erwacht zum Leben. Die Ruhelosen begeben sich auf die Straßen der Stadt.

Während des Vormittags konnte ich an nichts anderes denken als an Monsieur Caro und stellte verschiedene Theorien auf. Es gab nur wenige Fakten. Judith Goldenberg war Monsieur Caros Mutter, und sie war eine Frau, die es nicht verdiente, geehrt zu werden. Jedenfalls, wenn es nach ihrem Sohn ging. Was hatte sie getan?

Judith Goldenberg war vor zwanzig Jahren gestorben. Monsieur Caro hatte gesehen, wie ich Blumen auf ihr Grab legte. War das zu viel gewesen für einen alten Mann, der seine Mutter hasste?

Warum hatte Monsieur Caro mir an den Kopf geworfen, dass ich wie seine Mutter sei? Er hatte eine Erklärung von mir verlangt, aber ich war einfach aus dem Zimmer gegangen. Hilflos hatte er mir nachgerufen. Der junge Arzt war erschienen und hatte sich erkundigt, was los sei. Ich antwortete, dass Monsieur Caro sich einbildete, ich würde seine verstorbene Mutter kennen. Das entsprach immerhin der Wahrheit. Der Arzt hatte genickt und gesagt, dass es vermutlich am besten sei, noch ein paar Tests zu machen, bevor sie ihn nach Hause schickten.

Nachdem ich eine Weile im Internet recherchiert hatte, wurde mir klar, dass es sich bei der Tätowierung auf Monsieur Caros Unterarm möglicherweise um eine

Häftlingsnummer aus dem KZ handelte. Den Nachmittag verbrachte ich damit, mich über die Konzentrationslager im Zweiten Weltkrieg zu informieren. Die Plings empfand ich eher als störende Unterbrechungen. Ich las nach, wie die Nazis die KZ-Häftlinge mit verschiedenfarbigen Stoff-Dreiecken in Gruppen unterteilt hatten: politische Gefangene, Kriminelle, Emigranten, Bibelforscher, Homosexuelle, Asoziale … und wie ihnen später in den Lagern die Nummern eintätowiert wurden.

Es ging auf den Abend zu, und ein angenehmer Nieselregen hatte eingesetzt. Sicherheitshalber sah ich an der Kirchentür nach, ob der Cimetière de Grenelle ab einer bestimmten Uhrzeit geschlossen wurde. Auch wenn mich heute Nacht niemand vermissen würde, hatte ich keine Lust, auf dem Friedhof eingeschlossen zu werden. Mein Sohn verbrachte das Wochenende mit seinem Vater. Soweit ich wusste, wollten sie in die Normandie fahren. Ich hatte mich schon lange nicht mehr so frei gefühlt wie in dem Moment, als ich über den Friedhof schlenderte. Vielleicht war ich sogar ein kleines bisschen glücklich.

Von Weitem erblickte ich Judith Goldenbergs Grab. Die drei Pfingstrosen lagen nicht mehr da. War Monsieur Caro schon aus dem Krankenhaus entlassen worden? Ich ging näher heran, bog jedoch ab, bevor ich die Grabstelle erreichte. Eine der Bänke beim Komposthaufen war vom Regen verschont geblieben. Als ich mich hinsetzte, entdeckte ich ein vergessenes Taschentuch. Jemand hatte die Bank abgetrocknet. Weil es immer noch nieselte, konnte das noch nicht lange her sein. Hatte jemand gerade eben noch hier gesessen?

An diesem Abend nahm ich die Blumen mit nach

Hause. Ich hatte es nicht über mich gebracht, sie auf Judiths Grab zu legen. Jetzt standen sie auf dem Küchentisch in einer Kristallvase, die einen kleinen Sprung hatte. Ich hatte mir eingeredet, dass die Blumen an einem Abend wie heute eine nette Abwechslung wären. Dass sie mir in meiner Einsamkeit einen Blickfang bieten würden. Doch stattdessen schienen sie mich zu verhöhnen. Endlich war es ihnen gelungen, in meine Wohnung vorzudringen. Wie ein Missionar, der an der Tür geklingelt hat und einen Augenblick später am Tisch sitzt.

Ich öffnete die Balkontür und stellte die Blumen nach draußen. Der Regen würde ihnen sicher guttun, sagte ich mir. Das Geräusch von Polizeisirenen drang in die Küche. Ich zog die langen Leinengardinen zu und ließ mich in den Sessel fallen. Endlich war ich allein in meiner Wohnung.

Ich schenkte mir ein Glas Champagner ein. Obwohl es erst vier Uhr nachmittags war und ich nichts zu feiern hatte. Den ganzen Tag hatte ich normale Dinge getan, waschen, bügeln und Zeitung lesen. Ich setzte mich mit dem Champagnerglas an meinen Computer, um alle Monsieur Caros in Paris zu googeln. Es gab mehrere Personen mit diesem Nachnamen. Einer wohnte in der Nähe des Cimetière de Grenelle, allerdings war er IT-Berater von Beruf. Das konnte ich mir bei meinem Monsieur Caro nicht vorstellen.

Ein anderer Monsieur Caro wohnte im Marais, dem jüdischen Viertel von Paris. Ich wählte seine Nummer. Ich war nicht verantwortlich für seinen Selbstmordversuch. Die Blumen waren schuld. Sie führten ein Eigenleben. Alte Menschen gehen früh schlafen, alte suizidgefährdete Menschen vielleicht noch früher. Ich konnte also genauso gut jetzt anrufen. Ich weiß nicht, was ich erwartet hatte. Vielleicht, dass das Klingeln des Telefons in einem dunklen, verrauchten Raum verebben oder dass eine heisere Stimme ein »Hallo?« zischen würde. Alles, nur keine fröhliche Frauenstimme und Lachen und Musik im Hintergrund. Ich legte auf. Falls das die richtige Nummer gewesen war, war Monsieur Caro zu Hause und wohlauf, sonst lädt man keine Gäste zu sich ein und hört laut Musik. Oder war er gestorben, und Familie und Freunde hatten sich in seiner Wohnung versammelt? Vielleicht empfanden sie seinen Tod als Befreiung. Ich redete mir ein, dass es nicht der richtige Monsieur Caro gewesen war, und schenkte mir Champagner nach.

Der Anruf hatte mich der Wahrheit kein Stück näher gebracht. Ich stellte den Champagner in den Kühlschrank und beseitigte mein Wochenendchaos. Nicht weil mein Sohn bald wieder hier sein würde, sondern weil mein Exmann sich garantiert die Freiheit herausnahm, mit hereinzukommen.

Mein Sohn umarmte mich. Er schien froh, wieder zu Hause zu sein. Mein Exmann ging durch die Wohnung und schaltete in allen Räumen das Licht an, als würde er sich nicht trauen, unseren Sohn in der Dunkelheit bei mir zu lassen. Ich saß mit meinem Kind auf dem Schoß am Küchentisch. Der Mann, mit dem ich viele gemeinsame Jahre verbracht hatte, uns gegenüber. Mein Sohn roch fremd. Mein Exmann erzählte von ihrem Hotel, dem Strand und dass unser Sohn in der Kinderdisco gewesen war.

Ich betrachtete den Mann, den ich einmal geliebt hatte. Wann ging er endlich? Wegen ihm kam mir mein Sohn fremd vor. Aber er erzählte weiter, wie gut unser Sohn mittlerweile schwimmen konnte, dass wir ihm eine neue Badehose kaufen müssten und dass sie im Hotel zusammen in einem Doppelbett geschlafen hatten. Den letzten Punkt erwähnte er nur, um zu betonen, dass keine dritte Person dabei gewesen war. Er wollte auch wissen, womit ich meine Zeit verbracht hatte, und ich sagte, ich hätte meinen Sohn vermisst, Wäsche gewaschen, gebügelt, mich ausgeruht und entspannt. Dass ich auf dem Friedhof gewesen war, mit Blumen gehadert, an den Tod gedacht, Champagner getrunken und einem alten Mann hinterhertelefoniert hatte, erwähnte ich nicht.

»Haben Sie ›La vache qui rit‹, Monsieur?«

»Was, bitte?«

»Na, den Käse.«

»Ach so, ja, ich glaube schon.«

Mancebo sucht zwischen den Käsesorten in der Kühlvitrine. Die beiden Mädchen warten geduldig an der Kasse. Er schätzt sie auf ungefähr zehn.

»Ja, hier ist er. Eine Packung?«

Die Mädchen nicken schüchtern.

»Wisst ihr, was an der Verpackung so lustig ist?«

Die Mädchen sehen sich an und schütteln den Kopf. Mancebo ist heute Morgen blendender Laune. Auf dem Weg zum Großmarkt hat er die ganze Zeit gesungen, und die Straßen waren relativ frei gewesen. Dass seine ersten Kunden zwei niedliche Mädchen in knielangen Kleidern sind, die eine Packung Käse kaufen wollen, hebt seine Laune nur noch mehr.

Sie erinnern ihn an seine Tochter Nadia. Hatte sie nicht auch so ein Kleid, als sie klein war? Ich muss sie anrufen, denkt Mancebo. Heute Abend vielleicht, wenn er noch die Energie aufbringen kann und Nadia zu Hause ist. Sie geht gerne aus und genießt das Londoner Nachtleben. Fatima macht sich deswegen Sorgen. Mancebo hat keine Ahnung, warum.

»Wenn ihr euch die Ohrringe der Kuh genau anguckt, könnt ihr das ganze Bild darin sehen.«

Mancebo ist sich nicht sicher, ob sie verstehen, was er meint.

»In den Ohrringen der Kuh sieht man noch einmal das Bild, das auf der Verpackung ist. Der Verpackung, die ihr in der Hand haltet.«

Auch jetzt weiß er nicht, ob sie ihn verstanden haben. Sie sehen erst die Kuh auf der Käseschachtel an und dann sich. Das eine Mädchen kaut auf seiner Lippe herum. Das andere legt das Geld passend auf den Ladentisch.

»Wir wollen heute ein Picknick machen, hatten aber keinen Brotaufstrich mehr.«

»Aha, ich verstehe.«

Mancebo packt den Käse in eine weiße Plastiktüte, aber bevor er sie den Mädchen gibt, hält er inne. Ohne zu wissen, warum, holt er eines der chinesischen Notizbücher hervor und steckt es mit in die Tüte.

»Hier habt ihr ein kleines Geschenk. Nein, zwei«, sagt er und legt noch ein Notizbuch dazu.

Die beiden Mädchen strahlen, das eine macht sogar einen Knicks, und Mancebo wird rot. Sie laufen aus dem Geschäft, bleiben vor der Bäckerei stehen und schauen in die Tüte. Mancebo lächelt zufrieden und ist stolz auf seinen Einfall. Was soll er mit neunundsechzig Notizbüchern? Wenn er jemandem damit eine Freude machen kann, umso besser.

Ein weiterer Kandidat, der heute gute Laune hat, ist Tariq, der wie üblich in den Laden poltert. Diesmal bekommt Mancebo keinen Schreck.

»Guten Morgen, Bruder. Alles gut?«

»Alles bestens«, erwidert Mancebo.

»Ja, es könnte nicht besser sein. Man ist reicher, und die Temperaturen sind angenehm kühl.«

»Stimmt, aber im Wetterbericht haben sie gesagt ...«

»Sei still, ich will nichts hören. Verdirb mir nicht meine gute Laune. Weißt du, was dein Cousin macht, wenn es wärmer wird? Er baut eine Klimaanlage ein. Keinen Tag zu spät. Ja, Bruder! Dann können wir in der Werkstatt übernachten«, verkündet Tariq und begibt sich an seinen Arbeitsplatz, sein Revier.

Auf der anderen Seite des Boulevards tut sich etwas. Mancebo zieht den Ärmel seines Mantels ein Stück hoch, sieht auf die Armbanduhr, steht auf, schnappt sich den Glasreiniger und einen alten Lappen und tritt gelassen hinaus auf den Bürgersteig. Das hat er mittlerweile gelernt: selbst dann beherrscht und mit Bedacht vorzugehen, wenn er am liebsten drauflosstürmen würde. Als der Schriftsteller die Wohnungstür abschließt, hält er auf einmal inne. Womöglich möchte er das Appartement gar nicht verlassen. Mancebo kann nicht genau sagen, wieso er diesen Eindruck hat. Doch dann läuft der Schriftsteller genauso unbeschwert wie immer die Treppe hinunter, vielleicht sogar ein klein wenig unbeschwerter. Auf dem Bürgersteig wird er langsamer, als würde er sonst zu früh zu einer Verabredung kommen.

Mancebo zwingt sich, ihm den Rücken zuzukehren. Zu seiner Freude spiegeln sich die Umrisse des Schriftstellers im Fenster. Er sprüht Glasreiniger auf die Scheibe und wischt mit dem Lappen darüber. Der Schriftsteller bleibt vor dem Schaufenster von Tariqs Schuhmacherwerkstatt stehen. Vielleicht liest er das Schild mit den

Öffnungszeiten. Ein Lastwagen hält vor Mancebos Geschäft, und Mancebos Herz schlägt schneller. Ein plötzlicher Stau hindert ihn daran, seinen Auftrag ordnungsgemäß auszuführen. Verzweifelt blickt er sich um. Um etwas zu sehen, muss er sich ungefähr zwanzig Meter vom Laden entfernen. Das ist ihm zu riskant.

Wenn der Schriftsteller mich entdeckt, begreift er sofort, dass ich ihn beschatte, denkt Mancebo und kratzt sich am Kopf. Einen Unfall kann er nicht ausmachen, aber der Verkehr ist zum Erliegen gekommen. Es kann einige Zeit dauern, bis sich der Stau auflöst, und die Zeit hat Mancebo nicht. Ihm bleibt nichts anderes übrig. Hastig blickt er sich um und geht in die Hocke. Das genügt nicht. Also kniet er sich auf den Bürgersteig und hält unter dem Lastwagen hindurch Ausschau nach den Füßen des Schriftstellers. Schuhe in allen möglichen Farben, darunter viele Flip-Flops, strömen wie bunte Fische hinter dem Lastwagen entlang. Doch in der Mitte des Schwarms, wie zwei braune Steine, stehen zwei beschuhte Füße still. Der Lastwagen fährt an. Mancebo wischt sich gerade den Staub von der Hose, als der Schriftsteller in die Schuhmacherwerkstatt hineingeht. Hastig läuft er in den Laden, holt sein Fernglas und bezieht seinen sicheren Beobachtungsposten hinter der Kasse. Zwei Mädchen kommen in das Geschäft und schauen ihn verwundert an, wie er da eingeklemmt in der Ecke hinter dem Ladentisch steht.

»Bonjour«, begrüßt er sie, ohne seine Enttäuschung über die störende Kundschaft verbergen zu können.

»Bonjour«, sagen die Mädchen im Chor.

Die größere stößt die kleinere an.

»Monsieur, haben Sie Notizbücher für uns?«

Im ersten Moment versteht Mancebo nicht, und sein Blick wandert zwischen den Mädchen und der Schuhmacherwerkstatt hin und her. Dann begreift er.

»Die Notizbücher sind nur für Leute, die auch etwas kaufen«, zischt er. Aber im nächsten Moment bereut er seinen scharfen Tonfall.

Das war dumm. Es wäre klüger gewesen, ihnen einfach zwei Notizbücher zu geben. Jetzt zieht sich die Angelegenheit in die Länge. Die Mädchen sehen enttäuscht aus, schauen sich aber im Laden um, während der Schriftsteller mit einem Schuhkarton unter dem Arm aus Tariqs Werkstatt kommt. Mit raschen Schritten steigt er die Feuertreppe hoch, schließt die Wohnungstür auf, stellt den Karton in den Flur und geht die Treppe wieder hinunter.

Mancebo dreht seinen Kunden normalerweise nie den Rücken zu, und er ist überzeugt, dass die Mädchen die Taschen voller Süßigkeiten haben. Vor Kurzem erst hat er jedoch in einem Zeitungsartikel gelesen, dass die meisten Ladendiebstähle von Rentnern begangen werden. Allerdings weiß er nicht, ob er das glauben soll. Auf dem Ladentisch steht eine Cola-Dose, das Geld liegt abgezählt daneben. Zwei niedliche Mädchen warten auf ein Geschenk.

»Wollt ihr einen Ausflug machen?«

Mancebo hat ein schlechtes Gewissen. Die beiden können nichts dafür, dass sie genau in dem Moment in den Laden gekommen sind, als der Schriftsteller Tariqs Werkstatt betreten hat. Fröhlich laufen die Mädchen mit ihrer Cola und zwei Notizbüchern davon.

An diesem Nachmittag kommt ein Kind nach dem anderen in Mancebos Laden. Die Kasse klingelt, und er verschenkt viele Notizbücher. Die Kinder kaufen vor allem Getränke und Süßigkeiten. Mancebo ist so beschäftigt, dass er nicht dazu kommt, seine Beobachtungen zu notieren.

Nachdem er am Abend die Stände in den Laden geschoben hat und Tariq durch den Laden nach oben in die Wohnung gestürmt ist, setzt sich Mancebo neben die Registrierkasse, nimmt seine Armbanduhr ab und holt sein Notizbuch hervor. Er will die Ereignisse objektiv schildern und überlegt, ob er das kurze Zögern des Schriftstellers erwähnen soll, das er wahrgenommen zu haben glaubt. Schließlich entscheidet er sich, es mit in den Bericht aufzunehmen. Man kann nie wissen, welche Details sich als wichtig erweisen. Bevor er die Ladentür abschließt, zählt Mancebo die verbliebenen Notizbücher: Es sind noch dreiundfünfzig Stück.

Als er nach dem Abendessen seine einzige Zigarette geraucht hat, ruft Nadia an. Sie weiß, dass sie immer in Tariqs und Adèles Wohnung essen. Fatima fordert Amir auf, ans Telefon zu gehen, und die Geschwister wechseln ein paar Worte über die Gesundheit sämtlicher Familienmitglieder und ein paar über den Laden. Danach wird es still. Nadia ist fünfzehn Jahre älter als Amir. Sie hatte es so eilig, ihr Elternhaus und Paris zu verlassen, dass die beiden kaum zusammen aufgewachsen sind. Nach ein paar Stippvisiten in London beschloss sie, für immer dorthin zu ziehen. »London ist internationaler«, sagt sie jedes Mal, um ihre Entscheidung zu rechtfertigen, dass sie in einem anderen Land als ihre Eltern lebt. Amir war sechs, als sie nach London ging.

Vor drei Jahren haben Mancebo und Fatima ihre einzige Tochter besucht. Sie setzten sich in den Zug, der unter dem Meer entlangfährt, und waren ungefähr zwei Stunden später in dem Land angekommen, wo man auf der falschen Straßenseite fährt. Das war Mancebos erster Gedanke. Der zweite, dass Nadia recht hat. London ist in vielerlei Hinsicht internationaler als Paris. Mancebo hat die Stadt gefallen.

Nach der wortkargen Unterhaltung reicht Amir den Hörer an Fatima weiter. Hätte er das nicht gemacht, hätte sie ihn wahrscheinlich an sich gerissen.

»Mein Kind!«

Die Unterhaltung von Nadia und ihrer Mutter dreht sich vor allem um Nadias neue Arbeit. Sie hat in dem Londoner Vorort, in dem sie wohnt, eine gut bezahlte und interessante Stelle als Stadtplanerin bekommen. Fatima ist stolz. Das Gespräch neigt sich dem Ende zu, das hört Mancebo an Fatimas Stimme. Sie wird kurzatmig, als wäre sie zu schnell gelaufen. Adèle gähnt und hebt die Hand, Fatima soll einen Gruß von ihr ausrichten.

»Warte! Ich will auch mit ihr sprechen!«

Fatima sieht ihren Mann mit ihren stark geschminkten Augen erstaunt an. Es ist das erste Mal, dass er mit seiner Tochter reden will. Hin und wieder haben sie kurz miteinander gesprochen, wenn Mancebo zufällig ans Telefon gegangen ist, als Nadia angerufen hat. Mancebo bekommt sämtliche Informationen über seine Tochter von seiner Frau. Fatima gibt Mancebo den Hörer, und alle verstummen, um zu hören, was Mancebo auf dem Herzen hat. Sogar Adèle scheint plötzlich wieder munter zu werden.

»Mein Kind«, setzt Mancebo an, spürt aber, dass er nicht seine eigenen Worte benutzt, sondern in seiner Unsicherheit auf Fatimas Vokabular zurückgreift.

»Hallo, Papa.«

Mancebo weiß nicht, was er sagen soll. Eigentlich gibt es nichts Bestimmtes, worüber er reden will. Aber er hat heute Morgen darüber nachgedacht, Nadia anzurufen, und jetzt ruft sie an. Ein lustiger Zufall, denn so häufig meldet sich Nadia auch wieder nicht, höchstens ein paar Mal im Monat.

»Ist alles in Ordnung, Papa?«

Nadia klingt besorgt. Vielleicht vermutet sie, dass irgendetwas Schlimmes passiert ist, wenn ihr Vater mit ihr sprechen will.

»Alles wunderbar, besser als sonst sogar.«

»Das freut mich. Ist was Besonderes vorgefallen?«

Zum ersten Mal seit dem Tag, an dem Madame Cat in seinen Laden gekommen ist, muss Mancebo sich zusammenreißen, um nicht alles zu erzählen. Die Worte liegen ihm auf der Zunge, verlangen, ihre Flügel auszubreiten und in die Freiheit zu fliegen. Er hat tatsächlich etwas zu erzählen. Dank seiner neuen Aufgabe fühlt er sich so gut wie schon lange nicht mehr. Mancebo versteht nicht, warum er Nadia am liebsten einweihen würde, die anderen Familienmitglieder aber nicht. Vielleicht weil sie so weit weg ist. Die Distanz vermittelt eine gewisse Sicherheit.

»Hast du auch im Lotto gewonnen?«

Nadia lacht. Mancebo hätte nicht gedacht, dass sie davon weiß, und ihre Worte schockieren ihn beinahe.

»Du hast davon gehört?«

»Ja, klar. Mama hat mich gestern bei der Arbeit angerufen. Direkt nachdem Adèle die Zahlen kontrolliert hat.«

»Ach so«, sagt Mancebo.

»Jedenfalls freut es mich zu hören, dass es dir gut geht. Und der Laden?«

Mancebo würde am liebsten auflegen. Sein Gehirn ist von etwas anderem abgelenkt, das er noch nicht zu fassen bekommt.

»Ich kann nicht klagen.«

»Schön.«

»Ist es in London auch so warm?«

Mancebo versucht, einen guten Abschluss zu finden. Nachdem er endlich aufgelegt hat, geht er ins Bad, um vor dem Tee und dem süßen Gebäck ein paar Minuten mit seinen Gedanken allein zu sein. Er muss darüber nachdenken, was ihm seine gute Laune verdorben hat. Er spritzt sich ein bisschen Wasser ins Gesicht und bleibt eine Weile auf dem Badewannenrand sitzen. Dass Fatima hinter seinem Rücken mit Nadia telefoniert, ist der Beweis, dass die Welt nicht so aussieht, wie er geglaubt hat.

Er ist ganz selbstverständlich davon ausgegangen, dass Fatima ihm jedes Mal erzählt, wenn sie mit Nadia gesprochen hat. Doch das ist offenbar nicht der Fall. Also gibt es bestimmt noch andere Dinge, die er nicht erfährt. Wie zum Beispiel, dass sie morgens aus dem Haus geht, während er auf dem Großmarkt ist, oder dass sie sich mit dem Tabakhändler trifft.

Nachdenklich betrachtet Mancebo das rissige Stück Seife, das auf dem Badewannenrand liegt. Dann erhebt er sich und geht zurück ins Wohnzimmer.

Nachdem ich mich um ein paar Minuten verspätet hatte und mir vor lauter Stress darüber zweimal der Schlüssel aus der Hand gefallen war, erinnerte ich mich daran, dass die E-Mails, falls überhaupt welche eingegangen waren, immer noch im Postfach liegen würden. Es war bestimmt kein Weltuntergang, wenn ich sie nicht auf die Sekunde genau weiterleitete. Bevor ich den Bürocomputer hochfuhr, packte ich meinen Laptop aus. Ich hatte in der vergangenen Nacht gut geschlafen und fühlte mich ausgeruht. Das Postfach war leer. Ich wählte zum zweiten Mal die Nummer jenes Monsieur Caro, der im Marais-Viertel wohnte, vor allem, damit ich ihn endlich abhaken konnte.

»Hallo?«, zischte jemand.

Genau so eine Begrüßung hatte ich von dem Mann am Telefon erwartet.

»Bonjour, ich möchte gerne mit Monsieur Caro sprechen.«

»Warum?«

Ich erkannte seine Stimme wieder.

»Ich wollte mich erkundigen, wie es ihm geht.«

»Mit wem spreche ich?«

Das Einfachste wäre gewesen, ihm zu sagen, wer ich war, doch irgendetwas hielt mich davon ab. Ich konnte mir nicht einmal einen Namen ausdenken.

»Sind Sie Monsieur Caro?«, fragte ich.

»Ja«, antwortete der Mann.

»Ich … Ich bin die Frau, die Ihnen auf dem Friedhof begegnet ist. Und später haben wir im Krankenhaus miteinander gesprochen, falls Sie sich daran erinnern.«

»Natürlich erinnere ich mich! Was wollen Sie?«

»Wie ich bereits gesagt habe, wollte ich mich nur erkundigen, wie es Ihnen geht.«

Am anderen Ende der Leitung blieb es still. Ich war überzeugt, dass er auflegen würde, und mir fiel nichts ein, wie ich das verhindern konnte.

»12 Rue de Rosiers. Der Code für die erste Tür lautet 12A90, der für die zweite 223B«, sagte er schließlich.

»Ist das eine Einladung?«

»Nennen Sie es, wie Sie wollen. Sie haben im Krankenhaus nicht auf meine Fragen geantwortet.«

»Ich bin gerade bei der Arbeit. Aber nach sechzehn Uhr könnte ich kurz bei Ihnen vorbeikommen. Ist Ihnen das recht?«

Am anderen Ende der Leitung herrschte wieder Stille.

»Ich denke schon.«

Sowie ich auflegte, erklang ein Pling. Dass ich Monsieur Caro in seiner Wohnung besuchen würde, erschien mir unwirklich.

»Es gibt Situationen, in denen man sich wehren muss. Und das hat sie nicht getan. Im Gegenteil. Warum legen Sie Blumen auf ihr Grab?«

»Das war reiner Zufall. Es hätte genauso gut …«

»Ich glaube an keine gottverdammten Zufälle!«

Ich lachte. Ich hatte keine Angst mehr. Er war wütend, aber er würde mich nicht noch einmal angreifen.

Trotz des großen Fensters, das zum Innenhof hinausging, war die Wohnung dunkel. Die Möbel, die Bücher und die Bilder an den Wänden verliehen den Räumen etwas Drückendes, ohne dass sie düster wirkten. Als ich klingelte, hatte er mir ohne ein Wort die Tür geöffnet, war ins Wohnzimmer gegangen und hatte in einem Sessel Platz genommen. Als wäre ich vom Pflegedienst. Er war ohne Umschweife auf seine Mutter zu sprechen gekommen.

Ich hatte mich in den Sessel auf der anderen Seite des Couchtisches gesetzt.

»Lassen wir den Zufall aus dem Spiel. Warum legen Sie Blumen auf das Grab meiner Mutter?«

Warum hatte ich Judith Goldenbergs Grab gewählt? Und warum war ich dorthin zurückgekehrt?

»Ich weiß es nicht. Vielleicht werde ich Ihnen diese Frage eines Tages beantworten können. Aber momentan weiß ich es nicht.«

»Diese Antwort ist besser. Nicht gut, aber besser. Zufall … Es gibt keinen Zufall. Man muss sich wehren. Und das hat sie nie getan, meine Mutter, der Sie diese Ehre erweisen.«

»Wie darf ich das verstehen?«

»Meine Mutter war sehr jung, als sie ihr Medizinstudium beendete«, antwortete er. »Zu jung. Am Examenstag mischte sich der Jubel mit der gellenden Stimme der Bestie, die alles durchdrang, Wände, Gräber, den Verstand. Vielleicht waren die Jubelschreie schuld daran, dass sie nicht erkannte, was für sie und andere am besten gewesen wäre. Ich weiß es nicht, und es spielt auch keine Rolle.

Kurz nach ihrem Examen eröffnete sie in der Nähe von München eine Arztpraxis. Eine junge, schöne Frau, eine

Jüdin, mit einer eigenen Praxis. Ja, Sie verstehen ... Meine Mutter war so berauscht von ihrem eigenen Erfolg, ihrem Glück, dass sie die Panzer nicht sah, die draußen auf den Straßen vorbeirollten. Sogar als verletzte Patienten zu ihr in die Praxis kamen, die auf offener Straße zusammengeschlagen worden waren, tat sie es mit einer Handbewegung ab und sagte, sie würden übertreiben. Viele hätten sich bestimmt im Suff gestoßen oder mit einem Rivalen geprügelt. Sogar als man sie anwies, den Judenstern zu tragen, tat sie es mit einem gewissen Stolz.

In ihre Praxis kamen Juden wie auch Nicht-Juden. Sie war eine sehr gute Ärztin, und es sprach sich schnell herum, dass diese unverheiratete junge Frau fast alle Patienten heilte. Sie war auch der alternativen Medizin gegenüber offen, überschritt jedoch niemals die Grenze dessen, was als akzeptabel galt. Sie verschrieb erprobte homöopathische Mittel und Tropfen, hielt aber nichts von Handauflegen ... genauso wenig wie von der Kraft des Glaubens.«

Monsieur Caro streckte die Beine aus, zog ein Hosenbein hoch und heftete den Blick auf die Wand hinter mir, bevor er fortfuhr: »Vielleicht verstand sie den Ernst der Lage, als ihre Nachbarn abgeholt wurden. Lange hatte sie die Augen vor blauen Flecken und gebrochenen Armen verschlossen, aber wenn eine ganze Familie verschwindet, entsteht eine Leere, die sich nicht mit Erklärungen oder Ausflüchten füllen lässt. Sie hatte beim Streichen ihrer Küche geholfen. Sie wusste, wie sehr die Nachbarn an ihrem Zuhause gehangen hatten. Sie wären niemals freiwillig gegangen. Das wusste sie. Kurz darauf war sie selbst an der Reihe. Sie kamen in die Praxis. Einer von ihnen war ihr Patient. In ihrer Naivität hatte sie geglaubt, er hätte ein Auge auf sie geworfen. Dass ich nicht lache. Wie ich bereits sagte, war sie unverheiratet, träumte aber davon, einen Mann zu finden und eine Familie zu gründen, sobald sie beruflich Karriere machte. Und das sollte sie auch, allerdings nicht wie erwartet.

Die Männer befahlen ihr, ihre Sachen zu packen. Meine Mutter nahm ihren Mantel und schloss wie jeden Tag ihre Praxis. Sie hatte nicht begriffen, dass die Männer sie dazu aufgefordert hatten, ihre Arztpraxis für immer zu schließen. Sie hatten eine Liste mit Dingen dabei, die sie packen sollte, neben Verbandsmaterial und Desinfektionsmittel auch Skalpelle, Nadel und Faden und Morphium. Sie legte alles in ihre große braune Ledertasche, löschte zum letzten Mal das Licht und machte sich bereit für eine Aufgabe, die – wie sie glaubte – zwar keine selbst gewählte, aber doch immerhin würdige Aufgabe sein würde. Sie hatte den hippokratischen Eid abgelegt. Sie würde Menschen beistehen, die Hilfe benötigten.

Das Ziel ihrer Reise war Dachau. Sie kam in einem ganz gewöhnlichen Zug dort an, mit dem auch eine Handvoll Deutsche fuhren. Sie durfte deutscher Klasse reisen! Die Passagiere waren über mehrere Wagen verteilt. Sie bekam zu essen und konnte auf die Toilette gehen. Das Seltsamste war, dass der Speisewagen geöffnet hatte und hinter Kaffeekannen und Gebäck ein Soldat stand, der herauszufinden versuchte, wie die Registrierkasse funktionierte. Die Deutschen erobern Europa, steigen in einen Zug, der direkt in die Hölle fährt, und müssen im Speisewagen selbst bezahlen.

Nach dem Krieg hat sie wiederholt von dieser Zugfahrt erzählt, und der Speisewagen beschäftigte sie noch auf dem Sterbebett. Seltsam, wirklich seltsam.«

Monsieur Caro hielt inne und sah auf.

»Ich bin müde«, sagte er. Vielleicht hatte ihn die Geschichte mit dem Speisewagen erschöpft. Doch er durfte jetzt nicht aufhören. Ich überlegte, wie ich ihn dazu bringen konnte weiterzuerzählen. Ich schaltete das Radio aus. Aber Monsieur Caro schwieg noch immer, und ich sah ein, dass es ohnehin Zeit war, meinen Sohn abzuholen. In der Metro musste ich an den Speisewagen denken. Ich durfte nicht vergessen, dass er seine Erzählung an dieser Stelle unterbrochen hatte. Er hatte mich gebeten, morgen um dieselbe Zeit wiederzukommen. Ich betrachtete mein Spiegelbild in der Fensterscheibe. Ich sah jung und unschuldig aus. Ich fühlte mich müde, alt und schuldbeladen.

Mancebo langweilt sich. Achtundzwanzig Jahre hat er an ein und derselben Stelle gesessen, ohne dass ihm langweilig geworden wäre. Doch jetzt, wo er eine Aufgabe hat, kommen ihm die Tage endlos und ereignislos vor. Ein paar Kinder haben Kekse gekauft, um Notizbücher zu bekommen, ansonsten ist es ruhig gewesen.

Mancebo sitzt wie üblich auf seinem Hocker und beobachtet den Boulevard. Er kann sich beim besten Willen nicht mehr daran erinnern, wie er sich die Zeit vertrieben hat, bevor er den Auftrag angenommen hat. Und als hätte der Schriftsteller Mancebos Gejammer über sein ereignisloses Dasein gehört, taucht er plötzlich auf, in der einen Hand eine Laptoptasche, in der anderen ein Buch. Unter dem blinkenden pinkfarbenen Schild der Schuhmacherwerkstatt bleibt er stehen und begrüßt eine Frau.

Mancebo schlittert förmlich in den Laden, um sein Fernglas zu holen. Er schaut erst nach links und rechts – das erscheint ihm professioneller – und dann durch sein Fernglas. Im ersten Moment zuckt er zusammen und fragt sich, ob er sich jemals an den Anblick einer vergrößerten Welt gewöhnen wird und ob Forschern auch jedes Mal der Schreck durch die Glieder fährt, wenn sie einen Virus im Mikroskop sehen. Der Schriftsteller unterhält sich immer noch mit der Frau. Sie ist um einiges älter als er.

Plötzlich stellen sich zwei Männer vor den Schriftsteller, als wollten sie seine Detektivarbeit absichtlich sabotieren. Mancebo hält sein Fernglas in derselben Position, bis die beiden Männer weitergehen. Der Schriftsteller und die Frau geben sich die Hand, und ihre Wege trennen sich. Das ist das Letzte, was Mancebo sieht, bevor alles schwarz wird.

Im ersten Moment sieht er nichts als ein durchdringendes weißes Licht. Mancebo macht die Augen wieder zu. Die Schwärze hat etwas Beschützendes.

»Antworte endlich!«, hört er jemanden schreien.

Mancebo öffnet die Augen. Mitten im Licht, in der Tür, steht ein riesiger, fetter Mann, der aussieht, als versuche er, sich noch größer zu machen. Mancebo muss an ein Tier denken, das sich aufbläht, um seine Feinde zu erschrecken, der Name fällt ihm nicht ein. Irgendwie kann er nicht recht glauben, dass die Stimme zu dem Mann gehört, sie passt nicht zu seinem Körper. Kröten, schießt Mancebo durch den Kopf, Kröten blähen sich bei Gefahr auf. Jemand greift unter sein Kinn und dreht sein Gesicht zur Seite. In diesem Moment bekommt Mancebo Angst. Wahnsinnige Angst. Allmählich dämmert ihm, dass er sich in seinem Laden befindet. Jemand muss ihm die Augen verbunden und ihn vom Bürgersteig ins Geschäft geschleift haben. Zwei Unbekannte halten ihn gefangen und wollen, dass er eine Frage beantwortet. Das ist ein Überfall. Mancebo ist sich sicher.

»Das Geld …«, murmelt er.

Er ist überzeugt, dass sie auf Geld aus sind.

»Welches Geld?«, zischt eine Männerstimme neben ihm.

»Das Geld … liegt in der Kasse.«

»Ich habe dich nicht nach irgendwelchem Scheißgeld gefragt!«

Der Mann packt Mancebo so heftig am Mantel, dass ein Knopf abspringt, und Mancebo hofft inständig, dass der Knopf das Einzige ist, das durch die Luft pfeift. Der Mann stößt ihn auf den Hocker, der jetzt im Laden steht. Er hat keine Ahnung, wie er dorthin gekommen ist, und keine Zeit, darüber nachzudenken. Der Fettwanst in der Tür dreht unvermittelt den Kopf zur Straße. Vielleicht hat er einen Kunden verscheucht. Der Mann, der Mancebo auf den Hocker gestoßen hat, ist das komplette Gegenteil von dem Türblockierer. Hochgewachsen und schlank, mit unnatürlich dunklen Koteletten. Mancebo fasst sich an die Stirn.

»Raus mit der Sprache, du Schmeißfliege. Worauf glotzt du die ganze Zeit?«

»Glotzen?«

»Ja, warum zum Teufel stehst du draußen rum und glotzt durch dein verdammtes Fernglas?«

Mancebo schaut erst auf den Fettwanst in der Tür und dann auf den Koteletten-Mann, aber keiner von ihnen ist der Schriftsteller. Er könnte Verbündete oder Freunde haben, die ihn beschützen. Aber wäre das nicht ein bisschen übertrieben, nur um eine Affäre zu verheimlichen? Er bemüht sich, klar zu denken. Vielleicht haben die beiden Männer gar nichts mit dem Schriftsteller zu tun. Vielleicht sind es Drogendealer, die auf dem Boulevard ihre Geschäfte machen. Der Koteletten-Mann geht einen Schritt auf Mancebo zu, der automatisch die Hand hebt. Ihm wird klar, dass er nicht länger schweigen kann.

»Ich habe mein neues Fernglas ausprobiert.«

»Du hast dein neues Fernglas ausprobiert? Auf einer

stark befahrenen Straße? Und was zum Teufel willst du mit einem Fernglas?«

»Pferde gucken.«

Tariq hat neulich gesagt, dass er nicht vergessen dürfe, sein Fernglas mitzunehmen, wenn er am nächsten Sonntag auf die Rennbahn ginge.

»Pferde?«

Mancebo nickt.

»Auteuil, am Sonntag. Großes Rennen. Kohle gewinnen.«

Die letzte Bemerkung bereut er. Eine völlig überflüssige Information. Die beiden Männer sehen sich an. Der Koteletten-Mann zieht Mancebo hoch, durchsucht dessen Taschen und wirft alles, was er findet, auf den Boden: ein schweißgetränktes Taschentuch, ein Stück Kreide und ein paar Schlüssel. Er drückt Mancebo wieder auf den Hocker und geht zur Kasse. Drogendealer können auch Diebe sein, das eine schließt das andere nicht aus, denkt Mancebo. Doch der Koteletten-Mann scheint sich nicht im Geringsten für die Kasse zu interessieren, sondern fängt an, die Regale zu durchwühlen. Mancebo muss schlucken. Der Mann blättert durch das Kassenbuch und schüttelt es, als wollte er sich vergewissern, dass nichts zwischen den Seiten versteckt ist. Dann blättert er in einigen leeren Notizbüchern und starrt Mancebo forschend an. Schließlich greift er nach dem Notizbuch, in dem Mancebo seine Beobachtungen notiert hat. Der Koteletten-Mann hält inne, blättert ein paar Seiten zurück und sagt etwas zu der Kröte im Türrahmen. Mancebo ist sich nicht sicher, ob er ihre Worte einfach nicht verstanden hat oder ob sie eine andere Sprache sprechen. Der Koteletten-Mann grinst.

»Schreibst du ein Buch? Ja, irgendwas muss man wohl tun, wenn man den ganzen Tag nur herumhockt. Oder bespitzelst du jemanden? Also, ich bin jedenfalls nicht mit einer Tasche eine Scheißfeuertreppe runtergegangen. Weißt du was? Es interessiert mich einen feuchten Kehricht, ob du hier irgendeine Hobbydetektiv-Nummer abziehst, aber du solltest verdammt vorsichtig sein.«

Der Koteletten-Mann blättert ein paar Seiten weiter. Nachdem er Mancebos Notizen gelesen hat, ändert sich seine Körperhaltung. Er wühlt zwar weiter im Regal unter der Kasse herum, sein Eifer hat aber deutlich nachgelassen. Er sagt etwas zu dem Fettwanst, und jetzt ist sich Mancebo sicher, dass sie nicht Französisch sprechen. Auch nicht Arabisch oder Englisch. So weit reichen Mancebos Sprachkenntnisse.

»Du solltest aufpassen, auf wen du dein Fernglas richtest. Kein Fernglas mehr auf diesem Boulevard, Freundchen! Haben wir uns verstanden?«

Mancebo reagiert auf das Wort »Freundchen«. So nennt man niemanden, den man gerade überfallen hat. Mancebo nickt. Kein Fernglas mehr auf dem Boulevard. Der Koteletten-Mann nimmt die Sachen, die er unter der Kasse hervorgekramt hat, schmeißt sie wieder ins Regal zurück und nickt dem Fettwanst zu, der immer noch in der Tür steht und aufpasst. Die beiden Männer wechseln einen Blick und verschwinden nach draußen. Mancebo bleibt auf dem Hocker sitzen. Seine Hose ist feucht, und auf dem Boden hat sich eine kleine Pfütze gebildet.

Nichts deutet darauf hin, dass Mancebo Besuch gehabt hat, nichts, bis auf die Pfütze auf dem Boden und der Knopf, der ganz hinten bei den Konservendosen liegt.

Richtige Gangster waren das, denkt Mancebo, als er den Knopf aufhebt und ihn in die Tasche seines Mantels steckt. Er macht die Ladentür zu, schließt aber nicht ab, das würde nur unnötig Aufmerksamkeit erregen. Allerdings hofft er, dass die geschlossene Tür die Leute davon abhält, spontan in seinen Laden zu kommen. Auf Kundschaft kann er in diesem Moment liebend gern verzichten.

Er fasst sich an die Stirn und geht zur Kasse. Zuerst stapelt er die Notizbücher ordentlich, dann öffnet er eine Packung Toilettenpapier und beseitigt die Pfütze auf dem Boden. Um den Wischmopp oben aus der Wohnung zu holen, fehlt ihm die Kraft. Noch nie hat er sich so gedemütigt gefühlt. Mancebo wirft den nassen Papierklumpen in den Mülleimer und geht zum Kühlschrank. Seine Hände zittern, als er eine Dose Cola öffnet und sie in einem Zug leert.

»Wo war ich stehen geblieben? Ach ja, der Speisewagen. Da höre ich meistens auf.«

Monsieur Caro hatte mir mit einem Lächeln auf den Lippen die Tür geöffnet, war dann aber schlagartig ernst geworden, als würde er es bereuen, mich zu sich nach Hause eingeladen zu haben.

»Im Speisewagen bekam sie einen Kaffee mit Zucker und ein Vanille-Teilchen. Später habe ich sie nie Zucker in den Kaffee nehmen oder ein Vanille-Teilchen essen sehen. Als sie in Dachau ankam, war es noch hell. Es war neblig und bitterkalt. Die Kleidung, die sie trug, war ja nur für den Weg zwischen ihrer Wohnung und der Arztpraxis und nicht für eine lange Zugfahrt gedacht gewesen. Sie wurde von ein paar Soldaten in Empfang genommen, und erst jetzt fiel ihr auf, wie wenig andere Reisende im Zug gewesen waren. Außer den deutschen Soldaten waren nur noch ein älterer Mann und zwei Paare ausgestiegen. Ein kompletter Zug für eine Handvoll Leute. Sie war die einzige Frau, die allein reiste und eine Tasche dabeihatte. Die anderen waren mit leeren Händen gekommen.

Meine Mutter wurde in einen Raum geführt, der ursprünglich die Schalterhalle gewesen sein musste. An den Wänden standen ein paar Bänke. Sie kam gar nicht dazu, sich hinzusetzen, ihr Name wurde als Erstes aufgerufen.

Sie lächelte den anderen zu und folgte dem Soldaten, der sie aufgerufen hatte. Sie liefen über einen schlammigen Acker, und meine Mutter stolperte mehrfach mit ihren flachen Absatzschuhen. Aus einem Reflex heraus hielt sie dem Soldaten die Hand hin, damit er ihr aufhalf. Der Soldat drehte sich um, sah auf sie herab und ging dann ungerührt weiter. An diesem Ort und in diesem Moment verlor sie nicht nur ihre Selbstachtung, sondern auch ihren Titel: Ärztin. Aber sie war eine resolute Frau, also zog sie trotz der Kälte ihre Schuhe aus und folgte dem Soldaten, der ihr die Menschenwürde genommen hatte, durch den kalten, nassen Schlamm.«

Monsieur Caro räusperte sich und trank einen Schluck Wasser. Er benahm sich, als würde er einen Vortrag halten. Als lese er von einem inneren Manuskript ab.

»In einem abseits gelegenen Gebäude befahl ihr der Soldat zu warten. Sie bewegte die Zehen, damit sie nicht erfroren, und überlegte, ob sie etwas in ihre Tasche gepackt hatte, das ihr jetzt helfen konnte. Verbandsmaterial vielleicht. Der Soldat, der sie draußen auf dem Acker ihrer Menschenwürde beraubt hatte, lehnte an der Tür. Aber als aus dem Nebenraum ein Geräusch erklang, nahm er Haltung an, und als die Tür aufging, hob er den Arm zum Hitlergruß. Der Mann, der das Zimmer betrat, war klein und korpulent und hatte schütteres Haar. Er blickte auf Judith und ihre Füße herab und befahl dem Soldaten, ihr etwas zum Anziehen zu holen. Der Soldat salutierte und verschwand. Der korpulente Mann kehrte an seinen Schreibtisch im angrenzenden Raum zurück, ließ aber die Tür offen stehen. Er wechselte kein Wort mit Judith.

Der Soldat kehrte mit etwas zurück, was aussah wie

zwei dicke weiße Fußballsocken, und reichte sie meiner Mutter. Sie zog ihre schwarzen Nylonstrümpfe aus und die weißen Socken an. Sie versuchte, in ihre Schuhe zu schlüpfen, doch es gelang ihr nicht, die Socken waren zu dick. Auf Strümpfen musste sie zu dem Mann hinter dem Schreibtisch hineingehen. Erst jetzt erfuhr sie, warum man sie an diesen Ort gebracht hatte. Um ihrem Land zu dienen. Sie sollte als Ärztin arbeiten. Sie war die beste Ärztin der Stadt gewesen, und jetzt, wo immer mehr Menschen die Stadt verließen, wurde sie hier gebraucht. Sie würde für alles Übel im Lager zuständig sein. Alles Übel, das von den schmutzigen Juden herrührte. Aber sie sollte nicht ihresgleichen behandeln, sondern die Deutschen, die von den Juden angesteckt worden waren, erklärte man ihr. Doch man hatte sie nicht nur hergebracht, weil sie eine hervorragende Ärztin, sondern auch eine attraktive Frau war, von der die deutschen Soldaten träumen konnten. Nur das Beste war gut genug für sie. Und sie hat sich nicht gewehrt. Sie hat sich nie gewehrt.«

Monsieur Caro schwieg, und ich überlegte, wo ich diesen Satz, dass man sich wehren müsste, schon einmal gehört hatte, doch bevor ich darauf kam, fuhr Monsieur Caro fort:

»Sie wollten wissen, welche Dinge sie benötigte, und meine Mutter erstellte hastig eine Liste mit Medikamenten und chirurgischen Instrumenten. In der Eile hatte sie sogar ihr Stethoskop vergessen. In der Praxis trug sie es normalerweise um den Hals, aber als sie sich den Mantel angezogen hatte, hatte sie es abgenommen. So wie immer, wenn sie nach Hause ging. Der korpulente Mann las sich die Liste durch, gab sie ihr zurück und forderte sie dazu auf, auch zu notieren, welche Gegenstände in einer

Arztpraxis erforderlich seien. Außer einer Waage, einem Messstab, einer Liege, einem Stuhl, Liegenpapier und ein paar starken Lampen fiel ihr nichts ein. Sie versuchte, sich daran zu erinnern, wie ihre eigene Praxis ausgestattet gewesen war, aber ihr Erinnerungsvermögen ließ sie im Stich. Ein Schutzmechanismus vielleicht. Vielleicht begriff sie in dem Augenblick, dass sie ihre Arztpraxis niemals wiedersehen würde und deshalb ebenso gut möglichst schnell aus dem Gedächtnis streichen konnte.«

Monsieur Caro rieb sich die Augen.

»Die ersten beiden Tage in Dachau verbrachte sie allein in einem kleinen Raum, in einem Stockbett ohne Laken. Zweimal brachten sie ihr Essen und Kaffee. Niemand sprach mit ihr. Unzählige Male öffnete sie ihre Arzttasche und schloss sie wieder. Aber sie ließ sich nicht entmutigen. Wenn ich in Tränen ausgebrochen wäre, würde ich heute nicht mehr leben, sagte sie immer. Tja … Am dritten Tag erschien ein Mann mit einem Paar schwarzer Stiefel. Er befahl ihr, sie anzuziehen und mitzukommen. Sie überquerten den schlammigen Acker. Ihre eigenen Schuhe hatte sie in die Arzttasche gesteckt. Die Baracken, die sich über das Feld erstreckten, sahen nicht so aus, wie sie sie von ihrer Ankunft in Erinnerung hatte. Einige glichen alten Containern, andere kleinen, modernen Häusern. Der Mann ging in eine der Baracken, die in der Nähe einer kleinen Baumgruppe standen, und sie folgte ihm. Ihr war sofort klar, dass sie gerade ihre neue Arztpraxis betreten hatte. Wortlos zeigte der Mann ihr die Räumlichkeiten. Neben der Tür befand sich ein kleiner Bereich, der mit ein bisschen Fantasie ein Wartezimmer darstellte. Das eigentliche Behandlungszimmer war groß und luftig. Es war mit einer Liege, einem Stuhl, einem Schreibtisch und den anderen Dingen ausgestattet, die sie auf die Liste geschrieben hatte. Eine Leuchtstoffröhre an der Decke verbreitete ein unbarmherziges Licht. Hinter einem Wandvorsprung gab es eine einfache Dusche und ein Loch im Boden, das als Toilette diente.

Inmitten all des Elends und obwohl man ihr die Freiheit und die Selbstachtung genommen hatte, erhielt sie einen Teil ihrer Berufsehre zurück. Das war der winzige Hoffnungsschimmer, der ihr die Kraft gab, ihre Habseligkeiten auszupacken. Sie stellte das Morphium in einen kleinen Metallschrank an der Wand. Er enthielt bereits einige der Medikamente, um die sie gebeten hatte. Wegen der Dosierung studierte sie das Etikett auf einer Flasche. Eine andere Flasche öffnete sie und roch daran, um sicherzugehen, dass es wirklich das Medikament war, um das sie gebeten hatte. Die Nagelschere verwahrte sie beim Verbandsmaterial. Ihre Schuhe packte sie als Letztes aus. Mit einem feuchten Wattebausch entfernte sie den eingetrockneten Lehm. Anschließend stellte sie die Schuhe zum Trocknen in die Dusche. Plötzlich hörte sie ein Kind schreien und blickte aus dem Fenster. Aber die Baumgruppe versperrte ihr die Sicht, und das war vermutlich ihre Rettung. Kurz darauf hörte sie einen zweiten Schrei, diesmal war es eine Frau, die schrie. Meine Mutter versuchte, die Tür zu öffnen, musste aber – naiv, wie sie war – feststellen, dass sie sich nicht öffnen ließ. Sie ging ans Fenster zurück und betrachtete die Baumgruppe.

Bereits nach wenigen Stunden erschien ihr erster Patient. Es war der korpulente Mann. Diesmal stellte er sich vor. Sie notierte seinen Namen, Fritz Erk, auf einem der Blöcke, die gleichzeitig als Patientenkartei und als

Rezeptblock herhalten mussten. Erk war Diabetiker, und seit er nicht mehr zu Hause war, hatte sich sein Leiden verschlimmert. Am ersten Tag kamen nur zwei Patienten, Erk und ein Soldat, der sich die Hand verstaucht hatte. Beide Patienten hatten einen Schlüssel für die Praxis. Sie schlossen auf, kamen herein, wurden behandelt, gingen wieder hinaus und schlossen ab. Die Ärztin war eingesperrt, und die Patienten besaßen den Schlüssel. Was für eine Farce!«

Monsieur Caro musste abwechselnd lachen und husten. Ich selbst konnte seiner Erzählung nichts Komisches abgewinnen. Es war, als wäre er urplötzlich von seinem einstudierten Manuskript abgewichen und konnte sich nicht mehr beherrschen. Die Gefühle gewannen die Oberhand.

»Ja, wo war ich stehen geblieben?«, fuhr er schließlich fort. »Ach ja, Judith behandelte Erk und einen anderen Soldaten, und am Abend brachte man ihr ein Tablett mit Essen. Nachdem sie gegessen hatte, wartete sie darauf, in den Raum mit dem Stockbett zurückgebracht zu werden, aber niemand kam. Sie begann sogar, sich nach ihrer spartanischen Unterkunft zu sehnen. Als es Nacht wurde, legte sie sich auf die Liege und schlief ein. An diesem Abend wusste sie noch nicht, dass sie das über ein Jahr lang tun würde. Die Baracke war nicht nur ihre Arztpraxis, sondern auch ihre Schlafstätte.

Erk kam mehrmals in der Woche und war vermutlich der Einzige, zu dem sie irgendeinen persönlichen Kontakt aufbaute. Ihn wagte sie um Zeitungen zu bitten. Zwischen den Patientenbesuchen gab es nichts, womit sie sich beschäftigen konnte, und das Nichtstun raubte ihr allmählich den Verstand. Erk versprach, er werde sehen, was er tun könne. Am nächsten Tag kam er mit schlechten Neuigkeiten zurück. Es sei nicht möglich. Aber meine Mutter war nicht dumm. Man konnte vieles über sie sagen, was nicht gerade schmeichelhaft war, aber dumm war sie nicht. Am folgenden Tag, nachdem sie Erk das Insulin gespritzt hatte, fragte sie ihn, ob sie nicht wenigstens eine Ärztezeitschrift bekommen könnte. Es diene dem Wohl der Patienten und sei somit zu ihrem eigenen Besten, betonte sie. Die Medizin mache rasch Fortschritte, und sie müsse auf dem Laufenden bleiben. Sie müsste sich informieren, welche Viren und Bakterien im Umlauf seien. Besonders hier, wo so viele Menschen auf so engem Raum zusammenlebten. Diese Erklärung leuchtete Erk ein, er schien sogar ein bisschen verlegen, dass er nicht selbst daran gedacht hatte. Er wollte Judith helfen. Aber nicht, weil er ein guter Mensch, sondern ein Mann war.

Schon eine Woche später erschien er mit dem Ärzteblatt. Es waren die Baumgruppe und die Zeitschriften, die Judith am Leben hielten. Sie las jedes Heft mindestens zehn Mal.

Meine Mutter hat nicht viel von dem erzählt, was sie in Dachau erlebt hat. Sie sagte, sie habe nichts gesehen. Nur gehört. Schüsse und Schreie. Schreie, wie sie sie niemals zuvor gehört hatte, schrille Schreie, sie nannte sie Schweineschreie. Wahrscheinlich klangen die Menschen wie Schweine, die geschlachtet werden, woher auch immer sie wusste, wie das klingt. Es macht keinen Unterschied. Aber eine Geschichte, die sie immer wieder erzählte, war, wie Erk ihr eines Tages nach der üblichen Spritze ein zusammengerolltes Päckchen gab. Darin lagen zwei Nylonstrümpfe. Das war ein, zwei Monate nach ihrer Ankunft in Dachau. Sie hatte keine anderen Kleidungsstücke als jene, mit denen sie ins Lager gekommen war. Alle zwei Tage wusch sie ihre Sachen in der Dusche und hängte sie anschließend zum Trocknen über den Ofen, sodass sie jede zweite Nacht in ihrem Arztkittel schlafen musste. Die Nylonstrümpfe sahen getragen aus, einer hatte sogar eine Laufmasche, aber Judith wusch sie, hängte sie zum Trocknen auf und zog sie an. Und jetzt kommt das Unerklärliche.«

Monsieur Caro schluckte.

»Auch Judith kam der Gedanke, dass eine andere Frau die Strümpfe vor ihr getragen haben musste, schließlich war sie nicht dumm. Ihr war klar, dass diese Frau vermutlich tot und mit größter Wahrscheinlichkeit Erk und seinen Männern zum Opfer gefallen war. Wie konnte sie die Strümpfe einer toten Frau tragen! Strümpfe, die sie von deren Mörder bekommen hatte! Schon als Kind habe ich dieses Verhalten meiner Mutter infrage gestellt. Damals war ich acht Jahre alt. Verstehen Sie, acht Jahre!«

Das Wohnzimmer kam mir plötzlich eng vor. In Monsieur Caros Gesicht hatten sich rote Flecken gebildet. Ich überlegte, ob ich etwas sagen sollte, um ihn abzulenken, ihn auf andere Gedanken zu bringen, aber ich wollte wissen, was passiert war.

»Was hat sie gesagt?«

»Dass es wichtig für sie gewesen sei, ihre eigenen Schuhe zu tragen. Die Stiefel loszuwerden. Und dann kam sie mit dieser alten Leier, dass niemand wissen könne, wie er sich in Extremsituationen verhalte, bevor er sie nicht selbst erlebt hätte. Unsinn! Unsinn! Unsinn!«

Ich fühlte mich für Monsieur Caros Gesundheit verantwortlich, und auf die Gefahr hin, dass seine Erzählung damit ein Ende haben könnte, fragte ich, ob er eine

Pause machen wolle. Ich sagte, ich könne auch morgen wiederkommen. Monsieur Caro funkelte mich wütend an.

»Wir können diese furchtbare Geschichte ebenso gut hier und jetzt zum Abschluss bringen und einen Schlussstrich ziehen.«

Ich nickte.

»Nach der Nylonstrumpf-Geschichte bat meine Mutter um Kleidung zum Wechseln«, sagte Monsieur Caro. »Erk besorgte sie ihr. Sie bekam ein Paar weiße Strümpfe, zwei schwarze Hosen, zwei weiße Unterhosen, zwei weiße Hemden und eine graue Strickjacke, alles Männerkleidung.

Sie unternahm den Versuch, ihre Praxis zu verschönern. Legte die aktuelle Ausgabe des Ärzteblatts im Wartezimmer aus. Sie bat sogar einen Soldaten darum, einen Tannenzweig mitzubringen, den sie in ein Reagenzglas steckte und auf den Tisch im Wartezimmer stellte. Das ist es, was ich ihr vorwerfe. Was zum Teufel hat sie sich dabei gedacht?«

»Haben Sie sie gefragt?«

»Sie sagte, das wäre ihr Weg des Überlebens gewesen. Dabei hat sie doch die Schreie gehört! Aber wissen Sie, was ich ihr am meisten vorwerfe? Dass Sie die Unverfrorenheit besaß, es zu erzählen. Dass sie in gewisser Weise sogar stolz darauf war!«

»Aber sie hat ja die Wahrheit erzählt.«

»Zum Teufel mit der Wahrheit!«

»Sie war eine stolze Frau.«

»Zur Hölle mit ihrem Stolz!«

Das war der Monsieur Caro, den ich kannte. Doch er hatte sich schnell wieder im Griff. Schließlich musste er die Geschichte zu Ende erzählen. Er schilderte die

Vergangenheit, um sie weiterzugeben, damit sie nach seinem Tod nicht in Vergessenheit geriet.

»Sie wurde selbst krank«, sagte er, »oder vielleicht nicht unbedingt krank, aber schwächer. Als Lagerärztin konnte sie jedoch bestellen, was sie brauchte. Sie kurierte sich mit Eisen- und Vitamintabletten, während nur ein paar Meter von ihr entfernt die Menschen starben. So lebte sie etwas länger als ein Jahr.

Sie hat nie einen Fuß vor die Praxis gesetzt, bis zu dem Tag, an dem sie Dachau verließ. Ohne Vorwarnung erschien ein Soldat und befahl ihr erneut, ihre Sachen zu packen. Sie fragte, was sie mitnehmen sollte, denn sie dachte, sie sollte einen Verletzten behandeln, einen Patienten, der nicht in die Praxis kommen konnte. Der Soldat überlegte und machte auf dem Absatz kehrt. Ein paar Minuten später kam er zurück. ›Was immer Herr Erk benötigt‹, lautete die Anweisung. Gehorsam packte sie Insulin, Spritzen und diverse Schmerzmittel in ihre Arzttasche. Draußen war es Sommer geworden. Die Vögel zwitscherten. Das Erste, was ihr auffiel, waren die Gerüche. Über ein Jahr lang hatte sie nur Schweiß, Feuchtigkeit, Zigarettenrauch, Zigarren, Erbrochenes, Azeton, Chlor und Essensgeruch wahrgenommen.

Am Bahnsteig stand ein Zug. Ein paar Männer, die Armbinden mit dem gelben Judenstern trugen, wurden von einem Soldaten angetrieben, der sie anschrie, sie sollten sich beeilen. Sie lächelte ihnen zu. Die Männer starrten sie erschrocken an, und sie verstand ihre Reaktion nicht. Sie trug keinen Judenstern. Neben dem Zug parkte ein großer schwarzer Wagen. Der Soldat bedeutete ihr einzusteigen. Sie bekam Angst. Die Praxis war ihr einziger Schutz gewesen. War ihre Zeit jetzt gekommen?

Die Autotür wurde geöffnet, und sie blickte ins Wageninnere. Erk saß auf dem Rücksitz und bat sie einzusteigen. Ein Chauffeur in Militäruniform ließ den Motor an.«

»Wohin fuhren sie?«

Ich war so von seiner Erzählung gefesselt, dass ich mich nicht mehr länger zurückhalten konnte.

»Nach Paris.«

»Warum Paris?«

»Die Stadt war noch immer von Deutschen besetzt. Erk hatte den Befehl erhalten, dorthin zu fahren. Er hatte darum gebeten, Judith aufgrund seiner Diabetes-Erkrankung mitnehmen zu dürfen. Und weil ihre Mutter Französin war, beherrschte sie die Sprache. Französisch war ihre Muttersprache.«

»Aber vielleicht mochte Erk Judith? Vielleicht wollte er sie so aus dem Lager retten?«

»Erk war ein Schwein! Lassen Sie uns nicht den Wolf in den Schafspelz stecken.«

Sie fuhren mit dem Auto nach München und dann weiter mit dem Zug zum Gare de Lyon in Paris. Dort wohnten sie in einem Hotel, und nicht etwa in irgendeinem Hotel, sondern im Hôtel Ritz am Place Vendôme. Meine Mutter bekam Geld, um sich neue Kleider zu kaufen. Was für ein absurdes Unterfangen. Eine Frau über ein Jahr lang in einem Raum mit nichts als einer Dusche und Toilette gefangen zu halten und sie dann plötzlich in ein Pariser Luxushotel zu verfrachten und ihr Geld zum Einkaufen zu geben. Sie ging in eine der exklusivsten Boutiquen am Place Vendôme und wurde umgehend bedient. Erk hatte gesagt, falls sie irgendjemand nach ihrem Namen fragen würde, solle sie sagen, sie heiße Mademoiselle Dörner und sei seine Verlobte. Dummer Deutscher. Es wäre glaubhafter gewesen, wenn sie seine Tochter gespielt hätte.«

»Musste sie ihre Rolle erfüllen?«

Monsieur Caros Augen verdunkelten sich.

»Denken Sie an mich?«

»Ob ich an Sie denke?«

»Vergessen Sie es. Nein, sie musste ihre Rolle nicht erfüllen. Hätte sie es getan, hätte sie damit vermutlich auch geprahlt, so wie mit den Nylonstrümpfen.«

»Ich bin müde. Aber wir müssen einen Schlussstrich ziehen.« Er seufzte schwer.

»Zurück im Hotelzimmer, untersuchte sie Erk und gab ihm eine Spritze, bevor sie in ihr Zimmer ging. Ja, er hatte zumindest den Anstand besessen, zwei Zimmer zu reservieren. Erk sagte ihr, dass es ihr freistehe zu gehen, wohin sie wolle, solange sie sich jeden Morgen um acht Uhr in seinem Zimmer einfinde, um seine Werte zu kontrollieren.

In dieser Nacht schlief sie zum ersten Mal seit über einem Jahr in einem Bett. Aber ihr Körper war es nicht mehr gewohnt. Um nicht herauszufallen, legte sie sich in die Mitte. So hatte sie auf der Pritsche geschlafen. Und das war der Moment, in dem sie Angst bekam. Sie schwitzte und lief rastlos im Hotelzimmer auf und ab. Sie hörte die Schüsse und die Schreie, und sie sah die Augen der ausgemergelten Männer vor sich, denen sie zugelächelt hatte. Sie versuchte, sich an die Telefonnummer ihres Vaters zu erinnern. In der Hoffnung, ein Beruhigungsmittel zu finden, durchwühlte sie ihre Arzttasche. Auf dem Nachttisch entdeckte sie eine Broschüre über das Moulin Rouge. Schließlich zog sie ihren Mantel über ihr Nachthemd, ging zur Rezeption hinunter und bat, das

Telefon benutzen zu dürfen. Sie verwählte sich mehrfach, und man half ihr, die Telefonzentrale anzurufen, um ein Ferngespräch nach Deutschland anzumelden, aber die Verbindung wurde unterbrochen. Sie ging in die Hotelbar, wo sie sich so sehr betrank, dass ein Angestellter sie zurück auf ihr Zimmer bringen musste. Sie legte sich zum Schlafen auf den Fußboden. Das Bett war zu weich.

Schon um sieben Uhr in der Früh stand sie vor Erks Tür. Um acht klopfte sie an. Er öffnete, wirkte gestresst, bat sie jedoch herein. Nach dem Alkoholexzess der letzten Nacht hatte sie Schwierigkeiten, die Nadel auf die Spritze zu setzen. Erk gab ihr eine schallende Ohrfeige, die sie wieder zur Besinnung brachte, und sie tat ihre Arbeit. Auf gewisse Weise war das sein Abschied.«

»Wie meinen Sie das?«

»Sie sahen sich nicht mehr. Er machte sich aus dem Staub. Es war der 22. April 1945. Das wäre Stoff für ein gutes Buch, oder? Die verräterische Mutter.«

Ich wollte gegen das Wort »verräterisch« im Titel protestieren, hielt mich aber zurück.

»Was passierte dann?«

»Alles und nichts. Sie fing sich wieder, kann man wohl sagen. Traf meinen Vater in Paris. Einen anständigen Mann. Ohne ihn hätte sie es nicht geschafft.«

»Und er war Jude?«

»Ja, dem Himmel sei Dank!«

»Arbeitete sie weiter als Ärztin?«

»Nein. Sie hatte genug Menschen zusammengeflickt. Sie bekam fünf Kinder.«

»Fünf. Sie haben also vier Geschwister. Leben sie noch?«

»Ja, sie sind alle noch am Leben. Ich bin der Älteste. Alle sind gesund, bis auf meinen kleinen Bruder, er leidet an Schizophrenie. Merkwürdig, dass wir nicht alle davon betroffen sind, bei so einer Mutter.«

»Und wie stehen Ihre Geschwister zu ihrer Mutter? Haben sie dieselbe Meinung wie Sie?«

»Das weiß ich nicht, und es interessiert mich nicht.«

»Warum sind Sie so streng mit ihr? In meinen Augen hat sie nichts verbrochen. Ich hätte dasselbe tun können.«

»Sie, ja! Das überrascht mich nicht! Sie legen ja sogar Blumen auf ihr Grab, ohne irgendeine Erklärung.«

Er hatte recht.

»Sie ist hart bestraft worden. Keines ihrer Kinder legt Blumen auf ihr Grab.«

»Das stimmt nicht. In Anbetracht ihrer Untaten ist sie glimpflich davongekommen.«

»Welche Untaten?«

»Die Henker zu pflegen und ihnen das Leben zu retten. Die Henker, die Millionen Menschen umgebracht haben! Gibt es ein schlimmeres Verbrechen? Sie ist glimpflich davongekommen. Nur ein einziger Mensch hat es gewagt, sie zu verurteilen, und dieser Mensch bin ich! Ich habe meinen Geschwistern verboten, sie zu ehren. Das Versprechen haben sie gehalten. Verstehen Sie, was Sie getan haben?«

Ich bekam Angst. Nicht davor, dass er mich erneut angreifen würde, sondern davor, dass er sterben könnte. Sein Gesicht war rot angelaufen, und aus seinen Lippen war alle Farbe gewichen. Sein Hass würde ihn noch ins Grab bringen.

»Sie haben selbst gesagt, dass das Schicksal Ihrer Mutter ein gutes Buch abgeben würde. Dürfte ich es schreiben?«

Monsieur Caro hatte sich wieder beruhigt. Er sah auf den Fernseher, als wäre er eingeschaltet.

»Stellen Sie bitte den Fernseher an.«

Ich begriff, dass er auf andere Gedanken kommen wollte, aber ich konnte die Fernbedienung nicht finden, bis mir schließlich klar wurde, dass es gar keine gab. Auf dem Kanal lief eine Debatte.

»Damit sie glorifiziert wird? Nein, danke.«

»Nein, nicht im Geringsten. Nicht, wenn die Geschichte objektiv geschildert wird. Keine Beschönigung, aber auch keine Verurteilung. Vielleicht würde Ihre Meinung über Ihre Mutter dadurch sogar noch bestätigt.«

Er sah mich an, und ich verstand, dass er mir nicht folgen konnte.

»Ich meine, dass die Leser ihr eigenes Urteil fällen sollen. Vielleicht stimmen sie Ihnen zu. Wäre das nicht Strafe genug für Ihre Mutter?«

Seine Augen leuchteten auf. Vielleicht spürte er den süßen Geschmack der Rache. Seine Mutter wäre ein für alle Mal verurteilt. Das würde ihm Genugtuung verschaffen und unterstreichen, dass es richtig war, seinen Geschwistern zu verbieten, das Grab ihrer Mutter zu besuchen.

»Seit wann haben Sie diese Tätowierung?«

»Schon sehr lange.«

»Wer hat sie Ihnen gemacht?«

»Keine Ahnung. Irgendein Verrückter mit Ring in der Nase hier im Marais.«

»Sie sind in ein Tätowierstudio gegangen?«

Ich konnte mir ein Lachen nicht verkneifen.

»Aber Sie haben sich eine Nummer tätowieren lassen. Eine Nummer, wie sie die Juden in den Konzentrationslagern bekommen haben.«

»Das stimmt.«

»Warum?«

»Sie hätte sie haben sollen. Irgendjemand in der Familie muss diese Bürde schließlich tragen.«

Ich betrachtete Monsieur Caro, der mit verbissenem Gesichtsausdruck auf den Fernsehbildschirm starrte.

»Ihre Besuchszeit ist um«, sagte er und zeigte zur Tür.

Mancebo blickt gedankenverloren vor sich hin und fragt sich, ob dies das Ende ist. Wie soll ich jemals wieder einen Fuß vor die Tür setzen?, denkt er. Ich habe verloren. Beinahe hätte ich eine gute Geschichte zu erzählen gehabt, aber sie haben sie mir aus den Händen gerissen, wer auch immer diese Männer waren.

Nach einer Weile geht er mit zitternden Beinen zur Tür. Er schiebt sie mit dem Fuß auf und kehrt hastig an seinen sicheren Ort hinter der Kasse zurück. Er wagt es nicht, zum Haus des Schriftstellers hinüberzusehen. Aber er weiß, wenn er die Tür jetzt nicht aufmacht, wird er es nie tun. Es ist wie nach einem Sturz vom Pferd, denkt Mancebo. Man muss schnell wieder aufsteigen, sonst traut man sich nie wieder. »Pferde, ja«, murmelt er. Zum Glück war ihm die Erklärung mit dem Fernglas und der Rennbahn eingefallen.

Mancebo überlegt, ob er zum Arzt gehen soll. Er hat Kopfschmerzen. Die beiden Männer haben ihn nicht geschlagen, aber er hat vermutlich einen Schock. Er öffnet eine weitere Cola-Dose, und ihm fällt ein, dass seine Mutter immer gesagt hat, dieses amerikanische Gebräu tauge nur als Medizin. Es ist ein gutes Gefühl, jetzt ein bisschen Medizin zu trinken. Der Gedanke an seine Mutter versetzt Mancebo einen Stich, aber es gelingt ihm, die

Tränen zurückzuhalten. Man darf die Dinge nicht in einen Topf werfen.

Allmählich hat er wieder einen klareren Kopf und fasst die Lage zusammen: Zwei Verrückte haben ihn in den Laden geschleppt. Die Reaktion des Koteletten-Mannes, nachdem er seine Notizen über den Schriftsteller gelesen hat, spricht dafür, dass die beiden Schurken nichts mit ihm zu tun haben. Auf diesem scheinbar friedlichen Boulevard spielen sich merkwürdige Dinge ab. So viel steht fest. Hier gibt es nicht nur untreue Schriftsteller, sondern auch andere zwielichtige Gestalten. Ich habe ihnen lediglich versprochen, mein Fernglas nicht wieder auf den Boulevard zu richten, denkt Mancebo. Und dieses Versprechen werde ich wohl halten.

Mittlerweile stehen vier leere Cola-Dosen auf dem Ladentisch, und aus der Wohnung im ersten Stock dringt der Geruch des Abendessens zu ihm hinunter. Mancebos Blase ist nach dem übermäßigen Softdrink-Konsum zum Platzen voll, und er muss sich konzentrieren, damit ihm nicht zum zweiten Mal an diesem Tag ein Malheur passiert. Den Blick fest auf einen Bund Möhren gerichtet, schiebt er den Gemüsestand in den Laden. Noch wagt er es nicht, einen Blick auf den Boulevard zu werfen. Tariq erscheint, klopft ihm im Vorbeigehen auf die Schulter und verschwindet im Laden.

»Party?«, hört Mancebo ihn fragen, bevor er die Treppe hinaufgeht.

Im ersten Moment versteht Mancebo nicht, was er meint, dann wird ihm klar, dass sich Tariqs Bemerkung auf die vier Cola-Dosen bezieht. Mancebo lässt das Gitter herunter, schließt die Tür ab und fasst einen Entschluss.

»The show must go on«, murmelt er, obwohl er nicht hundertprozentig überzeugt ist. Dann schaltet er das Licht aus.

Er spielt die Szene immer wieder durch. Wie er in den Laden geschleppt wurde und was darauf folgte. Er bekommt kaum mit, was er sich beim Abendessen in den Mund steckt. Unaufhörlich dreht und wendet er den Vorfall, und er ist drauf und dran, den Verstand zu verlieren. Er kann die Dinge nicht mehr objektiv beurteilen und schiebt es seiner neuen Gefährtin, der Fantasie, in die Schuhe. Sie spielt ihm einen Streich. Er hat zwei Versionen, und beide könnten zutreffen. Version Nummer eins: Die Männer waren Dealer, die ihn mit ihrem drogenumnebelten Gehirn für einen Zivilfahnder gehalten haben, der sie beschattet. Sie haben sich geirrt und ihren Fehler eingesehen. Vermutlich werden sie in Zukunft woanders mit ihren Drogen handeln. Diese Version beruhigt Mancebo. Beim zweiten Szenario ist es genau umgekehrt. Version Nummer zwei sieht folgendermaßen aus: Er wurde von zwei Verrückten überfallen, die irgendwie in seinen Auftrag verwickelt sind. Und sie werden wiederkommen.

»Wie bitte?«

Fatima stößt ihn an.

»Willst du noch Reis?«

Sie spricht langsam und artikuliert, als wäre er schwer von Begriff. Die anderen lachen, und Fatima verschwindet mit der Reisschüssel, bevor Mancebo antworten kann. Tariq trommelt nervös mit den Fingern auf dem Tisch, und Mancebo verkriecht sich wieder in sich selbst.

Vorsichtig fährt Mancebo mit der Hand über die Buchrücken. Er weiß, dass Amir viel liest, aber er fragt sich, ob er wirklich alle Bücher, die im Regal stehen, gelesen hat. Auf keinem Buchrücken steht ein Autor mit dem Nachnamen Cat.

»Suchst du was?«

Mancebo zuckt zusammen, als wäre er bei etwas Verbotenem erwischt worden. Amir wirkt überrascht. Mancebo merkt, dass der Überfall Spuren hinterlassen hat. Plötzliche Geräusche erschrecken ihn. Amir kann sich nicht mehr daran erinnern, seinen Vater in seinem Zimmer gesehen zu haben, seit er ihn als Kind ins Bett getragen hat, wenn er auf dem Sofa eingeschlafen war.

»Nein, eigentlich nicht. Ich schau mir nur deine Bücher an. Hast du die alle gelesen?«

Amir nickt. Mancebo verspürt denselben Drang, über seine Detektivarbeit zu reden wie schon am Telefon mit Nadia. Er sieht sich in Amirs Zimmer um, als wäre er zum ersten Mal hier.

»Weißt du noch, dass ich dich immer ins Bett getragen habe, wenn du auf dem Sofa eingeschlafen bist?«

Amir nickt und lächelt.

»Das ist lange her. Wie geht's dir sonst?«

»Gut.«

»Ich wollte dich etwas fragen. Du liest doch viel.«

Mancebo ist kurz davor, etwas Ungeplantes zu tun. Er ist kurz davor, ein Puzzleteil seines Falls an einen Außenstehenden weiterzugeben. Dass dieser Außenstehende Amir sein würde, hätte er nicht gedacht, aber er kann sich nicht mehr länger beherrschen. Es muss endlich Bewegung in die Sache kommen. Er tritt auf der Stelle, und der Druck, Ergebnisse vorweisen zu müssen, sitzt ihm im Nacken.

»Setz dich zu mir.« Mancebo klopft mit der Hand neben

sich auf das Bett, bereut seine Geste aber sofort. Sie wirkt, als würde er einem Hund den Befehl geben, sich hinzulegen.

Amir setzt sich zögernd neben seinen Vater, und Mancebo fällt auf, wie schmal die Arme seines Sohnes sind.

»Kennst du einen Schriftsteller, der hier wohnt … Hier im Viertel?«

Amir presst die Lippen aufeinander und denkt nach, als würde es sich um eine wichtige Frage handeln, was ja auch irgendwie zutrifft. Er schüttelt den Kopf, und Mancebo wird bewusst, wie dumm seine Frage war. Madame Cats Mann ist vermutlich nur ein Amateur-Schriftsteller. Wenn er überhaupt Schriftsteller ist. Vielleicht hat Madame Cat das auch nur erfunden. Ihr Mann könnte genauso gut akademische Abhandlungen verfassen oder ein Tagebuch schreiben oder irgendwelche anderen Texte.

»Meinst du Ted Baker?«

Mancebo zuckt zusammen. Das Blut fließt schneller durch seine Adern, und er versucht, sich seine Aufregung nicht anmerken zu lassen.

»Wo wohnt er?«

Amir zeigt auf das Haus auf der anderen Straßenseite. Volltreffer. Dass die Person, die er seit einer Woche beschattet, jetzt einen Namen hat, elektrisiert Mancebo. Trotz seiner Euphorie hütet er sich, weitere Details seines Falls preiszugeben.

»Hast du ein Buch von ihm?«

Amir schüttelt den Kopf.

»Hast du schon mal was von ihm gelesen?«

Amir schüttelt wieder den Kopf.

»Nein, die Art Bücher sind nicht unbedingt mein Stil.«

»Stil?«

»Ja, er schreibt vor allem Kriminalromane.«

»Kriminalromane?«

»Geschichten über Privatdetektive, Mordfälle und solche Sachen.«

Mancebos Herz bleibt beinahe stehen, und er wartet, bis es wieder normal schlägt, bevor er fortfährt:

»Privatdetektive ...?«

»Er ist Engländer. Warum interessiert dich das?«

»Er ... er war bei mir im Laden. Wir haben uns unterhalten ... Ich bin nur neugierig, wer er ist.«

Amir mustert seinen Vater mit seinen großen braunen Augen und zupft an der Bettdecke herum.

»Was hast du jetzt vor?«

Was für eine dumme Frage, denkt Mancebo.

»Ins Bett gehen.«

Er steht auf. Ihm ist gleichzeitig heiß und kalt.

»Dann schlaf gut.«

»Du auch«, erwidert Amir zögernd. »Ich gehe morgen in die Bücherei. Soll ich ein Buch von ihm ausleihen? Ich meine, falls du etwas zum Lesen haben willst.«

»In der Bücherei? Gibt es seine Bücher da?«

»Na klar.«

Amir lacht. Es ist ein liebevolles Lachen.

»Papa, du musst mal unter Leute kommen und nicht nur den ganzen Tag im Laden hocken.«

»Ja, das wäre nett.«

»Was? Unter Leute zu kommen?«

»Nein, oder ja ... Ich möchte, dass du ein Buch von Ted Baker ausleihst. Ich kann dir das Geld geben, wenn du willst.«

»Ausleihen kostet nichts. Ich habe einen Büchereiausweis.«

»Ach so … Gute Nacht, mein Sohn.«
»Schlaf gut, Papa.«

Mancebo weiß, dass er nicht gut schlafen wird.

Er hat Angst. Angst, dass sein Körper bald, sehr bald, nicht mehr mitmacht, dass er einfach aufhört zu funktionieren, weil er ihm weder Schlaf noch Ruhe gönnt. So etwas kann passieren. Mancebo hat von Studien gehört, die das beweisen. Methodischer Schlafentzug ist eine Foltermethode, die schon die Nazis angewendet haben. Das lässt sich vielleicht nicht gerade mit meiner Situation vergleichen, aber ich setze mich einem Risiko aus, denkt er.

Merkwürdigerweise ist er tagsüber nicht besonders müde. Das muss kein gutes Zeichen sein, im Gegenteil. Vielleicht spürt der Körper nach einer Weile keine Müdigkeit mehr, bevor er kapituliert.

Mancebo liegt nachts wach und lauscht auf die Geräusche: das Brummen des Müllwagens, Polizeisirenen, das Rauschen der Toilettenspülung in der Wohnung ein Stockwerk tiefer und das Summen des Kühlschranks. Nach den vielen schlaflosen Nächten der letzten Zeit kennt er Fatimas Schlafmuster. Ein, zwei Minuten, nachdem sie sich eine Gute Nacht gewünscht haben, ist sie auch schon eingeschlafen. Ungefähr anderthalb Stunden später – vor Beginn ihrer Tiefschlafphase – dreht sie sich um und räuspert sich.

In den ersten Nächten war Mancebo überzeugt, dass sie gleich aufwachen würde. Aber jetzt weiß er, dass es nur ein Räuspern ist, mehr nicht. Manchmal setzt ihre Atmung zwischendurch aus. Einmal verging so viel Zeit zwischen ihren Atemzügen, dass er glaubte, sie sei tot.

Und er war über sich selbst erschrocken, weil ihn das nicht so bestürzt hatte, wie es angemessen gewesen wäre.

Auch die neue Information, dass der Schriftsteller Ted Baker heißt, macht Mancebo ein kleines bisschen Angst, und er fragt sich, warum er nicht schon längst versucht hat, seinen Namen herauszufinden. Der Schriftsteller ist jetzt kein Objekt mehr, er ist ein Mensch. Der Namenlose hat einen Namen erhalten. Der Anonyme ist nicht mehr anonym. Sogar Amir kennt ihn. Mancebo sieht ein, dass seine detektivischen Fähigkeiten begrenzt sind und seine Allgemeinbildung gewisse Lücken aufweist, allerdings nicht so große, dass sie sich nicht füllen lassen. Es wird Zeit und Arbeit kosten, aber davor hat er keine Angst. Arbeit hat ihm noch nie Angst gemacht.

Mancebo überlegt, ob Madame Cat und Ted Baker ein Spiel mit ihm spielen. Vielleicht schreibt Monsieur Baker gerade an einem neuen Buch, das von einem kleinen Mann handelt, der ein Lebensmittelgeschäft betreibt, und von einer Dame, die eines Tages aus heiterem Himmel in dessen Laden auftaucht und ihm ein sonderbares Angebot macht. Und dann schicken die beiden zwei Verrückte in sein Geschäft, um zu sehen, wie er darauf reagiert.

Mancebo liegt im Bett und steigert sich immer weiter in das Szenario hinein. Vielleicht ist Ted Baker derjenige, der ihn tagein, tagaus beobachtet? Er fühlt sich betrogen. Gibt es eine bessere Ausgangslage für einen Schriftsteller als eine Geschichte, die sich direkt vor seinen Augen abspielt? Wie ein Künstler, der mit einem lebenden Modell arbeitet. Er braucht nur draufloszuschreiben. Was, wenn es so ist? Wenn er eines Tages eine Geschichte über sich selbst liest?

Bevor ich mich auf den Heimweg machte, überflog ich einen Artikel über die schönsten Städte der Welt. Paris landete auf Platz dreißig, Wien auf dem ersten. Kaum zu glauben, dass es eine schönere Stadt geben soll, dachte ich und betrachtete das Sacré-Cœur, das im Sonnenschein wie ein Eisberg emporragte. Ein Pling erklang. Inzwischen führte ich meine sonderbare Aufgabe aus, ohne groß darüber nachzudenken. Als ich aufschaute, erblickte ich die Putzfrau in der Tür. Wie lange sie wohl dort schon stand?

»Ich bin gleich weg«, sagte ich und packte meine Sachen zusammen.

Normalerweise kam sie einfach ins Büro. Dass sie sich nicht von der Stelle rührte, bereitete mir Unbehagen. Warum war sie überhaupt hier? Der Papierkorb war leer. Außer mir hielt sich niemand hier auf, und ich saß nur ein paar Stunden lang in dem Raum. Ihre Tätigkeit schien genauso sinnlos wie meine. Als ich zur Tür ging, trat sie einen Schritt zur Seite.

»Eigentlich gibt es hier nicht viel zu putzen, Sie müssen nicht einmal den Papierkorb ausleeren.«

»Ich mache nur meine Arbeit«, sagte sie schroff.

Warum verhielt sie sich so abweisend? Was hatte ich ihr getan? Das Staubsaugerkabel hatte sich verheddert.

Sie entwirrte es geduldig, als wollte sie Zeit schinden und warten, bis ich gegangen war, bevor sie ihre Sisyphusarbeit in Angriff nahm. Aber ich blieb stehen. Vielleicht war ihr Putzkittel genauso eine Tarnung wie mein Sales-Manager-Zugangsausweis. Vielleicht fuhr sie den Computer hoch, sobald ich gegangen war. Vielleicht übernahm sie die Abendschicht.

»Meinetwegen müssen Sie das Büro nicht putzen. Soweit ich weiß, bin ich die Einzige, die es nutzt.«

Mir war klar, dass ich dabei war, eine Grenze zu überschreiten. Nach Möglichkeit sollte ich mit niemandem hier sprechen. Die Frau gab keine Antwort. Sie blickte nicht einmal auf.

Ohne darauf zu warten, bis man mich ansprach, forderte ich Monsieur Bellivier und Konsorten heraus und ging zum Empfang. Die Rezeptionistin schien nur darauf gewartet zu haben, dass jemand kam. Vielleicht war dieser Jemand ich. Sie wirkte erfreut, mich zu sehen. Und obwohl unser Austausch genauso sinnlos war wie die meisten anderen Dinge in meinem Leben, lächelte sie wenigstens, und dafür war ich dankbar.

»Oh, was für ein schöner Strauß! Wie schön, dass ich heute Blumen kriege!«

Ich konnte mir den Kommentar nicht verkneifen. Ironie wurde aus der Sinnlosigkeit heraus geboren, sie war eine Überlebensstrategie. Ich dachte an Judith. Wir alle haben unsere Überlebensstrategien. Die Rezeptionistin lachte, und ich wollte glauben, dass es ein ehrliches Lachen war und sie meine Ironie verstanden hatte. Ich wollte die Blumen schnell loswerden und auf direktem Weg nach Hause gehen.

Plötzlich hörte ich ein »Hallo!« hinter mir.

Ich wandte mich abrupt um, und die Drehtür schlug mir unbarmherzig in den Rücken. Ein paar Leute hinter mir seufzten. Sie verpassten einige Sekunden ihres wichtigen Lebens, weil es einen Moment dauerte, bis sich die Drehtür wieder in Bewegung setzte. Christophe und ein anderer Mann folgten mir ins Freie. Ich holte tief Luft. Das Spiel konnte beginnen.

»Alles in Ordnung? Es tut mir leid, ich wollte Sie nicht erschrecken.«

Christophe fuhr sich mit der Hand durch die Haare.

»Nein, nichts passiert.«

Die beiden Männer wechselten ein paar Worte, bevor sie sich verabschiedeten, der andere gab mir die Hand. Ich verhielt mich vorbildlich. Der Mann eilte über die Straße.

»Und was hat das Blumenmädchen jetzt vor?«

»Das Blumenmädchen geht nach Hause.«

»Ein Kaffee vor der Heimfahrt?«

»Nein, danke.«

»Arbeiten Sie bei Areva?«

»Ja.«

»Als was?«

»Sales Manager.«

»Aha ...«

»Arbeiten Sie auch hier?«

Christophe schüttelte den Kopf.

»Nein, ich arbeite direkt gegenüber, bei Capgemini.«

Ich nickte.

»Und Sie mögen Blumen?«

Ich konnte mir ein Lachen nicht verkneifen. Sein Humor passte gut zu meiner neu erworbenen Ironie.

»Ja, sehr.«

»Und was machen Sie mit ihnen?«

»Ich lege sie auf Gräber. Wenn ich sie nicht in die Arme einer Statue stecke, die zum Andenken eines verstorbenen Schriftstellers errichtet wurde.«

Er lachte herzlich und schien davon überzeugt, dass ich einen Scherz machte, und ich lachte ebenfalls, weil jedes Wort der Wahrheit entsprach.

»Wenn Sie mir die Blumen nicht in die Hand drücken, meinen Sie wohl. Sie sind also eine Art Todesbotin, wie charmant. Allerdings weiß ich nicht, ob ich mich jetzt noch über die Straße traue. Vielleicht werde ich von einem Auto überfahren.«

Die drückende Hitze tat ihr Bestes, unser Gespräch schnell zu beenden.

»Wie wäre es mit einem erfrischenden Kaltgetränk statt einem Kaffee?«

»Hier«, sagte ich und hielt ihm den Strauß hin.

Dieses Mal signalisierte er deutlich, dass er ihn nicht wollte.

»Wenn Sie die Blumen annehmen, sie ins Wasser stellen und sich ein bisschen an ihnen erfreuen, verspreche ich Ihnen, dass wir einen Kaffee zusammen trinken, wenn wir uns das nächste Mal über den Weg laufen. In Ordnung?«, sagte ich.

Der Vorschlag war nicht nur ein Vorwand, um die Blumen loszuwerden. Ich hoffte tatsächlich, ihm wiederzubegegnen. Außerdem wollte ich die Blumen keinem Fremden geben, da dieses Unterfangen in der Vergangenheit ungeahnte Folgen gehabt hatte.

»Versprechen Sie mir das?«

Ich nickte, machte auf dem Absatz kehrt und ging davon. Christophe lief mir nach.

»Ich traue Ihnen nicht. Montag? Mittagessen?«

»Wir hatten uns auf einen Kaffee geeinigt.«

»Okay. Wann?«

»Montag. Um zwölf?«

»Wir treffen uns hier.«

Ich nickte.

»Bonsoir, Madame!«

Der Blumenverkäufer winkte mir gut gelaunt zu. Er war vielleicht der Einzige, der an dieser Geschichte etwas verdiente. Kein Wunder, dass er gute Laune hat, dachte ich. Als ich in der Metro saß, klingelte mein Handy, und ich musste eine ganze Weile in meiner Tasche wühlen, bevor ich es fand.

»Können Sie am Samstag für mich den Fernseher einschalten? Weil Sabbat ist.«

»Entschuldigung, mit wem spreche ich bitte?«

»Warum sind Sie plötzlich so verflucht höflich?«

Es war Monsieur Caro. Ich hatte seine Stimme auf Anhieb erkannt, wollte ihn aber ein bisschen ärgern. Bei meinem letzten Besuch hatte ich meine Telefonnummer auf einem Zettel unter der schönen Marmorlampe hinterlassen, war aber nicht davon ausgegangen, dass er sich melden würde.

»Bin ich nicht immer höflich? Mit wem habe ich die Ehre?«

Ich merkte, dass ich lächelte, ein frisch verliebtes, albernes Lächeln.

»Was heißt schon Ehre. Hier ist Monsieur Caro. Können Sie am Samstag um halb eins zu mir kommen? Oder besser um Viertel nach zwölf Uhr? Ja oder Nein?«

Das Lächeln auf meinen Lippen wollte nicht mehr

verschwinden. Auf dem Weg zur Kita überlegte ich, ob ich meinen Exmann bitten sollte, unseren Sohn am Samstag zu nehmen, doch eigentlich konnte er mich ebenso gut begleiten. Nach dem Besuch bei Monsieur Caro konnten wir vielleicht etwas unternehmen. So würden wir einen ganzen Tag gemeinsam verbringen.

Alles kam mir auf einmal so unwirklich vor – Areva, Monsieur Bellivier, Christophe … Die Mutter von einem Freund meines Sohnes kam auf mich zu und verwickelte mich in ein Gespräch. Ich hatte das Gefühl, ich würde vor Hitze zerfließen. Doch zu meiner Freude lief im nächsten Moment mein Sohn lachend auf mich zu, und ich entschuldigte mich und sagte, ich müsse gehen.

Du verflixte Sonne, warum musst du so brennen?, denkt Mancebo und kramt den kleinen Handventilator hervor, der seit Jahren unter dem Ladentisch liegt und Staub ansetzt. Ihm ist jedes Mittel recht, um sich gegen die gewaltige Kraft der Sonne zu wehren. Der kleine Handventilator läuft auf Hochtouren, erzielt aber nicht die geringste Wirkung.

»Sie wird uns noch ins Grab bringen«, orakelt Monsieur Cannavar und zeigt zum Himmel, als er auf dem Weg zur Arbeit an Mancebos Laden vorbeikommt.

»Ja, die Hitze raubt einem die Kraft«, antwortet Mancebo von seinem Platz hinter der Kasse.

Bisher ist er heute nur ein Mal nach draußen gegangen, als er die Obst- und Gemüsestände vor den Laden gestellt hat. Obwohl seine Angst und Traurigkeit in Wut umgeschlagen sind, ist Mancebo noch nicht bereit, seine Beschattungstätigkeit wieder aufzunehmen. Zorn, Schlafmangel und Hitze sind keine gute Kombination. Von seinem Platz aus sieht Mancebo, wie Amir ohne Helm auf seinem Roller davonfährt. Er schüttelt den Kopf und seufzt bekümmert.

Niemand hindert mich daran, meinen Auftrag auszuführen, denkt Mancebo und stellt seinen Hocker dorthin, wo er immer steht, auf die Markierungen im Asphalt vor seinem

Laden. Wütend blickt er zu den Fenstern auf der anderen Straßenseite. »Du mieser kleiner Schreiberling, glaub ja nicht, dass du mich für dumm verkaufen kannst«, murmelt er leise. Am liebsten würde er seinen Laden schließen, den Boulevard überqueren, die Feuertreppe hinaufgehen, an der Tür klingeln und diesem Wortklauber mitteilen, dass er ganz genau weiß, was hier gespielt wird, nämlich dass er, Mancebo, Teil irgendeines lächerlichen Kriminalromans geworden ist und es ihn nicht im Geringsten schert. Wenn du keine eigenen Ideen hast, dann bitte sehr, lass dich von einem einfachen Ladenbesitzer inspirieren, du erbärmlicher Engländer. Vielleicht spricht der Kerl nicht einmal Französisch, aber das spielt keine Rolle. Und selbst wenn der Schriftsteller kein Wort von dem versteht, wird er begreifen, dass der kleine Ladeninhaber alles durchschaut hat und sein neues Buchprojekt Geschichte ist.

Als zwei Jungen in den Laden gehen, steht Mancebo von seinem Hocker auf und schlurft hinter die Kasse. Die beiden haben sich zwei Cola-Dosen geschnappt.

»Ist das alles?«

»Ja.«

»Das macht dann drei Euro.«

Mancebo packt die Dosen in eine Plastiktüte und gibt sie den beiden. Die Jungen sehen ihn fragend an.

»Haben Sie keine mehr?«

»Was soll ich nicht mehr haben?«

Mancebo versteht nicht, was sie meinen.

»Chinesische Notizbücher.«

Er seufzt und würde die beiden am liebsten aus dem Laden werfen. Nicht weil er es satthat, dass ständig Kinder nach den Notizbüchern fragen, sondern weil er viel lieber

Ted Baker den Hals umdrehen würde, als den netten Onkel von nebenan zu spielen, der Geschenke verteilt. Doch er kann sich gerade noch beherrschen und steckt kommentarlos zwei Bücher in die weiße Tüte.

»Danke, Monsieur.«

»Kein Problem.«

Als die beiden Jungen verschwinden, kommt Amir in den Laden.

»Hallo, Papa.«

»Warum fährst du ohne ...«

Doch bevor er seinen Satz beendet, bereut er, dass er seinen Sohn nicht einmal begrüßt, ehe er ihm Vorhaltungen macht.

»Ich wollte zur Bücherei, bevor es da zu voll wird.«

»Ach so.«

»Ich habe nur ein Buch bekommen. Die anderen waren ausgeliehen. Wenn du willst, kann ich sie vormerken. Aber vielleicht fängst du erst mal mit dem hier an und guckst, ob es dir gefällt. Weißt du, manchmal mag man ja die Sprache des Autors nicht.«

Mancebos Wut ist im Nu verflogen und seine Neugier geweckt. Aber er hat immer noch ein mulmiges Gefühl. Er möchte keine Hinweise finden, die seinen Verdacht erhärten, dass er Vorlage für ein Buch ist.

»Danke. Aber Amir, setz das nächste Mal einen Helm auf, wenn du mit dem Roller unterwegs bist. Der Mann ist es nicht wert, dass man für ihn sein Leben gefährdet.«

Mancebo zeigt auf das Bild von Ted Baker auf dem Buchumschlag.

Im Laufe des Tages versucht Mancebo, das erste Kapitel von Ted Bakers Roman *Der Rattenfänger* zu lesen, muss seine Lektüre aber immer wieder unterbrechen, um Kunden zu bedienen. Es sind überwiegend Kinder, die Notizbücher haben wollen. Mancebo hat den Überblick verloren, wie viele er mittlerweile verteilt hat. Als es Zeit für seinen Nachmittags-Pastis mit Tariq wird, beschließt er, die Lektüre für heute aufzugeben. Eine kleine Pause von Monsieur Baker und seiner Fantasiewelt kann nicht schaden. Dass es doch tatsächlich Leute gibt, die fürs Fantasieren bezahlt werden, denkt Mancebo und schließt die Klappen der Obststände.

Tariq sperrt seine Schuhmacherwerkstatt ab und kommt zu ihm herüber.

»Unglaublich, wie viele Kunden du heute hattest! Jedes Mal, wenn ich rübergesehen habe, warst du beschäftigt. Ich hoffe, die Leute laufen sich bei dem Ansturm auf deinen Laden die Absätze ab, damit ich auch ein paar Euro verdiene.«

Tariq lacht. Mancebo lacht nicht. Auch wenn seine Laune ein wenig gestiegen ist, seitdem er beschlossen hat, das Buch heute nicht zu lesen, ist ihm ganz und gar nicht nach Lachen zumute. Die Cousins gehen gemächlich den Boulevard hinunter, verlassen das Zentrum der Ereignisse, verlassen Mancebos Welt und begeben sich in die Peripherie, ins Le Soleil.

Und hinter der Bar liegt ein Weltmeer, auf das sie sich ungern und selten hinauswagen. Sie geben François, der ihnen sofort einen Pastis einschenkt, wortlos die Hand.

»Mit Eis?«

Mancebo schüttelt den Kopf. Trotz der Hitze ist ihm nicht nach einem Pastis mit Eis.

»Wie laufen die Geschäfte bei diesen tropischen

Temperaturen? Hier herrscht absolute Flaute«, sagt François mit einer weitausholenden Geste über die leere Bar.

»Mancebo hatte keine ruhige Minute«, erwidert Tariq. »Frag mich nicht, warum. Lauter Schulkinder.«

»Schulkinder? Sind nicht Ferien?«

»Doch, aber sie machen wohl Ausflüge, picknicken.«

»Was kaufen sie denn?«, fragt François ehrlich interessiert.

»Vor allem Getränke.«

»Ich wollte dir gerade vorwerfen, dass du mir meine Kunden abspenstig machst. Aber Schulkinder habe ich hier noch nie gehabt.«

Mancebo versucht, einen festen Punkt zu finden, auf den er seinen Blick richten kann. Er fühlt sich überfordert. Es wird allmählich zu viel, zu viel für einen kleinen Ladeninhaber allein. Zu viel, um es für sich behalten zu können. Und als wäre es nicht schon genug, dass er seinen Auftrag verheimlicht, zwei Jobs gleichzeitig erledigt, in seinem Laden bedroht wird und seit ewigen Zeiten keine Nacht mehr durchgeschlafen hat, muss er jetzt auch noch ein Buch lesen und sich mit Kindern rumschlagen, die am laufenden Band nach Notizbüchern fragen.

Sein Blick flackert, und auf seiner schweißnassen Stirn bilden sich noch ein paar zusätzliche Tropfen. Er nimmt seine Mütze ab. Ein deutliches Zeichen, dass es ihm schlecht geht. Tariq und François unterhalten sich, aber Mancebo versteht nicht, was sie sagen. Er ist nicht anwesend. Er hat die Wirklichkeit verlassen. Sie hat ihm innerhalb kurzer Zeit zu viel zugemutet. Einen kurzen Moment weiß Mancebo nicht, was er in dieser Bar macht. Sein Kopf fühlt sich wie eine tickende Bombe an, und er hat den Eindruck, dass seine Zunge anschwillt. Zu viele Worte haben sich auf ihr angesammelt. Um die fiebrige Aktivität in seinem Kopf zu beenden und seine Zunge vor dem Platzen zu bewahren, schreit er schließlich:

»Verfluchte Psychopathen!«

François und Tariq verstummen. Der Barbesitzer verschwindet und kommt einen Moment später mit einem Glas Wasser zurück, das er vor Mancebo hinstellt.

Ich wusste es, denkt Mancebo. Ich verliere allmählich den Verstand. Vielleicht sollte ich zum Arzt gehen? Aber was soll ich ihm sagen? Die Wahrheit? Ärzte haben Schweigepflicht. Vielleicht sollte ich mit jemandem reden? Einem Psychologen? Einem Psychiater? Zum ersten Mal dankt er dem Allmächtigen für die Hitze. Vielleicht glauben François und Tariq, er hat einen Sonnenstich bekommen. Das kann jedem passieren.

Mancebo sieht das Glas Wasser, das vor ihm auf dem Tisch steht, ist jedoch nicht imstande, danach zu greifen. Er macht ein paar linkische Handbewegungen, aber das Glas scheint sich jedes Mal zu bewegen, wenn seine Finger in die Nähe kommen. Plötzlich sieht er zwei Gläser. Er sieht doppelt. Zwei Tariqs, zwei Françoises. Aber Mancebo bekommt keine Angst, er hat längst aufgegeben, hat keine Kraft mehr. Er hat gar nicht die Energie, um Angst zu haben. Er braucht Hilfe. Jetzt ist er sich sicher. Die zwei Tariqs sagen etwas zu ihm, aber er versteht es nicht. Mancebo registriert, wie die vier Männer Blicke und ein paar Worte wechseln. Sein Kopf dröhnt, als habe ihm jemand mit einem Baseballschläger einen Schlag verpasst.

Er macht die Augen zu und spürt, dass er hochgezogen wird. Im nächsten Moment sitzt er in seinem Lieferwagen. Tariq fährt, sein Blick wandert zwischen der Straße und seinem Cousin hin und her.

»Hörst du mich? Gleich geht es dir wieder besser. Wir sind auf dem Weg ins Krankenhaus. Du hast doch keinen Druck auf der Brust?«

Tariqs Stimme ist ungewöhnlich ruhig, doch dann überschlägt sie sich beinahe:

»Fehlt nur noch, dass diese Blechkiste jetzt den Geist aufgibt!«

»Das wird sie nicht. Das war eine Lüge. Der Wagen schnurrt wie ein Kätzchen«, beruhigt Mancebo ihn, bevor er sich auf die Straßenkarten, die zwischen den Vordersitzen stecken, übergibt.

»Scheiße! Scheiße! Scheiße!«, flucht Tariq und rammt um ein Haar das Auto, das vor ihnen fährt.

Er bremst abrupt, holt tief Luft und hebt entschuldigend die Hand in Richtung der anderen Verkehrsteilnehmer.

»Alles wird gut, alles wird gut. Das macht nichts, gleich sind wir da, halte durch, Bruder. Wir bringen dich schon wieder auf die Beine, was auch immer du hast.«

Tariq klingt nicht besonders glaubwürdig, und seine Stirn ist schweißüberströmt, als er die Notaufnahme des Krankenhauses ansteuert. Vor dem Eingang stehen zwei Rettungswagen, und als Tariq den weißen Lieferwagen zwischen ihnen parkt, sieht es aus, als würden dort drei Krankenwagen stehen. Mancebo kann im Moment nichts anderes als Licht und Schatten ausmachen. Doch trotz seines dröhnenden Kopfes spürt er eine gewisse Erleichterung. Er hat aufgegeben. Jemand anders muss jetzt übernehmen. Er braucht Hilfe.

Mancebo liegt auf einem Bett. Die Neonröhren an der Decke werden zu hellen langen Strichen, als er durch den Krankenhausflur geschoben wird. Sein Oberkörper ist nackt, und auf seiner Brust sitzen Saugnäpfe. Leute kommen und gehen. Irgendjemand hält ihm einen Stift vors Gesicht und bittet ihn, dem Stift mit den Augen folgen. Mancebo gibt sich Mühe, aber die Kopfschmerzen sind wie ein Monster, das ihn behindert.

Er sieht an den schemenhaften Gestalten vorbei. Eine leuchtet ihm in die Pupillen, während eine andere ihm zwei weiße Tabletten und ein Glas Wasser hinhält. Er nimmt das Glas und schluckt die Tabletten mit geschlossenen Augen hinunter. Das Licht ist im Moment sein größter Feind. Irgendjemand will jedoch nicht, dass er sich gegen es wehrt. Ein Arzt bittet ihn, sich aufzusetzen und die Augen zu öffnen. Aber er kann es nicht.

»Können Sie mir Ihren Namen sagen, Monsieur?«

Mancebo will behilflich sein. Er ist von Natur aus ein hilfsbereiter Mensch. Doch sein Mund gehorcht ihm nicht. Er weiß, wie er heißt, aber er kann es nicht aussprechen.

»Wann sind Sie geboren?«

»Am zweiten …«

»Wie heißt unser Präsident?«

Es tut mir leid, denkt Mancebo. Es tut mir leid, dass ich so viele Umstände mache. Ich bin eine Last. Ich mache allen nur Arbeit. Ich bin zu nichts nutze. Mancebo spürt, wie sich das Bett wieder in Bewegung setzt und jemand sagt, dass er die Augen zumachen kann. Er wird auf eine Liege gehoben und in eine große Röhre geschoben. Sein Gehirn soll genauer untersucht werden.

Er hat immer noch Kopfschmerzen, aber sie haben nachgelassen. Mancebo sieht sich um. Er ist allein in einem relativ kleinen Zimmer und hängt an einem Tropf. Auf dem Tisch neben dem Bett steht ein Glas Wasser, und er wünscht, er könnte es erreichen. Er trägt ein gelbes Krankenhausnachthemd, kann sich aber nicht erinnern, wie er da hineingekommen ist. Vor der Tür hört er Stimmen und Schritte. Er fragt sich, ob seine Stimme ihm wieder gehorcht, und macht einen Versuch:

»Ich heiße Mancebo. Mein Geburtstag ist am zweiten Mai. Unser Präsident heißt François Hollande …«

Die Tür geht auf. Fatima starrt ihren Mann an. Sie hat ihn gerade den Namen des Präsidenten aussprechen hören. Die Ärzte haben ihr Mancebos Befund mitgeteilt, aber jetzt fragt sie sich, ob das alles tatsächlich stimmt. Sie schließt behutsam die Tür hinter sich, stellt einen Stuhl an das Bett und setzt sich schwer atmend hin.

»Wie geht es dir?«

Was soll ich darauf antworten, denkt Mancebo, kratzt sich am Kopf und bemerkt, dass seine Mütze nicht an ihrem Platz ist.

»Hast du meine Mütze gesehen?«

»Ob ich deine Mütze gesehen habe?«

Fatima blickt sich suchend im Zimmer um. Vor dem Schrank steht eine Plastiktüte, auf der Mancebos blauer Mantel liegt.

»Vielleicht ist sie in der Tüte mit deinen Sachen.«

»Kannst du sie holen?«

Fatima stemmt sich keuchend hoch und bringt ihm die schwarze Mütze, die Mancebo in Windeseile aufsetzt. Sofort fühlt sich alles ein bisschen besser an.

»Was habe ich? Einen Schlaganfall? Einen Gehirntumor?«

»Migräne.«

Fatima klingt ein wenig enttäuscht. Als hätten die Scherereien, die er ihnen gemacht hat, mehr als einen so banalen Befund verdient.

»Kann man die einfach aus heiterem Himmel bekommen?«, fragt Mancebo und hört sich an wie ein kleines Kind.

Er ist weder erleichtert noch besorgt.

»Offensichtlich. Die Ärzte wollten wissen, ob du in der letzten Zeit unter Stress gestanden oder schlecht geschlafen hättest, aber das hast du ja nicht. Vielleicht kann man Migräne auch ohne besonderen Grund bekommen.«

Mancebo nickt und denkt, dass es vermutlich merkwürdig wäre, möglicherweise sogar ein medizinisches Rätsel, wenn er keine Migräne bekommen hätte, wenn er überlegt, was er in den letzten Tagen alles durchgemacht hat. Die Tür geht auf, und ein junger Arzt betritt mit ein paar Formularen den Raum.

»Wie fühlen Sie sich?«

»Er … Als ich gekommen bin, hat er …«, setzt Fatima an.

»Es geht mir besser«, fällt ihr Mancebo ins Wort.

Und das ist die Wahrheit. Schon allein dadurch, dass er Fatima daran gehindert hat, für ihn zu sprechen, fühlt er sich besser. Noch vor wenigen Wochen war ihm gar nicht bewusst gewesen, dass sie häufig für ihn spricht. Vielleicht hat er es so gewollt, aber jetzt will er es nicht mehr. Jeder hat das Recht, seine Meinung zu ändern.

Im Grunde ist eine saubere Unterhose das Einzige, was Mancebo vermisst. Frisch geduscht sitzt er im Bett und sieht sich zum ersten Mal eine der zahllosen Spielshows an, die im Fernsehen laufen. Sonst ist er um diese Uhrzeit immer im Laden. Fatima schaut die Sendung mit ihm gemeinsam, aber sie weiß bereits, dass die blaue Mannschaft gewinnt. Es ist eine Wiederholung. Während Mancebo das Spektakel auf dem Bildschirm verfolgt, hantiert er mit Plastikbesteck und diesen kleinen Marmeladenverpackungen herum. Er fühlt sich pudelwohl, wie er so dasitzt, in seinem gelben Krankenhausnachthemd und mit seiner schwarzen Mütze. Die Krankenschwester wollte auch Fatima etwas zu essen bringen, doch sie hat abgelehnt.

Als die blaue Mannschaft vor der entscheidenden Frage steht, klopft es an der Tür. Mancebo trinkt einen Schluck Kaffee und ruft laut und deutlich »Herein!«.

»Ist es in Ordnung, wenn Madame Flouriante in ein paar Minuten zu Ihnen kommt?«

»Ja«, antwortet Mancebo. »Kein Problem.«

»Ich müsste Ihre Frau allerdings bitten, das Zimmer so lange zu verlassen«, sagt die Krankenschwester lächelnd und nickt Fatima zu.

»Ja, meine Frau wird so lange nach draußen gehen«, antwortet Mancebo.

Fatima steht auf und verlässt das Zimmer, noch bevor Madame Flouriante erschienen ist. Sie sieht nicht wie eine Psychologin aus. Andererseits kann Mancebo sich nicht erinnern, jemals einer begegnet zu sein. Die einzige Psychologin, die ihm einfällt, ist die in der Fernsehserie *Sopranos.*

»Wie fühlen Sie sich, Monsieur?«

»Danke, gut.«

»Das freut mich. Können Sie mir ein bisschen über sich erzählen?«

Mancebo denkt nach und bildet sich ein, dass die Psychologin die entstehende Pause als unnormal bewertet.

»Ich arbeite im Dienstleistungsbereich. Um genau zu sein, bin ich Inhaber eines Lebensmittelgeschäfts«, antwortet er mit seiner Servicestimme, die er immer für seine Kunden parat hält.

»Interessant, wo liegt es?«

»Am Fuße des Montmartre.«

»Aha. Das klingt beschaulich.«

Mancebo lächelt. »Beschaulich« ist wohl das letzte Wort, das er angesichts der Ereignisse in den vergangenen Tagen verwenden würde.

»Sie lächeln. Woran denken Sie gerade?«

Ihm gefällt dieses Gespräch immer weniger. Typisch Seelenklempnerin. Will in meinen Kopf eindringen und stellt vermeintlich leichte Fragen, auf die man nicht antworten kann. Mancebo leckt sich Marmelade aus dem Mundwinkel.

»Ich weiß nicht.«

Madame Flouriante nickt und macht sich Notizen. Das war's, denkt Mancebo. Jetzt komme ich hier nicht mehr raus. Vielleicht verlegen sie mich in eine andere Abteilung. Er hat die Pfeile zur Psychiatrie gesehen, als man ihn im Bett durch den Flur geschoben hat. Ein, zwei Tage Krankenhaus kämen ihm gerade recht, mehr aber nicht. Er hat schließlich immer noch einen Auftrag zu erledigen. Mancebo überlegt, ob er den Überfall in seinem nächsten Bericht für Madame Cat erwähnen soll. Schließlich könnte er mit seinem Fall zusammenhängen, und Madame Cat hätte gleichzeitig eine Erklärung, warum er einen Tag nicht auf dem Posten war.

Die Psychologin reißt ihn aus seinen Gedanken.

»Wie hat Ihr Alltag in der letzten Zeit ausgesehen?«

Wenn Sie wüssten, Madame, denkt Mancebo. Ich bin Privatdetektiv geworden, habe einen Batzen Geld verdient und bin von zwei Psychopathen überfallen worden.

»Alles geht seinen Gang.«

»Wie üblich oder möglicherweise ein bisschen schneller als sonst?«

Jetzt wünscht er sich fast, Fatima würde ins Zimmer kommen und ihm das Reden abnehmen. Vielleicht braucht er sie doch. Mancebo wischt den Gedanken schnell wieder beiseite.

»Na ja, ich hatte ziemlich viel um die Ohren, wenn ich ehrlich bin.«

»Haben Sie sich unter Druck gesetzt gefühlt?«

Am liebsten würde Mancebo lachen. Unter Druck? Ja, das konnte man wohl sagen, und das war noch milde ausgedrückt.

»Natürlich, ich muss Umsätze machen.«

»Wie Sie wahrscheinlich bereits wissen, hatten Sie einen Migräneanfall und möglicherweise sogar einen Nervenzusammenbruch. So etwas bedingt sich häufig gegenseitig. Und ich möchte, dass Ihnen die Ursache bewusst wird. Haben Sie eine Ahnung, was der Auslöser gewesen sein könnte?«

Mancebo schüttelt den Kopf.

»Nicht die geringste.«

»Ich kann fahren«, sagt Mancebo und streckt die Hand nach seinen Autoschlüsseln aus.

»Das könnte dir so passen. Tariq fährt«, faucht Fatima und setzt sich neben Tariq auf den Beifahrersitz.

Der Lieferwagen hat keine Rückbank, also klettert

Mancebo hinten auf die geräumige Ladefläche. Er setzt sich im Schneidersitz auf den Boden, wo sich normalerweise Obst- und Gemüsekisten stapeln. Der weiße Lieferwagen verlässt die Einfahrt zur Notaufnahme, und Tariq muss einem Rettungswagen ausweichen, der ihnen mit eingeschaltetem Blaulicht und Martinshorn entgegenkommt.

»Jetzt müssen sie sich um den nächsten armen Teufel kümmern«, sagt Mancebo und verfolgt das Geschehen neugierig von seinem Platz auf der Ladefläche.

»Ja, aber solange sie das Martinshorn anschalten, besteht Hoffnung. Schlimmer ist es, wenn der Rettungswagen ohne Sirenen im Schneckentempo fährt«, erklärt Tariq.

»So wie wir«, sagt Fatima lachend.

Tariq stimmt mit seinem üblichen schallenden Gelächter ein, und Mancebo fällt auf, dass sein Cousin und seine Frau etwas gemeinsam haben.

Der Rest der Autofahrt verläuft schweigend. Mancebo schaut aus dem Fenster und erinnert sich daran, wie er als Kind häufig rückwärts auf einem Pferdefuhrwerk mitgefahren ist.

Tariq nimmt Kurs auf den Ort des Geschehens, das Viertel, in dem alles passiert. Mancebo sieht das Sacré-Cœur, das sich in der Ferne erhebt, und trotz der vergangenen Ereignisse durchströmt ihn ein unerklärliches Glücksgefühl. Es ist, als hätte sein Zusammenbruch die Nachwirkungen des Überfalls ausgelöscht. Mancebo ist wieder der Alte. Er fühlt sich zwar nicht stärker, aber doch zumindest ein klein bisschen ruhiger.

Im ganzen Marais-Viertel roch es nach Falafel. Wir drängten uns zwischen den hungrigen, anstehenden Menschen hindurch. Das quirlige Marais war vor allem ein Anziehungspunkt für Touristen, Einheimische sah man hier weniger. Obwohl ich von Menschen umgeben war und meinen Sohn an der Hand hielt, erfassten mich eine plötzliche Traurigkeit und das Gefühl, eine Außenseiterin zu sein.

Erst jetzt wurde mir bewusst, wie abwesend ich in der letzten Zeit gewesen war. Während ich meinen Sohn an der Hand hielt, merkte ich es besonders deutlich. Er war gewachsen, das sah ich an seinen Shorts. Für ihn waren die vergangenen Wochen genauso wie immer gewesen, ausgefüllt mit Kita und Fußballtraining. Sie würden keine bleibende Erinnerung hinterlassen. Abgesehen von dem Tag, an dem er mit seinem Vater in die Notaufnahme fahren musste, um seine Mutter abzuholen, weil sie einen alten Mann begleitet hatte, der auf dem Friedhof zusammengebrochen war. Ich drückte fest seine Hand. Er sah traurig aus. War das schon lange so?

»Ist etwas passiert, Schätzchen?«

Er schüttelte den Kopf.

»Ist alles in Ordnung? Gehst du gerne in die Kita? Hast du mit David gespielt?«

Er nickte. Es war schön, einen Spaziergang zu machen, und mein schlechtes Gewissen, dass ich zu wenig Zeit mit meinem Sohn verbracht hatte, wich einem unangemessenen Selbstmitleid, weil ich immer alles allein mit mir ausmachen musste. Mein sterbender Nachbar, die erzwungene Geheimniskrämerei, meine ständige Angst, weil ich nicht wusste, worauf ich mich eingelassen hatte.

Obwohl ich zu einem gewissen Grad freiwillig in diese Lage geraten war, musste ich mich selbst bemitleiden. Wir bahnten uns unseren Weg durch die Falafel essenden Menschen.

»Darf ich drücken?«, fragte mein Sohn.

Ich hob ihn hoch, und seine Augen leuchteten auf, als er die Zahlen des Türcodes eingab, die ich ihm ins Ohr flüsterte. Er vertippte sich zweimal, aber das war egal. Ich genoss es, ihn auf dem Arm zu haben, seinen Körper zu spüren und seinen Geruch einzuatmen. Die Tür summte, und mein Sohn sah mich an, als wolle er sich vergewissern, dass wir hineingehen durften. Ich lächelte und machte einen Schritt in den Innenhof. Mein Sohn griff nach meiner Hand, und wir überquerten den Hof.

»Hier sieht es aus wie in einer Gärtnerei.«

Er hatte recht. Überall wuchsen Pflanzen. Am Fallrohr der Dachrinne lehnte ein altes Fahrrad, und selbst den Fahrradkorb hatte jemand mit einer Blume bepflanzt. Mein Sohn zeigte darauf. Die Tür ins Treppenhaus war angelehnt, sodass wir zu seiner Enttäuschung keinen Türcode eingeben mussten. Wir stiegen die zwei Treppen hinauf. Im ersten Moment glaubte ich, dass die Frauenstimme, die im Treppenhaus zu hören war, aus Monsieur Caros Wohnung kam. Das brachte mich kurz aus der Fassung. Doch dann ging die Tür der gegenüberliegenden

Wohnung auf, und eine lachende Frau in einem grünen Seidenkleid erschien. Sie hielt eine Weinflasche in der Hand, grüßte uns und verschwand die Treppe hinauf ins obere Stockwerk.

»Die Frau hatte keine Schuhe an«, bemerkte mein Sohn.

Ich klopfte laut an Monsieur Caros Wohnungstür und schielte auf die Uhr, um mich zu vergewissern, dass wir pünktlich waren. Monsieur Caro legte bestimmt Wert auf Pünktlichkeit.

Aus dem Appartement erklangen ein Husten und das Rasseln einer Sicherheitskette, die ausgehakt wurde. Die Tür öffnete sich. Monsieur Caro blickte mich erstaunt an, als hätte er mich nicht erwartet, und deutete dann – ohne ihn anzusehen – auf meinen Sohn.

»Was macht der hier?«

Wäre es unsere erste Begegnung gewesen, hätte ich wahrscheinlich auf dem Absatz kehrtgemacht. Mittlerweile wusste ich, dass das nichts brachte. Hatte man sich auf ein Spiel eingelassen, musste man es auch zu Ende bringen. Mein Sohn hatte Monsieur Caros Kommentar nicht als unfreundlich empfunden, würde aber begreifen, dass er nicht willkommen war, wenn ich den alten Mann deswegen zurechtwies.

»Das ist Monsieur Caro, der Mann, der krank geworden ist und den ich ins Krankenhaus gebracht habe.«

Mein Sohn wusste, wer Monsieur Caro war. Meine Worte sollten Monsieur Caro in die Schranken weisen, und er reagierte, wie ich es erwartet hatte.

»Was heißt krank? Und wer hat mich denn überhaupt erst krank gemacht?«

Plötzlich spielte die Anwesenheit meines Sohnes für

ihn keine Rolle mehr. Jetzt war ich der Stein des Anstoßes, und damit konnte ich umgehen. Ohne dass er uns hereingebeten hätte, betraten wir die Wohnung. Ich zog meinem Sohn das T-Shirt glatt, strich ihm eine Strähne aus dem Gesicht und hängte meine Handtasche auf. Ich wollte Zeit schinden, und deshalb machte ich alles sehr langsam.

Ich konnte beobachten, wie sich zwei Menschen unbeholfen gegenüberstanden. Der eine, mein Sohn, wich nervös mit dem Blick aus. Hin und wieder lächelte er den alten Mann an, wahrscheinlich vor allem, weil er später nicht zu hören bekommen wollte, dass er unhöflich gewesen war. Monsieur Caro hingegen musterte meinen Sohn unverwandt mit einer Mischung aus Angst und Unsicherheit.

»Was isst so einer?«, fragte er und sah mich mit großen Augen an.

Ich konnte mir ein Lachen nicht verkneifen.

»So einer isst das Gleiche wie Sie und ich. Und so einer kommt auch ein paar Stunden ohne Nahrung aus.«

Monsieur Caro verschwand in der Küche. Mein Sohn und ich schauten uns an, zuckten mit den Schultern und gingen ins Wohnzimmer.

Jetzt, wo mein Sohn hier war, kam mir die Wohnung verändert vor. Die Art, wie er sich bewegte, verriet mir, dass er Angst hatte, etwas im Wohnzimmer kaputtzumachen. Wie üblich setzte ich mich in den Sessel und wollte meinen Sohn auf den Schoß nehmen. Er weigerte sich, auch wenn er es insgeheim vermutlich wollte. Sechsjährige zeigen, dass sie schon groß sind, obwohl ihnen Mamas Schoß immer noch ein Gefühl von Sicherheit gibt, vor allem in einer fremden Wohnung mit einem unberechenbaren Mann.

Monsieur Caro kam ins Wohnzimmer, und mein Sohn setzte sich hastig in den großen Sessel. Der alte Mann wollte etwas sagen, stutzte aber, als er sah, dass mein Sohn auf seinem Platz saß. Er blickte mich an, aber ich tat ungerührt. Statt eine Bemerkung zu machen, hielt Monsieur Caro fragend ein Schälchen mit Pistazienkernen hoch. Ich nickte, und er stellte es auf den Tisch.

Irgendwo im Zimmer piepte es. Monsieur Caro ging zum Bücherregal und stellte einen kleinen roten Wecker aus.

»Sie können den Fernseher jetzt anschalten.«

»Möchtest du den Fernseher für Monsieur Caro anmachen?«, fragte ich meinen Sohn, der froh darüber schien, eine Aufgabe zu haben.

Er stand auf und drückte einen Knopf an dem alten Fernsehapparat. Monsieur Caro verschwand erneut in der Küche. Diesmal kehrte er mit einer silbernen Kaffeekanne zurück, die er ebenfalls auf den Tisch stellte. Er starrte meinen Sohn einen Augenblick an, ehe er zum dritten Mal in die Küche ging und mit einem Glas Saft zurückkam.

»Schwarzer Johannisbeersaft«, murmelte er und blickte sich um.

Schließlich setzte er sich auf einen anderen Sessel und schenkte Kaffee ein. Er bot mir weder Zucker noch Milch an, vermutlich weil er zu abgelenkt war von der Sendung, die ihn so brennend interessierte. Mein Sohn trank einen Schluck Saft, warf einen Blick auf den Fernseher und dann auf mich. Ich lächelte. Es war eine Sendung über die Geschichte der Seidenstraße.

»Du kannst dir welche nehmen, wenn du willst. Das sind Nüsse.«

Ich deutete auf das Schälchen.

»Ruhe«, zischte Monsieur Caro und funkelte mich an.

Wir tranken unseren Kaffee. Mein Sohn rutschte auf dem Sessel hin und her.

»Entschuldigen Sie, Monsieur Caro, aber wann ist die Sendung zu Ende?«, fragte ich und blinzelte meinem Sohn zu.

»Um fünf vor zwei.«

»Wenn das so ist, müssen wir leider vorher aufbrechen. Ich wünsche Ihnen ein schönes Wochenende. Sie haben ja meine Nummer, Sie können mich gerne anrufen.«

Mein Sohn sprang erleichtert auf.

»Aber Sie müssen den Fernseher ausschalten.«

»Gut, Folgendes. Wir machen so lange ein paar Besorgungen, ich kaufe meinem Sohn ein paar neue Anziehsachen, und anschließend kommen wir wieder und stellen den Fernseher aus. In Ordnung?«

Ich hatte das Gefühl, zwei Kinder zu haben.

»Und dann gehen Sie nach Hause?«

»Ja, dann müssen wir zum Fußballtraining.«

Monsieur Caro verfolgte mit ausdruckslosem Gesicht weiter die Sendung.

»Gut, dann bis später«, sagte ich und bedeutete meinem Sohn, dass wir jetzt gehen könnten.

Monsieur Caro starrte immer noch ungerührt auf den Fernsehbildschirm, und ich war mir nicht sicher, ob er alles verstanden hatte, was ich gesagt hatte.

»Du spielst Fußball?«, fragte er plötzlich und schaute meinen Sohn an, der schüchtern nickte.

»Und auf welcher Position? Stürmer?«

»Ich bin Torwart.«

Monsieur Caro nickte langsam und schenkte sich Kaffee nach.

»Torwart, das ist gut. Jemand, der verteidigt. Jemand, für den nicht der Ruhm, sondern die Ergebnisse zählen. Jemand, der Verantwortung übernimmt. Jemand, der auf sich allein gestellt ist und Stärke beweist. Jemand, der weiß, wo er steht, der alles selbst machen muss.«

Noch nie hatte ich jemanden so über die Rolle eines Fußballtorwarts philosophieren hören. Mein Sohn schien nicht recht zu wissen, was er darauf antworten sollte, aber das machte auch nichts, denn jetzt war Monsieur Caro so richtig in Fahrt gekommen.

»Dann bist du nicht wie deine Mutter. Sie wäre garantiert ein Mittelfeldspieler. Jemand, der alles will und überall seine Nase hineinsteckt und nicht versteht, dass es einen Unterschied zwischen meinem und deinem Revier gibt. Jemand, der ungebeten hereinplatzt, Grenzen überschreitet, sich das nimmt, was er will, aber Kampfgeist besitzt ...«

Ich lachte.

»Den letzten Punkt nehme ich als Kompliment.«

»Das sollten Sie auch, denn es ist das einzige Kompliment, das Sie von mir bekommen.«

In gewisser Weise amüsierte mich Monsieur Caros verbale Attacke königlich. In seinen Ausführungen lag durchaus ein Körnchen Wahrheit. Überraschenderweise fand mein Sohn es auch komisch, dass der alte Mann so tat, als würde er mit seiner Mutter streiten. Die Sendung interessierte Monsieur Caro nicht mehr. Philosophische Fußballbetrachtungen waren viel amüsanter. Ich blinzelte meinem Sohn verschwörerisch zu.

»Auf welcher Position würden Sie denn spielen, Monsieur Caro?«

»Verteidiger. Nicht so mutig wie ein Torwart, aber Abwehr ist wichtig. Ich weiche nicht von der Stelle. Ich brauche keinen Ruhm. Ich habe meine Mannschaftskameraden, die vor mir wie Idioten über das Feld laufen. Aber ich bin auch ein kleines bisschen feige und brauche Leute hinter mir. Zu feige, um ganz in die Offensive zu gehen … zu feige, um manche Wahrheiten auszusprechen, mich zu wehren. Ich muss wohl doch irgendein verfluchtes Gen von meiner Mutter geerbt haben.«

»Ich finde, Sie sind ganz gut darin, die Wahrheit zu sagen«, warf ich ein.

»Ich könnte besser sein.«

Monsieur Caros Gesicht hatte im Verlauf der Fußballdiskussion Farbe angenommen.

»Setz dich zu mir«, sagte er zu meinem Sohn.

Monsieur Caro verschwand und kam kurz darauf mit einer großen braunen Schachtel zurück, die er auf den Tisch stellte.

»Weißt du, was das ist?«

Mein Sohn schaute in die Schachtel.

»Ein Schachspiel.«

»Bravo! Kannst du Schach spielen?«

Er schüttelte den Kopf.

»Schach ist das Spiel aller Spiele. Es ist sogar bedeutsamer als Fußball. Und weißt du, warum?«

Mein Sohn biss sich auf die Lippe.

»Weil Schwarz oder Weiß zählt. Wie im Leben. Eine Seite gewinnt. Entweder die schwarze oder die weiße. Wie im Leben. Wer gewinnt, bestimmt alle Züge, kleine Schritte. Wie im Leben. Und man hat mehrere Chancen. Fehler zu machen ist ganz natürlich. Irren ist menschlich. Man irrt sich einmal, vielleicht zweimal … aber wenn man sich immer wieder irrt, dann verliert man.«

Seine Auslegung der Schachregeln brachte Monsieur Caro erneut in Rage. Mir wurde bewusst, dass er ständig an seine Mutter dachte. Bei allem, was er sagte. Für ihn war das Leben schwarz oder weiß. Gut oder böse. Seine Mutter hatte sich seiner Meinung nach für das Böse entschieden, immer wieder.

Ich machte es mir auf dem Sofa gemütlich und betrachtete die beiden Jungen vor mir, die dicht nebeneinandersaßen. Vielleicht interessierte sich Monsieur Caro für mich, weil er mich nicht einordnen konnte. Ich befand mich in einer Grauzone.

Monsieur Caro nahm die Schachfiguren aus der Schachtel, sagte, wie sie hießen und welche Züge man mit ihnen machen konnte. Mein Sohn schien die Schachregeln tatsächlich lernen zu wollen. Monsieur Caro stellte die Figuren auf, und ich stand auf und trat ans Fenster, das auf den Innenhof hinausführte. Auf dem Hof war niemand zu sehen. Ich ging zum Bücherregal und betrachtete die Fotos von alten Menschen, Kindern und Neugeborenen. Die Männer und die Jungen trugen Kippa. Wie konnte ein so einsamer Mensch eine derart große Familie haben? Vielleicht hatte er sie alle der schwarzen Seite zugeordnet.

Monsieur Caro besaß alle möglichen Bücher. Das deutsche Wörterbuch erschien mir ein wenig deplatziert in seiner Sammlung, aber vielleicht kam mir das auch nur so vor, weil ich seine Geschichte kannte. Ansonsten waren es überwiegend Bücher von französischen Nobelpreisträgern. Neben einem Buch über die Geschichte von Paris entdeckte ich eins über die Seidenstraße. Ich nahm es aus dem Regal und setzte mich damit in den Sessel. Die meisten Seiten des Buchs hatten Eselsohren, was mich schrecklich störte. Viele Sätze waren mit Bleistift unterstrichen, und ich las nur die unterstrichenen Passagen.

Nach einer Weile schlug ich das Buch zu und musterte Monsieur Caro. Er war ein belesener Mann, der sich für die Menschheit interessierte, obwohl sein Verhalten das Gegenteil nahelegte. Er wies die Menschen zurück, auch wenn er nichts lieber wollte, als sie zu verstehen. Unauffällig blickte ich auf die Uhr, es wurde Zeit, sich zu verabschieden.

»Schätzchen, wir müssen jetzt gehen, wenn wir vor dem Fußballtraining noch nach Hause wollen.«

Monsieur Caro sah mich an, als hielte er mich für eine Verräterin. Für jemanden, der allen den Spaß verdarb, wenn es am schönsten war. Er hatte wirklich ein Talent dafür, meine negativen Seiten ins Rampenlicht zu zerren. Vermutlich tat er alles, um mich auf der Seite der Bösen einzuordnen. Die Schachfiguren wurden behutsam in die Schachtel zurückgelegt, und es freute mich, dass mein Sohn mithalf, ohne dass ich ihn darum bitten musste. Wahrscheinlich hatte er trotz allem Respekt vor dem alten Mann. Wir gingen in den Flur hinaus, und Monsieur Caro löste die Sicherheitskette. Ich küsste ihn links und rechts auf die Wange. Er wirkte überrascht, nahm es aber kommentarlos hin, und wir gingen ins Treppenhaus.

»Der Fernseher!«, rief er plötzlich.

Es dauerte einen Moment, bis ich verstand, dass wir den Fernseher ausschalten sollten.

»Wenn du willst, kannst du reingehen und den Fernseher ausmachen«, sagte ich zu meinem Sohn.

Doch dann kam mir der Gedanke, Monsieur Caro könnte mir die Tür vor der Nase zuschlagen, die Sicherheitskette vorlegen und meinen Sohn als Geisel nehmen. Eigentlich wusste ich nichts über ihn, und besonders ausgeglichen schien er mir nicht zu sein. Er war unberechenbar und hatte eine verquere Wirklichkeitsauffassung. Hastig schlüpfte ich in den Flur. Monsieur Caro starrte mich wütend an, seine übliche Reaktion, wenn er etwas nicht verstand. Mein Sohn kam aus dem Wohnzimmer, ich griff nach seiner Hand, und wir verließen Monsieur Caros Wohnung.

»Warum kann er den Fernseher nicht selbst an- und ausmachen?«, fragte mein Sohn. »Das ist doch kinderleicht.«

»Für Monsieur Caro ist der Samstag ein Ruhetag, und da möchte er den Fernseher nicht selbst einschalten. Er glaubt, dass er dann etwas Dummes tun würde.«

Mein Sohn wirkte verwirrt.

Auf dem Weg zur Metro war er wie ausgewechselt und pfiff. Er wirkte unbeschwert und fröhlich.

»Freust du dich aufs Fußballtraining?«

»Das Schachspielen hat Spaß gemacht.«

Am Abend nach seinem Zusammenbruch sitzt Mancebo in seinem Sessel vor dem Fenster und hat den Blick fest auf das gegenüberliegende Appartement gerichtet. Tariq und Adèle sind ausnahmsweise zu ihnen gekommen. Vielleicht wollten sie Fatima nicht mit ihm allein lassen. Alle waren wie die Katze um den heißen Brei um ihn herumgeschlichen und hatten ihm ständig besorgte Blicke zugeworfen, als wollten sie sich vergewissern, dass sich kein weiterer Migräneanfall ankündigte. Wenn es überhaupt Migräne gewesen war. Nicht jeder teilte diese Meinung. Adèle hatte erklärt, dass sie regelmäßig einmal im Monat unter Migräne litt, wenn sie ihre Tage hatte. Tariq und Fatima hatten gelacht und gesagt, dass es sich dann wohl nicht um dieselbe Art Migräne handelte.

Mancebo hatte es gefallen, im Mittelpunkt zu stehen und umsorgt zu werden. Alle zwei Minuten hatte ihn jemand gefragt, ob er etwas brauchte. Sie glaubten, dass Mancebo im Sessel am Fenster saß und sich ausruhte. Sie ahnten ja nicht, dass er in Wirklichkeit mitten bei der Arbeit war, auch wenn sich auf der anderen Seite des Boulevards nichts Interessantes ereignete.

Sogar Amir, der sonst nie seine Meinung äußerte oder anderen Menschen Ratschläge erteilte, hielt es für keine gute Idee, dass sein Vater an diesem Sonntag in den

Laden ging. Wäre es nicht besser, er würde zu Hause bleiben und sich von seinem Zusammenbruch erholen? Mancebo hatte tatsächlich selbst überlegt, ob er sein Geschäft heute öffnen sollte. Den einen Job konnte er genauso gut von zu Hause erledigen. Aber als er die Hand in die Tasche seines Mantels steckte und den Knopf ertastete, der abgesprungen war, als einer dieser Verrückten ihn vom Hocker gezerrt hatte, waren seine Bedenken schlagartig wie weggeblasen. Zurück in den Sattel, dachte er und grübelte, wie häufig man sich wohl wieder auf dieses Ross hieven musste, bevor man sich eingestehen durfte, dass der Pferdesport womöglich nicht der richtige Sport für einen war.

Den Obst- und Gemüseständen scheinen über Nacht Flügel gewachsen zu sein. Federleicht fliegen sie über die Türschwelle, um auf den Bürgersteig hinauszukommen und die Kunden mit ihrem Angebot anzulocken. Seine Stippvisite in der Notaufnahme scheint eine positive Wirkung gehabt zu haben. Alles geht schneller als sonst, und Mancebo genießt es, sich wieder fit zu fühlen. Er setzt sich vor dem Laden auf seinen Hocker und fixiert Monsieur Bakers Arbeitszimmer. Am Himmel ziehen dünne Wolkenschleier vorbei, und die Passanten bewegen sich, als wären sie ein paar Kilo leichter.

Bevor er für heute Feierabend macht, nimmt Mancebo eine Dose Cola aus dem Kühlschrank und trinkt sie in einem Zug aus. Meine Mutter hatte recht, denkt er, Medizin kann abhängig machen. In seinem ganzen Leben hat er nicht so viel Cola getrunken wie in den letzten zwei Tagen.

Bei Geschäftsschluss scheinen die Obst- und Gemüsestände ihre Flügel schon wieder verloren zu haben, sie lassen sich viel schwerer schieben als noch am Vormittag. Mancebo streckt sich und verfasst seinen Wochenbericht.

Sowie er einen Punkt hinter den letzten Satz gesetzt hat, geht in der Wohnung des Schriftstellers ein Fenster auf. Vorsichtig legt Mancebo den Stift aus der Hand und huscht hinaus auf den Bürgersteig.

Ein schlanker weißer Arm stellt einen Karton auf die Fensterbank. Ihm fällt die Kinnlade herunter. So nahe ist er der Geliebten des Schriftstellers noch nie gewesen. Mancebo versucht, das Gesicht der Frau zu erkennen, aber ohne Fernglas ist es schwierig. Wie eine Schlange windet sich der Arm zurück ins Zimmer, und der Schriftsteller schließt das Fenster. Mancebo hastet zurück in den Laden.

Die Geliebte muss irgendwann die Wohnung verlassen, bevor Madame Cat nach Hause kommt. Ich brauche nur zu warten, denkt Mancebo, jetzt habe ich euch. Er setzt sich hinter der Kasse auf den Hocker und schaut auf die Uhr. So lange ist er noch nie an einem Sonntag im Laden geblieben. Im Fenster ist niemand zu sehen. Mancebo wirft wieder einen Blick auf die Uhr, ohne zu registrieren, wie spät es ist. Essensgeruch steigt ihm in die Nase, verflixt. Normalerweise schließt er seinen Laden sonntags viel früher. Er hätte schon längst zumachen müssen. Dauernd schaut er auf die Uhr. Wenn er nicht bald nach oben in die Wohnung geht, werden sich die anderen fragen, wo er bleibt.

Vielleicht sollte ich der Frau folgen? Die Fantasie geht mit Mancebo durch. Aber der Essensgeruch stellt sich ihm in den Weg und holt ihn wieder in die Wirklichkeit zurück. Der Duft des Bohneneintopfs verwandelt sich in Giftgas.

Nachdem er ein paar Sekunden fieberhaft hin und her überlegt hat, wird ihm klar, dass er dem Schriftsteller einen Besuch abstatten muss, ehe ein Familienmitglied in den Laden kommt. Es kann sich nur noch um Minuten handeln, bis Fatima jemanden nach unten schickt. Sie selbst wird sich die Mühe nicht machen.

Er muss irgendwie dafür sorgen, dass ihm der Schriftsteller die Tür öffnet, nur wie? Ich kann so tun, als würde ich etwas verkaufen, schießt es ihm durch den Kopf. Im selben Moment fällt sein Blick auf die verbliebenen Notizbücher. Erst letzte Woche hat ein Feuerwehrmann an der Tür geklingelt, der einen Kalender mit leicht bekleideten Feuerwehrmännern verkaufen wollte. Fatima hat vorgeschlagen, einen für Adèle zu kaufen, damit sie in Stimmung komme, Kinder zu machen. Mancebo ist verzweifelt. Er hat so viele Notizbücher, dass es in der Tat glaubwürdig klingen würde, wenn er behauptete, sie im Viertel verkaufen zu wollen.

Der Essensgeruch nimmt ihm mittlerweile beinahe den Atem. Er greift sich ein paar Notizbücher und stürzt aus dem Laden, ohne abzuschließen oder auch nur die Tür hinter sich zuzuziehen. Er wird anklopfen und sich vorstellen. Vermutlich öffnet der Schriftsteller die Tür. Vielleicht steht seine Geliebte in ein weißes Laken gewickelt hinter ihm. Dann erfahre ich wenigstens, wie sie aussieht. Vielleicht bittet der Schriftsteller mich herein, oder vielleicht ist es doch die Geliebte, die zur Tür kommt, und dann …

Ein Autofahrer hupt. Mancebo fallen ein paar Notizbücher herunter. Schnell hebt er sie auf. Ein anderes Auto bremst abrupt. Mancebo hastet weiter über den Boulevard. Damit er sich am Treppengeländer festhalten kann, muss er ein Notizbuch in den Mund nehmen. Er ist überrascht, wie steil die Feuertreppe ist.

»Was treibst du da?«

Mancebo dreht sich ruckartig um und fällt um ein Haar die Treppe hinunter. Fatima eilt in ihren rosa Pantoffeln über die Straße. Mancebo erlebt die Szene wie in Zeitlupe. Zum ersten Mal in seinem Leben sieht er Fatima rennen. Er hat gar nicht gewusst, dass sie dazu in der Lage ist. Wie eingefroren steht Mancebo auf der Treppe, ein Notizbuch im Mund, die restlichen unter dem Arm. Das Spiel ist aus. Er schaut zur Wohnungstür des Schriftstellers. Dahinter liegt die Lösung. Der Abschluss. Das Ziel seines Auftrags.

Aus Fatimas Augen schießen Blitze, als sie ihren Mann am Arm packt, ihn die Treppe hinunter und über den Boulevard zerrt. Mancebo umklammert seine Notizbücher. Ein paar Autofahrer hupen. Zwei junge Männer lehnen sich neugierig aus ihrem Wagen, um das Schauspiel zu verfolgen: ein kleiner Mann mit einem Notizbuch im Mund, der von einer dicken Frau über die Straße gezerrt wird.

Im Laden drückt Fatima ihren Mann auf den Hocker, und Mancebo hat das Gefühl, es wäre nicht das erste Mal, dass ihm das widerfährt. Sie schließt die Ladentür und bleibt mit dem Rücken zu ihm stehen. Als sie sich schließlich zu ihm umdreht, scheint ihre Energie vollständig verpufft zu sein. Ihre Augen haben ihr Feuer verloren.

»Willst du, dass ich anrufe?«, fragt sie und gibt sich Mühe, einfühlsam zu klingen.

Sie nimmt Mancebo das Notizbuch aus dem Mund.

»Anrufen?«

»Ja, damit du Hilfe bekommst.«

Sie hält ihn für verrückt, das ist verständlich. Vor achtundvierzig Stunden hatte er einen Nervenzusammenbruch, und jetzt sieht sie ihn, wie er in dem Glauben, er sei ein Vertreter, mit Notizbüchern durch die Gegend läuft. In gewisser Weise ist Mancebo erleichtert, dass Fatima glaubt, er habe den Verstand verloren, aber er will nicht in die Psychiatrie. Er hat keine Lust, noch einmal mit Madame Flouriante zu reden. Vor allem aber will er seinen Auftrag zu Ende bringen. Und das kann er nur hier, auf dem Boulevard des Batignolles. Im Treppenhaus erklingen Schritte.

»Was ist los?«

Tariq steht in der Tür und sieht erstaunt von Fatima zu Mancebo.

»Er läuft mit Büchern in der Nachbarschaft herum.«

Tariq starrt seinen Cousin an, als verlange er eine Erklärung. Dieser zuckt die Achseln.

»Wo hast du die alle her?«

Tariq deutet auf die Notizbücher, die verstreut auf dem Boden liegen.

»Er hatte auch eins im Mund«, sagt Fatima.

»Was?«

»Ich habe gesagt, dass er auch eins im Mund hatte!«

Mancebo sitzt auf seinem Hocker.

»Ich dachte, er wäre wieder auf dem Damm«, flüstert Tariq Fatima zu. Offensichtlich glaubt er, dass Mancebo ihn nicht hört.

Fatima zerrt Tariq nach hinten zur Kasse.

»Eine Sache habe ich euch nicht erzählt. Als ich ihn im

Krankenhaus besucht habe, hat er im Bett gesessen und gesagt, er sei Präsident Hollande.«

»Was zum Teufel sagst du da?!«, ruft Tariq.

Mancebo begreift, dass Verrückte viel über sich selbst zu hören bekommen. Aber nur weil jemand verrückt ist, ist er noch lange nicht taub.

»Du meinst, er bildet sich ein, jemand anderes zu sein?«

Fatima zuckt als Antwort mit den Schultern.

»Oh Scheiße. Was machen wir jetzt?«

»Essen«, antwortet Fatima. »Ich rufe an und vereinbare einen Termin für morgen.«

Sie verschwindet die Treppe hinauf. Das Schlurfen ihrer Pantoffeln ist zu hören. Tariq geht zögernd zu seinem Cousin.

»Wir kriegen das hin. Aber mal unter uns, warum bist du mit Notizbüchern in der Nachbarschaft herumgelaufen?«

Mancebo ist Tariq dankbar, dass er ihn mit einem gewissen Respekt behandelt. Er verdient eine nachvollziehbare Antwort, aber nicht die Wahrheit, denkt er.

»Ich habe sie von einem Kunden bekommen. Einem Chinesen. Aber was soll ich damit? Ich habe in der letzten Zeit nicht so viel Umsatz gemacht. Also dachte ich, es wäre eine gute Idee, den einen oder anderen Abnehmer zu finden.«

Dank seiner neu gewonnenen Fähigkeit, Leute zu beobachten und ihr Verhalten zu deuten, sieht Mancebo, dass er Tariq allmählich auf seine Seite bekommt. Wenn sowohl Tariq als auch Fatima glauben, dass er an Persönlichkeitsstörungen leidet, dauert es nicht mehr lange, bis er in einer Gummizelle landet oder so stark von Medikamenten umnebelt ist, dass er seinen Auftrag nicht mehr ausführen kann. Fatima und Tariq sind zwei willensstarke und tatkräftige Menschen, und er will sie nicht gegen sich aufbringen. Mancebo weiß, wie er vorgehen muss.

»Und nach deinem Lottogewinn bin ich mir noch ärmer vorgekommen«, sagt er zu Tariq. »Da dachte ich, wenn ich ein paar Notizbücher verkaufe, kommt wenigstens ein bisschen Geld in die Kasse. Kleinvieh macht auch Mist … Es geht mir gut. Mach dir keine Sorgen um mich, Bruder. Ich weiß, wer ich bin.«

Tariq steht jetzt mit einem Fuß auf Mancebos und mit dem anderen auf Fatimas Seite. Es ist nur noch ein kleiner Schritt, bis er sich auf seine Seite schlägt.

»Ich glaube, ich muss auch einfach mal etwas Neues machen. Ich sitze jeden Tag nur im Laden. Du hast deine Pläne mit der Fallschirmschule, deine Träume, aber ich … Hier passiert nichts.«

Tariq klopft Mancebo auf die Schulter.

»Soll ich dir beim Aufräumen helfen?«

Mancebo schüttelt den Kopf.

»Okay, dann gehe ich nach oben und rede mit Fatima, beruhige sie ein bisschen. Ist ja klar, dass sie sich Sorgen macht.«

Mancebo lächelt.

»Danke.«

»Kein Problem, Bruder. Und du, die Sache mit dem Geld … Sag einfach die Summe, die du brauchst, und ich leih sie dir. Ich habe Geld.«

Das habe ich auch, denkt Mancebo. Tariq grinst ihn an und geht nach oben. Mancebo hebt die Notizbücher vom Boden auf und fragt sich, was schlimmer war: die beiden Psychopathen, die in seinen Laden eingedrungen sind, oder Tariq und Fatima. Er nimmt sich noch einmal seinen Wochenbericht vor. Als er gerade die neueste Entwicklung in sein Notizbuch schreiben will, sieht er, wie Madame Cat in der gegenüberliegenden Wohnung ihren Arm um ihren Mann legt, der am Schreibtisch sitzt. Also war sie die vermeintliche Geliebte. Plötzlich hat Mancebo dem Bericht nichts mehr hinzuzufügen.

Es konnte unmöglich schon früher hier gestanden haben. Ich ging diesen Weg seit Jahren, aber es war mir nie zuvor aufgefallen.

»1998 erbaut«, sagte Christophe plötzlich, als hätte er meine Gedanken gelesen.

Das Gebäude sah aus wie ein kleines viereckiges Glaszelt. Eigentlich war es gar nicht so klein, doch im Vergleich zu den anderen Gebäuden im Viertel wirkte es so. Ein rotes Kreuz an der Spitze verriet, dass es kein gewöhnliches Bürogebäude war.

Christophe öffnete die Tür und ließ mir den Vortritt. Er bedeutete mir, die Treppe hinaufzugehen. Ein Mann kam uns entgegen und begrüßte Christophe, und ich begriff, dass er ein regelmäßiger Kirchgänger sein musste. Wir stiegen die Treppe hinauf und betraten das Kirchenschiff. Man konnte sich kaum vorstellen, dass wir uns in einem der größten Geschäftsbezirke Europas befanden. Christophe betrachtete mich, während ich mich umblickte und die unbekannte Umgebung auf mich wirken ließ. Argwöhnisch suchte ich nach Zeichen, dass ich mich wirklich in einer Kirche befand.

»Was tun Sie, wenn Sie hier sind?«, fragte ich leise.

»Was ich tue, wenn ich in die Kirche gehe?«

Ich nickte. Christophe zuckte mit den Schultern, nahm

die Hände aus den Hosentaschen, ging nach vorne zum Altar, wo er sich hinkniete und die Hände faltete. Er sah verletzlich aus. Nicht nur, weil er seinen Glauben auf eine so persönliche Weise offenbarte. Auch seine Haltung verlieh ihm etwas Verletzliches. Er erinnerte mich an jemanden, der den Tod durch die Guillotine erwartete. Am Ende des Gebets bekreuzigte er sich, stand auf und setzte sich auf eine der glänzenden Holzbänke. In der Kirche herrschte eine angespannte Stille. Waren wir mutig, verweilten wir in ihr, waren wir feige, beendeten wir sie, und das wäre ein Leichtes gewesen. Ein Husten oder Räuspern hätte genügt. Ich setzte mich neben ihn. Wir sahen uns an, und in dem Moment wurde mir klar, wo diese Anspannung herkam. Nicht von der Kirche, nicht von der Stille, nicht von ihm, nicht von mir. Irgendetwas in seinem Gebet hatte sie ausgelöst. Ich räusperte mich. Er war mutig. Ich feige. Er seufzte.

»Ich habe schon einmal gefragt, und ich tue es wieder. Warum haben Sie mir die Blumen gegeben?«

»Beim ersten Mal?«

Er nickte.

»Ich wollte sie nicht haben. Sie waren nicht für mich gedacht.«

»Mögen Sie keine Blumen?«

»Jetzt nicht mehr.«

Die Treppenstufen knarrten, und ein Mann im Anzug betrat das Kirchenschiff. Er beachtete uns nicht, kniete sich vor den Altar, bekreuzigte sich und ging langsam zur Treppe zurück.

»Mittagspause«, bemerkte Christophe mit Blick auf den Mann. »Warum haben Sie mir die Blumen gegeben?«

Die Treppenstufen knarrten erneut, und eine ältere Frau, die ihr Haar mit einem braunen Kopftuch bedeckt hatte, grüßte und setzte sich in eine der vorderen Bankreihen.

»Sie haben Gott auf Ihrer Seite. Jedes Mal, wenn ich Ihnen diese Frage stelle, kommt jemand und lenkt von Ihnen ab.«

Er flüsterte, was mir irgendwie das Gefühl gab, jung zu sein. Wir saßen wie zwei trotzige Teenager in der hintersten Bankreihe und flüsterten, während die Erwachsenen beteten. Vielleicht lag es daran, dass wir uns in einer Kirche befanden, aber ich war nicht in der Stimmung, ihm Lügen aufzutischen.

»Irgendetwas in Ihren Augen hat mich dazu gebracht, Ihnen die Blumen zu geben.«

»Was haben Sie darin gesehen?«

Ich blickte auf seine gefalteten Hände, die in seinem Schoß ruhten.

»Eine tiefe Traurigkeit … aber vielleicht auch Dankbarkeit.«

Ich schaute ihn nicht an, als ich das sagte. Mein Blick war auf die alte Frau gerichtet, als wollte ich mich vergewissern, dass ich sie nicht störte. Doch aus den Augenwinkeln nahm ich wahr, dass Christophe die Augen geschlossen hatte.

»Glauben Sie an die Wahrheit?«

»Gibt es eine andere Alternative?«, fragte ich. Die alte Dame verließ die Kirche.

»Ich meine … glauben Sie an die Wahrheit? In allen Situationen?«

»Ja. Aber ich schätze, manchmal darf man sie auch verheimlichen.«

»Glauben Sie an Vergebung?«

»Ja, ich denke schon. Und sei es auch nur aus Egoismus.«

Meine Gedanken wanderten zu Judith Goldenberg, und ich überlegte, ob ich Christophe von ihr erzählen sollte. Doch ich hatte das Gefühl, dass es eine andere Geschichte gab, die zuerst erzählt werden musste, und ich hatte recht.

»Meine Frau hat mich mit einem anderen Mann betrogen«, sagte Christophe mit Nachdruck.

»Ich habe es an dem Abend erfahren, bevor Sie mir die Blumen gegeben haben. Sie hat es mir erzählt. Sie konnte es nicht länger für sich behalten. Zuerst wollte ich sie abweisen, aber dann haben wir die ganze Nacht geredet, und als die Sonne aufging, war ich bereit, ihr zu verzeihen. Wirklich. Ich habe ihr verziehen. Es war nicht leicht, aber es ist mir gelungen …«

Ich begriff, dass Judith warten musste.

»Als ich an diesem Tag nach der Arbeit nach Hause fuhr, habe ich das gefühlt, was Sie in meinen Augen gesehen haben. Traurigkeit und Dankbarkeit. Sie haben ein beeindruckendes Wahrnehmungsvermögen. Ich war dankbar, eine wunderbare Familie zu haben und verzeihen zu können. Und wissen Sie, was mich am meisten bekümmert hat, als Sie mir die Blumen in die Hand gedrückt haben und verschwunden sind?«

Ich schüttelte den Kopf.

»Dass ich mich nicht bedanken konnte. Doch dann …«

Er verstummte.

»Ich weiß nicht, ob ich Ihnen das erzählen soll.«

Er sah mich lächelnd an. In seinen Augen glänzten Tränen.

»Das weiß ich auch nicht, aber tun Sie es.«

»Als ich mit den Blumen nach Hause kam, dachte meine Frau, sie wären für sie. Sie hat sie in eine Vase gestellt und sich dafür bedankt, obwohl sie … Sie war dankbar, dass ich ihr verziehen hatte und ihr Blumen schenkte. Aber ich habe ihr gesagt, dass ich die Blumen nicht für sie gekauft hatte, sondern dass sie von einer Frau in der Metro stammten.«

Du dummer Idiot, dachte ich und schaute ihn an.

»Was denken Sie gerade?«, fragte er.

»Wie bescheuert man doch manchmal ist.«

Wir lachten so laut, dass es in der Kirche widerhallte, es war ein erlösendes Lachen. Christophe legte den Finger auf die Lippen.

»Jetzt glaubt Ihre Frau also, dass Sie eine Geliebte haben?«

»Schlimmer noch. Sie glaubt, dass ich die Blumen selbst gekauft habe und nur behaupte, ich hätte sie von einer anderen Frau bekommen, um sie zu quälen und ihr ein schlechtes Gewissen zu machen. Sie nimmt mir nicht ab, dass ich ihr verziehen habe. Sie glaubt, ich wollte sie erniedrigen und demütigen. Zur Strafe.«

Er seufzte und fuhr fort:

»Ich schätze, die Blumen haben das Fass zum Überlaufen gebracht. An dem Abend hat sie beschlossen, mich zu verlassen. Sie sagte, sie könnte nicht damit leben, ständig mit ihrer Schuld konfrontiert zu werden. Und dass ich sie nicht verdient hätte.«

»Und das alles wegen der Blumen?«

»Wahrscheinlich waren sie nur die Spitze des Eisbergs.«

»Was soll ich Ihrer Meinung nach sagen? Verzeihung?«

»Nur wenn Sie es ehrlich meinen.«

»Das tue ich nicht.«

»Müssen Sie auch nicht.«

Mir schwirrte der Kopf, als ich die Treppe hinunterging. Christophe war sitzen geblieben. Einen Augenblick später stand ich wieder draußen in der Wirklichkeit. Die Menschen nutzten ihre Mittagspause, um frische Luft zu schnappen, aber im Innern der Kirche war alles wie eh und je. Christophe dachte über Vergebung nach, die Tür knarrte, jemand kam und ging.

Erst als ich ihre schlurfenden Schritte hörte, merkte ich, dass es Zeit war, Feierabend zu machen. Merkwürdigerweise hatte ich das Geräusch des Fahrstuhls überhört.

»Bonsoir«, sagte ich.

»Bonsoir«, erwiderte die Frau, betrachtete mich argwöhnisch und zog am Staubsaugerkabel.

»Sie sind Muslima, nicht wahr?«, fragte ich.

Die Reinigungsfrau sah mich müde an.

»Ich dachte … ich habe mich gefragt … Glauben Sie an Vergebung?«

Sie brummelte etwas und wischte sich mit der Hand die Nase ab.

»Warum wollen Sie das wissen?«, fragte sie dann.

»Ich gehe morgen zu einem Diskussionsabend … über Vergebung. Nicht hier bei Areva. Es ist ein privater Vortrag, und ich hätte gern ein bisschen Input …«

»Input?«

»Ich dachte, dass eine andere Perspektive nicht schaden könnte …«

»Allah sagt, dass diejenigen unter uns, die eine privilegierte Stellung haben und in Wohlstand leben, all jenen helfen müssen, die uns nahestehen oder die Not erleiden oder Allah zuliebe das Böse hinter sich gelassen haben. Wenn sie einen Fehler gemacht haben, sollen wir ihnen vergeben und vergessen. Allah vergibt immer, er ist immer barmherzig.«

»Ich verstehe. Und wie stehen Sie zur Wahrheit?«

»Sie stellen viele Fragen, Madame.«

Sie schaltete den Staubsauger an. Der Staubsaugerschalter war ihre Stopptaste. Ich setzte meine Sonnenbrille auf. Die Putzfrau schielte zu mir hinüber. Als ich meinen Laptop einpackte, ließ ich mir viel Zeit. Ich wollte sie ein wenig provozieren, um ihr zu zeigen, dass dies immer noch mein Büro war. Ohne mich zu verabschieden, ging ich hinaus.

Er war tot. Ich war mir sicher. Fast glaubte ich, den Leichengeruch im Treppenhaus wahrnehmen zu können. Und wenn er noch am Leben war, lag er bestimmt im Krankenhaus, vollgepumpt mit Morphium, und wartete auf sein Ende. Obwohl ich überzeugt war, dass er tot war oder im Sterben lag, zweifelte ich daran, die Blumen hierzulassen.

Aufgrund meines so sonderbaren Alltags wurde ich selbst zu sonderbaren Handlungen verleitet. Was, wenn er nicht tot war und in einem Trainingsanzug und mit Nadelstichen im Arm nach Hause käme und einen Blumenstrauß am Türgriff vorfinden würde? Vielleicht würde er ihn auch als Willkommensgruß auffassen. Wenn er keine Angehörigen hatte, glaubte er möglicherweise, dass ein Nachbar oder die Concierge den Blumenstrauß an die Türklinke gehängt hatte. Und falls er tot war … Tja, dann spielte es ohnehin keine Rolle mehr.

Die Blumen leuchteten in fröhlichen Farben. Du hast sie verdient, dachte ich, als ich den Strauß an die Klinke band. Plötzlich bildete ich mir ein, dass die Tür in der nächsten Sekunde aufgerissen werden und er vor mir stehen würde. Gesund und voller Kraft, als wäre er nie krank gewesen. Und ich würde irgendeine an den Haaren herbeigezogene Erklärung stammeln. Ich konnte die Schritte im Flur förmlich hören und wartete vorsichtshalber noch eine Weile, um sicherzugehen, dass niemand aufmachte. Aber die Tür blieb geschlossen. Ohne nachzudenken, klingelte ich. Keine Schritte erklangen. Niemand öffnete.

Alles läuft wie geplant. Mancebo zieht seinen blauen Mantel an, setzt seine schwarze Mütze auf, schleicht auf Zehenspitzen aus dem Appartement und den ersten Treppenabsatz hinunter. Wie jeden Tag geht er an Tariqs und Adèles Wohnungstür vorbei und schließt die Ladentür auf. Allerdings schaltet er nicht das Deckenlicht an, sondern beschränkt sich auf die kleine Leselampe. Es muss endlich Bewegung in den Fall kommen. Er muss seine Gewohnheiten ändern, ohne dass es jemand bemerkt, und deshalb fährt er heute nicht zum Großmarkt.

Mancebo setzt sich auf den kleinen Hocker hinter der Kasse. Niemand würde auf die Idee kommen, dass jemand im Laden ist. Der kleine Lichtkegel, der seinen kalten Schein auf Ted Bakers Buch *Der Rattenfänger* wirft, ist von außen nicht zu sehen. Komischer Titel, denkt Mancebo und schlägt die erste Seite auf.

Es ist ungewöhnlich still. Er kann sich nicht erinnern, dass es jemals so still im Laden gewesen ist. Jetzt wäre ich normalerweise gerade in Rungis angekommen, denkt er und wirft einen Blick auf seine Armbanduhr. Obwohl er seine Waren seit vielen Jahren auf diesem Großmarkt kauft, kennt ihn dort fast niemand. Er wechselt häufig die Lieferanten, und bei den Lieferanten wechseln häufig die Angestellten. Erst hetzen alle über den Markt, um die besten Waren zu ergattern, anschließend hetzen alle zurück in ihre Lebensmittelgeschäfte, Restaurants, Cafés oder wo auch immer sie arbeiten.

Plötzlich zuckt er zusammen. Genau in dem Moment, als der abgebrühte Journalist in Ted Bakers Buch in eine dunkle Garage hineingeht, hört er ein Geräusch. Die Haustür fällt laut hinter ihm ins Schloss. Normalerweise erschreckt ihn das nicht, aber *Der Rattenfänger* hat ihn gefesselt. Plötzlich erblickt er Fatima, die eilig die Straße überquert.

Mancebo schaut auf seine Armbanduhr. Was hat sie so früh vor? Bevor er noch weiter über diese Frage nachdenken kann, sieht er, wie seine Frau die Bäckerei betritt. Ein paar Sekunden später überquert sie auch schon wieder die Straße mit einer Papiertüte in der Hand. Mancebo lauscht. Die Haustür quietscht und wird mit einem Knall zugeschlagen. Er hört Fatimas schlurfende Schritte im Treppenhaus, dann wird es still.

Kurz entschlossen knipst er die Leselampe aus und öffnet vorsichtig die Tür zum Treppenhaus. Dort ist alles dunkel. Mancebo zieht die Haustür hinter sich zu und huscht, dicht an die Hauswand gepresst, zur Bäckerei hinüber. Nach einem raschen Blick auf die Uhr drückt er die Klinke herunter und geht hinein. Ein himmlischer Duft schlägt ihm entgegen.

»Bonjour, Monsieur Mancebo!«

»Bonjour!«

»Was kann ich für Sie tun?«

»Meine Frau war gerade hier … vor ein paar Minuten …«

»Ja?«

Der rotwangige Bäcker sieht Mancebo fragend an.

»Ich wollte nur wissen, was sie hier gemacht hat … was sie gekauft hat.«

Vielleicht hätte er sich vorher besser einen plausiblen Grund für seinen Besuch einfallen lassen sollen.

»Was sie gekauft hat? Das, was sie immer kauft.«

»Was sie immer kauft?«, wiederholt Mancebo verdutzt.

»Ja, jeden Morgen.«

»Kommt sie … meine Frau … Fatima jeden Morgen her?«

»Ja, und sie kauft immer drei Schokoladencroissants.«

Mancebo sieht aus, als hätte er soeben erfahren, dass Fatima unter die Schwerverbrecher gegangen ist.

»Ach so. Darf ich Sie um einen Gefallen bitten? Sagen Sie meiner Frau nicht, dass ich hier war.«

Der Bäcker wirkt verblüfft. Dann lacht er.

»Macht sie eine Diät und nascht heimlich Süßigkeiten?«

Mancebo lächelt. Das darf der Bäcker gerne glauben.

»Nein, ich werde ihr nichts sagen, obwohl ich keinen Schimmer habe, worum es geht. Möchten Sie ein warmes Croissant?«

Die ganze Situation ist absurd. Eigentlich ist es nicht ungewöhnlich, dass Fatima jeden Morgen vor dem Frühstück zum Bäcker geht. Aber sie hat Mancebo nie erzählt, dass sie mit jemandem zusammen frühstückt. Im Gegenteil, sie behauptet, sie hätte so viel zu tun, dass sie morgens nur eine Tasse Kaffee trinkt. Warum lügt sie ihn an?

Die Schokoladencroissants werfen viele Fragen auf. Auf den ersten Blick sind sie harmlos, aber Mancebo spürt, wie er in seiner eigenen Familie immer mehr zum Außenseiter wird, entfremdet von den Menschen, die er zu kennen glaubte. Und er kann Fatima nicht einfach auf ihre Frühstücksgewohnheiten ansprechen. Wenn er das täte, würde sie fragen, warum er nicht zum Großmarkt gefahren ist. Eine absurde Situation.

Obwohl die Temperaturen auch heute über fünfundzwanzig Grad klettern, tragen die meisten Pariser eine Strickjacke oder ein langärmeliges T-Shirt. Einige wollen sich vorgaukeln, dass die Hitzewelle endlich ein Ende hat. Andere sind tatsächlich der Meinung, eine zusätzliche Kleidungsschicht wäre angebracht. Sie haben sich an Temperaturen über dreißig Grad gewöhnt.

Für Mancebo ändert die leichte Abkühlung nichts, er zieht ohnehin immer die gleichen Sachen an. Seine Obst- und Gemüsestände stehen draußen auf dem Bürgersteig in der Wärme, die Äpfel und Erdbeeren haben sich über Nacht gehalten. Bei den Pflaumen sieht es schlechter aus, aber er bereut es nicht, dass er den Großmarkt heute hat ausfallen lassen. Er besprüht das Obst und Gemüse mit einer Extraportion Wasser. Seine Armbanduhr sitzt ein Stück höher am linken Arm, und er hat die Notizbücher gezählt. Es sind noch einunddreißig Stück. Warum er sie gezählt hat, weiß er nicht. Eine Art Countdown vielleicht.

Er schlägt *Der Rattenfänger* auf und liest weiter. Die Hauptfigur Stéphane, ein Journalist, Mitte, Ende dreißig, hat von einem Drogenschmuggler Geld erpresst und erwartet ihn zur Übergabe. Der Ganove trägt den Spitznamen »die Ratte«, daher der Titel des Buches. Wenn ihm die Ratte das Geld übergibt, verhindert Stéphane im Gegenzug das Erscheinen eines Artikels über den Drogenhandel in Paris. Mancebo ist erstaunt, Ted Baker in den Worten wiederzuerkennen. Er hat das Gefühl, den beschwingten, unbekümmerten Gang des Schriftstellers zwischen den Zeilen spüren zu können. Es gibt keine langsamen oder schweren Passagen, die Handlung fließt leicht dahin, manchmal vielleicht zu leicht. Das stört Mancebo ein bisschen, zum Beispiel in der Szene, als die Ratte dem Journalisten die Tasche mit dem Geld übergibt. Alles geht schnell und reibungslos über die Bühne. Kein unvorhergesehenes Ereignis verhindert die Übergabe oder zieht sie in die Länge. Nein, der Drogenkönig überreicht einfach die Tasche, und Stéphane nimmt sie und geht. Mancebo kann förmlich sehen, wie der Journalist mit federnden Schritten die Garage verlässt, und ihm fällt ein, dass Amir angedeutet hat, Ted Baker gehöre nicht unbedingt zu den großen Autoren. Ist diese Art von Buch das, was man als Groschenroman bezeichnet? Mancebo schlägt den Krimi zu, weil der erste Kunde das Geschäft betritt.

Im Laufe des Vormittags steigen die Temperaturen, und die Pariser ziehen ihre Strickjacken aus. Die Clochards umlagern die angenehm kühle Picard-Filiale, in der es nur Tiefkühlwaren gibt. Und es haben auch noch nie so viele Leute den Weg in die Stadtbibliothek gefunden. Wahllos ziehen die Obdachlosen Bücher aus den Regalen, um ihre Köpfe darauf zu betten. Auch wenn die Sicherheitsleute wissen, dass sie nicht der Literatur wegen gekommen sind, dürfen sie mit einem Buch als Kopfkissen schlummern. Das hat nichts mit Mitleid zu tun, sondern mit mangelnder Energie, schließlich müssen die Wachleute selbst der Hitze trotzen. Auf dem Boulevard gibt es mehr Auffahrunfälle und damit mehr Opfer der Hitze. Einige Geschäfte haben geschlossen, und die Leute haben Mineralwasserflaschen dabei.

Tariq steht vor seiner Werkstatt auf dem Bürgersteig, und Mancebo fragt sich, warum er nicht endlich die Klimaanlage einbauen lässt, von der er schon so lange redet.

Er gibt seinem Cousin ein Zeichen. Zeit für ihren Pastis im Le Soleil.

»Das ist schmutziges Falschgeld. Wertlos. Er hat verloren.«

Dank der Hitze hat Mancebo am Nachmittag ebenfalls Zeit zum Lesen und auch keinen Elan, irgendetwas anderes zu tun. Als er den Satz gelesen hat, schlägt er in seinem Versteck hinter der Kasse erschrocken die Hand vor den Mund. Der Gedanke, dass es sich bei dem Geld von Madame Cat um Falschgeld handeln könnte, ist ihm noch gar nicht in den Sinn gekommen. Bisher war das Geld für ihn ein Beweis, dass sie ihn weder ausnutzt noch ein falsches Spiel mit ihm treibt.

Der Vorstellung ist schwindelerregend. Möglicherweise ist er nicht nur ein Teil einer Romanhandlung, sondern vielleicht hat man ihm auch Falschgeld untergejubelt. Er muss weiterlesen. *Der Rattenfänger* nimmt Mancebo gefangen. Das Buch, das er anfangs nur widerwillig gelesen hat, verschlingt er jetzt förmlich. In Mancebos Ansehen ist Ted Baker nun in die Riege der mittelmäßigen Schriftsteller aufgestiegen. Aber wenn man für die Frau des Autors arbeitet und auf eine ähnliche Art Geld erhalten hat wie die Hauptfigur des Romans, ist es kein Wunder, dass einen das Werk in den Bann zieht. Das hat nichts mit der Qualität des Buches zu tun. Es stört ihn, dass ihm etwas gefällt, was aus Ted Bakers Feder stammt. Und trotzdem kann er den Krimi für den Rest des Tages nicht mehr aus der Hand legen und vor lauter Spannung kaum still sitzen.

Die Geschichte über den ausgetricksten Journalisten plätschert weiter monoton vor sich hin, doch in Mancebos Fantasie läuft ein anderer Film ab. Er handelt von einem kleinen Lebensmittelgeschäftbesitzer, der in schmutzige Machenschaften hineingezogen wird. Als ein paar Mädchen in den Laden des Mannes kommen, um Notizbücher zu erbetteln, wird dieser gerade von Polizeibeamten verhört. Ihnen ist zu Ohren gekommen, dass er im Besitz einer großen Menge falscher 50-Euro-Scheine ist. Was im Buch tatsächlich geschieht, weiß Mancebo nicht, weil seine Fantasie längst mit ihm durchgegangen ist. Eines der Mädchen fragt, ob das Buch spannend sei, aber er hört die Frage nicht.

Das Buch und auch der Tag sind zu Ende. Die Abendluft hat bereits die mühselige Aufgabe übernommen, der Stadt Abkühlung zu verschaffen. Tariq hat seine Schuhmacherwerkstatt schon längst geschlossen. Er sitzt jetzt hinten in seinem Büro, hat die blitzblank geputzten Schuhe auf den Schreibtisch gelegt und liest Zeitung. Mancebo hält ein paar halb verschimmelte Tomaten in der Hand und beobachtet seinen jüngeren Cousin. Bevor Tariq endgültig das Licht in der Werkstatt löscht, greift er zum Telefon. Ob er immer jemanden anruft, bevor er Feierabend macht? Oder hat das Telefon geklingelt?

Mancebo rührt sich nicht vom Fleck. Er hat noch nie darauf geachtet, was Tariq um diese Uhrzeit macht, weil er normalerweise immer seinen Heißhunger in Schach halten muss, bis er seinen Laden schließen kann. Doch heute Abend hat der Hunger einem anderen Gefühl Platz gemacht. Seitdem er von dem Falschgeld gelesen hat, ist ihm der Appetit vergangen. Nach einem kurzen

Wortwechsel knallt Tariq den Hörer auf die Gabel. Im nächsten Moment greift er nach einem Schuhkarton und schleudert ihn durch das Büro.

Ein paar Minuten später spürt Mancebo eine vertraute Hand auf seiner Schulter.

»Alles gut, Bruder?«

»Könnte nicht besser sein.«

»Das war der ruhigste Tag seit Langem.«

»Ja, hier war auch nicht viel los.«

»Vielleicht ist heute der Tag gekommen, an dem wir sagen können, unsere Frauen haben mehr gearbeitet als wir.«

Tariq lacht und poltert zur Tür ins Treppenhaus.

»Ist irgendwas nicht in Ordnung?«, fragt Mancebo.

Tariq dreht sich um und sieht seinen kleinen Cousin, den er Bruder nennt, nachdenklich an. Mancebo ist unschlüssig, ob er weiterreden soll, und schweigt einen Moment.

»Ich habe nur gesehen, dass du einen Anruf gekriegt hast, der dich anscheinend … verärgert hat.«

Tariq erstarrt. Dann lässt er die Türklinke los und baut sich vor Mancebo auf, als wollte er ihn im nächsten Moment schlagen. Seine Augen verfinstern sich, und Mancebo gerät in Panik. Er erkennt seinen Cousin nicht wieder. Doch genauso schnell, wie sich seine Augen verdunkelt haben, hellen sie sich auch wieder auf, und Tariq lächelt. Doch das Lächeln ist so falsch, dass Mancebo der wütende Blick fast lieber wäre. Vermutlich sollte er einfach keine Krimis lesen, sie bringen ihn nur auf dumme Gedanken und verzerren seine Wahrnehmung.

»Wovon redest du? Welcher Anruf?«

Mancebo nickt bedächtig, doch es sieht eher aus, als würde er entschuldigend den Kopf einziehen.

»Habe ich telefoniert? Kann mich gar nicht erinnern.«

»Nein, du hast nicht telefoniert.«

Tariq lacht, aber es ist ein freudloses Lachen. Mancebo will die tiefere Ursache lieber gar nicht erst wissen.

»Jetzt habe ich auf einmal nicht telefoniert? Du hast doch gerade gesagt, ich hätte es getan. Ist dir wieder mal die Hitze zu Kopf gestiegen, Bruder?«

Tariq schüttelt den Kopf und verschwindet im Treppenhaus.

Er hinterlässt eine Kälte, wie Mancebo sie noch nie in seinem Laden gespürt hat. Er bekommt eine Gänsehaut. Ein beunruhigendes Gefühl kriecht ihm bis unter die Haut. Es gibt etwas, das ich nicht sehe, obwohl es sich direkt vor meinen Augen abspielt, denkt er und schluckt.

Ein Lachen ertönt, dann ein Poltern und anschließend dröhnendes Gelächter. Mancebo öffnet die Wohnungstür. Adèle liegt auf dem Boden und hält sich den Bauch vor Lachen. Neben ihr liegt ein zerbrochener Stuhl. Mancebo kann nicht genau sagen, ob die Stimmung im Appartement besonders ausgelassen oder seine Wahrnehmung besonders geschärft ist. Dass Fatima ihm einen liebevollen Klaps auf die Wange gibt, macht die Sache nicht besser.

Die Erinnerung an den heutigen Morgen holt ihn ein, und er zieht sich noch tiefer in seine ohnehin schon ziemlich dickwandige Blase zurück und betrachtet eine Welt, die ihm so fremd erscheint. Fatimas Hand fühlt sich unwirklich an auf seiner Haut, und er bildet sich ein, dass sie nach Blätterteig und Schokolade riecht. Adèle liegt mit geröteten Wangen auf dem Fußboden. Er kann sich nicht erinnern, dass sie jemals so gesund ausgesehen hat.

»Hat wieder jemand im Lotto gewonnen?«

Mancebo ist froh, dass er darauf gekommen ist. So glaubt seine Familie, dass er ganz bei der Sache ist. Jetzt müssten ihm noch ein paar Sätze einfallen, die er normalerweise sagen würde. Dass sie nichts damit zu tun haben, was er wirklich denkt und fühlt, werden sie nicht merken, dafür sind sie zu aufgekratzt.

»Nein, kein Lottogewinn heute. Aber meine Frau hat gerade das Kunststück vollbracht, Fatimas aufgehenden Brotteig mit ihrem Hintern plattzudrücken.«

Tariq zeigt auf ein Backblech, das auf einem kleinen grünen Hocker steht.

»Und sich anschließend auf den Stuhl zu setzen und ihm den Garaus zu machen.«

Adèle schmiegt sich in Tariqs Arme, und er hält sie fest, als wollte er sie nie wieder loslassen.

»Ich glaube, darüber habe ich mehr gelacht als über den Jackpot. Außerdem habe ich schon längst den Hauptgewinn gezogen: meine Frau!«

Tariq lacht erneut und küsst Adèle auf den Hals. Doch im nächsten Moment zuckt sie zusammen, und ihr Lächeln verzerrt sich wieder zu ihrem üblichen verkrampften Gesichtsausdruck. Die Adèle von gerade eben ist verschwunden.

Mancebo beobachtet Tariq, als wäre er ein gezähmtes Raubtier. Man hat die Kontrolle, man kennt das Tier, darf dessen wahre Natur aber nie vergessen. Jener Tariq, der ihm vorhin im Laden gegenübergestanden hat, scheint nicht mehr zu existieren. Übrig ist der, den Mancebo von Kindesbeinen an kennt, der unkomplizierte, der laute Tariq, der bescheidene Tariq, der die schönen Seiten des Lebens zu schätzen weiß, gutes Essen, die Frau, die er liebt, und seine Zigaretten. Dann ist er zufrieden. Doch manchmal wird er wütend, aber auf eine umgängliche, beinahe komische Art. Jetzt ist der hilfsbereite Tariq zurück, der immer einspringt, wenn Not am Mann ist, besonders in praktischen Angelegenheiten. Und sogar Fatima, die Fatima, die von morgens bis abends geschäftig herumwuselt, ist zurück. Die Fatima, die immer mürrisch, aber nie richtig wütend ist, die lustige Bemerkungen macht und ihre Meinung sagt. Die Fatima, die meint, dass Adèle auch ihren Teil zur Hausarbeit beitragen sollte.

Als Mancebo seine Ehefrau mustert, sieht er nicht die Frau, die wie ein überfressener Iltis über den Boulevard gehuscht ist, um ein paar Croissants zu kaufen. Oder die, die sich insgeheim mit dem Tabakhändler hinter dem Vorhang trifft.

»Wo ist mein Sohn?«, fragt Mancebo.

»Er ist in der Bibliothek Georges Pompidou«, antwortet Fatima und gießt Tee ein.

»So spät?«

»Sie hat abends bis Viertel vor elf geöffnet«, sagt Adèle, deren Wangen wieder so blass sind wie immer.

Am liebsten würde Mancebo einen Blick auf seine Armbanduhr werfen, zieht aber sofort wieder den Ärmel herunter und tut so, als würde er sich ein paar Krümel vom Arm wischen. Niemandem ist die Geste aufgefallen, und er hat nicht vergessen, die Uhr abzulegen. Sie liegt unter dem Geldfach in der Kasse.

»Wie spät ist es denn? Sollte er nicht bald nach Hause kommen?«

Noch während er die Frage ausspricht, kommt Amir herein und schließt die Wohnungstür hinter sich. Mancebos Gesicht leuchtet auf, er ist erleichtert. Sein Sohn ist der Einzige im Zimmer, der ihm authentisch vorkommt. Amir lächelt seinem Vater zu und geht in die Küche, um sich die Hände zu waschen. Mancebo richtet sich etwas auf. Er ist stolz auf seinen Sohn.

Er muss Amir nicht bitten, seine Hausaufgaben zu machen, er ist ein Vorzeigeschüler, und bei jedem Elterngespräch sind die Lehrer voll des Lobes. Besonders gut ist er in Französisch und Geschichte. Einmal hat ein Lehrer gesagt, dass eine derart exzellente Beherrschung der französischen Sprache ungewöhnlich sei für einen »Beur«, ein nordafrikanisches Einwandererkind der zweiten Generation. Mancebo ist ein stolzer Vater, aber ein unsicherer Ehemann.

In Amirs Zimmer brennt Licht. Die Tür ist halb geöffnet. Ein schmaler Lichtstrahl fällt auf den dunklen Teppichboden im Flur. Fatima macht sich im Bad für die Nacht fertig, und Mancebo hört, wie sie mit dem grünen Mundwasser gurgelt. Im Flur hängt ein eigenartiger Geruch: eine Mischung aus Wärme, Essen und Benzin.

Amir ist direkt nach dem Abendessen in seinem Zimmer verschwunden. Vorsichtig klopft Mancebo an die Tür. Keine Antwort. Er ist sich unschlüssig, ob er ein zweites Mal klopfen soll.

Fatima schnauft im Badezimmer. Die Verwirrung, die Mancebo während des Tages gespürt hat, ist vorübergehend verschwunden. Mit dem Anbruch der Nacht überkommt ihn eine gewisse Ruhe. Normalerweise ist es umgekehrt, die nächtlichen Schatten bringen Unruhe mit sich. Aber er hat seinen Tag wie einen Film an sich vorüberziehen sehen, und auf der Leinwand haben sich unangenehme und unerwartete Überraschungen abgespielt. Die

Nacht schaltet ihre Scheinwerfer ab, und Mancebo kann durchatmen und sich sammeln, bis der nächste Film anfängt. Er klopft noch einmal vorsichtig an Amirs Tür. Amir macht sie ganz auf und sieht seinen Vater fragend an.

»Tut mir leid, dass ich störe.«

»Kein Problem.«

»Liest du gerade etwas?«

»Nicht richtig.«

Eigentlich weiß Mancebo genau, warum er so gerne mit seinem Sohn reden will, doch plötzlich erscheint ihm sein Anliegen nicht mehr so dringend wie noch vor wenigen Minuten.

»Und du, Papa? Hast du schon in dem Buch gelesen?«, fragt Amir, als hätte er Mancebos Gedanken gelesen, und das hilft ihm auf die Sprünge.

»Ja, habe ich … Darf ich reinkommen?«

Amir nickt und hockt sich im Schneidersitz auf sein Bett. Mancebo setzt sich neben ihn.

»Ich habe das Buch sogar schon ausgelesen.«

Mancebo empfindet einen kindischen Stolz, wie er hier im Mondschein sitzt und hin und wieder einen Blick zu Madame Cats Wohnung hinüberwirft. Im Schlafzimmer brennt Licht.

»Du hast das Buch, das ich dir mitgebracht habe, schon ausgelesen?«

»Ja, aber kann ich es trotzdem noch ein bisschen behalten?«

Man kann nie wissen. Vielleicht muss ich noch einmal etwas nachschlagen, sozusagen zu Studienzwecken, denkt Mancebo.

»Ja klar. Ich glaube, man darf die Bücher einen Monat lang ausleihen.«

»Einen Monat? Das ist aber großzügig.«

»Wie hat es dir gefallen?«

Plötzlich wirkt Amir aufgekratzt, weil sein Vater einen Kriminalroman gelesen hat.

Mancebo will etwas Intelligentes sagen, damit sein Sohn stolz auf ihn ist, und wählt seine Worte mit Bedacht.

»Es war langatmig … monoton, das war es, monoton.«

»Aber hat es dir gefallen?«

»Nein, es war monoton.«

»Ja, aber ein Buch kann ja auch gut sein, obwohl es monoton ist. Letzte Woche habe ich ein Buch gelesen, das eigentlich kaum Handlung hatte, vieles hat sich wiederholt, und es ist nichts Besonderes passiert. Man könnte sagen, es war monoton, aber es war trotzdem schön, ich fand es toll.«

Mancebo ist stolz, dass ihm das Wort »monoton« eingefallen ist, aber jetzt ist er ein bisschen enttäuscht, weil es Amir als Buchbeschreibung anscheinend nicht genügt.

»Aber das Buch ist keine gute Literatur. Die Sprache hat mich nicht überzeugt.«

Mancebo wird ein wenig ärgerlich. Warum schreibt Ted Baker so mittelmäßig? Schließlich hat er nichts anderes zu tun und alle Zeit der Welt, von morgens bis abends an Wörtern und Szenen zu feilen. Und dann kommt am Ende eine schwammige Geschichte über einen dämlichen Journalisten heraus, der zu allem Ja und Amen sagt. Amir lacht, und Mancebo wird aus seinen Grübeleien über Monsieur Bakers Schriftsteller-Qualitäten gerissen.

»Du bist lustig, Papa. Ich wusste gar nicht, dass du gerne liest.«

Mancebo fährt sich über seine Bartstoppeln. Wenn Amir seinen Vater jetzt schon lustig findet, was wird er dann erst denken, wenn er hört, was er zu dieser späten Stunde wirklich auf dem Herzen hat.

»Ich wollte nicht nur wegen diesem einfallslosen Krimi mit dir sprechen.«

Amir gähnt und hält sich die Hand vor den Mund. Er will nicht, dass sein Vater den Eindruck bekommt, er würde ihn langweilen, denn das ist nicht der Fall.

Mancebo tut so, als hätte er das Gähnen nicht bemerkt.

»Wenn ich morgens zum Großmarkt fahre ... Was passiert dann eigentlich hier?«

Amirs große braune Augen werden noch größer, und er hebt erstaunt die Augenbrauen.

»Ich meine, ich habe den Laden ja nun schon seit über fünfundzwanzig Jahren. Und ich habe keine Ahnung, was ihr hier tagsüber macht. Ich würde nur gern wissen, was in meinem Zuhause vorgeht, wenn ich nicht da bin.«

Seine Stimme klingt jetzt autoritär und gar nicht mehr wie der freundliche Mancebo.

»Denkst du an etwas Bestimmtes? Ob ich pünktlich zur Schule gehe, oder so?«

»Nein, ich weiß doch, dass du keinen Mist baust. Es geht nicht um dich, sondern um die anderen.«

Amir sieht ihn misstrauisch an.

»Was war zum Beispiel heute Morgen?«

Amir denkt nach.

»Ich habe ziemlich lange geschlafen, weil ich gelesen habe und erst spät ins Bett gegangen bin, dann ... Ja, ich bin aufgewacht, als Adèle und Tariq gekommen sind.«

»Adèle und Tariq?«

»Ja.«

»Kommen die oft?«

»Jeden Morgen zum Frühstück.«

Unsicher sieht Amir seinen Vater an.

»Was frühstücken sie?«, fragt Mancebo.

»Schokoladencroissants … Warum willst du das alles wissen?«

»Was passiert nach dem Frühstück?«

»Tariq geht in die Schuhmacherwerkstatt, und Adèle bleibt hier. Was die beiden dann tun, weiß ich nicht. Um die Zeit mache ich mich normalerweise auf den Weg.«

Mancebo küsst seinen Sohn auf die Stirn, wünscht ihm eine gute Nacht und schließt leise die Tür hinter sich. Die neuen Erkenntnisse über die morgendlichen Abläufe in seinem Zuhause haben ihn selbstsicherer gemacht und ihn gleichzeitig, das ist nicht übertrieben, in einen Schock versetzt. Dass seine Frau jeden Morgen Frühstück für sich, seinen Cousin und dessen Frau kauft, erscheint auf den ersten Blick harmlos. Aber wenn es wirklich so harmlos ist, warum weiß er dann nichts davon?

Mancebo geht am Schlafzimmer vorbei. Fatima liegt im Bett und liest. Er verschwindet ins Badezimmer, schließt ab und setzt sich auf den Toilettendeckel. Er erinnert sich an einen Sonntag vor nicht allzu langer Zeit. Sie sind bei Raphaël zum Frühstück eingeladen gewesen, und Fatima hat auf seinem weißen Ledersofa gesessen und behauptet, dass sie normalerweise nicht frühstücke, sondern morgens nur auf die Schnelle eine Tasse Kaffee trinke, bevor sie ihre täglichen Verrichtungen in Angriff nehme.

Mancebo wühlt in seiner Erinnerung. Er will sich jedes kleinste Detail von dem Besuch bei Raphaël ins Gedächtnis rufen. Es gibt etwas an dieser Frühstücksgeschichte, das er nicht versteht. Fatima war so eilig über den Boulevard gehastet, als würde sie etwas Verbotenes tun. Warum verheimlicht sie ihm, was sie morgens macht? Wie oft hat er sie nicht sagen hören, dass es schon anstrengend genug sei, wenn sie Adèle jeden Tag beim Abendessen ertragen müsse. Warum behauptet sie das, wenn es nicht stimmt?

Entschlossen betritt Mancebo das Schlafzimmer. Fatima sieht nicht einmal von ihrem Buch auf. Fast ein wenig schwungvoll schlägt er die Decke zur Seite und legt sich ins Bett.

»Wieder ein Tag, der vorbei ist«, sagt er mit Nachdruck.

Fatima antwortet nicht. Was gibt es eigentlich zu sagen?

»Und morgen beginnt ein neuer Tag«, fährt Mancebo fort.

»Ja, wieder die übliche Plackerei.«

Von wegen Plackerei, denkt Mancebo. Du futterst doch den ganzen Morgen Croissants. Fatima legt das Buch aus der Hand, gibt ihm einen Klaps auf die Wange und löscht die Nachttischlampe genau in dem Moment, in dem der erste Blitz des ersehnten Gewitters ihr Schlafzimmer erleuchtet.

»Haste mal ’nen Euro für ein Bier?«

Der ehrliche Clochard bringt viele Leute zum Lächeln. Und einige Passanten geben ihm etwas Kleingeld, damit er sich ein kühles Getränk kaufen kann. Das rote Kreuz auf der Kirche erinnerte mich daran, dass ich später noch eine Verabredung hatte. Ich fühlte mich wie ein junges Mädchen, das mit einem Jungen Schluss machen wollte, obwohl es nicht sicher wusste, ob es überhaupt mit ihm zusammen war.

Irgendwie wollte ich Christophe klarmachen, dass wir uns nicht mehr länger treffen konnten. Warum es mir so wichtig war, dass er meine Entscheidung verstand, wusste ich nicht. Vielleicht weil die Wahrheit in seiner Gegenwart so eine Bedeutung bekam. Und die Wahrheit lautete: Wir würden uns nicht mehr treffen. Er war lediglich Teil eines Experiments, das bald endete.

Meine zwischenzeitlich abgeflaute Paranoia ergriff mich wieder, als ich vier Zifferfolgen weiterleitete, die alle mit 0033 anfingen. Die Ländervorwahl von Frankreich. Ich überlegte lange, ob ich eine der Nummern anrufen sollte. Aber warum sollte ich mir eigentlich die Mühe machen und herausfinden, zu welchem Anschluss die vermeintlichen Telefonnummern gehörten? Es war zu spät, um Privatdetektiv zu spielen. Nichtsdestotrotz wählte ich. Kein Anschluss unter dieser Nummer. Ich klappte meinen Laptop zu und machte mich auf den Weg zur Kirche.

»Allah vergibt immer und ist barmherzig, im Unterschied zum Gott des Christentums.«

»Wann sind Sie zum Islam übergetreten?«

»Letzten Freitag.«

Wir lachten.

»Ich glaube, Sie sind doch ein bisschen religiös.«

»Nein, ich bin in demselben Maße Sales Manager, wie ich gläubig bin.«

Christophe sah mich verwirrt an. Wie sollte er diesen Scherz auch verstehen?

»Warum sind Sie Atheistin?«

»Weil ich es nicht leiden kann, mir selbst in den Rücken zu fallen.«

»Was für eine Lebensphilosophie.«

Er klang resigniert und enttäuscht.

»Das ist genau das, was ich meine. Sie gehören zu den Glücklichen, die sich selbst überzeugen können, und sehen mit einer gewissen Herablassung auf uns Unglückliche herab, die ihren Weg nie finden werden.«

Ich bereute meine Worte. Vielleicht war ich zu hart, doch Christophe schien es mir nicht übel zu nehmen.

»Aber was für einen Schaden kann Religion verursachen?«, fragte er.

»Jetzt erwarten Sie, dass ich vom Krieg rede. Und dann kommen Sie mit dem Gegenargument, dass der Krieg von Menschen geführt wird, nicht von Religionen. Aber ich rede nicht vom Krieg. Ich sage, dass die Gefahr bei den meisten Religionen vom Glauben an eine höhere Macht ausgeht, die den Menschen ihre natürliche Kraft nimmt. Wir berauben uns unserer eigenen Seligkeit und überlassen die Ehre etwas oder jemandem außerhalb von uns selbst. Religion macht uns kleiner. Dabei liegt all das, und sogar noch mehr, in uns selbst. Ich werde diese Macht und diese Fähigkeit niemals jemand anderem zugestehen als den Menschen selbst. Ich bin eine spirituelle Atheistin, die nicht glaubt, sondern weiß.«

Christophe schien erfreut zu sein. Aber er sagte nichts. Es gab nie den richtigen Zeitpunkt, um Dinge zu beenden. Das wusste ich. Ich konnte es genauso gut jetzt tun.

»Wie geht es Ihrer Familie? Ihrer Frau und den Kindern?«

Ich hatte wirklich geglaubt, es aussprechen zu können, es hinter mich zu bringen, aber ich hatte einen Rückzieher gemacht.

»Wie es ihnen geht? Meine Frau kommt zurecht. Sie ist eine starke Frau mit einem starken Glauben, auch wenn Sie sagen würden, dass sie betrogen wird. Und meine Kinder … die sehe ich nächstes Wochenende.«

Nun hatte ich keinen Schlussstrich zu ziehen vermocht, sondern auch noch Salz in eine offene Wunde gestreut, kurz bevor ich aus seinem Leben verschwinden würde.

»Sie sehen Ihre Kinder am Wochenende? Wohnen Sie denn nicht mehr zu Hause?«

Er schüttelte den Kopf. Dann folgte eine Stille, wie es sie nur in einer Kirche gibt.

»Ich bin hier in La Défense in ein Hotel gezogen, ins Hilton. Sie waren auch schon einmal da oben.«

Er lächelte.

»Eine vorübergehende Lösung. Die Firma zahlt. Das

macht sie gerne. Man weiß, dass ich abends lange bleibe und morgens früh komme … Es geschieht also nicht aus reiner Nächstenliebe. Sobald ich Urlaub habe, fahre ich mit den Kindern zu meinen Eltern in die Bretagne, und bis zum Ende des Sommers finde ich hoffentlich eine Wohnung in der Nähe meiner Frau.«

Ich holte tief Luft.

»Ich werde im September nicht mehr hier sein.«

»Fangen Sie einen neuen Job an?«, fragte Christophe ernst.

»Ja, aber mehr darf ich nicht verraten.«

»Es hat etwas mit Areva zu tun, oder? Mit diesem Auftrag? Sie arbeiten in Wirklichkeit gar nicht als Sales Manager, habe ich recht? Ein Unternehmen wie Areva hat seine Geheimnisse. Und dann die Entführung der Areva-Angestellten in Nigeria vor einiger Zeit … Sie werden doch auf sich aufpassen? Sie gehen nicht ins Ausland?«

Ich schüttelte den Kopf. Jetzt fühlte ich mich besser. In gewisser Weise kannte er die Wahrheit. Ich arbeitete an einem geheimen Projekt für Areva. Ich war kein Sales Manager, und ich würde einen neuen Job antreten. Es gab nur eine Sache, die mir ein schlechtes Gewissen verursachte: seine Fürsorglichkeit.

Die Concierge eilte auf mich zu, als ich den Fahrstuhl betrat.

»Bonsoir, Madame.«

»Bonsoir.«

»Ich wollte Ihnen nur sagen … weil wir neulich über ihn gesprochen haben … Monsieur Cannevar ist gestorben. Nur, damit Sie Bescheid wissen.«

»Das habe ich fast befürchtet. In seiner Wohnung war es immer dunkel.«

»Ja, das stimmt. Er hatte eine Katze, wussten Sie das?«

»Nein«, erwiderte ich. Ich hatte weder die Energie noch die Lust, ihr zu erzählen, dass ich das arme Tier kannte.

»Doch, er hatte eine Katze. Deshalb bin ich zu seiner Wohnung gegangen. Ich wollte nach dem Tier sehen und es füttern. Und wissen Sie, was an seiner Tür hing?«

Ich schüttelte den Kopf.

»Ein Blumenstrauß!«

Es überraschte mich, dass sie das offenbar schockierte.

»Können Sie sich das vorstellen! Wer tut so etwas? Das ist doch furchtbar!«

Ich verstand gar nichts.

»Was ist daran furchtbar?«, erwiderte ich.

Verblüfft sah sie mich an, als fragte sie sich, ob ich mir einen Scherz mit ihr erlaubte.

»Wer feiert seinen Tod und macht sich auf Kosten des Verstorbenen lustig? Das ist fast so, als würde man einen Grabstein umstoßen!«

Sie brach in Tränen aus. Ich stellte meine beiden Einkaufstüten auf dem Boden ab und nahm sie in den Arm. Ihr dünner Körper zitterte.

»Aber Madame, wer sagt denn, dass sich jemand über ihn lustig macht? Vielleicht wollte ihm jemand die letzte Ehre erweisen?«

Mir fiel auf, dass ich wie Monsieur Caro klang. Die Concierge sah mich mit großen Augen an.

»Es war ein leuchtend bunter Blumenstrauß mit einem breiten roten Band. Angemessen für eine Hochzeit, aber nicht für einen Verstorbenen!«, kreischte sie.

Nie im Traum wäre mir eingefallen, dass meine symbolische Gabe wie eine Grabschändung aufgefasst werden könnte. Sicher hätte Monsieur Cannevar das nicht so empfunden. Aber es war nicht das erste Mal, dass Blumensträuße für Verstorbene missverstanden wurden.

Der Anblick der Geldscheine im Olivenglas löst bei Mancebo gemischte Gefühle aus. So war es schon beim ersten Mal, aber jetzt, wo er nicht weiß, ob sie echt sind, behandelt er sie vorsichtiger. Wie tickende Zeitbomben. Er hat den Laden bereits geöffnet, die Obst- und Gemüsestände stehen an ihrem Platz, die Konserven sind ausgepackt und einsortiert.

Mancebo wollte, dass alle Waren an Ort und Stelle sind, bevor er das Geld zählt. Und das hat er inzwischen getan, dreimal, und jedes Mal hat sich ein neues, unbekanntes Bauchgefühl gemeldet. Er kann diese neuen Gefühle nicht in Worte fassen. Beim ersten Honorar hat er beinahe ein schlechtes Gewissen gehabt. Er hat Geld für eine Tätigkeit bekommen, die er nicht als Arbeit, sondern eher als Vergnügen empfand. Doch das hat sich nach dem Besuch der beiden Verrückten und seinem Zusammenbruch grundlegend geändert. Vielleicht sollte er sogar um eine Gehaltserhöhung bitten.

Gleichzeitig kann er sich ein Leben ohne den Auftrag nicht mehr vorstellen. Er weiß noch, dass er nach Nadias Geburt ähnlich gedacht hat. Damals konnte er sich nicht mehr vorstellen, wie sein Leben vor ihrer Geburt abgelaufen war, ohne Kind, und wollte um nichts in der Welt in diese Zeit zurückkehren. Auch wenn Kinder viel Arbeit bedeuten. Sein Auftrag wird aber irgendwann zu Ende sein, das weiß er. Früher oder später wird die Geliebte auftauchen, und falls nicht, bläst Madame Cat die ganze Sache vermutlich ab. Das ist alles nicht besonders verlockend. Aber es fängt bestimmt etwas Neues an, nachdem er das Alte abgeschlossen hat.

Die Scheine versteckt er unter dem Geldfach in der Kasse, das Olivenglas stellt er neben das Fernglas ins Regal. Mancebo greift nach seinem Notizbuch, und zum ersten Mal fällt ihm auf, dass im Muster des roten Einbands ein großer Drache zu erkennen ist. Auch die anderen Notizbücher haben verschiedene Motive. Auf einem ist ein kleiner Hase abgebildet, auf einem anderen ein Hund, auf dem nächsten ein Affe.

Auch wenn sich Mancebo normalerweise nicht viel aus Details macht, ist er froh, dass er für seine Berichte das Notizbuch mit dem Drachen gewählt hat. Er schreibt das aktuelle Datum auf eine leere Seite und versteckt das Notizbuch wieder unter der Kasse. Im Lauf des Vormittags lässt er seinen Blick in regelmäßigen Abständen über das Haus auf der anderen Seite des Boulevards schweifen.

Nichts in Tariqs Verhalten deutet darauf hin, dass er ihm die Telefongeschichte übel nimmt, als er in den Laden stürmt. Im Gegenteil, er ist blendender Laune.

»Hast du gehört, dass der Blitz in die Kirchturmuhr eingeschlagen hat?«, fragt er und hilft Mancebo, einen Karton mit Weinflaschen auszupacken.

»Ja, François hat davon erzählt. Haben sie den Zeiger gefunden?«

»Haben sie. Er ist bis zur Porte de Clichy geflogen, wo

er in einem Hinterhof gelandet ist. Gott sei Dank, er hätte jemanden wie einen Kebab aufspießen können.«

»Woher weißt du das denn so genau?«

»Wie meinst du das?«

Tariqs Stimme verändert sich.

»Hast du morgens etwa Zeit zum Zeitunglesen?«

Tariq stellt den Weinkarton auf den Boden.

»Es gibt auch noch andere Medien.«

»Guckst du morgens fern?«

»Was ist eigentlich los mit dir?« Tariq versucht zu lachen. »Bin ich auf einmal dein Sohn? Ich hab's im Internet gelesen. Du weißt, diese Erfindung, mit der du dich vielleicht auch mal befassen solltest, Bruder. Du kannst dich nicht ewig dagegen wehren. Das ist so, als würde sich jemand weigern, das Telefon als modernes Kommunikationsmittel anzuerkennen. Du kannst den Fortschritt nicht aufhalten. Mir ist schleierhaft, wie deine Kinder mit einem Vater wie dir so aufgeklärt sein können.«

Die letzte Bemerkung verletzt Mancebo zutiefst, und als Tariq verschwunden ist, bleibt er eine Weile mit dem Kopf in den Händen sitzen. Wenn es jemanden gibt, den er liebt und dem er nur das Beste wünscht, dann sind es seine Kinder. Sie sind der Grund, warum er sich jeden Tag abrackert. Sie sind der Grund, warum er jeden Morgen um fünf Uhr aufsteht. Sie sind der Grund, warum er Tunesien verlassen hat, auch wenn sie zu dem Zeitpunkt noch nicht einmal geplant waren. Und er hätte gern mehr Kinder gehabt, doch das Schicksal hat es anders gewollt.

Als Nadia geboren wurde, hat das Leben es gut mit ihnen gemeint, aber später hat es ihnen schwere Prüfungen auferlegt. Der Laden hat in den ersten Jahren kaum etwas abgeworfen, und sie hatten keine Zeit, um weiteren

Nachwuchs zu bekommen. Ein paar Jahre später wurde Fatima doch wieder schwanger, und sie plante ein großes Fest, um das Kind auf der Welt willkommen zu heißen. Am Tag nach der Feier erlitt sie eine Fehlgeburt. Es dauerte einige Zeit, bis sie erneut schwanger wurde. Diesmal gab es kein Fest, aber eine zweite Fehlgeburt. Aber beim nächsten Mal ging alles gut. Amir kam an einem Sonntagnachmittag zur Welt, pünktlich zum Ladenschluss.

Mancebo räumt Weinflaschen ins Regal.

»Bonjour, Mademoiselle Lopez.«

»Bonjour, Monsieur Mancebo. Geht es Ihnen gut?«

»Ja, danke. Und wie ist Ihr wertes Befinden, Mademoiselle Lopez?«

Mademoiselle Lopez' Hund schnüffelt aufgeregt im Laden umher, während die alte Dame ihre üblichen Besorgungen macht: Petersilie, eine Flasche Rotwein, Senf und Nudeln. Sie stellt ihre Einkäufe auf den Tresen und kramt in ihrer Handtasche nach dem Portemonnaie. Derweil tippt Mancebo die Waren in die Kasse ein.

»Und dann hätte ich furchtbar gern eines dieser reizenden Büchlein.«

Mancebo versteht nicht, was Mademoiselle Lopez meint, und runzelt die Stirn.

»Am liebsten mit einem Hasen, wenn Sie noch eins haben. Mein chinesisches Sternzeichen ist nämlich Hase.«

Mancebo begreift, rührt sich aber nicht vom Fleck.

»Oder hat meine Kleine etwas falsch verstanden? Carine, meine Enkelin, hat erzählt, dass sie von Ihnen ein sehr hübsches Buch mit einem chinesischen Sternzeichen bekommen hat, Monsieur, und dass Sie die Bücher verschenken. Aber vielleicht hat die Kleine ein anderes

Lebensmittelgeschäft gemeint, und ich stehe hier und sage, ich wäre ein Hase. Verzeihen Sie!«

Sie lacht herzlich.

»Selbstverständlich bekommen Sie einen Hasen, Mademoiselle.«

Mancebo verschwindet unter dem Ladentisch und taucht im Nu mit dem gewünschten Einband wieder auf.

»Oh, vielen Dank. Die Bücher sind so entzückend. Wieso haben Sie so viele davon?«

»Das ist eine lange Geschichte, Mademoiselle.«

»Und das Leben ist zu kurz für lange Geschichten. Aber trotzdem vielen Dank.«

Mademoiselle Lopez ruckt an der Leine, und ihr Hund saust aus dem Laden.

Mancebo schwitzt. Nicht weil es schwül ist. Das Gewitter hat die Luft abgekühlt. Er schwitzt, weil er an Ted Bakers Buch denkt, oder genauer gesagt an das Kapitel, in dem der Journalist herausfindet, dass man ihm Falschgeld untergejubelt hat. Mancebo ist in der Bank und wartet darauf, bedient zu werden. Er will seine Wocheneinkünfte einzahlen. Tariq musste allein ins Le Soleil gehen.

Einen Teil von seinem wöchentlichen Umsatz hat er abgezweigt und durch das Geld von Madame Cat ersetzt. Vielleicht ist er übervorsichtig. Niemand würde sich die Mühe machen, einer Differenz von tausend Euro auf den Grund zu gehen. Bei jedem Signalton, der die nächste Wartenummer ankündigt, macht Mancebos Herz einen Sprung.

Endlich ist er an der Reihe. Madame Grados bedient ihn. Fast alle Ladeninhaber des Viertels wechseln bei ihr Geld und tätigen Einzahlungen und Überweisungen.

Madame Grados arbeitet seit fast fünfzehn Jahren in der Bank. Sie kennt Mancebos Geschäfte genau. Sie ist eine resolute Frau, die ungern lächelt, und wenn Mancebo mal einen Scherz macht, liegt er damit in der Regel daneben. Am Anfang hat er immer versucht, die Atmosphäre mit ein bisschen Small Talk aufzulockern, aber mittlerweile hat er begriffen, dass er besser nur das Nötigste sagt. Heute muss er aber wohl oder übel ein bisschen mehr sagen. Madame Grados gibt ihm kurz die Hand und bedeutet ihm, Platz zu nehmen. Mancebo zieht ein dickes Geldbündel aus der Tasche.

»Das Übliche. Ich möchte meine Wocheneinkünfte einzahlen.«

Die ersten Schweißperlen drängen unter seiner Mütze hervor, und ihm ist mulmig zumute. Was, wenn die Scheine falsch sind? Würde man ihn ins Gefängnis stecken? Nein, er konnte ja nichts dafür, dass man ihm Falschgeld untergeschoben hat. Mancebo zieht seinen Plan durch.

»Ich wäre Ihnen dankbar, Madame, wenn Sie kontrollieren würden, ob das Geld echt ist, vor allem die 50-Euro-Scheine. Ich habe heute Morgen mitbekommen, wie sich zwei Ladeninhaber unterhalten haben, und einer von ihnen sagte, er hätte einen gefälschten 50-Euro-Schein in der Kasse gehabt.«

Falls sich herausstellte, dass es sich tatsächlich um Falschgeld handelte, war es besser, den ehrlichen und besorgten Bürger zu spielen. Madame Grados blickt auf und sieht ihn hinter ihren kleinen Brillengläsern missbilligend an. Sie kann es nicht leiden, wenn man sie beim Geldzählen unterbricht.

»Das ist ungewöhnlich. Aber deshalb sollte man alle großen Banknoten schon bei der Annahme auf Echtheit prüfen. Im Endeffekt sind Sie der Geschädigte, wenn Sie in Ihrem Laden Falschgeld annehmen.«

Sie schaltet ihre Wunderlampe an. Die ersten 50-Euro-Scheine sind von Madame Cat. Mancebo hat alles genau geplant. Das Telefon klingelt, und Madame Grados nimmt das Gespräch an, ohne sich zu entschuldigen, schließlich macht sie nur ihre Arbeit. Und es ist nicht gesagt, dass der Anrufer weniger wichtig ist als der Kunde, der vor ihr sitzt. Das ist ihre Philosophie. Sie macht sich ein paar Notizen, legt den Hörer auf, nimmt das Geldbündel wieder in die Hand und sortiert alle 50-Euro-Scheine aus. Zu seinem Entsetzen sieht Mancebo, wie die möglicherweise gefälschten Scheine ganz unten landen. Vor Nervosität hält er es kaum noch aus.

Madame Grados lässt einen Schein nach dem anderen durch ihren Lügendetektor laufen. Mancebo zählt mit, und als sie den ersten von Madame Cats Scheinen ergreift, kann er sich nicht mehr länger beherrschen. Plötzlich ist er sich sicher, dass die Scheine gefälscht sind, weshalb er schnell eine Verteidigungstaktik entwickelt.

»Ja, wie gesagt, ich glaube, ich weiß, wer diese Woche hier im Viertel gefälschte Scheine in Umlauf gebracht hat. Diese Amerikaner. Sie haben lauter komische Dinge gekauft und alles mit 50-Euro-Scheinen bezahlt.«

Die Amerikaner saugt er sich aus den Fingern, weil ein ganzer Ozean zwischen ihm und ihnen liegt, der Juli der Urlaubsmonat der Amerikaner ist und es in der Stadt vor amerikanischen Touristen nur so wimmelt. Dabei mag Mancebo Amerikaner eigentlich. Madame Grados blickt wieder hoch und zieht den Schein von Madame Cat durch das Lesegerät. Alles hat seinen Preis, denkt Mancebo und wirft einen flüchtigen Blick aus dem Fenster. Hopp oder topp. Der erste Schein meistert den Test. Der nächste ebenfalls. Ebenso wie der dritte, der vierte und alle anderen. Mancebo fällt ein Stein vom Herzen.

Die Entscheidung, zur Bank zu gehen, anstatt seinen üblichen Pastis im Le Soleil zu trinken, ist Mancebo nicht schwergefallen. Erstens hat er eigentlich keine Lust, seinen Cousin heute öfter als unbedingt nötig zu sehen. Tariqs Bemerkung, er habe seine Kinder womöglich vernachlässigt, sitzt immer noch wie ein Dorn in seinem Herzen. Zweitens kann er François' ewiges Gerede über Tariqs Kinderlosigkeit nicht mehr hören. Und drittens schadet es nicht, alte Gewohnheiten über Bord zu werfen. Den Nachmittag verbringt Mancebo auf seinem Hocker draußen vor dem Laden.

Fatima ist das ganze Abendessen über schlecht gelaunt. Als sie in ihre Wohnung kommen, schlüpft sie aus ihren Pantoffeln und verschwindet, um ein Bad zu nehmen. Nach einer halben Stunde kommt sie wieder heraus, im Nachthemd und mit einem rosa Handtuch um den Kopf.

»Diese Adèle!«, schnaubt sie und schüttelt ihren turbanbedeckten Kopf.

Anscheinend wollte sie ihrem Mann ursprünglich gar nicht den Grund für ihren Unmut sagen, kann sich jetzt aber nicht mehr zurückhalten. Es ist nicht ungewöhnlich, dass sie sich hin und wieder einiges über Adèle von der Seele reden muss, das passiert mindestens einmal im Monat.

Fatima setzt sich neben Mancebo, der gerade im Sessel am Fenster Däumchen dreht. Hin und wieder wirft er einen Blick in die Wohnung auf der anderen Straßenseite.

Ohne Vorwarnung legt Fatima ihre Füße auf seinen Schoß, und Mancebo weiß, dass jetzt eine Massage ansteht. Fatima verlangt immer eine Fußmassage, wenn sie ihrem Ärger Luft machen muss. Jeder einzelne Druck auf den Fuß setzt bei ihr Worte frei.

»Die bräuchte mal eine ordentliche Tracht Prügel.«

Mancebo beginnt seine Massage beim großen Zeh.

»Wer?«

Die Frage ist unnötig, aber seine Ahnungslosigkeit gehört zum Ritual.

»Adèle natürlich!«

Mancebo nickt. Auch das gehört zum Ritual.

»Sie ist verwöhnt. Unsereins rackert sich von früh bis spät ab. Und was macht sie? Bücher lesen und jammern. Nein, was für eine Frau er sich da ins Haus geholt hat, der arme Tariq. Er hätte etwas Besseres verdient. Findest du nicht auch?«

»Kann sein.«

Indem sie den Fuß wechselt, demonstriert Fatima, dass die erste Halbzeit ihrer Klage beendet ist. Die Halbzeiten sind meistens kurz. Kurz, aber heftig.

»Nein, nicht ›kann sein‹. Tariq hat eine bessere Frau verdient! Diese Adèle ist kein guter Mensch.«

»Und trotzdem frühstückst du jeden Morgen mit ihr.«

Mancebo kann sich nicht bremsen. Die Worte sprudeln einfach so aus ihm heraus, und das ganz ohne Fußmassage.

Fatima zieht ihren Fuß zurück, starrt Mancebo an und verdreht gekünstelt die Augen.

»Wie kommst du denn da drauf? Wer hat das denn gesagt? Das ist schon mal vorgekommen, aber es ist nicht die Regel.«

Einen Moment ist Mancebo unsicher, was er glauben soll. Dass Amir ihn anlügt, kann er sich aber nicht vorstellen. Und auch der Bäcker nicht. Und er hat mit eigenen Augen gesehen, wie Fatima in die Bäckerei gegangen ist, da lässt sich die Fülle der Beweise kaum noch von der Hand weisen.

Warum um alles in der Welt reagiert sie so?, denkt Mancebo und weiß nicht, was er sagen oder tun soll.

»Glaubst du wirklich, ich hätte Zeit und den Nerv, mich morgens mit ihr abzugeben? Ich habe weiß Gott andere Dinge zu erledigen. Glaubst du, deine Kleidung wäscht sich von selbst? Glaubst du vielleicht, ich würde meine Tage wie Adèle mit Nichtstun verbringen? Nun sag schon!«

Mancebo zuckt zusammen. In welches Wespennest hat er nur gestochen?

Die Metro blieb mitten im Tunnel stehen. Aus den knisternden Lautsprechern kam eine unverständliche Ansage. Die Mitreisenden wechselten Blicke. Vermutlich musste an einer Station eine unbeaufsichtigte Tasche kontrolliert werden, es gab technische Probleme, oder jemand hatte sich vor einen Zug geworfen … Ich würde zu spät kommen und begann, nervös zu werden. Ich verlor meine Großstadtnerven, die unerlässlich waren, wenn man in Paris überleben wollte. Die Nerven, die einen daran erinnerten, dass man nichts an der Situation ändern konnte, rein gar nichts, und dass es sinnlos war, sich aufzuregen.

Als ich ins Büro kam, lagen zwei E-Mails im Postfach. Ich leitete die E-Mails nicht sofort weiter, weil ich sehen wollte, ob weitere Nachrichten kämen, doch nichts geschah.

Ich beendete einen Artikel über die Pariser Weinberge und wollte gerade einen zweiten beginnen, als ich hörte, wie sich jemand räusperte. Ich fuhr auf meinem Stuhl herum, doch auf der anderen Seite der Lamellen war niemand zu sehen. In aller Ruhe schaltete ich den Computer aus und ging langsam zur Tür. Ich zwang mich zu einem Lächeln, als wollte ich meinen Besucher freundlich begrüßen. Auch bei den Fahrstühlen war niemand zu sehen, und ich ging weiter den Flur hinunter. Das Stockwerk kam mir riesig vor. Nachdem ich die gesamte Etage umrundet hatte, bemerkte ich, dass die Tür zu meinem Büro weit offen stand. Ich blieb stehen. Das Herz schlug mir bis zum Hals. Mitten in meinem Zimmer stand ein Mann. Er musste die Etage in der entgegengesetzten Richtung umrundet haben. Als er mich entdeckte, wich ich einen Schritt in den Flur zurück.

»Bonjour«, sagte er und kam auf mich zu.

»Kann ich Ihnen helfen, Monsieur?«

Mein freundliches Lächeln war verschwunden.

»Möglicherweise ja. Ich habe einen Termin mit einem Monsieur Toussaint. Ich habe ihn angerufen, aber er hatte gerade eine Besprechung, und das Gespräch wurde unterbrochen. Er sagte, dass er im obersten Stockwerk sitzt … Also bin ich mit dem Fahrstuhl ganz nach oben gefahren, aber die Etage scheint leer zu sein … abgesehen von Ihnen. Seltsam, dass ein ganzes Stockwerk leer steht, bei den hohen Mieten.«

»Das Unternehmen ist groß. Ich kenne keinen Monsieur Toussaint. Diese Etage wird nicht benutzt.«

»Außer von Ihnen, was für ein Luxus!«

»Nein, ich nutze diesen Raum nicht. Ich musste an einem Dokument arbeiten und brauchte ein bisschen Ruhe.«

Ich hatte die Situation im Griff, und sobald es mir gelang, den Mann in den Fahrstuhl zu lotsen, wäre die Gefahr gebannt.

»Ich muss wohl wieder nach unten fahren. Ärgerlich, dass ich nicht weiß, wo die Leute sitzen.«

»Wenden Sie sich an den Empfang im Erdgeschoss. Die Dame dort kann Ihnen weiterhelfen.«

Der Mann nickte und ging zum Aufzug. Ich blickte ihm nach. Hektisch tippte er eine Nummer in sein Handy.

Mein Schreibtischstuhl quietschte, als ich mich darauffallen ließ. Ich fühlte mich, als wäre mir plötzlich die Luft ausgegangen.

Hastig kontrollierte ich das Postfach und begann mit einem Artikel für eine Abendzeitung, die mir ein so hohes Honorar angeboten hatte, dass ich den Auftrag unmöglich hätte ablehnen können. Genau in dem Moment setzte das Flimmern wieder ein. Wie üblich begann es in den Augenwinkeln, um sich dann über mein gesamtes Blickfeld auszuweiten. Seit meinem letzten Migräneanfall waren gut vier Monate vergangen.

Ein Migräneanfall ist immer mit einem gewissen Panikgefühl verbunden. Die Beeinträchtigung des Sehvermögens macht einen Menschen schwach und hilflos, und die Gewissheit, dass es nur das erste Stadium ist, verschlimmert die Sache nur noch. Der Schmerzteufel hatte seine flatternden Brieftauben lediglich als Vorboten ausgesandt. Instinktiv wusste ich, dass ich so schnell wie möglich nach Hause fahren musste. Ich versuchte, meinen Exmann zu erreichen, doch er ging nicht ans Telefon. Bis zu meinem offiziellen Feierabend waren es noch gut zwei Stunden, aber ich konnte nicht bleiben. Ich hatte Angst um mich selbst, vor den Schmerzen, der Übelkeit und der Blindheit.

An die Fahrt nach Hause kann ich mich kaum erinnern. Mein Exmann rief zurück, als ich vor der Kita unseres Sohnes stand. Er war in der Normandie und konnte nicht einspringen. Diesmal erzählte er mir nicht, mit wem er sich das Doppelbett teilte.

Die Dunkelheit war eine Erleichterung, aber das Kopfkissen fühlte sich hart an. Es gab viele Dinge, die mich störten: die Geräusche der Computerspiele meines Sohnes, das Licht, das durch den Türspalt sickerte, und die Sirenen auf der Straße. Der Eimer neben meinem Bett war noch leer, und ich hoffte, dass er es auch blieb. Mein Sohn schlich leise an meiner Zimmertür vorbei. Ich spürte seine Angst, und es gelang mir, ihm zuzurufen, dass ich bald wieder auf dem Damm sein würde. Und das war die Wahrheit. Migräne ist wie eine starke Magen-Darm-Grippe, sie geht genauso schnell vorüber, wie sie gekommen ist. Man fühlt sich hinterher komplett ausgelaugt, aber man steht auf den Beinen.

Ich musste eingeschlafen sein. Das Licht des Weckers verursachte mir Übelkeit. Mein Kopf fühlte sich schwer an, aber ich wusste, dass das Schlimmste überstanden war. Ein relativ milder Migräneanfall. Es hätte schlimmer sein können. Ich ging in die Küche, trank ein Glas Wasser, setzte mich an den Tisch und sah zur anderen Seite des Innenhofs hinüber, in die leere dunkle Wohnung. Dann starrte ich auf die Tischplatte.

Ich musste besser auf mich achtgeben. Die ständige Angst, dass ich möglicherweise Teil eines terroristischen Netzwerks war, und der Stress, täglich einen Abnehmer für die Blumen zu finden, zehrten an mir. Plötzlich konnte ich mich nicht daran erinnern, ob ich gestern Blumen bekommen hatte. Ich blickte mich in der Küche um und ging in den Flur, um mich zu vergewissern, dass dort kein Furcht einflößender, welkender Blumenstrauß lag. Aber keine Blumen weit und breit. Auf dem Weg zurück ins Schlafzimmer sah ich nach meinem Sohn. Er schlief tief und fest, sein Schlafanzug hatte sich um seinen schmächtigen Körper gewickelt. Ich legte mich wieder ins Bett. Vermutlich war ich in ein paar Stunden wieder fit genug, um mich auf den Weg zum Areva-Tower zu machen.

Ich verabschiedete mich von meinem Sohn vor der Kita. Einen Augenblick überlegte ich, ob ich mir ein Taxi gönnen sollte, doch dann setzte ich meine Sonnenbrille auf, schlang ein Tuch um meinen schmerzgeplagten Kopf und ging zur Metro. Plötzlich musste ich wieder an den nicht abgeholten Blumenstrauß denken, vergaß ihn jedoch im nächsten Moment wieder, als ein Auto kurz vor meinen Füßen bremste und ich erschrocken zur Seite sprang. Es hätte nicht viel gefehlt, und ich wäre überfahren worden.

Die Rezeptionistin lächelte mir zu. Das Büro kam mir heute besonders sauber und aufgeräumt vor. Ich fuhr den Computer hoch. Nachdem ich gestern nach Hause gegangen war, waren zwei neue Mails gekommen. Noch bevor ich die erste anklickte, erregte die zweite meine Aufmerksamkeit. Sie war nicht von *laposte.92800@free.fr*, sondern von Monsieur Bellivier. In der Betreffzeile stand ein Fragezeichen.

Mein Herz schlug schneller, als ich die Nachricht öffnete. »Wo sind Sie?«, stand da. Mehr nicht. Kein Bonjour oder irgendeine Unterschrift. Ich holte tief Luft. Ich wusste, dass ich schnell reagieren musste, um zu verdeutlichen, dass ich an meinem Platz saß. Sollte ich ausführlich oder kurz antworten, mich entschuldigen oder … Vielleicht genügte es, die Mail weiterzuleiten, die ich gestern verpasst hatte, damit Monsieur Bellivier verstand, dass ich an Ort und Stelle war? Ich schrieb: »Hatte gestern Migräne, Verzeihung.« Ich versuchte, mich mit dem Ausblick über

Paris' Dächer zu beruhigen. Hatte Monsieur Bellivier erfahren, dass ich nicht bei der Arbeit gewesen war, weil die E-Mail im Postfach liegen geblieben war oder weil ich den Blumenstrauß nicht abgeholt hatte?

Vielleicht saß er in der Kirche und wartete. Vielleicht verbrachte er die Mittagspause mit Kollegen. Vielleicht war er verreist. Während des Vormittags kreisten meine Gedanken immer wieder um Christophe. Als es auf die Mittagszeit zuging, hatte ich eigentlich keinen Hunger. Ich begab mich in feindliches Gebiet, ein Stockwerk tiefer, um mir einen Kaffee aus dem Automaten zu holen, den ich in meinem Büro trank. Die Sonne schien unbarmherzig durch die Fenster, und ich behielt meine Sonnenbrille auf. Nur noch ein paar Tage bis zum Ende des Experiments. Würde Monsieur Bellivier persönlich am letzten Tag zu mir nach oben kommen, um mich zu verabschieden? Und falls ich den vereinbarten Lohn tatsächlich erhielt, wie würde er ausbezahlt? Würde ich jemals erfahren, warum ich die E-Mails weitergeleitet hatte?

Ich dachte wieder an Christophe. Würde er sich Sorgen machen, wenn ich nicht kam? Nein, warum sollte er.

Zufällig stieß ich mit dem Bein gegen den Karton, der unter dem Schreibtisch stand. Ich zog ihn hervor, öffnete den Deckel, der nur zugeklappt war, und zum Vorschein kamen schneeweiße Styroporflocken. Sie waren so blendend weiß, dass meine Augen schmerzten. Ich wühlte im Karton herum, fand aber kein einziges Buch. Ich versuchte, logisch zu denken. Was hatte mir der Mann über den Karton erzählt?

Er hatte gesagt, dass darin Bücher waren, die ich lesen

konnte, falls mir langweilig wurde. Aber hatte ich den Karton nicht schon einmal geöffnet und die Bücher gesehen? Oder bildete ich mir das nur ein? Ich schloss die Augen. Waren in dem Karton nicht lauter abgegriffene Taschenbücher gewesen?

Ein Pling erklang. Ich las die Zahlenkombination durch und leitete die E-Mail weiter. Der Mann hatte gesagt, dass der Karton Bücher enthielt. Ich war mir sicher. Entweder hatte er gelogen, oder jemand hatte die Bücher gestohlen und den Karton mit Styropor aufgefüllt. Es war zwecklos, in der letzten halben Stunde noch an einem Artikel zu arbeiten. Ich entschied mich für die Theorie, dass der Mann lediglich geglaubt hatte, der Karton enthielte Bücher. Die Zeit verging im Schneckentempo, und zum ersten Mal wünschte ich mir, ich hätte ein gutes Buch zum Lesen gehabt.

Meine Grübelei wurde durch das Klingeln meines Telefons unterbrochen. Ich schaute auf das Display. Eine unbekannte Nummer, und ich hoffte, dass mein Sohn nicht krank geworden war oder sich verletzt hatte.

»Hallo?«

»Sind Sie die Journalistin?«

»Ja … Ja, ich bin Journalistin.«

»Ich würde Sie gerne treffen.«

Es war die Stimme einer älteren Dame.

»Mit wem spreche ich?«

»Mein Name ist Edith Prévost.«

»Und warum wollen Sie mich treffen?«

»Das möchte ich nicht am Telefon besprechen, aber ich glaube, dass ich eine Anregung für Sie habe, Madame. Eine Idee.«

Ich hatte den Eindruck, als wäre ihr erst im Verlauf

unseres Gesprächs eingefallen, dass sie mir einen Vorschlag unterbreiten wollte.

»Ich arbeite tagsüber, und abends habe ich keine Zeit. Vielleicht könnten Sie mir jetzt von Ihrer Idee erzählen? Geht es um einen Artikel? Könnten Sie mir Ihren Vorschlag mailen?«

»Leider nein.«

»Aber wer sind Sie? Woher haben Sie meine Nummer?«

»Ich bin Rentnerin. Ich habe Ihre Nummer von einem Freund von Ihnen bekommen.«

»Von wem?«

»Das möchte ich nicht sagen, bevor ich Ihnen von meiner Idee erzählt habe.«

Ich durfte kein unnötiges Risiko eingehen.

»Ich könnte Sie in meiner Mittagspause treffen. Morgen um zwölf? Aber ich bin in La Défense. Sie müssten also herkommen.«

»La Défense, gut ...« Die Frau lachte. »Dort war ich schon seit Jahren nicht mehr. Aber ich kann die Metro nehmen. Es ist doch Linie eins?«

»Ja, ich warte am Grande Arche auf Sie.«

»In Ordnung. Vielen Dank, Madame.«

»Ich danke Ihnen. Bis morgen.«

Der Computer gab abermals ein Pling von sich. Vermutlich die letzte Mail heute. Ich musste meinen Sohn abholen und mich anschließend zu Hause ins Bett legen. Ich wickelte mir das Tuch um den Kopf und setzte meine Sonnenbrille wieder auf. Als ich den Fahrstuhl verließ, sahen mich ein paar Frauen misstrauisch an. Plötzlich blieb ich abrupt stehen. Ich hatte das Gebäude mit leeren Händen verlassen. Ohne Blumen. Sollte ich umdrehen?

Die Blumen kamen mir wie ein Teil meiner Arbeitsaufgabe vor.

Ich biss mir auf die Lippe und verfluchte meine Unfähigkeit, rationale und rasche Entscheidungen zu treffen. Die Rezeptionistin hatte mich vermutlich nur übersehen, weil ich ein Kopftuch und eine Sonnenbrille trug. Wenn sie mit Monsieur Bellivier unter einer Decke steckte, würde sie ihm bestimmt berichten, dass ich seit zwei Tagen meine Blumen nicht abgeholt hatte. Ich ging wieder hinein. Würde ich den gestrigen Strauß ebenfalls erhalten? Die Rezeptionistin war aufgestanden und schaute zum Fahrstuhl hinüber. Ich nahm meine Sonnenbrille ab und wartete wie ein gewöhnlicher Besucher. Sie erblickte mich.

»Oh, und ich dachte schon, ich hätte Sie heute auch verpasst.«

Sie lächelte und überreichte mir drei Lilien.

»Schneeweiß«, sagte sie.

Wie Styropor, dachte ich.

Morgenstund hat Gold im Mund, denkt Mancebo und fragt sich, warum ihm diese Redensart ausgerechnet heute einfällt. Es ist geradezu ironisch – so müde, wie er sich fühlt, und nach seiner gestrigen Auseinandersetzung mit Fatima. Aus der Küche dringt ein Geräusch, und er sieht nach, warum Amir schon so früh auf den Beinen ist. Nur in Boxershorts steht er in der kleinen Küche und schmiert sich in aller Ruhe ein Brot.

»Du bist schon wach, mein Sohn?«

»Nein, ich war noch gar nicht im Bett. Wir haben heute unsere mündliche Prüfung, Khaled und ich, damit wir uns für ein Auslandssemester bewerben können. Die Prüfung ist um elf. Ich leg mich jetzt noch ein bisschen hin.«

Mancebo fällt ein, dass Fatima erzählt hat, Amir würde gern im Ausland studieren. Er mustert den schmächtigen Körper seines Sohnes. So, wie er dasteht, halbnackt, mit einem Brot in der Hand, sieht er aus wie ein Vogeljunges.

»Du weißt doch, wie stolz ich auf dich bin, mein Sohn. Das bin ich immer gewesen. Du bist so klug und gewissenhaft. Und du sollst wissen, dass ich dich liebe, ganz egal, wie die Prüfung heute ausfällt.«

Verlegen starrt Amir auf den Fußboden.

»Es wird schon gut gehen, Papa. Aber … danke.«

Er gießt sich ein Glas Milch ein und verschwindet mit dem Glas und dem Brot in seinem Zimmer. Mancebo sieht ihm nach, als er die Tür hinter sich schließt. Er ist mit sich selbst zufrieden und empfindet Tariq gegenüber fast ein wenig Dankbarkeit. Letzten Endes hat ihn die Bemerkung seines Cousins über sein Verhältnis zu den Kindern dazu gebracht, Amir zu sagen, dass er ihn liebt. Vielleicht hat Morgenstund wirklich Gold im Mund, denkt Mancebo und geht ins Badezimmer.

Mancebo massiert seinen Nacken. Am Nachmittag hatte er ziemlich viel Papierkram zu erledigen, musste Waren bestellen, Rechnungen kontrollieren und einige Versicherungsformulare ausfüllen.

Damit ihm trotzdem nichts in der Wohnung auf der anderen Seite des Boulevards entgeht, hat er sich vor das Saftregal gesetzt und es kurzerhand zur Schreibunterlage umfunktioniert, die leider etwas klebrig ist. Allerdings musste er jedes Mal, wenn er zu Madame Cats Wohnung hochschaute, den Kopf drehen, was ihm Nackenschmerzen bereitete. In der Wohnung ist nichts Nennenswertes vorgefallen.

Mancebo massiert noch immer seinen schmerzenden Nacken, als die Tür aufgeht und Madame Cat erscheint. Sie trägt einen eleganten, eng geschnittenen dunkelblauen Rock, einen taillierten Mantel in derselben Farbe und eine weiße Bluse. In der Hand hat sie eine kleine Reisetasche und wirkt ein wenig gestresst. Sie lässt ihren Blick über den Boulevard schweifen, als würde sie jemanden suchen. Kurz darauf hält ein blaues Auto, und sie öffnet den Kofferraum und legt ihre Tasche hinein. Dann steigt sie ein. Am Steuer sitzt ein Mann mittleren Alters.

Mancebo steht auf, geht langsam auf den Bürgersteig hinaus und tut, als würde er die Plastiktüten für das Obst ordnen.

Wie immer stellt er seinen Hocker auf die Abdrücke. Er hält einen Moment inne, hebt ihn hoch und betrachtet abwechselnd den Hocker und die schwarzen Abdrücke. Schließlich nimmt er den Hocker und setzt sich auf die andere Seite der Ladentür.

Ein merkwürdiges Gefühl überkommt ihn. Es beginnt in der Magengegend und breitet sich langsam im ganzen Körper aus. Es ist ein beinahe schwindelerregendes Gefühl, auf der anderen Seite der Tür zu sitzen. Fast dreißig Jahre lang hat er links vom Eingang gesessen, er hat keine Ahnung, warum. Und genauso wenig weiß er, warum er ausgerechnet heute den Hocker woanders hingestellt hat. Plötzlich hat er den Eindruck, alle Leute würden ihn anstarren. Aber warum sollten sie das tun?

Vielleicht hat es etwas mit Feng-Shui zu tun. Mancebo steht wieder auf, um zwei Mädchen zu bedienen.

»Ich bin Hase.«

»Und ich Pferd.«

Mancebo verschwindet unter dem Ladentisch, um nachzusehen, ob er noch ein paar Pferde und Hasen hat.

Zurück auf seinem Hocker beobachtet er weiter die Wohnung auf der anderen Straßenseite. Im ersten Moment zuckt er zusammen. Er hat das Gefühl, seinem Objekt zu nahe zu sein. Eigentlich ist die Entfernung gleich geblieben, aber der neue Blickwinkel verändert den Eindruck, verfremdet ihn geradezu. Jetzt kann er eine Seitenwand im Arbeitszimmer des Schriftstellers sehen. Dort hängt ein Portrait. Er kann es nicht genau erkennen, aber es scheint eine bekannte Persönlichkeit zu sein.

Die Tapete ist grünlich oder gräulich und gemustert, mit Blumen vielleicht.

Mancebo wünscht, er könnte sein Fernglas benutzen.

Sein neuer Beobachtungsposten auf dem Bürgersteig gefällt ihm so gut, dass er sich gestört fühlt, als zwei Jungen in den Laden gehen. Er weiß schon, was sie wollen.

»Bonjour, kennt ihr eure Sternzeichen?«

»Affe.«

»Beide?«

Die Jungen nicken. Mancebo schaut die zwölf verbliebenen Notizbücher durch. Mittlerweile ermahnt er die Kinder nicht mehr, irgendetwas zu kaufen. Er will die Bücher einfach nur loswerden.

»Ich habe nur noch einen Affen. Einer von euch muss Pferd oder Hahn werden.«

Die Jungen flüstern leise miteinander.

»Dann nehmen wir den Affen und den Hahn. Vielen Dank, Monsieur«, sagen sie im Chor.

Mancebo muss unwillkürlich lachen, ihre Unterhaltung würde besser in eine Tierhandlung als in ein Lebensmittelgeschäft passen. Als er gerade wieder seinen Platz auf dem Hocker einnehmen will, überlegt er es sich anders. Er hebt den Hocker hoch, geht ein paar Schritte nach rechts, dann noch ein paar, ehe er ihn wieder abstellt. Hat man einmal mit Veränderungen begonnen, kann man auch gleich damit weitermachen.

Jetzt ist er so weit von seinem Laden entfernt, dass die Markise die Tür verdeckt, aber er kann trotzdem sehen, ob jemand hineingeht. Er könnte es verstehen, wenn sich die Passanten fragen, warum der Ladeninhaber so weit von seinem Geschäft entfernt sitzt. Es muss aussehen, als hätten der Laden und ich uns gestritten, und jeder von uns säße in seiner Schmollecke, denkt Mancebo. Und in gewisser Weise stimmt das auch.

Mancebo ist heute nicht gut auf seinen Laden zu sprechen. Statt die Zentrale seiner Detektivtätigkeit zu bilden, hat er sich zu einem Hindernis entwickelt. Vielleicht auch, weil der Fall jetzt mehr Flexibilität erfordert. Plötzlich spürt er einen brennenden Schmerz auf der Hand. Heiße Asche. Mancebos Geruchssinn übernimmt das Kommando. Zigarettenrauch, registriert sein Gehirn. Er sitzt reglos da. Wie in Zeitlupe blickt er nach oben. Ein paar Meter über seinem Kopf sieht er Fatimas dicke goldberingte Hand, die eine Zigarette hält. Um das zu erkennen, braucht er kein Fernglas.

Den Rest des Nachmittags bewegt er sich wie im Nebel. Kunden kommen und gehen, aber hinterher weiß er kaum, wen er bedient hat und was sie gekauft haben. Mancebo steht unter Schock. Seine Frau raucht. Er kann es nicht glauben. Seit fast vierzig Jahren lebt er mit einer Frau zusammen, die sich darüber beschwert, dass er raucht, und die behauptet, eine Nikotinallergie zu haben.

Er lässt Fatimas Antirauchkampagne noch einmal Revue passieren. Er erinnert sich daran, wie sie einmal das Restaurant wechseln mussten, weil es keinen Tisch mehr in der rauchfreien Zone gab, wie Fatima applaudiert hat, als in den Nachrichten verkündet wurde, dass in Bars und Restaurants ein Rauchverbot eingeführt werden würde.

Wie oft hat sie ihm auf die Finger gehauen, wenn er mehr als seine eine erlaubte Zigarette am Tag rauchen wollte. Und zur Krönung fällt ihm der Abend ein, als sie Tariqs Lottogewinn gefeiert haben und Fatima den Deckel der Zigarrenkiste über seinen Fingern zuschlug.

Eine junge Frau geht lächelnd aus dem Laden, und Mancebo steht mit Geld in der Hand da. Er weiß nicht, ob er vergessen hat, ihr das Wechselgeld zu geben oder ob es das Geld ist, das sie ihm gegeben hat. Aber wenn sie bezahlt hat, warum hat er das Geld dann nicht in die Kasse gelegt? Er keucht, sein Herz beginnt zu rasen, und er bekommt Angst. Womöglich erleidet er wegen Fatimas Raucherei einen Infarkt. Das wäre eine Ironie des Schicksals. Mancebo atmet ein paar Mal tief ein. In gut einer Stunde muss er seiner Frau gegenübertreten.

Er nimmt den Hocker, der jetzt hinter der Kasse steht, und setzt sich nach draußen. Für heute hat er die Nase voll. Weitere Entdeckungen möchte er nicht machen. Er hat keine Lust, noch eine Nacht in der Notaufnahme zu verbringen.

Es tut ihm gut, wieder auf seinem gewohnten Platz links von der Ladentür zu sitzen, und ihn überkommt eine gewisse Ruhe. Die Abendluft, die sich allmählich über der Stadt ausbreitet, kühlt sein überhitztes Gehirn ab, und sein Herz schlägt wieder normal. Doch als Mancebo den Essensduft wahrnimmt, rast es erneut. Bald wird er Fatima sehen. Wie lange raucht sie schon? Und warum verheimlicht sie es? Warum behauptet sie, allergisch gegen Zigarettenrauch zu sein? Wie viele Zigaretten raucht sie? Und die letzte und wichtigste Frage: Welche anderen Dinge verheimlicht ihm seine Familie?

Plötzlich fühlt sich Mancebo mutterseelenallein auf seinem Platz vor seinem Geschäft.

Zögernd steht er auf und schiebt die Obst- und Gemüsestände in den Laden. Er lässt sich Zeit, denn gleich muss er seiner Frau, die ihm wie eine Fremde vorkommt, ins Gesicht blicken. Andererseits würde er am liebsten nach oben in die Wohnung stürzen, um Beweise zu finden. Hat sie irgendwo eine Zigarettenschachtel versteckt? Riecht sie nach Rauch? Tariq hat seine Schuhmacherwerkstatt heute früher geschlossen und sitzt wie üblich in seinem Büro. Ab und zu steht er auf, um sich eine Zigarette anzuzünden, kehrt aber schnell zu seiner Zeitung zurück. Er wirkt rastlos, doch Mancebo hat gerade andere Sorgen, als sich über seinen Cousin Gedanken zu machen.

Tariq trommelt irritiert mit den Fingern auf den Tisch. Fatima schnauft und keucht, als sie das Essen bringt. Amir zupft an seiner Lippe, während er ein Buch über Blauwale liest. Adèle feilt lächelnd ihre Nägel. Mancebos Blick wandert von einem zum anderen. Er kommt sich vor, als hätte er eine Leiche entdeckt und müsste den Mörder finden und der Täter wäre im selben Zimmer. Vielleicht ist es die Person, die er am wenigsten verdächtigt.

»Mein alter Kumpel Ali hat heute angerufen. Ein netter Kerl«, sagt Tariq und beendet sein Getrommel.

Mancebo mustert seinen Cousin. Da niemand auf seine Bemerkung eingeht, nimmt Tariq seine Trommelei wieder auf.

»Wir fahren morgen nach Auteuil auf die Rennbahn«, sagt er. »Nach meinem Jackpot juckt es Ali wahrscheinlich in den Fingern, und er will auch ein bisschen Geld gewinnen.«

Auf einmal kommt Leben in Adèle.

»Ihr geht morgen also auf die Rennbahn. Fatima und ich wollten in den Hamam.«

Sie hört sich an, als befürchte sie, Tariq könnte sie zwingen, mit auf die Rennbahn zu kommen. Vermutlich will er sie gar nicht dabeihaben, er antwortet auch nicht. Es wird still. Mancebo überlegt, wer an diesem Tisch weiß, dass Fatima raucht. Er fixiert Adèle. Sie sieht auf und erwidert lächelnd seinen Blick. Sie weiß es. Mancebo kann es in ihren Augen sehen. Adèle widmet sich wieder ihrer Maniküre. Er nimmt Amir ins Visier, doch der ist so in sein Buch vertieft, dass er es nicht merkt.

»Amir, mein Sohn, warum liest du ein Buch über Blauwale?«

Amir zuckt mit den Schultern.

»Warum nicht? Es sind interessante Tiere.«

Mancebo ist sich sicher, dass sein Sohn nichts weiß. Als Nächster kommt Tariq an die Reihe. Bei ihm ist es schwieriger. Er weiß nicht, wie er seinen Cousin einschätzen soll, seine Augen schweigen. Tariq merkt, dass Mancebo ihn beobachtet, und sagt:

»Was ist los, Bruder?«

Als sie ihre Wohnungstür öffnen, schlägt ihnen ein abgestandener Mief entgegen. Mancebos Blick fällt auf Fatimas Hand, als sie den Schlüssel aus dem Schloss zieht. Es ist dieselbe Hand, die vor ein paar Stunden eine Zigarette gehalten hat. Es ist dieselbe Hand, die ihm unzählige Male Zigaretten aus der Hand gerissen und anklagend auf Raucher gedeutet hat. Aber auch die Hand, die ihn gestreichelt hat.

Sie betreten den Flur. Amir verschwindet sofort in seinem Zimmer. Mancebo hängt seinen Mantel auf, und

Fatima nimmt ihren Schmuck ab. Unschlüssig bleibt er im Flur stehen. Dann geht er zu Amirs Zimmer. Er hebt die Hand, um anzuklopfen, überlegt es sich jedoch anders. Er braucht noch einen Tag, um seinen Plan auszutüfteln, bevor er seinen Sohn einweiht. Mancebo hat Großes vor.

Voller Ungeduld verließ ich am Morgen das Haus. Ich konnte nur daran denken, dass ich bald den Karton öffnen würde und er hoffentlich auch nach wie vor nur Styropor enthielt. Die Vorstellung, ich könnte auf Bücher stoßen, versetzte mich in Panik. Obwohl mich die Metro ohne außerplanmäßige Zwischenstopps ans Ziel brachte, kam mir die Fahrt nach La Défense doppelt so lang vor wie sonst.

Ich hastete am Blumenladen vorbei und legte das letzte Stück bis Areva im Laufschritt zurück. Schnell schlüpfte ich durch die Drehtür, zog meinen Zugangsausweis durch den Kartenschlitz und drängte mich im letzten Moment in den Fahrstuhl, bevor die Türen zugingen. Mit dem Schlüssel in der Hand eilte ich zu meinem Büro.

Ich zog sofort den Karton unter dem Schreibtisch hervor. Nervös riss ich den Deckel auf und wühlte mit beiden Händen darin herum. Meine Finger berührten glatte Styroporkügelchen und tasteten sich bis auf den Boden vor. Zum Glück lagen keine Bücher im Karton, nicht ein einziges Taschenbuch. Und vielleicht hatte er auch nie Bücher enthalten. Vielleicht hatte ich es mir nur eingebildet. Erleichtert verharrte ich ein paar Sekunden auf den Knien und musste an Christophe denken, wie er in der Kirche vor dem Altar gekniet hatte. Dann stand ich auf und fuhr den Computer hoch.

Bedrohlich ragte der Areva-Wolkenkratzer in den grauen Himmel. Vielleicht war ein Gewitter im Anzug. Ich verließ den offenen Platz und ging die Treppe hoch. Ich wusste nicht genau, nach wem ich Ausschau halten sollte, nur dass es eine Frau war. Der Treffpunkt war vermutlich nicht ideal, aber immerhin konnte ich ungesehen wieder verschwinden, falls ich das Treffen platzen lassen wollte.

Meine Verabredung verspätete sich, aber schon als ich sie auf der Rolltreppe erblickte, wusste ich, dass sie es war. Sie sah aus, als käme sie aus einer anderen Zeit, was in diesem ultramodernen Stadtviertel besonders auffiel. Sie war zierlich, um die sechzig und trug einen braunen Rock, ein schwarzes Polo-Shirt und ein beigefarbenes Kopftuch mit roten Blumen. In der Hand hielt sie eine abgenutzte Stofftasche. Für einen Moment blieb sie stehen und betrachtete niedergeschlagen den Grande Arche, als wäre sie gezwungen, ihn zu erklimmen. Ich verspürte plötzlich den Drang, sie vor dieser modernen, hektischen Umgebung zu retten, und eilte ihr entgegen.

»Sie müssen Madame Prévost sein?«

Ihre Miene hellte sich auf.

»Woher wissen Sie das?«

Ich lächelte, und sie hakte sich sofort bei mir ein. Vielleicht war das für sie ganz natürlich, und merkwürdigerweise erschien mir diese Geste auch nicht befremdlich, obwohl wir uns noch nie begegnet waren.

»Wohin gehen wir?«

»Dorthin«, antwortete ich und deutete auf den Grande Arche.

Ich war schon lange nicht mehr auf dem imposanten Marmorbogen gewesen. Ganz oben gab es ein nettes Café.

»Sind Sie sicher, Madame?«, fragte Madame Prévost besorgt.

Ohne zu antworten, führte ich sie zu den Fahrstühlen und kaufte Tickets. Der große gläserne Lift begann seinen Aufstieg zur Spitze des modernen Triumphbogens.

»Wussten Sie, dass der Grande Arche von einem dänischen Architekten entworfen wurde? Leider ist er vor Abschluss der Bauarbeiten gestorben«, sagte ich zu Madame Prévost.

Das war meine Fahrstuhl-Anekdote, und ich musste an den Mann denken, der mich in mein Büro geführt hatte.

»So, jetzt würde ich gerne wissen, was Sie von mir wollen und woher Sie meine Telefonnummer haben«, sagte ich, als wir uns in dem Café einen Platz gesucht hatten.

Madame Prévost umklammerte ihre Stofftasche fester.

»Ich bin die Schwester von Monsieur Caro.«

Die ganze Situation amüsierte mich. Ich fand es eigenartig, dass sie von ihrem eigenen Bruder als Monsieur Caro sprach, aber irgendwie passte es auch zu seiner Persönlichkeit. Wahrscheinlich hatte sie mich kontaktiert, weil sie sich Sorgen um die Gesundheit ihres Bruders machte. Vielleicht glaubte sie, er und ich stünden einander nahe. Sie nestelte an ihrer Stofftasche herum.

»Und ich …«

Ich bekam den Eindruck, dass es ihr nicht gut ging. Hin und wieder wirkte sie wie weggetreten.

»Weshalb haben Sie mich kontaktiert?«, wiederholte ich, um sie in die Gegenwart zurückzuholen.

»Monsieur Caro hat von Ihnen gesprochen. Er hat gesagt, dass Sie Journalistin sind, und ich habe Ihre Handynummer neben seinem Telefon gefunden. Ich … Ich möchte Ihnen etwas geben.«

Einen Moment lang wollte ich ihr erzählen, wie ich ihrem Bruder begegnet war, verwarf den Gedanken aber wieder, weil ich Angst hatte, sie würde wieder verschwinden. Madame Prévost nahm aus ihrer Tasche einen dicken braunen Umschlag. Sie zog ein abgegriffenes grünes Buch heraus und reichte es mir.

»Möchten Sie, dass ich hineinsehe?«, fragte ich.

Sie nickte. Ich schlug das Buch an einer beliebigen Stelle auf. Die Seiten waren dünn wie Butterbrotpapier und fielen fast heraus. Sie waren mit einer beinahe unleserlichen Handschrift bedeckt.

»Was ist das?«, fragte ich, ohne weiterzublättern.

»Das ist das Tagebuch meiner Mutter.«

»Das Tagebuch von Judith Goldenberg?«

Madame Prévost nickte.

»Warum geben Sie es mir?«

»Monsieur Caro hat gesagt, dass Sie ein Buch über unsere Mutter schreiben wollen. Er hält das für eine entsetzliche Idee. Ich finde sie gut.«

Ich lächelte.

»Es stammt aus der Zeit, als sie Ärztin in Dachau gewesen ist. Alles ist dokumentiert.«

»Wie konnte sie ein Tagebuch führen? Ich meine, hat man ihr das denn wirklich erlaubt?«

Madame Prévost sah mich erstaunt an.

»Sehen Sie nicht?«

Ich blätterte ein paar Seiten weiter und bemerkte, dass fast jede Seite mit einem Stempel versehen war. Nachdem ich ein paar komplizierte Wörter und Dosierungen entziffert hatte, verstand ich.

»Unglaublich. Das war ihr Rezeptblock.«

»Die Bücher enthalten Informationen, die nie veröffentlicht worden sind.«

Sie öffnete ihre Tasche erneut und holte zwei identische braune Umschläge heraus.

»Hier ist ein weiteres Buch aus ihrer Zeit im Konzentrationslager, und dieses hier stammt aus ihrer Zeit in Paris in den Nachkriegsjahren.«

Sie legte die Bücher auf den Tisch. Ich wusste nicht, was ich sagen sollte. Ich nahm sie in die Hand und blätterte sie nachdenklich durch.

»Ein Buch zu schreiben ist kein leichtes Unterfangen. Ich würde gern zuerst die Tagebücher durchgehen, bevor ich etwas verspreche. Gleichzeitig ist es natürlich eine große Ehre … Ich würde mich freuen, sie lesen zu dürfen.«

Irgendetwas machte Madame Prévost Angst.

»Weiß Ihr Bruder, dass Sie mich angerufen haben?«, fragte ich. »Dass wir uns treffen?«

»Nein.«

Das war es also.

»Und Sie möchten nicht, dass er es erfährt? Das verstehe ich. Ich kenne sein Temperament. Ich werde ihm nichts sagen. Sie haben ja meine Nummer.«

Mein Aufbruch kam überhastet, aber ich hatte keine Zeit mehr, ich musste zurück ins Büro. Madame Prévost hielt mir ihre Stofftasche hin.

»Oh, danke. Darf ich sie mir ausleihen?«, fragte ich.

Sie nickte und ergriff meinen Arm, und wir gingen schweigend zum Fahrstuhl.

»Warum haben Sie die Tagebücher?«, wollte ich wissen.

»Monsieur Caro wollte sie verbrennen. Ich habe ihn angefleht, sie mir zu überlassen. Er hat sie mir schließlich gegeben, und ich habe versprochen, sie nie jemandem zu zeigen.«

Ich nickte und sah, wie sie mit den Tränen kämpfte. Aber ihre Angst war verschwunden.

Weil ich in der einen Hand meine Laptoptasche und in der anderen die Stofftasche mit den wichtigen zeitgeschichtlichen Dokumenten hielt, musste ich die Blumen in den Mund nehmen, als ich an die Wohnungstür der Concierge klopfte. Sie öffnete schnell, es roch nach Essen.

»Bonsoir, Madame. Ich will Sie nicht stören. Ich wollte Ihnen nur einen schönen Urlaub wünschen. Ich habe den Zettel im Treppenhaus gesehen, dass Sie nur bis Ende der Woche arbeiten.«

Ich überreichte ihr den Strauß.

»Aber ein paar Tage bleiben Ihnen ja noch, um sich an den Blumen zu erfreuen.«

»Oh, vielen Dank. Wie schön sie sind. Es sind Astern, oder?«

»Ja … kann sein.«

»Wussten Sie, dass sich Monsieur Seguin aus dem zweiten Stock scheiden lässt? Drei Kinder und …«

»Nein, das wusste ich nicht. Das ist wirklich bedauerlich. Aber ich möchte Sie gar nicht länger stören.«

»Sie stören nie.«

In meiner Wohnung legte ich die Stofftasche in das oberste Fach meines Kleiderschranks. Dann zog ich mich rasch um und machte mich auf den Weg, um meinen Sohn abzuholen.

Mancebo steht nur widerwillig auf. Am französischen Nationalfeiertag hat er sich den Luxus gegönnt, bis neun Uhr zu schlafen, und auch im Badezimmer lässt er sich Zeit. Er fühlt sich wie ein kleines Kind, das nicht zur Schule gehen will und hofft, dass ihm seine Mutter eine Entschuldigung schreibt. Allerdings weiß er nicht, wer die Rolle seiner Mutter spielen soll. Fatima hat sich in der letzten Zeit nicht gerade von der mütterlichen Seite gezeigt. Mancebo kommt sich in ihrer Gegenwart wie ein Fremder vor. In der Küche läuft das Radio, und Amir streift durch die Wohnung, als suche er etwas. Fatima ist schon auf dem Weg in den Hamam. Mancebo hat gehört, wie sie sich verabschiedet hat.

Als er sich die Zähne putzt, kommt der Teenager in ihm zum Vorschein. Er spuckt die Zahnpasta ins Waschbecken, spült sich den Mund aus und geht zu seinem blauen Mantel, der an der Garderobe im Flur hängt. Er vergewissert sich, dass der Knopf immer noch in der Tasche ist, dann holt er die Zigarettenschachtel hervor und zündet sich eine Zigarette an. Es ist das erste Mal, dass er in der Wohnung raucht, und das sogar, ohne das Fenster zu öffnen. Er setzt sich in seinen Sessel, inhaliert den Rauch und sieht zum Appartement des Schriftstellers hinüber. Dort ist es dunkel, und er kann nicht erkennen, ob Madame Cat und ihr Mann überhaupt zu Hause sind oder ob sie noch schlafen.

Aus irgendeinem Grund ist er überzeugt, dass Monsieur Baker allein im Bett liegt und sich noch einmal auf die andere Seite dreht. Schriftsteller nehmen sich bestimmt alle Freiheiten, und Mancebo kann sich nicht vorstellen, dass sie an Feiertagen arbeiten. Er zieht genüsslich an seiner Zigarette. Noch nie hat ihm Tabak so gut geschmeckt. Eigentlich würde er gern ein bisschen lüften, lässt es aber aus Trotz bleiben. Er gestattet dem Zigarettenrauch, in Fatimas sämtliche Habseligkeiten einzudringen: Kleidung, Laken und Handtücher. Er bläst ihn auf Fatimas rosa Vogel, dessen glitzernde Flügel je nach Temperatur die Farbe ändern. Doch gegen Zigarettenrauch scheinen sie immun zu sein. Sie glitzern noch genauso rosa wie vorher.

»Was machst du da, Papa! Mama dreht durch, wenn sie herausfindet, dass du in der Wohnung rauchst. Das weißt du doch! Mach die Zigarette aus!«

In seinem pubertären Trotz hat Mancebo ganz vergessen, dass Amir zu Hause ist. Er verhält sich immer so still und unauffällig.

»Nein, Mama wird nicht durchdrehen, sie ist schon längst durchgedreht«, antwortet Mancebo.

Kaum hat er es gesagt, bereut er es. Amir trifft keine Schuld. Das hat sein Sohn nicht verdient. Aber er weiß auch, dass es nicht richtig ist, Amir vor allem beschützen zu wollen. Er ist alt genug, um die Wahrheit zu erfahren, was wirklich in seiner Familie vor sich geht. Sein Sohn soll kein Leben führen, das auf Lügen basiert. Auch wenn die Wahrheit das Bild, das er von seiner Mutter hat, auf den Kopf stellt. Amir starrt mit großen Augen auf die

Zigarette, als wäre sie ein gefährliches Tier, mit dem sein Vater spielt.

»Amir, setz dich.«

Aber Amir bleibt stehen.

»Setz dich, bitte.«

Mancebo ascht in einen Blumentopf und steckt den Zigarettenstummel hinein. Amir mustert ihn, als hätte er den Verstand verloren, und vielleicht hat er das auch. Amirs heftige Reaktion bestätigt Mancebos Verdacht, dass er keine Ahnung von Fatimas heimlichem Zigarettenkonsum hat. Doch das wird sich gleich ändern.

»Bitte, Amir, mein Sohn, setz dich hin, und ich werde dir alles erklären. Da ist doch nichts dabei. Du hast mich schon tausendmal rauchen sehen. Nicht hier, aber woanders. Bitte, nimm Platz.«

Amir lässt sich in den durchgesessenen Sessel sinken und betrachtet mit gerunzelter Stirn den Zigarettenstummel in der Blumenerde.

»Du weißt ja, es hat mich überrascht, dass deine Mutter ... meine Frau oft mit deiner Schwester telefoniert und jeden Morgen Schokoladencroissants kauft und dass sie zu ...«

Amirs Falten auf der Stirn vertiefen sich.

»Ich kann verstehen, wenn du meinst«, fährt Mancebo fort, »das eine hat mit dem anderen nichts zu tun, aber ich versuche, dir eine äußerst komplizierte Sache zu erklären, damit du verstehst, was hier vor sich geht.«

Sein Sohn sieht beunruhigt aus.

»Seit fast dreißig Jahren wohnen wir, deine Mutter und ich, in dieser Wohnung. Sehr viel länger, als du auf der Welt bist. Kannst du dir das vorstellen? In all den Jahren hat sie sich darüber beklagt, dass sie von morgens bis abends auf den Beinen ist und keine ruhige Minute hat. Wenn sie von ihrem Tagesablauf erzählt hat, war nie davon die Rede, dass sie zur Bäckerei geht und Frühstück holt. Ist das nicht merkwürdig? In dreißig Jahren? Aber das Merkwürdigste ist, dass sie mit Adèle frühstückt. Der Frau, über die sie sich seit zehn Jahren beschwert. Seit zehn Jahren bekomme ich zu hören, dass die Abendessen eine Qual für sie sind, weil sie Adèles Anwesenheit ertragen und sich Geschichten über ihre Krämpfe und sonstigen Krankheiten anhören muss. Und wenn wir einen Abend mal etwas länger unten geblieben sind, hat sie sich auch darüber beschwert. Seit zehn Jahren bekomme ich das zu hören!«

Der jugendliche Trotz hat jetzt vollkommen von Mancebo Besitz ergriffen, und er zügelt sich nicht länger.

»Als ich herausgefunden habe, dass deine Mutter jeden Morgen zur Bäckerei geht und für sich und Adèle Frühstück kauft, war ich natürlich überrascht. Und jetzt kommt das Interessante. Als ich sie deswegen zur Rede gestellt habe, hat sie es abgestritten! Wenn sie mir das zehn Jahre lang verheimlicht hat, was verheimlicht sie mir noch? Sie macht tagsüber auch noch andere Dinge, die ich dir aber ersparen möchte.«

Amir sieht seinen Vater fragend an.

»Was ich dir jetzt erzähle«, sagt Mancebo, »musst du mir glauben. Gestern habe ich durch eine kleine Änderung meiner Gewohnheiten entdeckt, dass deine Mutter raucht.«

Ungläubig starrt Amir ihn an.

»Aufgrund gewisser Umstände musste ich mich ein Stück vom Laden entfernen, und als ich nach oben geschaut habe, habe ich gesehen, wie Fatima, meine Frau, auf dem Balkon gesessen und eine Zigarette geraucht hat. Die Asche hat sie einfach auf den Bürgersteig fallen lassen. Das war am Nachmittag, als ich im Laden war und Tariq in der Werkstatt. Du bist um diese Zeit normalerweise in der Schule. Wo warst du gestern?«

»Bei Khaled.«

»Fatima raucht, wenn niemand von uns zu Hause ist. Ich bin mir sicher, dass sie das jeden Tag tut, je nachdem, wann sich eine günstige Gelegenheit ergibt.«

Mancebo ist mit seinem letzten Satz zufrieden. Es wird still.

»Bist du sicher?«, fragt Amir.

»Mehr als sicher.«

Amir scheint seine Zweifel zu haben.

»Glaubst du wirklich, dass Mama geraucht hat? Vielleicht hat sie die Zigarette nur für jemanden gehalten und über den Balkon geascht …«

Sein Sohn merkt sofort, wie dünn die Eröffnung seiner Verteidigungsrede klingt.

»Aber warum behauptet sie, allergisch gegen Zigarettenrauch zu sein?«, fragt er und versinkt wieder in Gedanken.

Mancebo zuckt mit den Schultern.

»Sie ist ja noch nicht einmal zu meiner Lyriklesung in die Bar gekommen, weil es ihr dort zu verraucht war, und …«

Amir verstummt und tut Mancebo plötzlich furchtbar leid. Er hätte nie gedacht, dass Fatimas heimliche Raucherei Amir so sehr verletzen könnte.

»Wir müssen es hinnehmen, wie es ist, mein Sohn. Wir wissen nicht, warum sie es tut.«

»Hast du sie nicht gefragt?«, erwidert Amir erstaunt.

Mancebo beißt sich auf die Lippe, um sich in aller Ruhe eine plausible Erklärung auszudenken, warum Fatima davon nichts erfahren darf. Denn er befürchtet, sie könnte ihre Gewohnheiten ändern, sobald sie zur Rede gestellt wird, und so würden andere Dinge, die sie insgeheim tut, gar nicht erst ans Tageslicht kommen. Er kann Amir auch nicht erzählen, dass er Monsieur Baker beschattet. Sein Sohn ist noch nicht bereit dafür, und er selbst eigentlich auch nicht. Seinen Auftrag hat er noch nicht so weit erfüllt, als dass er darüber sprechen könnte.

»Nein, ich habe sie nicht gefragt. Ich würde mir wünschen, dass sie es von sich aus erzählt. Du weißt, wenn man etwas entdeckt hat, möchte man es gerne von der betreffenden Person selbst hören. Ich werde sehen, was ich tun kann. Das wäre für uns alle das Beste. Du musst mir ein bisschen Zeit lassen. Und bis dahin bleibt es unser Geheimnis, in Ordnung?«

Amir scheint die Erklärung anstandslos zu akzeptieren. Das wundert Mancebo ein wenig, er ist aber erleichtert.

Amir packt einen Schreibblock und Stifte ein, er will in die Bibliothek. Draußen auf dem Boulevard sind die Pariser auf dem Weg zu ihren Feiertagsessen. Die Schlange vor der Bäckerei wird immer länger, Passanten mit Blumensträußen hasten vorbei, einige gehen noch schnell mit ihren Hunden Gassi, bevor sie zu ihren Verwandten aufbrechen. Mancebo wirft einen Blick auf die Küchenuhr, er ist spät dran. Er steckt sich eine neue Zigarette an und bläst den Rauch auf den kleinen rosafarbenen Vogel, der möglicherweise bald nicht mehr rosa, sondern grau sein wird.

Er ist selbstsicher und gelassen und sieht den kommenden Tagen mit Spannung entgegen. Indem er Amir in gewisse Dinge eingeweiht hat, hat er die Situation auch für sich selbst noch einmal zusammengefasst. Der Zigarettenrauch hängt wie eine Decke über dem Wohnzimmer. Im Fernsehen wird die jährliche Militärparade auf den Champs-Élysées übertragen. Die Panzer, die auf den Triumphbogen zurollen, sind das Letzte, was Mancebo sieht, bevor er die Wohnung verlässt und selbst in den Kampf zieht.

Trotzig kippelt Mancebo mit seinem Hocker. Seine wiederbelebten jugendlichen Hormone sorgen dafür, dass ihm der Feiertag langweilig und ereignislos vorkommt. Die Wohnung des Schriftstellers scheint verwaist zu sein. Nicht einmal Tariq kann Mancebo beobachten, denn der verbringt ja den Tag auf der Rennbahn. Mancebo geht in den Laden, öffnet eine Packung Zahnstocher, kehrt auf seinen Hocker zurück und steckt sich einen Zahnstocher in den Mund. Fatima kommt den Boulevard hinunter.

»Hallo«, sagt sie. »Was hältst du davon, wenn wir heute Mittag essen gehen? Wir sind ohnehin nur zu zweit. Adèle geht später zu ihrem Töpferkurs, Tariq ist auf der Rennbahn, und Amir hat gesagt, dass er heute nicht zu Hause isst. Nur für uns beide zu kochen lohnt sich nicht. Wir könnten zu dem Pakistaner gehen.«

Der Pakistaner kommt eigentlich gar nicht aus Pakistan, sondern aus Indien, und hat mit seiner Familie ein Restaurant ganz in der Nähe vom Le Soleil eröffnet. Mancebo schluckt, sein jugendlicher Trotz ist wie weggeblasen. Ein Mittagessen in trauter Zweisamkeit mit seiner Frau war in seinem Plan nicht vorgesehen, und er freut sich nicht unbedingt darauf.

Widerwillig schließt er den Laden ab. Fatima geht nach oben, um ihre Sachen in die Wohnung zu bringen, und ist kurz darauf auch schon zurück.

»Ist das Fenster von allein aufgegangen, oder hast du es aufgemacht? Ich finde, wir sollten versuchen, die Wärme so gut es geht auszusperren.«

Mancebo kann sich sofort denken, was passiert ist. Amir hat gelüftet, damit Fatima nicht merkt, dass in der Wohnung geraucht wurde.

»Nein, ich habe kein Fenster aufgemacht. Frag Amir.«

»Der lüftet doch sonst nie im Wohnzimmer, warum sollte er das plötzlich tun?«

»Was weiß ich.«

Sie gehen den Boulevard hinunter, und bevor sie um die Ecke biegen, wirft Mancebo einen letzten Blick auf die Wohnung von Madame Cat und Ted Baker.

Gespannt wartet er auf Fatimas üblichen Kommentar, dass in dem Restaurant jetzt Gott sei Dank Rauchverbot herrsche. Er weiß nicht, wie er darauf reagieren wird, und traut sich selbst nicht über den Weg. Vielleicht lacht er oder haut mit der Faust auf den Tisch oder bringt die Wahrheit zur Sprache. Vielleicht bricht er sogar in Tränen aus.

Sie sitzen an einem Fenstertisch. Außer ihnen sind im Restaurant nur noch ein junges Pärchen und ein älterer Herr, der gerade aufbricht. Fatima schweigt und überfliegt zerstreut die Karte. Sie scheint schon zu wissen, was sie bestellen will. Bestimmt wusste sie es schon, als sie vorgeschlagen hatte, hierherzugehen. Mancebo hat keine Ahnung, für welches Gericht er sich entscheiden soll, aber er weiß genau, was Fatima bestellen wird. Wenigstens in diesem Punkt kennt er seine Frau. Fatima sieht sich um, und Mancebo hat immer mehr Angst vor seiner eigenen Reaktion, wenn Fatima gleich auf das Rauchverbot zu sprechen kommt.

»Es ist eine Wohltat, dass die Leute nicht mehr einfach überall rauchen dürfen!«

Die Bemerkung ist wie eine Kanonenkugel, die alles zerstört, was sich ihr in den Weg stellt.

»Es ist schön, zur Abwechslung einmal auszugehen und nicht kochen zu müssen«, sagt Fatima, als der Kellner mit ihrer Bestellung erscheint.

Mancebo nimmt sich warmes Brot und versucht, das Essen zu genießen. Aber das ist leichter gesagt als getan, denn im nächsten Moment betritt der dicke Tabakhändler das Restaurant. Mancebo greift nach seinem Wasserglas und überlegt, ob er Fatima, die mit dem Rücken zur Tür sitzt, darauf hinweisen soll. Der Pakistaner begrüßt den Tabakhändler mit Handschlag und überreicht ihm seine Vorbestellung in zwei zugeknoteten weißen Plastiktüten. Mancebo sagt erst etwas, nachdem er hinausgegangen ist.

»Der Tabakhändler aus der Rue de Chéroy war gerade hier.«

Fatima starrt ihn an.

»Und?«, sagt sie schließlich.

»Du hättest dich vielleicht gern mit ihm unterhalten?«

»Warum hätte ich das tun sollen? Und hätte ich es gewollt, wäre es klüger gewesen, mir das zu sagen, bevor er wieder geht.«

Da ist was dran, denkt Mancebo und trinkt sein Wasserglas aus.

»Es riecht wie Weihnachten!«, ruft Adèle, als sie sich zum Abendessen an den Tisch setzt.

Raphaël hat Adèles Föhn repariert und isst deshalb heute Abend bei ihnen. Tariq erzählt von einem Pferd, das auf der Rennbahn in die falsche Richtung gelaufen ist. Alle lachen.

»Das ist der Safran im Eintopf«, unterbricht ihn Fatima, um den Grund für Adèles Weihnachtsstimmung zu erklären.

Die drei Männer, Mancebo, Tariq und Raphaël, rauchen.

Fatima sagt nichts, wedelt aber demonstrativ mit der Hand vor ihrem Gesicht herum, vor allem, wenn sie etwas auf den Tisch stellt. Amir sagt keinen Ton, doch seine Augen sprechen Bände. Er sieht seinen Vater nervös an. Wird er mehr als die ihm zugestandene Zigarette rauchen?

Mancebos unverhohlener Zigarettenkonsum am Morgen hat Amir härter getroffen als gedacht. Jetzt spürt Mancebo nicht mehr seine jugendlichen Hormone und bereut es, seinen Sohn in die Sache mit hineingezogen zu haben. Nur dank Raphaëls Anwesenheit ist das Abendessen erträglich. Der Gast vertreibt vorübergehend den dichten Nebel aus Lügen und unausgesprochenen Wahrheiten, der in der Wohnung hängt. Er bringt einen frischen Wind hinein und lässt sie aufatmen.

Fatima und Adèle plaudern in der Küche. Amir starrt seinen Vater an. Raphaël steckt sich wieder eine Zigarette an, und Tariq studiert noch einmal das Starterfeld, damit er sich beim nächsten Mal an die Gewinner erinnert.

Der Nationalfeiertag neigt sich dem Ende zu, und morgen ist wieder ein ganz normaler Tag, was auch immer das bedeutet. Für Raphaël bedeutet es vielleicht, dass er einen kaputten Toaster wieder dazu bringt, Toastscheiben zu toasten, für Tariq neue Schuhe, die besohlt werden müssen, und für Fatima … Mancebo unterbricht seine Gedanken und wischt mit einem Stück Baguette den letzten Rest Sauce von seinem Teller.

»Machst du den Abwasch schon am Tisch, Bruder?«, fragt Tariq, und alle lachen.

Als ich ins Büro kam, öffnete ich als Erstes den Karton, um mich noch einmal zu vergewissern, dass er nach wie vor nur Styropor enthielt. Und so war es. Keine Bücher.

An diesem Vormittag ertönten drei Plings, während ich mich mit Judith Goldenbergs Schicksal beschäftigte. Mir fiel auf, mit welchem Stolz sie ihren Arztberuf ausgeübt hatte. Aus ihren Aufzeichnungen sprach nicht die geringste Spur von Selbstmitleid, und sie beklagte sich nie.

Gleichzeitig empfand ich ihre Notizen auch als Provokation. Sie hatte nicht nur die schlimmsten Bestien gepflegt, sie hatte es sogar mit einer gewissen Hingabe getan. Den Alltag in der Praxis schilderte sie sachlich. Auch wenn sie die schlimmen Verhältnisse beschrieb, gab sie nie denen die Schuld, die ihr die Freiheit geraubt hatten. Allmählich konnte ich nachvollziehen, wo Monsieur Caros tief sitzender Hass herrührte.

Das Ausbleiben weiterer E-Mails erinnerte mich daran, dass meine Mittagspause begonnen hatte. Es war schon Viertel nach zwölf. Ich wagte es nicht, die Tagebücher unbeaufsichtigt zurückzulassen, und steckte sie in die Stofftasche. Im Laufschritt ging ich zum Fahrstuhl. Über den Grund meiner Eile wollte ich lieber nicht nachdenken.

Ich drückte die schwere Kirchentür auf und umklammerte meine Stofftasche. Hier komme ich mit Aufzeichnungen einer Jüdin, die während des Kriegs Nazis gepflegt hat, dachte ich und lief die Treppe hoch. Außer Atem betrat ich das Kirchenschiff. Er war da, und es beunruhigte mich, wie sehr er sich freute, mich zu sehen. Wie üblich redeten wir zuerst nicht viel.

»Ich lese momentan ein Buch über den Zweiten Weltkrieg«, sagte ich.

»Interessant, wie heißt der Autor?«

»Der Name fällt mir gerade nicht ein.«

»Menschen sind komisch, wenn es um Wein und Bücher geht. Sie können einen guten Tropfen trinken, ohne sich den Namen des Weins zu merken. Aber sie wissen noch ganz genau, wie das Etikett aussah. Bei Büchern ist es genauso, man erinnert sich an den Umschlag, aber nicht an den Autor.«

Ich zählte nicht zu diesen Menschen.

»Der Vorname der Autorin ist Judith«, sagte ich. »Sie hat unter furchtbaren Verhältnissen in einem Konzentrationslager gelebt, aber so, wie sie darüber schreibt, klingt es, als würde sie die Deutschen verteidigen. Oder vielleicht ist verteidigen das falsche Wort, aber sie weist ihnen keine Schuld zu. Sie scheint sie nicht zu hassen.«

Christophe schwieg. Ich hatte nicht vor, ihm noch mehr zu erzählen, obwohl ich überzeugt war, dass er wusste, wie man mit sensiblen Informationen umging.

»Die Aufzeichnungen stammen aus ihrer Zeit im Konzentrationslager. Sie hat Tagebuch geschrieben«, fuhr ich fort.

Christophe sah mich an, sein Gesichtsausdruck war schwer zu deuten.

»Das erklärt es natürlich.«

»Wie meinen Sie das?«

»Die einfache Erklärung wäre, dass sie es aus Angst getan hat, die Deutschen könnten ihre Aufzeichnungen lesen. Die kompliziertere, aber vielleicht zutreffendere Erklärung ist, dass sie es getan hat, um zu überleben. Vermutlich war es zu schwer für sie, die Realität anzuerkennen. Vielleicht hat sie die Aufzeichnungen in gewisser Weise an sich selbst gerichtet, um die Realität zu verzerren und dadurch zu überleben.«

Er schien Judiths Verhalten zu verstehen, und ich fuhr fort:

»Sie war Ärztin und musste in einem Konzentrationslager für die Deutschen arbeiten.«

Christophe blickte mich an.

»Interessant.«

Traurigkeit überwältigte mich. Ich hätte meine Tränen gern Judiths tragischem Schicksal zugeschrieben, aber es war nicht der Grund, warum ich weinte. Ich weinte, weil ich wusste, dass bald alles zu Ende sein würde. Judith Goldenberg war nur ein Vorwand. Ich konnte mich nicht erinnern, wann ich das letzte Mal geweint hatte. Doch jetzt weinte ich in einer Kirche in Gegenwart eines fremden Mannes.

»War sie eine Verwandte von Ihnen?«

Ich weinte noch heftiger, was er vermutlich als Ja deutete.

»Das sind die letzten Blumen, Judith«, sagte ich und legte den gelben Blumenstrauß auf ihr Grab.

Jetzt rede ich schon mit den Toten, dachte ich und sah, wie ein Mann in einem blauen Trainingsanzug auf mich zukam.

»Madame, bitte tun Sie das nicht.«

Die Erinnerung an mein erstes Zusammentreffen mit Monsieur Caro holte mich ein, und ich wich unwillkürlich ein paar Schritte zurück.

»Madame, ich bitte Sie, nehmen Sie die Blumen vom Grab, sofort.«

Seine Stimme klang nicht drohend, sondern ängstlich. Der Mann blieb in sicherer Entfernung von mir stehen, und im ersten Moment dachte ich, er hätte Angst vor mir, doch dann begriff ich, dass es das Grab war, was ihm Angst machte.

»Bonsoir, Monsieur. Warum möchten Sie nicht, dass ich Blumen auf dieses Grab lege?«

»Weil meim Bruder es verboten hat.«

Plötzlich schlug er die Hände vors Gesicht.

»Mein Bruder hat verboten, dass jemand Blumen auf das Grab legt«, sagte er, nachdem er sich wieder beruhigt hatte. »Vor meinem Bruder muss man sich in Acht nehmen. Er ist nicht böse, aber gerecht. Da liegt meine Mutter, und wir sollen sie nicht ehren, weil dann die Welt auseinanderbricht, das ganze Weltall.«

Jetzt begriff ich, wer der Mann war: Monsieur Caros Bruder, der an Schizophrenie erkrankt war.

»Ich kenne Ihren Bruder. Er weiß, dass ich Blumen auf das Grab Ihrer Mutter lege. Er ist mir nicht böse.«

Der Mann musterte mich.

»Sie müssen Ihrem Bruder aber nicht sagen, dass Sie mich gesehen haben, wenn Sie Angst haben, dass er böse wird«, fuhr ich fort.

»Sie müssen die Blumen wegnehmen.«

»Das tue ich, wenn Sie mich allein lassen.«

»Versprochen?«

Nervös fuhr er sich mit den Händen über das Gesicht und ging davon. Ich brach mein Versprechen, steckte meine leeren Hände in die Hosentaschen und warf einen letzten Blick auf den schönen Strauß, bevor ich den Friedhof verließ.

Im ersten Moment hatte ich gesagt, dass die Einladung ein wenig kurzfristig komme, dann aber doch zugesagt, ohne genau zu wissen, worauf ich mich eigentlich einließ. Mein Sohn freute sich, als ich ihm erzählte, dass wir Monsieur Caro besuchen würden.

Wir waren ein bisschen zu früh und setzten uns noch in ein Café. Es regnete. Endlich kühlte die Stadt ab.

»Wie darf man den Turm noch mal ziehen, Mama?«, fragte mein Sohn.

»Das weiß ich nicht, aber das kannst du Monsieur Caro fragen.«

Mein Sohn trank einen Schluck Saft.

»Warum tragen die Leute solche Mützen auf dem Kopf?«, fragte er und zeigte auf einen Jungen mit einer Kippa, der am Café vorbeiging.

»Die Kopfbedeckung nennt man Kippa. Sie tragen sie, um zu zeigen, dass sie Juden sind, und aus Respekt vor Gott. Ihre Religion heißt Judentum. Sie glauben auch an Jesus, aber nicht daran, dass er Gottes Sohn ist.«

»Das Judentum?«

Ich nickte. Mein Sohn trank weiter seinen Saft, und ich blickte in seine nachdenklichen Kinderaugen.

Routiniert gab ich den Türcode ein. Die Tür ging mit einem Summen auf. Monsieur Caros Wohnzimmerfenster war geöffnet, Gelächter und Stimmen drangen auf den

Innenhof. Ich lächelte meinen Sohn an, den es nicht im Geringsten zu stören schien, dass Monsieur Caro offensichtlich Gäste hatte.

»Vielleicht treffen wir wieder die Frau ohne Schuhe mit dem grünen Kleid, Mama.«

Ich hatte geglaubt, ich hätte mich auf alle denkbaren Szenarien eingestellt, als Monsieur Caro mir mitgeteilt hatte, dass außer uns auch ein paar Freunde anwesend sein würden, doch jetzt war ich verunsichert. Die Wohnungstür stand halb offen, und ein kleiner Junge im Alter meines Sohnes zog gerade seine Schuhe an.

»Kippa«, flüsterte mein Sohn und deutete unauffällig auf ihn. Der Junge grüßte höflich und sauste die Treppe hinunter. Weil die Tür offen stand, zögerte ich einen Moment, ob wir klingeln oder einfach hineingehen sollten, aber da mein Sohn bereits im Flur war, folgte ich ihm.

Er schien sich wohler zu fühlen als ich und zog mich ins Wohnzimmer. Dort blieb er wie angewurzelt stehen. Vielleicht hatte er nicht mit so vielen Leuten gerechnet. Einige standen, andere saßen, aber alle waren in ein Gespräch vertieft. In der Wohnung roch es nach Essen und Zigarettenrauch. Monsieur Caro war nirgends zu sehen. Mein Sohn schaute mich an, und ich griff nach seiner Hand.

»Lass uns mal nachsehen, wo dein Schachlehrer steckt. Vielleicht ist er in der Küche.«

Wir bahnten uns einen Weg. Die meisten Leute bemerkten uns nicht oder lächelten uns freundlich zu. Einige legten meinem Sohn die Hand auf den Kopf, als wir an ihnen vorbeigingen.

»Das ist sie!«, brüllte plötzlich jemand.

Im Zimmer wurde es schlagartig still, und alle blickten

zuerst den Mann und dann mich an. Er hielt ein Wasserglas in der Hand und deutete auf mich. Ich erkannte ihn sofort wieder. Es war der Mann vom Friedhof. Monsieur Caros Bruder. Obwohl das Zimmer voller Menschen war, fühlte ich mich schutzlos.

»Kümmern Sie sich nicht um ihn«, hörte ich Monsieur Caro aus der Küche rufen. »Er ist krank im Kopf!«

Im Nu kam er ins Wohnzimmer und zog seinen Bruder hinter sich her, der nicht den geringsten Widerstand leistete.

»Als Monsieur Caro in die Schule ging, war Psychologie noch kein anerkanntes Fach«, scherzte ein Mann neben mir, und ein paar der Anwesenden lachten.

Kurz darauf war Monsieur Caro zurück.

»Herzlich willkommen«, sagte er und wischte sich den Schweiß von der Stirn. »Bitte setzen Sie sich doch.«

»Wo haben Sie Ihren Bruder gelassen?«

»Ich habe ihn im Badezimmer eingeschlossen.«

Ich fing an zu zweifeln, ob es wirklich eine so gute Idee gewesen war, meinen Sohn mitzunehmen.

»Das war ein Scherz. Sie haben keinen Humor. Er sitzt im Schlafzimmer und macht sein Lieblingspuzzle. Ich habe gehört, dass Sie beide eine nette Begegnung auf dem Friedhof hatten.«

Monsieur Caro lächelte.

»Ja, Ihre Familie hat einen Hang zu dramatischen Auftritten.«

»Ja, ja, ja … Komm, wir spielen eine Partie. Ich habe das Schachbrett in der Küche aufgestellt, da haben wir unsere Ruhe«, sagte Monsieur Caro und legte den Arm um meinen Sohn.

Plötzlich war meine Sicherheit, mein Sohn, weg, und

ich stand allein im Wohnzimmer. Niemand schien dem Ausbruch von Monsieur Caros Bruder größere Bedeutung beizumessen. Vielleicht war so etwas an der Tagesordnung. Ich stellte mich ans Fenster und blickte in den Innenhof hinaus, als wäre ich zum ersten Mal hier.

»Bonsoir, Madame. Ich hatte keine Ahnung, dass Monsieur Caro so schöne Frauen kennt.«

Der Mann, der mich ansprach, war Anfang, Mitte fünfzig und trug einen schwarzen Hut, unter dem lange Schläfenlocken herabhingen. Wir gaben uns die Hand.

»Darf ich Ihnen etwas zu trinken anbieten?«

Ich hatte nicht darauf geachtet, was die anderen Gäste tranken, und wusste nicht, was ich antworten sollte.

Er schien meine Unsicherheit zu bemerken und bat mich um einen Moment Geduld, während er etwas aus der Küche holte. Im nächsten Moment war er mit einem kleinen Glas zurück.

»Woher kennen Sie Monsieur Caro?«

Leider wusste ich nicht, was Monsieur Caro in seinem Bekanntenkreis über unsere erste Begegnung erzählt hatte.

»Ich bin ihm zufällig bei einem Spaziergang begegnet. Er fühlte sich nicht wohl, und ich habe ihn ins Krankenhaus begleitet.«

»Das war sehr nett von Ihnen. Und ich bin mir sicher, dass er Ihnen dafür noch nicht einmal gedankt hat. Er besitzt ein großes Herz, auch wenn das manchmal nur schwer zu glauben ist. Ich bin ein alter Freund von ihm, wir wohnen seit fast fünfundzwanzig Jahren im selben Haus und spielen hin und wieder eine Partie Schach oder gehen spazieren. Oder wir gehen hier im Viertel in die Synagoge. Möchten Sie, dass ich Ihnen meine Frau vorstelle?«

»Ja, gerne, das wäre nett. Ich kenne niemanden hier.«

»Ich glaube, sie ist in der Küche und bereitet das Essen vor.«

Mir kam der Gedanke, dass ich auch etwas hätte mitbringen sollen. Ich nippte an dem Getränk. Wir bahnten uns einen Weg in die Küche. Dort waren drei Frauen damit beschäftigt, kleine Teigtaschen einzupinseln. Mein Sohn und Monsieur Caro saßen am Küchentisch.

»Anne!«, rief der Mann, und eine der Frauen trocknete sich die Hände an einem Geschirrtuch ab, als wüsste sie, dass sie jemanden begrüßen würde.

Anne war eine attraktive Frau und bestimmt zehn Jahre jünger als ihr Mann. Sie hatte fröhliche, warme Augen.

»Schön, Sie kennenzulernen«, sagte sie und gab mir die Hand.

»Das ist die Frau, die Monsieur Caro das Leben gerettet hat.«

Vielleicht wussten die meisten der Anwesenden doch, was an dem Tag auf dem Friedhof passiert war. Vielleicht wussten alle, wer ich war.

»Kann ich bei irgendetwas helfen?«, fragte ich Anne.

»Ich glaube, es gibt nichts mehr zu tun. Wir können das Essen im Wohnzimmer auf den großen Tisch stellen.«

In der Küche standen fünf große Platten mit diversen kleinen Teigtaschen. Die andere Frau lächelte mich an, und die dritte drückte mir eine Platte in die Hand.

»Stellen Sie sie einfach auf den Tisch, ohne Untersetzer. Sie ist nicht besonders heiß.«

Ich setzte mich aufs Sofa und unterhielt mich mit jemandem, der mir eine Menge über die Geschichte des Marais-Viertels erzählte. Plötzlich spürte ich, dass ich beobachtet wurde, und schielte unauffällig zur Seite. Ein Stück von mir entfernt stand Edith Prévost. Es freute mich, sie zu sehen, und mein Lächeln fiel vielleicht etwas zu strahlend aus. Sie sah mich erschrocken an, und ich beschloss zu warten, ob sie mich von sich aus ansprach. Meine Gesprächspartner wechselten ständig. Allmählich wurde es dunkel, und mein Sohn kam aus der Küche und blickte sich um. Ich winkte ihn zu mir, und er kroch auf meinen Schoß.

»Wer hat gewonnen?«, fragte ich.

»Monsieur Caro.«

»Kannst du einen kleinen Jungen nicht gewinnen lassen?«, sagte ein Mann zu Monsieur Caro, der in seinem Sessel Platz genommen hatte.

»Warum sollte ich?«, antwortete Monsieur Caro. »Es ist völliger Unsinn, Kinder absichtlich gewinnen zu lassen. Wenn du willst, dass dein Kind ein Schwächling wird, dann kannst du es gewinnen lassen.«

»Was ist das, Mama?«, fragte mein Sohn und zeigte auf eine Teigtasche.

»Das ist Brot mit Fleischfüllung. Hühnchen, glaube ich. Die anderen sind süß und mit Aprikosen und Mandelmasse gefüllt. Wir können gehen, wenn du willst.«

»Gleich«, antwortete mein Sohn und nahm sich eine Teigtasche mit Hühnchen.

Im nächsten Moment wurden große Salatschalen aufgetragen und Plastikteller verteilt, und ich begriff, dass die Teigtaschen nur als Snack gedacht gewesen waren.

»Jetzt möchte ich gehen«, sagte mein Sohn.

Als wir gerade aufstanden, um uns zu verabschieden, kam Monsieur Caros Bruder zurück ins Wohnzimmer.

»Wir wollten uns nur verabschieden und uns für den

schönen Nachmittag bedanken. Das nächste Mal müssen Sie zu uns nach Hause kommen«, sagte ich zu Monsieur Caro.

»Gehen Sie, weil Daniel hier ist? Ich kann ihn auch wieder ins Schlafzimmer schicken«, antwortete er von seinem Ehrenplatz.

»Nein, wir wollten sowieso gerade gehen.«

Der Bruder stellte sich neben uns.

»Das ist die Frau, die die Blumen auf Mutters Grab gelegt hat«, sagte er müde.

»Ich weiß. Das braucht uns nicht zu kümmern. Wir können nicht kontrollieren, was jeder einzelne Verrückte in dieser Stadt tut«, antwortete Monsieur Caro und zwinkerte meinem Sohn zu.

Ich küsste ihn links und rechts auf die Wange, und wir ließen das Stimmengewirr, das Gelächter, den Essensduft und den Wahnsinn hinter uns. Auf einmal spürte ich eine Hand auf meiner Schulter.

»Danke«, flüsterte Edith Prévost und verschwand wieder im Wohnzimmer.

Das Telefon klingelt mehrmals. Mancebos Lieferanten wollen die Bestellung für die darauffolgende Woche haben. Drei Kinder betreten den Laden. Sie wollen chinesische Notizbücher. Die drei kommen Mancebo bekannt vor. Vermutlich sind sie schon einmal bei ihm gewesen, er kann es aber nicht beschwören. Ihm geht gerade zu viel anderes durch den Kopf. Er zählt die Notizbücher, es sind noch neun Stück. Sechzig hat er bereits verteilt.

Tariq stürmt in den Laden.

»Hallo, Bruder, Zeit, an die Arbeit zu gehen. Das Leben ist hart.«

Mancebo sagt nichts. Tariq wechselt ein paar Worte mit dem Bäcker, als er seine Werkstatt aufschließt. Alles ist so wie immer. Mancebo sieht auf die Uhr, schreibt seine letzten Beobachtungen in das Notizbuch und legt es in die Schublade unter die Kasse.

Tariq schleift gerade einen Schlüssel, als er wieder seinen Posten auf dem Bürgersteig bezieht. Der Hocker steht an seinem neuen Platz. Mancebo schaut zum Balkon hoch, ob er Fatima sehen kann oder zumindest ihre Hand. Als er seine Augen wieder auf den Boulevard richtet, sieht er zu seinem Entsetzen die beiden Männer, die ihn überfallen haben, auf der anderen Straßenseite entlanggehen. Doch bevor er in Panik geraten kann, verschwinden sie in Tariqs Schuhmacherwerkstatt. Sein Cousin unterbricht die Arbeit und bittet die beiden in sein Büro.

Mancebo erhebt sich, um notfalls die Flucht ergreifen zu können. Doch genauso schnell, wie die Männer aufgetaucht sind, gehen sie auch schon wieder in Richtung Metro davon. Jeder trägt einen Schuhkarton unter dem Arm. Tariq bedient nie Kunden in seinem Büro. Auf einmal wird Mancebo schlagartig klar, dass sein Cousin die Männer kennt, die ihn überfallen haben, und er wischt sich den Schweiß von der Stirn. Heute Abend muss er mit Amir reden. Er kann es nicht länger aufschieben.

»Nicht mehr lange, und ich verkaufe den ganzen Scheiß und ziehe weg.«

»Wohin? Nach Saudi-Arabien?«

François scheint es aufrichtig zu interessieren, wohin Tariq auswandern möchte.

»Ja, warum nicht. Das ist doch kein Leben hier, Schuhe und Schlüssel, nein danke.«

Mancebo mustert seinen Cousin und trinkt einen Schluck Pastis. Er kennt Tariq gut, und irgendetwas stört ihn.

»Jetzt ziehe ich es wirklich durch. Ich verkaufe den ganzen Kram und haue ab. Solange es geht, lebe ich von dem Erlös aus dem Verkauf der Werkstatt und hoffe, dass schnell wieder Bares reinkommt.«

»Und Adèle?«

»Was tut sie hier, was sie nicht auch in Saudi-Arabien tun kann?«

Da hat er natürlich recht.

»Vielleicht wirst du deinem Cousin irgendwann Geld schicken müssen, Mancebo.«

Bisher hat Mancebo sich nicht an der Unterhaltung beteiligt. Ihm schaudert bei dem Gedanken, Tariq und Adèle Geld geben zu müssen. Er schämt sich ein wenig dafür. Eine Familie sollte füreinander da sein.

»Ja, aber dafür müsste der Laden ein bisschen mehr abwerfen«, meint Mancebo. »Kennt ihr die Geschichte von dem Skorpion, der einen Fluss überqueren will?«

François und Tariq schütteln den Kopf.

»Es war einmal ein Skorpion, der über einen Fluss wollte, aber er konnte nicht schwimmen. Also fragte er einen Frosch, ob er ihn auf den Rücken nehmen und ihn ans andere Ufer bringen könnte. ›Du wirst mich ja nur stechen, und ich ertrinke‹, antwortete der Frosch. ›Das würde ich nie tun, denn dann ertrinke ich auch. So dumm bin ich nicht.‹ Das Argument leuchtete dem Frosch ein, und er schwamm mit dem Skorpion auf dem Rücken über den Fluss. In der Mitte des Flusses stach der Skorpion den Frosch. Als sie in den Fluten untergingen, fragte der Frosch: ›Warum hast du das getan? Jetzt stirbst du doch auch.‹ Der Skorpion antwortete: ›Tut mir leid, aber das ist nun einmal meine Natur.‹«

Tariq nickt.

»Du meinst also, dass ich keine Wahl habe, dass ich auf Teufel komm raus allem den Rücken kehren soll, dass es in meiner Natur liegt, mich aus dem Staub zu machen, auch wenn ich dabei andere mit ins Verderben ziehe. Verdammt gute Story.«

Mancebo muss in Tariqs Schuhmacherwerkstatt, um herauszufinden, was dort eigentlich vor sich geht. Schließlich liegt es in der Natur eines Privatdetektivs, Dingen auf den Grund zu gehen und die Wahrheit herauszubekommen, auch wenn er ein Risiko eingehen muss. Auch wenn er seinen Cousin damit ins Unglück stürzt. Er hat keine andere Wahl. Mancebo muss heute Abend definitiv mit Amir reden.

Die Asche fällt auf den Bürgersteig, sie rieselt zu Boden wie schmutziger Schnee. Die goldberingte Hand ascht ungeniert über das Balkongeländer. Eigentlich könnte Mancebo Fatima auf frischer Tat ertappen. Dafür müsste er nicht einmal nach oben in die Wohnung gehen. Er bräuchte nur zu rufen. Aber irgendetwas sagt ihm, dass er sein Wissen noch für sich behalten muss. Für den Moment genügt es, dass Amir informiert ist.

Statt auf seinem Platz sitzen zu bleiben und die erniedrigende Asche weiter auf sich herabrieseln zu lassen, geht Mancebo in den Laden und zeichnet ein paar Ketchupflaschen aus, die am Vormittag geliefert worden sind. Aus dem Augenwinkel sieht er, wie Tariq grüßend die Hand hebt. Dieser Gruß kann an niemand anderen als an Fatima gerichtet sein. Er weiß also Bescheid. Mancebo fühlt sich schwach und wünscht sich, dass dieser Tag bald vorbei ist. Alle wissen es, aber niemand weiß, dass er es weiß. Das verschafft ihm einen Vorsprung. Diese Führung zu verteidigen ist allerdings anstrengend. Es ist anstrengend, die Realität so klar zu sehen wie Mancebo.

Widerstrebend klopft er an Amirs Zimmertür.

»Ja?«

Mancebo registriert, dass Amir nicht »Herein« gesagt hat, und bleibt vor der Tür stehen.

»Was ist?«

»Darf ich reinkommen?«

Es dauert einen Augenblick, bis Amir die Tür öffnet. Warum nur ist sein Gesicht leicht gerötet?

»Hast du kurz Zeit?«, sagt Mancebo. »Ich würde dich gern etwas fragen.«

Amir zuckt mit den Schultern. Was um alles in der Welt tue ich hier?, denkt Mancebo.

Unaufgefordert setzt er sich auf das Bett. Auf der Straße fahren ein paar Löschfahrzeuge der Feuerwehr mit lauten Sirenen vorbei. Sie hören, wie Fatima ein Fenster öffnet, um frische Luft in die Wohnung zu lassen, wie sie rastlos auf und ab geht und schnauft. Das macht sie jeden Abend, aber sie haben es noch nie so deutlich wahrgenommen. Amirs Wangen nehmen allmählich wieder ihren normalen Farbton an.

»Ja, was ist los?«, fragt Amir.

Seine Stimme klingt müde, keine gute Ausgangslage für ein wichtiges Gespräch. Der Vorschlag, den Mancebo Amir machen will, erfordert ein Höchstmaß an Energie und Engagement.

Plötzlich wird die Tür aufgerissen. Vater und Sohn zucken zusammen. Fatima nimmt sich die Freiheit, ins Zimmer zu treten, ohne vorher anzuklopfen. Sie hält einen Stapel frisch gebügelter Hemden in die Höhe. Amir steht auf und nimmt den Stapel mit ausgestreckten Armen entgegen, als würde seine Mutter ihm ein neu geborenes Baby in den Arm legen.

»Warum sitzt ihr hier?«

Mancebo sieht erst seine rundliche Frau und dann seinen Sohn an. Kaum zu glauben, dass Fatima und der schmächtige Amir Mutter und Sohn sind.

»Papa wollte wissen, wie die Prüfung für die Bewerbung für das Auslandsstudium gelaufen ist.«

Fatima schaut Mancebo an, der zurückstarrt. Einige Sekunden liefern sie sich mit Blicken einen stummen Kampf. Aber worum kämpfen sie eigentlich? Fatima schließt die Tür hinter sich. Sie scheint zu erschöpft zu sein und fragt nicht weiter nach, was sie beide zu besprechen haben.

»Danke«, sagt Mancebo.

»Wofür?«, fragt Amir resigniert.

»Die Englischprüfung.«

Amir zuckt mit den Schultern.

»Wie ist es gelaufen?«

Er zuckt wieder mit den Schultern.

»Die Ergebnisse kriegen wir erst morgen.«

Sein Sohn ist müde und möchte schlafen. Dass sein Vater in seinem Zimmer sitzt und Fragen über irgendwelche Schriftsteller und Fatimas Frühstücks- und Rauchgewohnheiten stellt, ist das Letzte, was er will. Aber Mancebo muss in den sauren Apfel beißen.

»Also gut, ich wollte dich um einen Gefallen bitten«, sagt er. »Ich brauche ein paar Informationen aus Tariqs Computer.«

Amirs müde Augen weiten sich.

»Und du bist wohl der Einzige, der mir helfen kann.«

»Warum?«

Mancebo überlegt kurz und antwortet dann:

»Ich glaube, oder genauer gesagt ich weiß, dass Tariq irgendwelche krummen Geschäfte macht. Eigentlich geht mich das nichts an, aber du weißt ja, Tariq ist mein Cousin, und wir arbeiten und wohnen direkt nebeneinander. Und ich habe Angst, dass … wenn er Schwierigkeiten bekommt … mit der Polizei, mit dem Gesetz … dass sich das dann auch auf uns auswirkt. Ich möchte nur wissen, was er genau macht, damit ich einen Weg finden kann, ihm zu helfen.«

»Und du glaubst, dass ich die Antwort in seinem Computer finde? Worüber reden wir? Steuerhinterziehung? Ich glaube kaum, dass ich so etwas erkennen würde.«

Jetzt ist Mancebo an der Reihe, mit den Schultern zu zucken.

»Ich weiß es nicht. Vielleicht irre ich mich auch.«

Amir sieht seinen Vater an.

»Kaum zu glauben, dass Mama raucht«, sagt er plötzlich.

Fatima schläft, als Mancebo ins Schlafzimmer kommt. Ihm kommt der Gedanke, dass sie vielleicht vor Amirs Tür stehen geblieben ist und heimlich gelauscht hat. Doch als er sie wie ein gestrandetes Walross im Bett liegen sieht, wird ihm klar, dass sie schon eine ganze Weile schläft. Wahrscheinlich ist sie sofort ins Bett gegangen, nachdem sie Amir die frisch gebügelten Hemden gebracht hat. Dass sie nur so tut, als würde sie schlafen, ist ausgeschlossen. Niemand, der sich schlafend stellt, sieht so grotesk aus.

Mancebo lässt den Kopf aufs Kissen sinken und fährt sich mit der Hand über die Bartstoppeln. Der Stein wurde ins Rollen gebracht. In ein paar Stunden beginnt die Operation, und in weniger als einem Tag wird sie beendet sein.

Mit jeder Faser meines Körpers spürte ich, dass heute der letzte Tag war. Eigentlich merkwürdig, da besondere Tage oft ihre Besonderheit verlieren, sobald sie anbrechen. Noch nie hatte ich das Wasser beim Duschen als so reinigend empfunden. Nie war die Farbe meines Duschgels so intensiv gewesen, nie hatte es so gut gerochen, nie hatte ich mit so viel Liebe Kaffee gekocht. Meine Kleidung wählte ich mit Bedacht, dasselbe Outfit wie am ersten Tag. Ich war bereit, den Schlussstrich zu ziehen. Ich versuchte, mich auf etwas vorzubereiten, auf das man sich nicht vorbereiten konnte.

Wenn ich dich heute abhole, ist alles vorbei, dachte ich und strich meinem Sohn über die Wange. Wenn ich das nächste Mal den Schlüssel ins Schloss stecke, weiß ich vielleicht, wer Monsieur Bellivier ist, und vielleicht habe ich dann auch verstanden, was ich in diesen ganzen Wochen getan habe. Vielleicht bin ich überrascht, erschöpft, froh, traurig, ängstlich, enttäuscht … Jedenfalls würde ich irgendetwas fühlen. Wie viele Tage, Wochen, Monate hatte ich überhaupt nichts gefühlt, als ich die Wohnungstür aufschloss?

Der Nachbarshund bellte mir einen Abschiedsgruß hinterher, als ich auf den Fahrstuhlknopf drückte.

Die Metro fuhr in die Station ein, und ich ergatterte einen Sitzplatz. Ich betrachtete mein Gesicht in der Fensterscheibe, ich sah müde aus. Endstation. Mehrere Hundert Menschen stiegen gleichzeitig aus. Einige eilten davon, vielleicht kamen sie zu spät zu einer Besprechung, hetzten sich ab. Ich ließ mir Zeit. Als ich am Blumenladen vorbeikam, rief ich dem jungen Verkäufer einen Gruß zu, drehte aber nach ein paar Schritten um und ging zurück.

»Sie liefern heute den letzten Blumenstrauß, oder?«, fragte ich ihn.

Er zögerte.

»Ja, das ist richtig«, sagte er schließlich.

Ich lächelte. Der Auftrag war tatsächlich beendet. Ich wandte mich zum Gehen.

»Madame!«

Ich drehte mich um.

»An Ihrer Stelle wäre ich … vorsichtig.«

»Vorsichtig?«

»Ja, oder vielleicht ist diskret das bessere Wort.«

»Diskret?«

Der Blumenverkäufer wirkte verlegen und unsicher.

»Ich meine, vielleicht wissen es nicht alle Leute zu schätzen, dass man einen treuen Verehrer hat.«

Ein Kunde erschien, und der Mann schien erleichtert, keine weitere Erklärung abgeben zu müssen. Warum hatte er das gesagt? Vielleicht fand er es absurd, täglich einen anonymen Blumenstrauß zustellen zu müssen, und hielt Monsieur Bellivier für verrückt.

Ich blickte an der Fassade des Areva-Towers empor. In der obersten Etage war es dunkel. Die Rezeptionistin begrüßte mich höflich. Nichts in ihrem Verhalten deutete darauf hin, dass heute ein besonderer Tag war. Als ich das Büro betrat, prasselten Regentropfen gegen die Fensterscheiben. Ich war froh. Dass es an meinem letzten Arbeitstag regnete, erschien mir passend. Optimales Lesewetter, sagte ich mir und vergewisserte mich, dass der Karton nach wie vor nichts als Styropor enthielt, bevor ich den Bürocomputer hochfuhr und Judiths letztes Tagebuch aus dem Konzentrationslager aufschlug. »Sie schreibt, um zu überleben«, schoss mir durch den Kopf. Ein Pling erklang. Aufmerksam las ich den Zahlencode, damit mir kein Hinweis entging, der mir möglicherweise verriet, was heute passieren würde. Doch die Zahlen gaben nichts preis.

Ich hatte das Tagebuch bis zur Hälfte gelesen. Judith war immer noch nicht frei. Ich kannte mich mit Dokumenten aus dieser Zeit nicht besonders gut aus und wusste daher nicht, ob ich einzigartiges Material in den Händen hielt oder nicht. Viele Deutsche wurden namentlich genannt, vielleicht hatte das irgendeinen Wert? Nachdem ich eine Passage gelesen hatte, in der einer ihrer Patienten Judith im Detail erzählte, wie er drei Juden gequält hatte, blickte ich auf und sah zu, wie der Regen gegen die Fensterscheiben prasselte. Nach Judiths Schilderung, wie Erks Wagen mit dem Chauffeur am Bahnsteig vorgefahren war und sie das Lager verlassen hatte, schlug ich das Tagebuch zu. Merkwürdig, dass Monsieur Caro die Ereignisse so genau schildern konnte. Er musste die Tagebücher mehrmals gelesen haben.

Es war Zeit für meine Mittagspause. Obwohl es regnete, wollte ich an die frische Luft. Ich musste zur Kirche. Ich steckte Judiths Tagebücher in die Stofftasche und verließ das Büro.

Der Regen peitschte mir ins Gesicht. Ich stieß mit dem Pfarrer zusammen, der auf dem Weg ins Kirchenschiff war. Ich begegnete ihm zum ersten Mal. Wir begrüßten uns, und ich hoffte inständig, dass nicht gerade eine Beerdigung oder ein Gottesdienst stattfand. Aber das Kirchenschiff war leer. Keine Zeremonie, keine ins Gebet versunkenen Besucher und kein Christophe. Ich setzte mich in die hinterste Bankreihe, und zum ersten Mal faltete ich die Hände, eigentlich nur, weil ich feststellen wollte, wie es sich anfühlte, doch es fühlte sich falsch an. Vorsichtig legte ich meine Hände in den Schoß und betrachtete sie. Die Kirche war leer ohne ihn.

In wenigen Stunden würde diese sonderbare Geschichte ein Ende haben. Ich saß mit geschlossenen Augen da und war stolz auf mich selbst. Auf alles, was ich in den letzten Wochen getan und bewältigt hatte. Christophes Lachen zerstörte die magische Stimmung. Er schien blendender Laune zu sein. Wir küssten uns zur Begrüßung auf die Wange.

»Ist etwas passiert? Sie sehen so glücklich aus?«

»Ich bin glücklich, Sie hier zu sehen. In der Kirche. Wer hätte gedacht, dass Sie mittlerweile von sich aus den Weg hierher finden.«

»Aber ich muss gleich wieder gehen.«

»Mein Gott, sehen Sie doch nicht alles immer so negativ.«

Ich schämte mich. Wir hatten schon früher über persönliche Dinge geredet, aber die Sätze, die wir gerade gewechselt hatten, waren vermutlich das Persönlichste, was je zwischen uns zur Sprache gekommen war. Sie bedeuteten so viel mehr. Ich war durch den Regen zur Kirche geeilt, um jede Sekunde mit Christophe auszunutzen.

Als er endlich auftauchte, war er glücklich, und ich machte ihn traurig.

»Glauben Sie, dass ich alles schwarzsehe, weil ich nicht gläubig bin?«, fragte ich aufrichtig.

Christophe antwortete nicht.

»Apropos Glaube, wissen Sie, wo ich war? Auf einem jüdischen Fest.«

»Hat das irgendetwas mit Judith zu tun?«

»Warum sollte es?«

»Das letzte Mal haben Sie von Judiths Tagebuch erzählt, und dann gehen Sie auf ein jüdisches Fest. Da könnte es einen Zusammenhang geben.«

»In gewisser Weise ja, aber nicht direkt …«

»Gibt es eigentlich jemanden, der aus Ihnen schlau wird?«

Ich nahm das letzte bisschen Kraft zusammen, sah ihm direkt in die Augen und schüttelte den Kopf. Wir schwiegen, wir kamen uns näher. Ich stand auf und sagte, ich müsste gehen.

Der Regen trommelte immer noch gegen die Fensterscheiben. Jetzt empfand ich das Geräusch als unangenehm. Was sollte ich tun, wenn keine E-Mail kam? Wenn sich vor Feierabend niemand bei mir meldete? Was sollte ich tun, wenn ich mein Gehalt nicht bekam? Nichts. Und was sollte ich am Montag tun? Das Geld war nicht der ausschlaggebende Faktor gewesen, aber ein wenig schade wäre es schon, wenn ich für meine Tätigkeit nicht bezahlt werden würde. Ein Pling erklang. Eine Zahlenfolge. Vielleicht die letzte. Von einem Moment auf den anderen hörte der Regen auf. Nachdem die Tropfen eben noch wie Maschinengewehrfeuer gegen die Scheiben geprasselt hatten, herrschte schlagartig Stille. Das Ende. Die Einsamkeit. Das Sacré-Cœur war von einem grauen Dunstschleier umgeben. Das Paris, das zu meinen Füßen lag, glich eher einem Schlachtfeld als einer romantischen Großstadt. Ich ging in Richtung Fahrstuhl, bog ab und passierte die leeren Büroräume. Warum wurde dieses Stockwerk nicht genutzt, wo doch in La Défense jeder Quadratmeter zählte?

Als ich die Etage umrundet hatte und mich wieder meinem Büro näherte, hörte ich ein weiteres Pling. Normalerweise folgten die E-Mails nicht so dicht aufeinander. Mein Herz klopfte lauter. Diesmal war es keine Zahlenkombination. »Sie warten auf Monsieur Bellivier? Kommen Sie um sechzehn Uhr an die Rezeption. Lassen Sie den Computer an. Schließen Sie die Bürotür ab, und nehmen Sie den Schlüssel mit.« Ich sollte also nur abschließen und gehen. Das war alles. In siebenundvierzig Minuten würde ich jemanden treffen. Vielleicht Monsieur Bellivier. Vielleicht jemand anderen. Bald war es vorbei.

Der Treffpunkt an der Rezeption stimmte mich ruhiger. In meiner Fantasie hatte ich mir ganz andere Orte ausgemalt: eine Bar in Paris, einen Ort, wo ich noch nie zuvor gewesen war, und manchmal sogar ein fremdes Land.

Ich packte meinen Laptop ein und wanderte wie eine Gefangene beim Hofgang rastlos im Büro auf und ab.

Obwohl ich fast eine Stunde Zeit gehabt hatte, um meinen Abgang vorzubereiten, fiel mir plötzlich auf, dass ich schon vier Minuten zu spät war. Ich begann zu frieren, ein Zeichen, dass ich nervös war. Ich schloss die Bürotür ab und vergewisserte mich, dass Judiths Tagebücher in der Stofftasche lagen. Es dauerte, bis der Fahrstuhl im obersten Stock ankam. Sechs Minuten über die Zeit. An der Rezeption standen ungewöhnlich viele Leute. Vielleicht weil Freitag war, manche machten früher Feierabend, andere gönnten sich eine Kaffeepause. Plötzlich bildete ich mir ein, mein Zugangsausweis würde nicht mehr funktionieren, vielleicht hatte er ein Ablaufdatum, das ich um sechs Minuten überschritten hatte. Doch es piepte, und das grüne Lämpchen leuchtete auf. Ich spürte auf Anhieb, dass ich beobachtet wurde.

Ich setzte mich auf eine der Bänke an der Fensterfront. So war ich leicht zu entdecken.

Dann trat der Mann auf mich zu, der ein paar Wochen zuvor in das Café gekommen war, und ich stand auf. Er lächelte, als wir uns die Hand gaben.

»Xavier Rossi«, stellte er sich höflich vor.

»Helena Folasadu.«

»Wie fühlt es sich an?«

Ich wusste nicht, wie ich die Frage verstehen sollte, und sah ihn forschend an.

»Wie fühlt es sich an, frei zu sein?«, fragte er.

Ich hatte keine Ahnung, was ich antworten sollte. Da ich immer noch keine Erklärung erhalten hatte, war ich nicht frei. Er schien meinen Gedankengang nachzuvollziehen.

»Vielleicht beginnen wir mit dem Wichtigsten.«

Er öffnete eine schwarze Kunststoffmappe und nahm einen Scheck heraus, auf dem die vertraglich vereinbarte Summe stand.

»Der ist für Sie. Und dieser ebenfalls.«

Er nahm einen zweiten Scheck aus der Mappe, überlegte es sich anders und legte beide Schecks zurück an ihren Platz.

»Es ist vermutlich besser, wenn ich es Ihnen zuerst erkläre. Der erste Scheck ist Ihr Gehalt. Er gehört Ihnen. Sie müssen ihn nur einlösen. Das Geld des zweiten Schecks sollen Sie verwenden.«

Er seufzte.

»Erklären gehört nicht unbedingt zu meinen starken Seiten, obwohl ich das zu Hause geübt habe.«

Durch seine Unsicherheit zog er die Schlinge, die er lockern wollte, nur noch enger zu. Ich hatte geglaubt, die Antworten auf meine großen Fragen zu erhalten.

»Also gut, ich hatte genau dieselbe Aufgabe wie Sie. Es ist wie … Wie ein Kettenbrief könnte man sagen. Jetzt sind Sie an der Reihe, einen Nachfolger zu finden. Wie gesagt, der erste Scheck ist für Sie. Der zweite hat einen bestimmten Zweck. Ihr Nachfolger soll jeden Tag etwas bekommen.«

»Blumen?«

Er nickte.

»Aber es kann auch etwas anderes sein.«

»Was haben Sie bekommen?«

Eigentlich wusste ich nicht, warum ich das fragte. Es hätte bestimmt drängendere Fragen gegeben, aber vermutlich wollte ich die Rätselhaftigkeit des Ganzen auf ein überschaubares Maß herunterschrauben.

»Wein.«

»Da sind Blumen gesünder.«

»Ja, und ich kann rote Bordeaux-Weine nicht mehr sehen.«

Wir lachten. Es war, als würden wir ein Gesellschaftsspiel spielen. Wir würfelten abwechselnd und verstrickten uns immer tiefer in ein Spiel mit merkwürdigen Regeln.

»Sie dürfen also frei entscheiden, wer Ihr Nachfolger wird und was er oder sie am Ende des Tages erhält.«

Ich registrierte, dass ein Monsieur Bellivier die Schecks ausgestellt hatte und dass die Zeilen, in denen der Name des Zahlungsempfängers stehen sollte, leer waren.

»Und dann bekommen Sie noch das hier.«

Er nahm einen Umschlag aus der Mappe und reichte ihn mir.

»In dem Umschlag befindet sich ein Ersatzschlüssel, den Sie behalten. Wenn Sie Ihren Nachfolger herbringen, wird für ihn ein Zugangsausweis an der Rezeption liegen. Sie behalten Ihren Zugangsausweis. Am letzten Tag kommen Sie wie ich um sechzehn Uhr her und holen am Empfang eine Mappe ab. Darin werden sich zwei Schecks und ein neuer Arbeitsvertrag befinden. Jetzt haben Sie alles, was Sie brauchen. Sämtliche Informationen. Sie müssen einen Nachfolger finden. Sie wissen, wie ich es gemacht habe, aber Sie können vorgehen, wie Sie wollen.«

Monsieur Rossi verstummte.

»Wer ist Monsieur Bellivier?«

Er zuckte mit den Schultern.

»Das weiß ich ebenso wenig wie Sie.«

»Aber auf dem Scheck steht doch seine Anschrift.«

»Ich weiß. Ich bin zu der Adresse gefahren, habe dort aber niemanden mit diesem Namen gefunden.«

»Wer ist in die Sache eingeweiht?«

»Wie meinen Sie das?«, fragte er erstaunt.

»Die Frau am Empfang?«

»Ich habe keine Ahnung. Was glauben Sie?«

»Sie muss eingeweiht sein. Warum sollte sie sich sonst bereit erklären, die Sachen zu übergeben? Und was ist mit der Putzfrau?«

»Ich glaube, dass wir alle Dinge tun, die wir nicht verstehen oder von denen wir nicht wissen, wohin sie führen. Ich glaube, dass wir alle ausschließlich sinnlose Tätigkeiten ausüben. Im Grunde sind wir alle Angestellte von Monsieur Bellivier.«

So hatte ich es noch nicht gesehen. Aber er hatte ja mehr Zeit gehabt, über seinen Job bei Areva nachzudenken. Ich steckte immer noch mittendrin.

»Wie denken Sie über die Sache? Sie konnten sich das Ganze ja mittlerweile einige Wochen durch den Kopf gehen lassen«, sagte ich.

»Ich weiß nicht. Vielleicht habe ich verstanden, dass wir die verdammte Pflicht haben, das Beste aus unseren Erfahrungen zu machen. Man muss nichts Drastisches erlebt haben, um einen Nutzen aus seinen Erlebnissen zu ziehen. Man muss dem Tod nicht von der Schippe gesprungen sein, um das Leben zu schätzen. Ich fliege heute Abend nach Chile. Eine weite Reise. Den Entschluss habe ich gefasst, während ich diese sinnlosen E-Mails weitergeleitet habe. Mir ist klar geworden, dass ich dorthin muss. Mein leiblicher Vater lebt dort.«

»Ich weiß nicht, was ich gelernt habe oder welchen Nutzen ich daraus ziehen soll«, sagte ich.

»Schreiben Sie ein Buch.«

Wir gingen auf die Drehtür zu.

»Madame!«

Die Rezeptionistin lächelte, als ich den Blumenstrauß in Empfang nahm.

Monsieur Rossi und ich gingen hinaus.

»Ich muss in diese Richtung«, sagte er und zeigte auf den Taxistand.

»Hier«, erwiderte ich und hielt ihm den Blumenstrauß hin.

»Nein, das wäre zu schade. Ich mache eine Reise.«

»Das tun wir alle.«

Schließlich nahm er die Blumen und stieg in ein Taxi.

Bevor ich Areva endgültig den Rücken kehrte, warf ich einen letzten Blick auf die Rezeption, wo die Putzfrau gerade einen Mülleimer ausleerte. Sie schaute auf. Aber da sie so stark schielte, war ich mir nicht sicher, ob sie mich sah. Ich hatte das Gefühl, mich von ihr verabschieden zu müssen, und ging noch einmal zurück.

»Bonsoir, ich wollte mich nur verabschieden. Ich werde nicht mehr kommen.«

Sie sah mich an, und ihr Blick gab mir deutlich zu verstehen, dass ich meine Nase nicht in anderer Leute Angelegenheiten stecken sollte.

Tariq poltert in den Laden. Wenn er wüsste, was heute noch passieren wird, denkt Mancebo und legt die Post unter die Kasse.

»Bruder, bevor du in deiner Werkstatt verschwindest, wollte ich dich um einen Gefallen bitten.«

Tariq bleibt stehen und legt ungeduldig die Hand auf den Tresen.

»Amir müsste heute kurz deinen Computer benutzen. Ich weiß nicht genau, warum. Ich glaube, es geht um irgendein Prüfungsergebnis für seine Bewerbung für das Auslandssemester. Und in der Bibliothek muss er immer so lange warten, bis ein Computer frei wird. Würde es dir passen, wenn er irgendwann vor dem Mittagessen vorbeikommt?«

Tariq wirkt erleichtert, als hätte er mit etwas ganz anderem gerechnet.

»Natürlich, ich helfe deinem Sohnemann gern, das weißt du.«

»Danke.«

»Aber hör mal, willst du dir nicht endlich einen eigenen Computer anschaffen? Du weißt, dass Raphaël dir dabei helfen kann. Für Amir wäre es nur gut, wenn er Internet zu Hause hätte.«

»Ja, irgendwann wird es wohl an der Zeit sein«, antwortet Mancebo und lächelt.

Tariq winkt ihm zum Abschied zu, und Mancebo nimmt sich ein Messer und öffnet seine Post.

Kurz vor dem Mittagessen taucht Amir auf. Mancebo bedient gerade eine ältere Dame, als er ihm auch schon von der anderen Seite der Straße zuwinkt. Mancebo lauscht gerade der Krankheitsgeschichte seiner Kundin. Als die Dame das Geschäft verlässt, bemerkt er, dass Amir bereits vor Tariqs Computer im Büro der Werkstatt sitzt. Tariq ist ebenfalls im Büro. Ab und zu stellt er sich hinter Amir und zeigt auf den Bildschirm. Beide lachen. Mancebo ist nervös. Wenn Amir das Passwort nicht herausbekommt, ist der Plan gescheitert.

Aus dem ersten Stock dringt Essensduft. Tariq und Amir sagen etwas zueinander, dann verlässt Amir die Werkstatt. Mancebo verzweifelt allmählich. Doch dann beugt sich Amir nach unten und bindet sich die Schuhe zu. Das ist das Zeichen. Seine Mission ist geglückt. Und somit beginnt Phase zwei des Plans. Mancebo schließt die Klappen der Obst- und Gemüsestände, und Tariq wirft seinem Cousin einen hastigen Blick zu. Es ist Zeit fürs Mittagessen.

Als Mancebo nach oben kommt, sitzen alle anderen schon am Tisch. Amir ignoriert seinen Vater aus Angst, jemand könnte bemerken, dass sie etwas im Schilde führen. Fatima verscheucht ein paar Fliegen, die es sich auf dem Tisch bequem gemacht haben.

»Wir müssen heute einkaufen gehen.«

Fatimas Worte sind an Adèle gerichtet. Einmal in der Woche gehen die beiden Frauen mit ihren Trolleys bewaffnet zum Franprix. Dort kaufen sie alles ein, was Mancebo auf dem Großmarkt nicht bekommt. Es ist das Einzige, was Fatima und Adèle abgesehen von ihren sonntäglichen Hamam-Besuchen gemeinsam unternehmen. Und abgesehen vom Frühstück natürlich.

Amir wirft seinem Vater einen Blick zu. Sein Sohn befürchtet, dass Fatimas und Adèles Einkaufstour ihren Plan durchkreuzen könnte. Aber im Laufe der letzten Wochen hat Mancebo gelernt, in Sekundenschnelle nachzudenken. Und noch bevor Fatima ihren Satz beendet hat, weiß er, dass diese neue Information nichts verändert. Es ist sogar ganz praktisch, wenn die beiden Frauen für ein, zwei Stunden verschwinden. Schlimmstenfalls gehen sie oder kommen zurück, während Amir in Tariqs Werkstatt ist. Aber nicht einmal das wäre eine Katastrophe.

Ihr Plan berücksichtigt selbst den schlimmsten und höchst unwahrscheinlichen Umstand, dass Tariq früher als üblich vom Le Soleil zurückkommt. Dann ruft Mancebo Amir in der Werkstatt mit seinem Handy an.

Er nickt beruhigend, und Amir atmet erleichtert auf und nimmt sich von dem frisch gebackenen Brot.

Das Mittagessen verläuft ungestört. Mancebo genießt das Essen. Als die Orangen auf den Tisch kommen, ist es mit der entspannten Stimmung jedoch vorbei.

»Kein Gebäck heute?«, fragt Tariq.

»Nein, irgendjemand in dieser Familie muss ja schließlich an die Gesundheit denken«, antwortet Fatima. »Hier wird schon genug geraucht und Gebäck gefuttert. Ihr müsst besser auf euch achten. Ihr seid nicht mehr die Jüngsten. Weniger Zigaretten und mehr Obst würden euch guttun.«

Sie schneidet die Orangen in Spalten, legt sie auf die große Platte und geht um den Tisch, als würde sie ein Medikament verteilen. Plötzlich spürt Mancebo einen

Kloß im Hals. Wie oft hat Fatima ihm auf die Finger geschlagen, wenn er mehr als seine tägliche Zigarette rauchen wollte. Warum um alles in der Welt tut sie mir das an? Warum hat meine Familie Geheimnisse vor mir? Tariq verzieht das Gesicht und nimmt sich ein paar Schnitze.

Die Orangenspalten sehen aus wie höhnisch grinsende Münder. Münder, die Mancebo auslachen, weil er keine Ahnung hat, was hier wirklich gespielt wird. Münder, die Geheimnisse flüstern, die er nicht hören darf. Münder, die ihm ins Gesicht schreien, dass er hintergangen wird. Alle kennen Fatimas Geheimnisse. Und die Unterhaltung beim Essen hatte lediglich den Zweck, sich über den ahnungslosen Mancebo lustig zu machen. Er nimmt Fatima die Platte aus der Hand und reicht sie Adèle, ohne sich zu bedienen. Adèle sieht ihn verwundert an, sagt aber keinen Ton. Dafür ist Mancebo ihr dankbar. Außer ihr ist niemandem aufgefallen, dass er den Nachtisch verschmäht hat.

Ein Mädchen und ein Junge kommen in den Laden. Mancebo begrüßt die beiden. Mittlerweile kennt er den Gesichtsausdruck der Kunden, die ein chinesisches Notizbuch ergattern wollen. Das Telefon klingelt, und Mancebo nimmt ab. Es ist irgendein Vertreter, der ihm ein neues Kartenlesegerät verkaufen will.

»Nein danke, mein Gerät funktioniert einwandfrei, aber Sie haben nicht zufällig so einen Apparat, mit dem man Geldscheine kontrolliert?«

Am anderen Ende wird es still.

»Um zu kontrollieren, ob sie echt sind«, verdeutlicht Mancebo.

»Nein, ich rufe im Auftrag von Cebex an, und wir vertreiben ausschließlich Kartenlesegeräte.«

»Haben Sie einen Tipp für mich, wo ich ein Geldscheinprüfgerät bekommen kann? So eine Lampe?«

»Nein, Monsieur, da kann ich Ihnen leider nicht weiterhelfen.«

»Trotzdem vielen Dank und einen schönen Tag noch.«

Mancebo wendet seine Aufmerksamkeit den Kindern zu.

»Ihr wollt zwei Notizbücher, oder?«

Die beiden nicken. Er kramt unter dem Ladentisch. Es sind nicht mehr viele Notizbücher übrig. Er sucht einen Drachen und einen Tiger aus und steckt die Notizbücher in die Tüte zu der Kaugummipackung. Die Kinder bezahlen passend und laufen fröhlich hinaus. Um ein Haar stoßen sie mit Fatima und Adèle zusammen, die vor dem Laden stehen und zu ihrer Einkaufstour aufbrechen wollen. Adèle winkt, und Fatima lächelt Mancebo zu, dann gehen sie zum Franprix. Mancebo wittert seine Chance. Tariq steht vor der Werkstatt und winkt seiner Frau hinterher. Mancebo fackelt nicht lange und eilt nach draußen.

»Was meinst du, Bruder? Sollen wir uns ein Beispiel an unseren Frauen nehmen und unsere Nester ebenfalls verlassen?«

Normalerweise ruft Mancebo nicht quer über die Straße. Es ist noch ein bisschen früh für ihren Pastis, doch diese Gelegenheit darf er sich nicht entgehen lassen. So kann Amir seinen Auftrag ungestört erledigen.

Bevor sie auf ihrem Weg ins Le Soleil vom Boulevard abbiegen, wirft Mancebo einen Blick nach oben in seine Wohnung, aber Amir ist nicht zu sehen. Er wird unruhig. Hat sein Sohn nicht mitbekommen, dass Tariq das Feld geräumt hat? Oder macht er sich fertig, um keine wertvollen Sekunden zu verlieren? Im Le Soleil versucht Mancebo, Zeit zu gewinnen, und verwickelt François in eine sinnlose Diskussion über die neuen Rentenreformen.

»Unsereins hat davon absolut gar nichts, wir sind weder Busfahrer noch Zugführer«, brummt Tariq, der findet, dass es Zeit zum Aufbruch ist.

Die beiden Cousins verabschieden sich und gehen wieder hinaus in die Hitze.

Während des Nachmittags macht Tariq seine Schuhmacherwerkstatt zwei Mal zu und setzt sich in seinem Büro an den Computer. Mancebo zerbricht sich nicht den Kopf darüber, weil er es heute Abend sowieso erfahren wird. Außerdem bezahlt ihn niemand dafür, seinem Cousin hinterherzuspionieren.

Womöglich bemerkt Tariq, dass jemand in seinem Büro gewesen ist, aber eigentlich macht es keinen Unterschied. Amir behauptet dann einfach, er hätte ein Buch im Büro vergessen und wäre zurückgekommen, um es zu holen. Sie bewahren einen Ersatzschlüssel für die Werkstatt in ihrer Wohnung auf. Deswegen würde niemand Verdacht schöpfen. Genauso wenig, wie jemand einen alten Mann vor einem Lebensmittelgeschäft für einen Privatdetektiv halten würde. Aber die Menschen sind nicht immer das, wofür man sie hält.

Das Abendessen ist wie immer, wenn Fatima und Adèle ihre Einkaufstour gemacht haben: Der Tisch biegt sich förmlich vor frischen Speisen. Die üblichen Eintöpfe sind gegen Salate ausgetauscht, die kalorienreichen Saucen durch leichte Joghurtdressings ersetzt worden, und zur Feier des Tages gibt es frische Thunfischsteaks, die nicht die geringste Ähnlichkeit mit ihren Verwandten aus der Dose haben.

»Das ist das Gegenteil eines Feuerwerks«, sagt Tariq, nachdem er die Köstlichkeiten in Augenschein genommen hat.

Adèle sieht ihn verständnislos an.

»Ich meine, ein Feuerwerk steigert sich und endet mit einem grandiosen Finale. Aber ihr macht es umgekehrt. An den Tagen, an denen ihr einkaufen gewesen seid, fahrt ihr sofort die großen Geschütze auf und lasst es schlicht ausklingen.«

Adèle schaut Fatima an, als erhoffte sie von ihrer Seite Unterstützung, die auch prompt kommt.

»Was will der Herr damit sagen? Sagt ihm das Essen nicht zu? Dann kann er sich in Zukunft selbst an den Herd stellen und sein eigenes Essen kochen«, bläst Fatima Tariq den Marsch.

Tariq sieht Mancebo an, um seinerseits ein bisschen Schützenhilfe zu bekommen, doch die bleibt aus. Die Männer am Tisch halten nicht so zusammen, wie es die Frauen dem Anschein nach tun. Und Amir scheint noch nicht einmal mit sich selbst im Reinen zu sein. Blass und stumm nimmt er sich von dem Avocadosalat.

Einerseits ist Mancebo erleichtert, weil Amir seine Aufgabe offensichtlich erfüllt hat. Andererseits ist er beunruhigt, weil er noch nicht weiß, was genau er herausgefunden hat.

Plötzlich steht Amir auf und bedankt sich für das Essen, obwohl Adèle und Fatima noch nicht fertig sind.

»Ich fühle mich nicht so gut. Ich glaube, ich gehe nach oben und versuche, ein bisschen zu schlafen, wenn das in Ordnung ist.«

Fatima murmelt irgendetwas, dass ihn die Englischprüfung geschafft hat, und Adèle wünscht ihm eine gute

Nacht. Im ersten Moment glaubt Mancebo, dass Amir sich absichtlich früher vom Abendessen verabschiedet hat. Auch wenn sie es nicht abgesprochen haben, hofft er vielleicht, dass er ihm folgt, damit sie sich ungestört unterhalten können. Doch je länger er darüber nachdenkt, desto sicherer ist er, dass Amir sich wirklich nicht wohlfühlt.

Nach einer Weile steht Mancebo auf und sagt, er wolle nach seinem Sohn sehen. Niemand hebt die Augenbrauen.

In der Wohnung ist es dunkel. Mancebo schließt die Tür hinter sich. Bevor er zu Amirs Zimmer geht, stellt er sich im Schlafzimmer ans Fenster und blickt in die ebenfalls dunklen Fenster des Appartements auf der anderen Seite.

»Schwarz, schwarz, schwarz wie die Katz'«, flüstert er leise, ohne zu wissen, warum ihm das in den Sinn kommt.

Mit entschlossenen Schritten geht er zu Amirs Zimmer und klopft an. Keine Antwort. Bestimmt schläft er. Vielleicht ist er wirklich krank. Dann hat er seinen Auftrag womöglich gar nicht bis zum Ende ausgeführt.

Mancebo kann ihm keinen Vorwurf machen. Er hat schon viel zu viel von ihm verlangt. Er hat den schmalen Schultern seines Sohnes eine zu große Last aufgebürdet. Mancebo klopft ein zweites Mal. Keine Reaktion. Besorgt drückt er die Klinke herunter und merkt zu seinem Erstaunen, dass die Tür abgeschlossen ist. Er kann sich nicht erinnern, dass Amir jemals seine Zimmertür abgeschlossen hat. In der Wohnung schließt niemand Türen ab. Nicht einmal die Badezimmertür. Mancebo klopft zum dritten Mal.

»Amir? Bist du da?«

Immer noch keine Antwort. Mancebo klopft und rüttelt an der Türklinke. Er lauscht. Stille. Das einzige Geräusch ist Adèles Lachen ein Stockwerk tiefer.

»Amir, mach bitte auf. Ich mache mir Sorgen.«

Als er gerade in die Küche gehen will, um etwas zu holen, mit dem er die Tür öffnen kann, geht sie auf. Sein Sohn legt sich wieder hin und starrt an die Zimmerdecke.

Mancebo ist erleichtert. Er setzt sich aufs Bett, zögert einen Moment und streicht ihm dann liebevoll über die Wange. Er hat befürchtet, Amir könnte widerwillig den Kopf zur Seite drehen, doch er lässt es sich gefallen.

»Wie geht es dir?«

Amir reagiert nicht. Seine Wangen haben wieder ein bisschen Farbe bekommen, und Mancebo bemerkt einen Anflug von Wut in seinen Augen.

»Warum hast du abgeschlossen?«, fragt er.

Amir setzt sich auf und starrt seinen Vater vorwurfsvoll an.

»Das sollten wir vielleicht alle tun.«

Amir steht vom Bett auf und geht ans Fenster. Mancebo schweigt. Er spürt, dass Amir Zeit braucht, um sich zu sammeln. Nach einer Weile dreht sein Sohn sich um und setzt sich auf das Bett neben Mancebo, der sich ein schiefes Lächeln abringt. Amir will etwas sagen, überlegt es sich aber anders. Stattdessen geht er zum Schreibtisch, zieht eine Schublade auf, kramt einen Moment darin herum und holt eines der chinesischen Notizbücher heraus. Im ersten Moment reagiert Mancebo nicht. Doch dann erstarrt er. Amir bemerkt den erschrockenen Blick seines Vaters.

»Oh, entschuldige. Ich habe ein paar davon im Laden im Regal unter der Kasse gefunden und mir eins für den Auftrag genommen. Das ist doch in Ordnung?«

Schnell hat Mancebo sich wieder im Griff und sieht seinen Sohn voller Stolz an. Natürlich braucht man für einen wichtigen Auftrag ein Notizbuch. Von unten ist Stimmengemurmel zu hören. Amir schlägt das Notizbuch auf, klappt es aber sofort wieder zu.

»Okay, alles ist wie geplant gelaufen. Vor dem Mittagessen bin ich zu Tariq in die Werkstatt gegangen. Er hat sich gefreut, dass er mir helfen konnte. Ich habe so getan, als würde ich auf der Homepage der Schule surfen, Prüfungsergebnisse nachsehen und so. Tariq musste ein paar Kunden bedienen, und weil ich das Passwort nicht gesehen habe – er hat sich eingeloggt –, habe ich den Computer runtergefahren und gesagt, ich hätte ihn aus Versehen ausgeschaltet. Er hat mir zugeflüstert, dass das Passwort unter der Tastatur klebt. Nicht besonders kreativ.«

Amir verstummt, aber Mancebo nickt, um zu signalisieren, dass er weiterreden soll.

»Wie auch immer, das Passwort stand da. Tariq scheint es ziemlich häufig zu ändern, streicht das alte durch und schreibt das neue hin. Komisch, dass er es so oft ändert …«

»Wie lautet es?«

Amir schlägt eine Seite in seinem Notizbuch auf. Dort stehen ungefähr dreißig Wörter.

»Hier sind alle Passwörter, die er benutzt hat.«

Mancebo fährt sich mit der Zunge über die Lippen und nickt abermals, er ist stolz auf seinen Komplizen, der es offensichtlich geschafft hat, einen kühlen Kopf zu bewahren. Er liest sich die Wörter noch einmal durch. Doha, Kairo, Bamako, Ouagadougou, Dubai, Riad, Pensa … Mancebo kratzt sich am Kopf. Geografie ist nicht unbedingt seine Paradedisziplin, und Amir kommt ihm zur Hilfe.

»Das sind alles Städtenamen. Die meisten liegen in der arabischen Welt, aber es sind auch ein paar afrikanische Städte dabei und eine Stadt in Russland.«

Mancebo darf jetzt keine voreiligen Schlüsse ziehen. Vielleicht hat sein Cousin die Namen einfach zufällig gewählt.

»Als ich gegangen bin, habe ich absichtlich ein Buch im Büro liegen gelassen. Und dann habe ich hier gesessen«, Amir zeigt auf seinen Schreibtisch, »bis Mama und Adèle einkaufen gegangen sind. Da habe ich das Fenster aufgemacht und gehört, wie du Tariq zugerufen hast, dass es Zeit fürs Le Soleil ist. Wir hatten Glück.«

Sein Gesicht leuchtet auf, und er grinst, es ist ein kindliches, aufgekratztes Grinsen.

»Und als ihr weg wart, bin ich zurück in die Werkstatt gegangen.«

Amir verstummt, als würde ihm die Erinnerung Angst machen.

»Ich konnte mich ohne Probleme einloggen. Und Tariq geht mit seinen Dokumenten ziemlich sorglos um, nichts ist passwortgeschützt.«

»Dokumente?«

»Ja, Papa. Informationen, das, was in einem Computer gespeichert ist. Es war ein bisschen wie ein Puzzle. Aber ich glaube, ich habe alles, was du wissen willst. Sogar der Schlüssel für den Metallschrank hing im Büro … Ganz unten lagen zwei Schuhkartons und …«

Sie hören, wie die Wohnungstür aufgerissen wird.

»Mein Küken, wie fühlst du dich? Wir machen unten nur noch schnell den Abwasch, aber wenn es dir nicht gut geht, kann ich Adèle bitten, ihn allein zu machen. Soll ich dir irgendetwas bringen? Einen Tee?«

Amir schüttelt den Kopf.

»Ich muss nur schlafen, es war ein anstrengender Tag.«

Mancebo klappt das Notizbuch zu, in das er sich in seinem Sessel vor dem Fenster vertieft hat. So etwas hat er noch nie gelesen. Amirs Bericht schlägt jeden Kriminalroman. So viele Informationen, die er nur durch einen Blick in Tariqs Computer gesammelt hat. Die letzten Aufzeichnungen sind das Schockierendste, was er je gelesen hat. Amirs Beschreibung, wie er einen der Schuhkartons aus Tariqs Metallschrank öffnet, könnte der Anfang eines Thrillers sein.

Mancebo schluckt. Er kann verstehen, warum Amir seine Zimmertür abgeschlossen hat. Nun hat er höchstens ein paar Minuten, um die Informationen zu verarbeiten, bevor seine Frau zurückkommt. Er befindet sich in einem ähnlichen Schockzustand wie Amir vor gut einer Stunde. Die letzten Tage haben einfach zu viele unangenehme Wahrheiten über seine Familie ans Licht gebracht. Gütiger Gott, und mit diesem Kerl bin ich verwandt, schießt es ihm durch den Kopf. Er starrt auf die Schuhmacherwerkstatt auf der anderen Straßenseite. Nachdem er Amirs Notizen gelesen hat, sieht sie plötzlich verändert aus. Mancebo will gar nicht daran denken, wie er sich seinem Cousin gegenüber in Zukunft verhalten soll.

Bevor die Wohnungstür aufgerissen wird und Fatima mit ein paar Töpfen unter dem Arm hereinmarschiert, beschließt Mancebo, dass er sich am besten schlafen legt. Nur so kann er sich ein bisschen Bedenkzeit verschaffen, ehe sich der Vorhang für eine weitere Vorstellung hebt. Denn genau das ist es, was hier inszeniert wird: eine Theatervorstellung. Jeder spielt irgendeine Rolle. Fatima die der hart arbeitenden Ehefrau, die nicht einmal Zeit zum Frühstücken hat, keinen Zigarettenrauch verträgt und niemals einen anderen Mann anschauen würde, am allerwenigsten einen Tabakhändler. Aber abseits der Bühne ist sie jemand ganz anderes. Und Tariq, der den fröhlichen Schuhmacher mimt, der Schuhe repariert und Schlüssel kopiert, ist in Wirklichkeit ein Waffenhändler. Außerdem lagert er in seinem Büro heimlich mehrere Hundert Stangen Zigaretten. In den Schuhkartons im Metallschrank sind keine Schuhe.

»So weit, so gut, aber da ist noch mehr. Ich bin noch nicht fertig«, murmelt Mancebo.

Ich gebe nicht auf, bevor ich nicht jedes Detail in dieser faulen Geschichte aufgedeckt habe, denkt Mancebo und starrt an die Zimmerdecke. Fatima liegt neben ihm und schnarcht. Einige Male hört er, wie Amir in die Küche geht und sich ein Glas Wasser holt.

Als die Sonne aufgeht, hat Mancebo seine Kindheit Revue passieren lassen und darüber nachgedacht, wie sein Cousin zu dem Mann werden konnte, der er heute ist. Tariqs Eltern hatten in Tunesien eine Molkerei und mehrere Hundert Ziegen. Sie waren ehrbare Leute. Aber wer weiß, denkt Mancebo und verschränkt die Hände hinter dem Kopf, was sie in den Bäuchen der Ziegen geschmuggelt haben.

Dieses Viertel kannte ich nicht. Die Stadt wächst mit jedem Tag. Am Horizont erhob sich das Sacré-Cœur. Die weiße Basilika stand in einem anderen, mir unbekannten Viertel: Montmartre.

Für viele Touristen war Montmartre gleichbedeutend mit Paris. Ein historisches Viertel, aber mir kam es vor wie eine künstliche Kulisse, erschaffen für die Gegenwart, um die Belle Époque nachzuempfinden, als die Cancan-Tänzerinnen frenetisch ihre Röcke vor einem nach Absinth dürstenden Toulouse-Lautrec lüfteten und er Plakate zur Kunstform erhob.

Autos rauschten über den Boulevard. Ich weiß nicht, was ich erwartet hatte, etwas mehr Beschaulichkeit vielleicht. Dass Monsieur Bellivier an einem stark befahrenen Boulevard wohnte, passte ganz einfach nicht. Immer wieder blickte ich auf den Scheck, obwohl ich die Adresse auswendig kannte.

Ich merkte, dass ich mich auf der falschen Seite des Boulevards befand, und wechselte auf die Straßenseite mit den geraden Hausnummern. Ein rosafarbenes Schild mit einem Schuh diente mir als Fixpunkt. Und wie erwartet, war es die Nummer 78. In dem Haus lag eine Schuhmacherwerkstatt. Die Tür war geschlossen. Vorsichtig schaute ich in den Laden. Im hinteren Teil der

Werkstatt erblickte ich einen Mann. War Monsieur Bellivier Schuhmacher?

Ich klopfte an die Tür. Der Mann schien mein Klopfen nicht gehört zu haben. Ich klopfte lauter. Diesmal kam er zur Tür. Obwohl er sie nur einen Spaltbreit öffnete, nahm ich einen Geruch von Chemikalien, Leder und Zigarettenrauch wahr. Der Schuhmacher starrte mich wortlos an. Ich steckte den Scheck in meine Handtasche.

»Bonjour, hier soll ein Monsieur Bellivier wohnen. Kennen Sie ihn zufällig?«

Der Blick des Schuhmachers war schwer zu deuten. Dann grinste er seltsam, schwieg aber weiter.

»Sind Sie Monsieur Bellivier?«

Er wischte sich den Schweiß von der Stirn.

»Nein, das bin ich nicht, und ich kenne auch niemanden, der so heißt, aber Sie sind nicht die Erste, die sich nach ihm erkundigt. Vielleicht sollte ich ein Schild an die Tür hängen: ›Hier wohnt kein Monsieur Bellivier‹«.

»Ja, das sollten Sie vielleicht tun. Es könnte sein, dass noch mehr Leute kommen und nach ihm fragen.«

»Wer ist dieser Monsieur Bellivier? Was wollen alle von ihm? Aber eigentlich will ich das gar nicht wissen. Ich will nicht in irgendwelche krummen Geschäfte hineingezogen werden.«

»Und wer wohnt über Ihrer Werkstatt?«

»Niemand. Das Appartement steht leer. Die Apotheke hat es eine Zeit lang als Lager benutzt.«

»Und im obersten Stock?«

»Keine Ahnung. Ein Ehepaar, glaube ich.«

Ich versuchte, an dem Schuhmacher vorbei einen Blick in die Werkstatt zu werfen. Vielleicht log er und war doch derjenige, den ich suchte. Aber es schien eine ganz gewöhnliche Schuhmacherwerkstatt zu sein.

»Sie sind Monsieur Bellivier, habe ich recht?«

Die Augen des Mannes wurden schmal.

»Madame, ich weiß nicht, was Sie für ein Problem haben. Aber meine Werkstatt ist noch geschlossen, und ich kann Ihnen nicht weiterhelfen. In Ordnung?«

»In Ordnung. Trotzdem vielen Dank.«

Er bedachte mich mit einem falschen Lächeln und schloss die Tür. Eine Möglichkeit hatte ich noch – die Wohnung im obersten Stock. An einer Seite des Hauses befand sich eine Feuertreppe. Ich nahm den Scheck aus der Handtasche, als müsste ich mein Handeln legitimieren. Die Treppe war rostig, strahlte aber einen gewissen Charme aus. Vielleicht weil sie sich vom übrigen Stadtbild unterschied. Solche Feuertreppen waren in amerikanischen Großstädten ganz normal, in Paris aber eher ungewöhnlich. Als ich die Treppe hochging, hatte ich das merkwürdige Gefühl, am Ziel meiner Suche zu sein.

Hier, hoch oben über dem Boulevard, spürte ich das intime Flair, das ich vermisst hatte, als ich aus der Metrostation gekommen war. Hier wohnte womöglich Monsieur Bellivier. An der Tür war kein Namensschild. Ich ließ meinen Blick ein letztes Mal über den Boulevard schweifen und klopfte an. Mein Herz pochte heftig. Vielleicht gingen ihm seine Opfer so ins Netz? Die leer stehende Wohnung ein Stockwerk tiefer konnte schließlich für alles Mögliche genutzt werden. Meine Fantasie ging mit mir durch. Der Schuhmacher hatte vielleicht von seiner Werkstatt einen direkten Zugang zur obersten Wohnung. Ich wich einen Schritt zurück. Mit der einen Hand umklammerte ich das Treppengeländer, in der anderen hielt ich den Scheck wie eine weiße Fahne, die ich notfalls schwenken konnte. Aber niemand öffnete.

Ich klopfte erneut, dann ging ich zu der Wohnung ein Stockwerk tiefer. Irgendetwas an der Tür verriet mir, dass hier schon lange kein Besucher mehr gewesen war. Trotzdem klopfte ich. Leer stehende Wohnungen waren in Paris selten, was sie umso interessanter machte.

Über der Schuhmacherwerkstatt verlief ein schmales Vordach. Von dem schmalen Sims aus konnte ich in die Wohnung hineinsehen. Kurz entschlossen kroch ich unter dem Treppengeländer hindurch und auf den Dachvorsprung. Hoffentlich ertappte mich niemand. Eine ältere Dame starrte mich an, setzte ihren Weg dann aber fort. Ich musste mich nur bis zum ersten Fenster vortasten, um die ganze Wohnung im Blick zu haben. Sie war verwaist. Keine Möbel, nicht die geringste Spur, die darauf hindeutete, dass sie genutzt wurde. Langsam balancierte ich zur Feuertreppe zurück. Ich sah nicht nach unten. Meine Hände waren schweißnass, und ich war froh darüber. Es war ein Zeichen dafür, dass ich nicht sterben wollte.

Als ich wieder auf der Treppe stand, blickte ich auf den Boulevard hinunter, als wäre nichts geschehen. Glücklicherweise kein Menschenauflauf zu meinen Füßen. Aber vor einem Lebensmittelgeschäft auf der anderen Straßenseite stand ein Mann in einem blauen Mantel, der mich durch ein Fernglas beobachtete.

Der Mann, der noch vor ein paar Sekunden auf dem Bürgersteig gestanden und sein Fernglas auf mich gerichtet hatte, drehte mir den Rücken zu, als ich den Laden betrat. Ein undefinierbarer Kräutergeruch hing in der Luft.

»Bonjour.«

Er drehte sich um.

»Womit kann ich bei dieser Wärme dienen?«, erkundigte er sich.

»Ja … ich habe mich nur gefragt, ob Sie vielleicht wissen, wer in dem Haus gegenüber wohnt, Monsieur?«

»In dem Haus gegenüber …«

»Ja, in der Nummer 78.«

»Da kann ich Ihnen leider nicht weiterhelfen.«

»Aha … Ich habe aber gesehen, dass Sie mich beobachtet haben … durch Ihr Fernglas.«

Ich spürte, dass ich der Wahrheit so nahe wie nie zuvor war. Der kleine Mann sah mich mit hochgezogenen Augenbrauen an.

»Sind Sie Monsieur Bellivier?«

»Nein«, erwiderte er klar und deutlich, als stünde er unter Eid vor Gericht. Seine Verneinung klang allerdings viel zu entschlossen.

»Kennen Sie jemanden mit diesem Namen?«, fragte ich.

Wieder verneinte der Mann.

»Sie haben mich durch ein Fernglas beobachtet. Beobachten Sie Leute grundsätzlich durch ein Fernglas?«

Der Mann schien nachzudenken.

»Mein Name ist Monsieur Mancebo.«

Ich sagte ihm nicht, wie ich hieß.

»Warum möchten Sie wissen, wer in dem Haus gegenüber wohnt?«, fragte er ernst.

Mir blieb keine Wahl. Wenn ich jedoch mehr herausfinden wollte, musste ich ihm eine Gegenleistung anbieten. Er verhielt sich, als wüsste er etwas. Plötzlich hielt er in jeder Hand einen Hocker.

»Wie wär's, wenn wir uns draußen unterhalten?«

Er stellte einen Hocker auf den Bürgersteig, hob ihn

aber wieder hoch und verrückte ihn ein Stück. Das wiederholte er dreimal. Eine Zwangsstörung, dachte ich, kramte meine Sonnenbrille aus der Handtasche und setzte mich neben ihn. Es war ein sonderbares Gefühl, neben einem Fremden zu sitzen und auf das Haus zu schauen, in dem möglicherweise Monsieur Bellivier wohnte.

»Wir sind diskret«, sagte Monsieur Mancebo.

Ich lächelte. Die ganze Situation war alles andere als diskret. Zwei Menschen saßen bei brütender Hitze draußen auf dem Bürgersteig und starrten auf ein Haus.

»Ich erzähle Ihnen, was ich über die Leute aus dem Haus weiß, wenn Sie mir sagen, warum Sie das wissen möchten, Madame. In Ordnung?«, fragte er. »Der Schuhmacher heißt Tariq«, fuhr er fort. »Er ist mein Cousin. Die Wohnung über der Schuhmacherwerkstatt steht leer, wie Sie sicherlich bemerkt haben. Davor hat die Apotheke ein Stück weiter unten am Boulevard die Wohnung als Lager genutzt.« Er machte eine Pause. »Im Appartement darüber wohnt ein gewisser Ted Baker, ein englischer Schriftsteller, mit seiner Frau.«

Er verstummte, und ich verstand, dass die Reihe jetzt an mir war.

»Ja, es ist ein bisschen kompliziert ...«, begann ich. »Für ein paar Wochen habe ich für jemanden namens Monsieur Bellivier gearbeitet. Ich bin ihm nie begegnet, aber er hat diese Adresse angegeben ... und ich würde ihn gern sprechen.«

Wir schwiegen eine Weile.

»Könnte Ihr Cousin in krumme Geschäfte verwickelt sein, von denen Sie nichts ahnen?«, fragte ich schließlich.

Schweigend starrte Monsieur Mancebo auf den Bürgersteig.

»Ich weiß nicht«, antwortete er. »Vielleicht. Wir haben uns in der letzten Zeit entfremdet.«

»Was wissen Sie über Ted Baker?«

»Nicht viel.«

»Warum haben Sie zuerst gesagt, dass Sie keine Ahnung hätten, wer in dem Haus wohnt?«

»Weil ich für Ted Bakers Frau arbeite. Die Sache ist ein bisschen heikel.«

»Wie heißt sie?«

»Madame Cat.«

»Cat? Ein merkwürdiger Name.«

»Warum?«

»Wenn man verheiratet ist, hat man normalerweise denselben Nachnamen. Ted Baker könnte ein Pseudonym sein, wenn er Schriftsteller ist … aber Cat klingt dubios.«

»Psoidadym?«, fragte Monsieur Mancebo.

»Pseudonym. Schriftsteller können unter einem anderen Namen schreiben. Das kommt ziemlich häufig vor. Und Sie arbeiten für Madame Cat? Was tun Sie?«

Monsieur Mancebo wog ab, ob er mir die Wahrheit sagen sollte.

»Wie lange haben Sie Ihren Laden schon?«, fragte ich, um sein Vertrauen zu gewinnen. Doch er zog es vor, auf meine erste Frage zu antworten.

»Madame Cat hat mich gebeten, ihren Mann zu beschatten. Sie glaubt, dass er eine Affäre hat.«

Ich war überrascht. Sein Auftrag war fast so ungewöhnlich wie meiner. Es konnte kein Zufall sein, dass Monsieur Bellivier diese Anschrift gewählt hatte. Ich gewann immer mehr den Eindruck, dass Madame Cat die Person war, die ich suchte. Plötzlich zuckte Monsieur Mancebo zusammen und stellte sich direkt vor mich hin, sodass er die Sonne verdeckte. Er flüsterte:

»Der Mann, der gerade die Feuertreppe hochgeht, ist Ted Baker.«

Er verschwand in seinem Laden, kam mit einer Wasserflasche zurück und besprühte auf angestrengte Weise sein Obst. Ted Baker ging in die Wohnung. Was sollte ich jetzt tun? Hinübergehen und anklopfen? Monsieur Mancebo setzte sich wieder auf den Hocker.

»Wie beschatten Sie ihn?«, fragte ich.

»Ich achte darauf, wann er kommt und geht.«

»Sie sind ihm nie gefolgt?«

»Einmal, mit dem Auto.«

Ich beschloss, einen Moment zu warten, bis ich hinüberging und an die Tür klopfte. Aber es dauerte nicht lange, und Ted Baker erschien wieder auf der Feuertreppe. Ich stand auf und lächelte Monsieur Mancebo zu, der mich mit großen Augen ansah.

»Was haben Sie vor, Madame?«

»Ich werde ihm nachgehen. Vielleicht trifft er sich mit seiner Frau, und das würde ich auch gern tun. Ich glaube, dass sie die Person ist, die ich suche.«

»Wollen Sie ihn beschatten?«

»Nein, ich möchte nur herausfinden, wohin er geht. Und dann werde ich ihn fragen, ob er weiß, wer Monsieur Bellivier ist.«

Monsieur Mancebo schaute mich verwirrt an.

Ted Baker war bereits unten auf dem Bürgersteig angekommen, und ich ließ den kleinen Ladenbesitzer vor seinem Geschäft zurück und überquerte hastig den Boulevard.

Paris erwacht widerstrebend. Nur die Touristen sind trotz der Hitze munter. Sie wollen alles besichtigen, bevor sie wieder nach Hause fahren: den Eiffelturm erklimmen, in der Galeries Lafayette einkaufen, die Notre-Dame fotografieren und außerdem irgendwo Schnecken essen, das Restaurant ist eher nebensächlich. Sie haben keine Zeit zu warten, bis die Stadt erwacht. Sie riechen nicht den Duft von frisch gebackenem Brot, der durch die Belüftungssysteme der Bäckereien dringt. Sie bemerken nicht die Taxifahrer, die nach der Nachtschicht um die Wette gähnen. Sie haben keinen Blick für die geschickten Müllmänner, die hinten auf dem Trittbrett stehen und während der Fahrt mit nur einer Hand eine Mülltonne nach der anderen auffangen. Sie haben keine Zeit, die morgendliche Ruhe auf einem Boulevard in einer der größten Städte Europas in sich aufzunehmen.

Mancebo hat weder Zeit noch Lust, die Stadt zu entdecken. Für eine Weile möchte er den Dingen nicht mehr auf den Grund gehen. Er sitzt auf seinem Hocker vor dem Laden und sieht zu, wie sich eine fremde Frau an die Fersen von Ted Baker heftet. Noch vor einer Minute hat sie auf dem Hocker gesessen und ihn gefragt, was er über Madame Cat, Ted Baker und Tariq weiß. Und davor hat sie bei Madame Cat an die Wohnungstür geklopft, und als ihr niemand öffnete, war sie in einer halsbrecherischen Aktion auf den Dachvorsprung geklettert, um in die Wohnung ein Stockwerk tiefer zu schauen. In dem Moment hat er zum ersten Mal seit dem Überfall sein Fernglas geholt.

Mancebo atmet tief ein. Er weiß noch, wie es das letzte Mal ausging, als er überfordert war. Das darf nicht wieder passieren. Kein weiterer Migräneanfall, kein weiterer Nervenzusammenbruch. Deswegen geht er in den Laden und setzt sich hinter die Kasse. Unter ein paar Rechnungen liegt eine Ausgabe des *Le Parisien.* Er blättert sie durch, hauptsächlich, um in die Wirklichkeit zurückzukehren oder besser gesagt: seiner eigenen Wirklichkeit zu entkommen. Er starrt auf eine alte Wettervorhersage. Sie hält wenigstens keine unangenehmen oder unerwarteten Überraschungen parat. Mehr davon, denkt Mancebo und schlägt die Seite mit den Horoskopen auf. »Stier: Eine Woche voller Turbulenzen, in der Sie viele schöne Überraschungen erleben werden. Geld: Eine unerwartete Prämie beschert Ihnen eine pralle Brieftasche. Karriere: Ist es womöglich Zeit für eine berufliche Neuorientierung? Liebe: Wenn Sie einen Partner/eine Partnerin an Ihrer Seite haben, werden Sie an Ihrem Schatz ganz neue Seiten entdecken.«

Bisher hat Mancebo nicht an die Macht der Sterne geglaubt. Hastig blättert er weiter. In seiner jetzigen Lage macht ihm sogar ein altes Horoskop Angst.

Amir lässt sich nicht beim Mittagessen blicken, und im ersten Moment traut sich Mancebo nicht zu fragen, wo er ist. Doch dann nimmt er seinen Mut zusammen. Schließlich trägt er die Verantwortung für die Dinge, die er ins Rollen gebracht hat.

»Kommt Amir heute nicht zum Mittagessen?«, fragt er Fatima.

»Er wollte sich mit Khaled treffen«, antwortet sie. »Ich denke, sie werden beide gleich hier sein.«

»Also geht es ihm besser?«

»Ja, ich glaube schon. Er ist heute jedenfalls aufgestanden.«

In dem Augenblick geht die Wohnungstür auf, und Amir kommt mit einem Fußball unter dem Arm in den Flur. Er legt den Ball auf den Teppich. Hinter ihm erscheint Khaled. Er geht ins Wohnzimmer und begrüßt die um den Tisch versammelten Familienmitglieder. Khaled war schon lange nicht mehr bei ihnen. Mancebo versteht, warum Amir einen Kumpel zum Mittagessen mitgebracht hat. Er selbst hätte auch gern einen Freund, der nicht zur Familie gehört. Aber ihm fällt niemand ein, und das bedrückt ihn ein wenig. Er weiß nicht, wem er noch vertrauen kann. Raphaël vielleicht, andererseits ist er auch mit Tariq befreundet. François? Er scheint mit der ganzen Sache nichts zu tun zu haben, aber man kann nie wissen. Amir und Khaled setzen sich an den Tisch. Amir wählt den Platz neben Fatima an der Stirnseite. Mancebo kennt den Grund. Dort sitzt er so weit vom Waffenhändler entfernt, wie es nur geht. Tariq scherzt mit Khaled und führt seinen Löffel-Zaubertrick vor.

»Heb dir ein bisschen Energie für heute Abend auf«, faucht Fatima Tariq an. »Heute Abend müssen wir unseren Urlaub planen. Wann wir fahren, bei wem wir wohnen und so weiter. Ich will nicht, dass es wieder so endet wie letztes Jahr. Ich will nicht wieder ein paar Tage, bevor es losgeht, rumtelefonieren müssen, um einen Schlafplatz für uns alle zu organisieren.«

Adèle nickt. Mancebo ist mit einem Mal hellwach. Ihm wird schlagartig bewusst, dass er in gut einer Woche seinen Laden schließt und für einen Monat in Tunesien Urlaub macht. Ich fahre nicht mit, denkt er. Auf gar keinen Fall. Er beginnt zu schwitzen.

Nach dem Mittagessen verschenkt Mancebo das vorletzte Notizbuch an ein Mädchen in einem Faltenrock, das zwei Bananen kauft. Es bedankt sich mit einem Knicks und läuft aus dem Geschäft. Ihr Sternzeichen ist Hase, aber weil er keinen Hasen mehr hatte, musste sie einen Drachen nehmen. Mancebo hat das Geld noch nicht einmal in die Kasse gelegt, als auch schon der nächste Kunde erscheint. Es ist der Schriftsteller, sein Zielobjekt, Madame Cats Ehemann. Mancebo schnappt sich den Staubwedel, um sich an etwas festzuhalten, dreht dem Neuankömmling den Rücken zu und staubt ein paar Konserven ab. Ihm ist nie in den Sinn gekommen, dass der Schriftsteller einfach so in seinen Laden spazieren könnte. Natürlich war es dumm, diese Möglichkeit nicht in Erwägung zu ziehen. Schließlich wohnt er direkt gegenüber.

Ted Baker steht direkt hinter ihm, aber er hat nicht gehört, dass er etwas auf den Tresen gestellt hat. Kein gutes Zeichen. Vielleicht möchte er nichts kaufen, sondern hat ein anderes Anliegen. Mancebo fürchtet, dass der Besuch womöglich mit einem anderen Besuch heute zusammenhängt. Die Frau, die Ted Baker heute Morgen gefolgt ist, hat ihn bestimmt verpfiffen. Das hat er nun davon, dass er einer Außenstehenden von dem Auftrag erzählt hat. Jetzt ist er geliefert.

Plötzlich räuspert sich Ted Baker.

»Entschuldigen Sie bitte, Monsieur.«

Mancebo schluckt, starrt den bunten Staubwedel an, schickt ein Stoßgebet zum Himmel und dreht sich um.

»Was kann ich für Sie tun, Monsieur?«

Sein Herz hämmert so heftig, dass er das Gefühl hat, es könnte jeden Augenblick aus seiner Brust springen, und sicher sieht der Schriftsteller ihm seine Erregung an.

»Ich möchte eine Flasche Champagner kaufen.«

»Natürlich, kein Problem. Welche darf es sein?«

Mancebo zeigt auf ein paar verstaubte Champagnerflaschen im obersten Regal hinter der Kasse. Einige stehen dort bestimmt schon seit über einem Jahr. Nur selten kauft jemand Champagner. Hin und wieder möchte ein Amerikaner vor seinem Heimflug noch schnell die letzten Euro loswerden, aber normalerweise gehen die Leute woandershin, um das edle Getränk zu erstehen.

Mit zusammengekniffenen Augen betrachtet Ted Baker die vier zur Auswahl stehenden Marken.

»Ich möchte ihn als Aperitif anbieten.«

Mancebo kann Ted Baker leider nicht beraten, er ist ein ganzes Stück kleiner als der Schriftsteller und kann die Sorten kaum voneinander unterscheiden.

»Darf ich mir die Flaschen mal aus der Nähe ansehen?«

Ted Baker macht eine Handbewegung, als wollte er fragen, ob er hinter die Kasse gehen dürfe. Doch das will Mancebo auf gar keinen Fall. Dort liegen die Berichte für Madame Cat, das Fernglas und Ted Bakers Buch *Der Rattenfänger*.

Aber Monsieur Baker steht bereits hinter dem Tresen. Sein blaues T-Shirt ist nur wenige Zentimeter von dem Wochenbericht entfernt, in dem ganz genau steht, was er in den letzten Tagen getan hat.

»Ich nehme den François Giraux Brut«, sagt er schließlich, macht aber keinerlei Anstalten, die Flasche aus dem Regal zu nehmen.

Mancebo hat das Gefühl, dass er es aus Respekt vor ihm, dem Ladenbesitzer, nicht tut. Deswegen muss er jetzt auf den Hocker steigen, um die Flasche herunterzuholen. Er stellt den Hocker vor das Regal und nimmt die Flasche vom obersten Brett. Es ist die teuerste.

»Gibt es einen besonderen Anlass?«

Mancebo ist stolz auf sich selbst. Er ist wieder auf dem Posten, diesmal mit cleveren Fragen.

»Ja, allerdings. Ich habe gerade ein … Projekt beendet.«

»Interessant, das ist immer ein guter Grund zum Feiern. Leider habe ich nichts, womit ich die Flasche einwickeln kann.«

»Das macht nichts. Ich wohne direkt gegenüber.«

»Tatsächlich? Ich kann mich nicht erinnern, Sie hier schon einmal gesehen zu haben.«

Mancebo weiß nicht, ob er mit seiner letzten Bemerkung zu weit gegangen ist. Für einige Sekunden ist Monsieur Baker wie weggetreten. Er beißt sich auf die Lippen, dreht die Champagnerflasche hin und her.

»Fühlen Sie sich nicht wohl, Monsieur?«

»Tut mir leid … diese Hitze«, sagt Ted Baker.

»Ja, die macht uns allen zu schaffen«, antwortet Mancebo und schnauft ein bisschen.

»Die nehme ich auch noch.«

Der Schriftsteller stellt ein Glas schwarze Oliven auf den Tresen. Mancebo starrt das Glas an.

»Glauben Sie, dass Oliven und Champagner zusammenpassen, Monsieur?«

»Ganz bestimmt. Oliven kann man zu den meisten Dingen essen«, antwortet Mancebo.

In der Tüte, die Mancebo Ted Baker überreicht, befinden sich der Champagner, die Oliven und das letzte Notizbuch.

Mancebo kombiniert messerscharf. Niemand kauft eine Flasche Champagner für sich allein. Ted Baker will sie mit jemandem gemeinsam trinken. Der Schriftsteller tut Mancebo fast ein bisschen leid. Er hat einen verwirrten Eindruck gemacht und behauptet, ein Projekt beendet zu haben. Mancebo überlegt, ob er damit andeuten wollte, dass er eine Liebesbeziehung beendet hat. Ich darf mich nur auf eine Sache konzentrieren, denkt Mancebo. Ich muss herausfinden, mit wem Ted Baker den Champagner trinkt. Auch wenn er sich dafür andere Beschattungsmethoden einfallen lassen muss. Er setzt sich auf seinen Hocker und hält sich den nutzlosen Handventilator vor das Gesicht.

Tariq winkt ihm zu. Es ist Zeit für ihren Pastis. Mancebo schließt in Windeseile seinen Laden, als Tariq von der anderen Straßenseite herüberkommt. Sein Plan steht. Die Cousins schlendern im strahlenden Sonnenschein den Boulevard hinunter. Als sie um die Ecke biegen, ruft Mancebo plötzlich:

»Verflixt! Ich habe vergessen, Monsieur Beton seine Lebensmittel zu bringen!«

Ein, zwei Mal im Monat ruft ein alter Kriegsveteran namens Jean Beton an und bestellt Lebensmittel, hauptsächlich Konserven, denn er ist fest überzeugt, dass die Front näher rückt. Normalerweise erledigt Amir das.

Monsieur Beton wohnt über der Bäckerei, aber er hat sich seit zwei Monaten nicht mehr gemeldet. Madame Cannavar hat erzählt, dass Monsieur Beton wahrscheinlich das Zeitliche gesegnet hat, doch das ist Mancebo völlig egal. Hoffentlich ist Tariq der mögliche Todesfall noch nicht zu Ohren gekommen.

»Kann der Mann nicht eine Stunde warten?«, fragt sein Cousin.

»Ich habe ihm versprochen, dass ich vor vier Uhr komme«, entgegnet Mancebo, »und du weißt, wie er ist. Die Lieferung ist fertig. Ich muss sie ihm nur bringen. Geh doch schon vor. Ich komme nach, wenn ich es schaffe.«

»Lass das doch Amir machen.«

Tariq hält Mancebo sein Handy hin, weil er weiß, dass Mancebo seins so gut wie nie dabeihat.

»Nein, ich will ihn nicht stören. Er spielt mit Khaled Fußball.«

Tariq steckt das Handy in die Hülle zurück, die Mancebo plötzlich an ein Pistolenhalfter erinnert. Er läuft zurück und sieht gerade noch, wie sich die Wohnungstür des Schriftstellers schließt. Ted Baker hat Besuch bekommen.

Mancebo postiert sich an der Ecke Boulevard des Batignolles und Rue Clapeyron. Strategisch gesehen ist das ein guter Platz. Von dort aus hat er die Feuertreppe im Blick, und falls Tariq früher als erwartet aus dem Le Soleil zurückkommt, kann er mit ein bisschen Glück rechtzeitig verschwinden. Und weder Fatima, Adèle oder Amir können ihn von der Wohnung aus sehen und sich wundern, was er hier tut. Für die Observation ist es dagegen nicht unbedingt der beste Platz. Er kann nicht in die Wohnung des Schriftstellers schauen. Aber Mancebo bleibt gelassen, weil ausnahmsweise er einmal die Kontrolle hat. Doch plötzlich muss er daran denken, dass bald alles vorbei ist, und in seine Gelassenheit mischt sich eine leicht melancholische Stimmung.

Er schaut auf seine Armbanduhr und schätzt, dass der Besuch mittlerweile fast zwanzig Minuten andauert. Was soll er tun, wenn sich die Geliebte nicht mehr blicken lässt? Aber irgendwann muss sie die Wohnung wieder verlassen. Den Fehler, den er neulich begangen hat, als er den Frauenarm am Fenster gesehen hat, wird er nicht noch einmal wiederholen. Diesmal wird er die Ruhe bewahren.

Mancebo beschließt, seinen Beobachtungsposten an der Straßenecke nicht eher zu verlassen, bis Tariq zurückkommt. Falls sein Cousin dumme Fragen stellt, ist Monsieur Beton heute eben besonders redselig gewesen. Bald habe ich dich, du Ehebrecher, denkt Mancebo. Leute wie dich sollte man an die Wand nageln.

Sein Puls schlägt schneller. Soll er die Frau verfolgen, wenn sie die Wohnung allein verlässt? Mancebo wird unsicher. Die Situation birgt viele Überraschungen. Aber er muss herausfinden, wer sie ist, wo sie wohnt, und möglicherweise sogar mit ihr sprechen.

Genau genommen hat Madame Cat nicht ausdrücklich gesagt, dass sie wissen möchte, mit wem ihr Mann sie betrügt, aber vermutlich versteht sich das von selbst. Wenn Fatima ihn betrügen würde, würde er dann nicht wissen wollen, mit wem? Aber der Gedanke, Fatima könnte ihn mit einem anderen Mann hintergehen, erscheint absurd. Mancebo schaut wieder auf die Uhr. Er fühlt sich wie ein Rennpferd Sekunden vor dem Start, eingesperrt in einer Box, darauf wartend, sein Bestes geben zu können. Seine melancholische Stimmung ist verflogen. Das ist nicht das Ende. Es mag das Ende von Ted Bakers Doppelleben sein, das Ende seiner Ehe mit Madame Cat und das Ende von Mancebos Aufzeichnungen und Geldübergaben in Olivengläsern. Es mag auch das Ende der ganzen Geschichte sein, aber Mancebos neues Leben hat gerade erst begonnen. Sein rechtes Auge beginnt zu zucken.

Plötzlich hält ein weißer Lieferwagen vor der Bäckerei. Mancebo kennt den Wagen. Verdammt, warum muss Raphaël ausgerechnet jetzt auftauchen? Wenn er Glück hat, repariert er etwas in der Bäckerei und schaut nicht bei Mancebo oder Tariq vorbei. Er lässt seinen Blick zwischen Raphaëls Lieferwagen und der Feuertreppe hin und her wandern. Neben Raphaël sitzt eine Frau. Wahrscheinlich seine Ehefrau Camille, und als die beiden sich küssen, scheint sich seine Vermutung zu bestätigen. Hastig steigt Raphaëls Begleiterin aus, und Raphaël lässt den Motor an und fährt davon. Die Frau wickelt sich ein schwarzes Tuch um den Kopf, blickt sich vorsichtig um, hastet über den Boulevard und schlüpft durch die Haustür neben Mancebos Laden. Er ist nur ein paar Meter von der Frau seines Cousins entfernt, als sie die Tür hinter sich schließt.

Paris scheint den Atem anzuhalten. Doch ihm bleibt keine Zeit, um sich zu erholen, denn plötzlich öffnet sich die Wohnungstür des Schriftstellers, und das verheiratete Ehepaar tritt ins Freie. Madame Cat lacht. Ted Baker hält seine Frau an der Hand und trägt einen Picknickkorb. Eine Flasche François Giraux Brut ragt aus dem Korb. Mancebo lehnt sich an die Hauswand, als wollte er mit ihr verschmelzen. Einige Passanten blicken erstaunt zu dem Mann hinüber, der sich wie erstarrt an die Mauer presst. Mancebo hat Angst, dass er wieder einen

Nervenzusammenbruch erleidet. Er will nicht noch einmal mit Madame Flouriante reden. Er muss versuchen, sich selbst zu retten.

Dass das Leben weitergehen muss, übersteigt in diesem Moment Mancebos Vorstellungskraft. Er sehnt die Nacht herbei, wenn alles ruhig ist und alle in ihren Betten liegen. Doch der Tag geht weiter. Mancebo hat davon gehört, dass Menschen in Krisensituationen ungeahnte Kräfte entwickeln, aber inzwischen hat er auch die Erfahrung gemacht, wie ein Mensch sich nach außen hin normal verhalten kann, während er innerlich unter Schock steht.

Das eingeübte Muster wird weiter abgerufen, obwohl große Teile des Gehirns außer Gefecht gesetzt sind. Der Reservemotor springt an, der Autopilot übernimmt, und während man auf Rettung wartet – in diesem Fall auf die Nacht –, funktioniert alles weitgehend reibungslos, auch wenn in Wirklichkeit Chaos herrscht.

Nachdem er Raphaël und Adèle gesehen hat, hat er einen Filmriss. Mancebo kann sich nicht erinnern, was er danach getan hat, aber irgendwann stand er vor dem Le Soleil. Er kann sich nicht erinnern, ob er darauf gewartet hat, dass Tariq herauskommt, oder ob sein Cousin in dem Moment aus der Bar trat, als Mancebo das Le Soleil erreichte. Mancebo hat keine Ahnung, worüber sie sich auf dem Rückweg unterhalten haben. Aber zurückgegangen sind sie, denn jetzt sitzt er auf seinem Hocker im Laden hinter der Kasse. Das ist der einzige Ort, an dem er sich derzeit sicher fühlt. Er weiß nicht mehr, was er von der Welt da draußen halten soll. Am liebsten würde er sich zu Hause im Bett verkriechen. Er schaut auf seine Armbanduhr. Seit seiner Entdeckung sind gut zwei Stunden vergangen. Er überlegt, wie viele Geräte Raphaël für Adèle repariert hat und was Tariq machen würde, sollte er die beiden ertappen. Der letzte Gedanke jagt ihm einen Schauer über den Rücken.

Jedes Mal, wenn ein Kunde das Geschäft betritt, zuckt Mancebo zusammen. Zwei Jungen fallen im wahrsten Sinne des Wortes in den Laden. Anscheinend haben sie Fangen gespielt, der eine stolpert auf der Türschwelle und reißt den anderen mit. Mancebo ignoriert die beiden, bis sie zwei Kekspackungen vor ihn auf den Tresen legen. Er nimmt das Geld entgegen und gibt ihnen ihr Wechselgeld zurück, der Autopilot arbeitet auf Hochtouren.

»Haben Sie noch ein paar Notizbücher, Monsieur?«

»Nein, damit ist jetzt Schluss. Und ich bin auch am Ende.«

Monsieur Baker eilte mit federnden Schritten den Bürgersteig entlang. Ich war nicht nervös, als ich ihm folgte, eher gespannt. Eigentlich war es genau das, wonach ich mich so lange gesehnt hatte. Aktiv zu sein, diejenige zu sein, die die Kontrolle übernahm. Es zur Abwechslung einmal mit einem Menschen anstatt mit Zahlen zu tun zu haben. Ungefähr fünfzig Meter vor mir ragte das große gelbe Metroschild empor, und ich holte meine Metrokarte aus der Handtasche, ohne langsamer zu werden. Monsieur Baker ging die Treppe in die Unterwelt hinunter.

Wir saßen nicht weit voneinander entfernt im selben Wagen. Die meisten unserer Mitreisenden beschäftigten sich mit ihren Handys, einige wenige waren in ein Buch vertieft. Eine Frau führte ein Selbstgespräch und feilte ihre Nägel. Ein junges asiatisches Pärchen blätterte hektisch in einem ramponierten Reiseführer mit etlichen Eselsohren. Mir fiel auf, dass der Schriftsteller und ich die Einzigen waren, die nichts in den Händen hielten. Monsieur Baker starrte aus dem Fenster auf die schwarze Tunnelwand. Ab und zu schielte er auf das Buch seines Sitznachbarn. Ich studierte den Metroplan an der Decke. Ob er umsteigen würde? Wenn ja, war die einzige Möglichkeit Charles de Gaulle Étoile.

Die Metro hatte kaum die triste graue Station Ternes

verlassen, als sie auch schon wieder langsamer wurde. Als hätte ich es geahnt, stand ich auf. Monsieur Baker würde umsteigen. Charles de Gaulle Étoile musste eine der ungünstigsten Stationen überhaupt sein, wenn man jemanden beschatten wollte. Die unterirdischen Gänge verzweigten sich wie die Äste eines unübersichtlichen Familienstammbaums. Als ich schon sicher war, Monsieur Baker aus den Augen verloren zu haben, entdeckte ich ihn. Er stand auf der Rolltreppe. Ich versuchte, mich zu erinnern, welche Ausgänge es dort oben gab und welche Metrolinien er nehmen könnte. Wenn er einen Termin auf den Champs-Élysées hatte, würde er vermutlich den ersten Ausgang rechts hinter der Sperre nehmen. Ich lief die Rolltreppe hinauf und stieß eine dicke Frau an, die mir etwas hinterhermurmelte.

Als ich oben ankam, war Monsieur Baker bereits nach links abgebogen. Also würde er umsteigen. Ich begann zu rennen.

Der Gang, den Monsieur Baker gewählt hatte, führte zur Linie 1, die in La Défense endete. Er stand mitten auf dem Bahnsteig, und ich stellte mich direkt hinter ihn. Die Metro kam. Die Türen gingen auf, und die Reisenden strömten auf den Bahnsteig. Noch bevor alle Ankommenden ausgestiegen waren, drängten sich die Wartenden hinein. Ich wollte nicht in unmittelbarer Nähe von Monsieur Baker stehen, aber ich durfte auch nicht riskieren, dass ich nicht mitkam. Merkwürdigerweise schien Monsieur Baker das Geschiebe und Gedränge im Wagen gar nicht zu bemerken. Er stellte sich seelenruhig in die Mitte und hielt sich an einer Stange fest. Ich drängte mich hinter ihm hinein und stellte mich an die Tür.

Der Zug verließ Charles de Gaulle mit einem Ruck, und eine Frau mittleren Alters, die ein rotes Kleid trug, verlor das Gleichgewicht, konnte sich aber in letzter Sekunde am Arm eines Mannes festhalten. Sie entschuldigte sich, obwohl der Mann eher erfreut schien, ihr behilflich gewesen zu sein. Sie unterhielten sich über die kommunalen Transportmittel und warum die neuen Züge auf sich warten ließen. Monsieur Baker schien ihr Gespräch interessiert zu verfolgen. Noch fünf Stationen bis La Défense. Monsieur Baker rührte sich nicht vom Fleck und hörte dem Mann und der Frau zu, die mittlerweile herausgefunden hatten, dass sie nicht weit voneinander entfernt wohnten. Die Metro hielt an der Porte Maillot, und eine schwer bepackte Familie mit kleinen Kindern stieg aus. Sie entschuldigten sich bei jedem, der Bekanntschaft mit den harten Kanten ihrer Reisetaschen machte. Wahrscheinlich wollten sie mit einem der Ryanair-Busse zum Flughafen Beauvais.

Die Metro fuhr weiter und näherte sich der Endstation. In Les Sablons stieg eine alte Frau mit verschlissenen Plastiktüten ins Abteil, die vermutlich ihr ganzes Hab und Gut enthielten. Sie trug keine Schuhe, aber warme Kleidung. Mühsam nahm sie die Tüten in eine Hand, damit sie mit der anderen ein paar Euro erbetteln konnte. Einige Leute schüttelten die Köpfe, andere ignorierten sie. Monsieur Baker musterte ihr Gesicht, und als sie an ihm vorbeiging, gab er ihr ein paar Euro. Die Frau nickte dankbar.

Die Frau in dem roten Kleid und der Mann, der sie vor einem Sturz bewahrt hatte, schienen erleichtert, als die Bettlerin das Abteil verließ. Die Metro hielt, und die beiden stiegen gemeinsam in Pont de Neuilly aus. Ob sie sich wohl wiedersehen werden?, dachte ich, bevor die Türen zugingen. Als der Zug anfuhr, drehte sich Monsieur Baker um, als wollte er einen letzten Blick auf das Pärchen erhaschen, das sich gerade gefunden hatte. Vielleicht dichtete er ihnen ebenfalls eine gemeinsame Zukunft an. Noch zwei Stationen.

Die Metro erreichte die Haltestelle Esplanade de la Défense. Auch hier machte er keinerlei Anstalten auszusteigen. Jetzt blieb nur noch die Endstation La Défense. Ich fragte mich, was ihn um diese Uhrzeit in den Geschäftsbezirk führte. Wie auf ein vereinbartes Signal hin steckten die verbliebenen Passagiere die Dinge weg, die sie in den Händen hielten: Handys, Bücher, Nagelfeilen ... Alle würden aussteigen. Ich war wieder dort, wo alles begonnen hatte. Und wie damals ging ich kein Risiko ein, sondern machte einen Schritt nach dem anderen.

Aus Versehen wäre ich beinahe mit Monsieur Baker zusammengestoßen. Sein blaues T-Shirt streifte meine Handtasche. Er war nur ein paar Zentimeter von dem Scheck entfernt. Ob er seine Handschrift trug? Oder die seiner Frau? Ich gab ihm einen Vorsprung. Er nahm die Rolltreppe zum Platz vor dem Einkaufszentrum. Er sah nicht zum Areva-Tower hinüber, sondern ging in Richtung Cnit-Gebäude. Ich beschleunigte meine Schritte. Er hatte einen Termin, davon war ich überzeugt, als wir den riesigen Komplex betraten. Die gläsernen Aufzüge fuhren rauf und runter, aber Monsieur Baker ging an ihnen vorbei und steuerte auf die Fahrstühle weiter hinten im Gebäude zu.

Schnell verschwand ich in einem Einrichtungsgeschäft. Erst jetzt wurde ich nervös. Als Monsieur Baker den Lift betreten hatte, verließ ich meine Deckung hinter den hohen Vasen. Die Fahrstühle hatten nur ein Ziel: das Hilton-Restaurant.

Obwohl sich das Restaurant über die gesamte Etage erstreckte, entdeckte ich ihn auf Anhieb an einem der Fenstertische. Ihm gegenüber und mit dem Rücken zu mir saß eine blonde Frau. Eigentlich hätte ich zu ihnen gehen können, aber ich beschloss, an der Bar einen Kaffee zu trinken, um mich ein paar Minuten zu sammeln.

Schweigend ergriff Monsieur Baker die Hände der Frau. Sie küssten sich, und dieser Kuss war mein Zeichen. Ich ging zu ihrem Tisch. Die Frau kam mir bekannt vor. Im ersten Moment konnte ich sie nicht einordnen. Doch dann erkannte ich sie. Monsieur Baker hatte die Rezeptionistin bei Areva geküsst.

»Entschuldigen Sie bitte.«

Freundlich sah Monsieur Baker mich an. Die Rezeptionistin wirkte dagegen schockiert. Keiner der beiden sagte ein Wort.

»Wir sind uns ja schon begegnet«, sagte ich und hielt der Frau die Hand hin.

Ihr Händedruck war schwach.

»Schön, Sie kennenzulernen«, sagte ich und schaute Monsieur Baker direkt in die Augen.

Er sah die Rezeptionistin an, als erwartete er eine Erklärung.

»Das ist die Frau«, sagte sie und drückte die Hand ihres Liebhabers.

Der Schriftsteller wirkte enttäuscht. Ich setzte mich zu ihnen an den Tisch, und er begann zu erzählen. Er hatte keine andere Wahl. Nur wenn er mir alles erzählte, gab es eine Chance, dass alles wie geplant weiterlief.

Nach seiner gestrigen Entdeckung hat sich Mancebo ein Beispiel an seinem Sohn genommen: Er hatte krank gespielt und sich sofort nach dem Abendessen ins Bett gelegt. Das war nicht auffällig. Schließlich konnte er sich bei Amir angesteckt haben. In der Nacht ist er heimlich aufgestanden und hat eine Reisetasche gepackt, die jetzt sicher verwahrt im Besenschrank im Laden steht. Mancebo hat den ganzen Tag hinter der Kasse gesessen. Er will nichts mehr sehen.

Die Dämmerung ist angebrochen. Er ist bei Tariq im Büro. Sein Cousin hilft ihm bei der Buchhaltung und der Steuererklärung. Tariq glaubt, dass Mancebo den ganzen Papierkram erledigt haben will, weil sie bald in den Urlaub fahren. Mancebo fühlt sich unbehaglich, wie er dort sitzt, umgeben von Schuhkartons. Einerseits ist es Wahnsinn, Waffenteile und Zigaretten so offen aufzubewahren, andererseits ein Geniestreich. Die Dinge, die wir direkt vor uns sehen, sind nicht verdächtig. Tariq legt alle Papiere und Formulare auf einen Stapel und steckt sie in eine Mappe, die er Mancebo in die Hand drückt.

»Hier hast du alles, Bruder. Jetzt kannst du mit gutem Gewissen in den Urlaub fahren.«

Als Mancebo die Schuhmacherwerkstatt verlässt, sieht er sofort, wer auf der anderen Straßenseite vor seinem Laden steht, und er hastet hinüber, ohne nach rechts und links zu blicken. Ein Autofahrer hupt. Die Frau, die Ted Baker gefolgt ist, lächelt ihm zu. Er lotst sie so schnell wie möglich in den Laden, und als sie endlich auf dem Hocker sitzt, dankt er Gott dafür, dass sie ohne Umschweife zur Sache kommt. Er will nicht mehr erfahren als unbedingt nötig.

»Ich bin zurückgekommen, um Ihnen zu erzählen, was passiert ist. Ich dachte, es würde Sie interessieren.«

Allerdings interessiert es ihn.

»Ich bin ihm also gefolgt. Er ist zu einem Restaurant in La Défense gefahren, und dort wartete …«

Das Handy der Frau piept, sie verstummt und schaut auf das Display. Bitte, denkt Mancebo, ich kann nicht mehr. Ich habe bereits kapituliert. Sagen Sie mir, was Sie wissen, und dann lassen Sie mich in Ruhe.

»Wo war ich stehen geblieben? Ach ja, Monsieur Baker hat sich in einem Restaurant mit einem Schriftstellerkollegen getroffen.«

»War das alles?«, fragt Mancebo.

»Jedenfalls habe ich weit und breit keine Geliebte gesehen. Aber das muss ja nichts heißen.«

Mancebo versucht, logisch zu denken.

»Haben Sie denn eine Antwort auf Ihre Fragen bekommen?«

»Ja, Monsieur Baker ist Monsieur Bellivier.«

»Ted Baker ist also nur ein Soidenym?«

»Pseudonym, ja. Es scheint, als hätten wir beide auf Monsieur Bellivier gewartet.«

Mancebo beobachtet, wie die Frau den Boulevard hinunterläuft. Er fühlt sich völlig leer.

»Störe ich?«, fragt Amir und bleibt in der Ladentür stehen.

Mancebo sieht seinen Sohn abwesend an. Vor ein paar Wochen hätte er nicht gefragt, sondern wäre einfach in den Laden gekommen. Aber jetzt, wo er weiß, was Mancebo jeden Tag leistet, hat er mehr Respekt vor seinem Vater.

»Ist alles in Ordnung, Papa?«

Mancebo nickt.

»Mama will irgendetwas erledigen ... Ich dachte, du würdest es vielleicht wissen wollen«, sagt Amir.

»Lass sie einfach machen«, erwidert Mancebo.

»Ja, aber nach allem, was in der letzten Zeit passiert ist ... Sie hat einen Anruf bekommen, und plötzlich hatte sie es furchtbar eilig ... Und als ich sie gefragt habe, wo sie hinwill, hat sie nur gesagt ›Geld besorgen‹. Ich weiß nicht, ob das ein Scherz war ...«

Amir kommt in den Laden und schaut hinaus auf den Boulevard.

»Ja, sie scheint es wirklich eilig zu haben«, sagt er und nickt.

Mancebo folgt seinem Blick und sieht, wie Fatima mit einem weißen Karton unter dem Arm vorbeihastet. Also gut, denkt er. Ich tue es für meinen Sohn, und wenn es das Letzte ist, was ich tue.

»Ich kümmre mich drum. Kannst du kurz den Laden übernehmen?«

Amir nickt. Mancebo meint – oder vielleicht bildet er es sich auch nur ein –, eine Mischung aus Aufregung und Bewunderung in den Augen seines Sohnes zu erkennen. Warum hätte er ihm erzählen sollen, dass Fatima etwas im Schilde führt, wenn er nicht will, dass sein Vater die Verfolgungsjagd aufnimmt?

»Du kannst dich auf mich verlassen, Papa«, sagt Amir und blinzelt in die Nachmittagssonne.

»Und du kannst dich auf mich verlassen, mein Sohn«, erwidert Mancebo und eilt auf den Boulevard hinaus.

Fatima wird langsamer, als sie in die Rue de Rome einbiegt, und auch er drosselt sein Tempo. Er weiß, wo sie hinwill. Hinter den Vorhang. Ich werde sie auf frischer Tat ertappen, denkt er. Aber bei was? Wird der fette Tabakhändler mit heruntergelassener Hose dastehen, und Fatima …? Das Bild ist absurd, und Mancebo befürchtet, dass er derjenige mit dem schlechten Gewissen sein wird, wenn er die beiden überrascht. Mancebo schwitzt und geht noch ein bisschen langsamer, obwohl er riskiert, Fatima aus den Augen zu verlieren. Aber er kennt ja ihr Ziel. Außerdem darf er nicht zu früh auf der Bildfläche erscheinen. Mancebo überlegt, wie der Tabakhändler wohl vorgeht. Schließt er seinen Laden so lange?

Fatima ist nicht mehr zu sehen. Vor dem Tabakladen schaut Mancebo auf seine Armbanduhr. Ich gebe ihnen zehn Minuten, nein, fünf, beschließt er, keine Sekunde mehr. Aber schon nach einer Minute kann er sich nicht mehr zusammenreißen und versucht, von seinem Platz auf dem Bürgersteig zu erspähen, was drinnen im Laden vor sich geht. Hinter dem Vorhang bewegt sich jemand. Er gibt ihnen noch eine Minute und sechsunddreißig Sekunden, dann geht er rein.

Vorsichtig, damit die Ladenglocke so leise wie möglich klingelt, öffnet er die Tür. Jetzt versteht er, warum ein Tabakladen ein Alarmsystem benötigt. Mancebo wischt sich den Schweiß von der Stirn. Der Vorhang bewegt sich rhythmisch.

Um sich möglichst geräuschlos anzuschleichen, stützt er sich auf dem Tresen ab, wobei ein paar Abendzeitungen auf den Boden rutschen. Wie ein Raubtier, das auf einen günstigen Moment zum Angriff wartet, bleibt er stehen. Einen Augenblick überlegt er, ob er den Vorhang nach links oder rechts ziehen soll. Später kann er sich nicht mehr erinnern, für welche Richtung er sich entschieden hat. Jedenfalls zerrt er den Vorhang mit solcher Kraft zur Seite, dass er plötzlich ein braunes Stück Stoff in den Händen hält.

Mancebos Frau und der Tabakhändler starren den Eindringling erschrocken an. Fatima, der normalerweise nichts so leicht die Sprache verschlägt, sagt keinen Ton. Mancebo, der normalerweise ungeschickt und planlos ist, hat die Situation innerhalb weniger Sekunden unter Kontrolle. Auf dem Tisch hinter dem heruntergerissenen Vorhang stehen lauter Schuhkartons mit Zigaretten. Es besteht kein Zweifel, dass die Kartons aus Tariqs Schuhmacherwerkstatt stammen. Nach all den Jahren würde Mancebo die weißen Kartons überall erkennen. Ihre Qualität ist so schlecht, dass sie bei dem kleinsten bisschen Feuchtigkeit auseinanderfallen. Tariq bezieht sie billig von einer Umzugsfirma in einem der nördlichen Vororte von Paris. Jetzt ist Mancebo alles klar. Fatima schüttelt den Kopf, ihr Blick flackert. Der Tabakhändler legt den Deckel auf einen Schuhkarton und kratzt sich an seinem Stiernacken.

»Dann ist das Spiel wohl aus«, sagt Mancebo pathetisch.

Es dauert ein paar Sekunden, bis Fatima ihre Chance wittert, wieder die Oberhand zu gewinnen.

»Das Spiel? Nun sei doch nicht so dramatisch.«

Sie versucht sich sogar an einem Lächeln.

»Doch, das Spiel ist aus. Ich weiß alles.«

Fatima sieht ihren Mann verblüfft an.

Sie konnten sich nicht einigen, wer als Erstes auf die Idee gekommen war. Es hatte damit angefangen, dass die Rezeptionistin ihrem Liebhaber erzählt hatte, dass die oberste Etage an ihrem Arbeitsplatz komplett leer stand. Eines Abends, während eines Rendezvous im Hilton, hatte Monsieur Baker widerwillig zugegeben, dass sein Romanprojekt nicht wie gewünscht voranging. Sein englischer Verlag wollte Fortschritte sehen, und er musste sich etwas Neues einfallen lassen.

Bei einer anderen Gelegenheit, ebenfalls bei einem Stelldichein im Hilton, hatte Monsieur Baker gestanden, dass er es satthabe, den ganzen Tag allein am Schreibtisch zu sitzen und zu schreiben. Jeden Morgen sah er, wie andere Menschen zur Arbeit gingen. Er wollte einer von ihnen sein. Er hatte von digitalen Nomaden gelesen, Leuten, die mit ihrer Arbeit von Café zu Café ziehen, eine moderne Arbeitsform für Freiberufler wie ihn. Vielleicht könnte er einer von ihnen werden.

Während einer schlaflosen Nacht hatte die Geliebte des Schriftstellers eine Idee ausgetüftelt, die sie ihm bereits am nächsten Morgen präsentierte. Im ersten Moment war Monsieur Baker Feuer und Flamme gewesen. Auch wenn ihm das Experiment nicht die ganze Handlung liefern würde, böte es doch ausreichend Stoff und

Inspiration für etwas Neues. Doch dann hatte er den Mut verloren, das Ganze erschien ihm zu kompliziert. Aber seine Geliebte überzeugte ihn und versprach ihm, sie würde sich um die praktische Abwicklung kümmern, und das Konzept wäre simpel. Ein Selbstläufer. Ein menschlicher Kettenbrief. Durch die eingelösten Schecks würde Monsieur Bellivier alias Ted Baker die Identität der Versuchspersonen erfahren, und nach Abschluss des Experiments wollte der Schriftsteller alle Beteiligten einen Abend lang zu einem Erfahrungs- und Erlebnisaustausch zusammenbringen. Es war eine einmalige Idee, und sein neuer Roman würde ganz anders werden als all seine bisherigen Bücher.

Das Experiment war ziemlich kostspielig, aber Geld hatte der Schriftsteller, ihm fehlte es nur an der Inspiration. Und die wollte er sich verschaffen, indem er beobachtete, wie diese kreativen digitalen Nomaden ihre eintönige, so gut wie sinnlose Tätigkeit an einem isolierten Arbeitsplatz bewältigen würden. Nach Feierabend sollten sie ein willkürlich ausgewähltes Geschenk erhalten. All das, um herauszubekommen, wie sie reagierten und was es für Konsequenzen hatte. Würden sie einfach nur ihre Zeit absitzen oder herauszufinden versuchen, wer Monsieur Bellivier war und warum sie diese sonderbare Tätigkeit verrichteten?

Und jetzt hatte ich sie entlarvt. Weder der Schriftsteller noch die Rezeptionistin verlangten etwas von mir, aber sie gaben mir zu verstehen, dass sie mir dankbar wären, wenn ich die Kette nicht unterbrechen würde. Bevor ich die beiden verließ, hatte ich nur noch eine Frage: Wie viele Personen sollten noch nach mir kommen? Zwei, lautete die Antwort, danach war das Experiment beendet. Ich müsse mich nicht sofort entscheiden. Falls ich den zweiten Scheck einlösen würde, könne Areva einen neuen Gast willkommen heißen. Ich hatte Zeit, darüber nachzudenken.

Ich konnte mich nicht erinnern, wann ich das letzte Mal ausgegangen war. Und zum ersten Mal in meinem Leben hatte ich einen Babysitter organisiert. Ich blickte die Feuertreppe empor, konnte mir aber nicht recht vorstellen, wie es ausgesehen haben musste, als ich auf dem Dachsims herumbalanciert war. Der rosa Schuh leuchtete und zeigte an, dass die Schuhmacherwerkstatt geöffnet war. Der Lebensmittelladen hingegen war geschlossen. Vielleicht machte Monsieur Mancebo gerade Besorgungen. Ich würde ein paar Minuten warten. Ich hatte es nicht eilig. Und falls er nicht auftauchte, konnte ich ein andermal wiederkommen. Ich war frei und mein Anliegen nicht dringend. Glaubte ich jedenfalls.

»Bonsoir, Madame.«

Ich hatte nicht lange warten müssen. Monsieur Mancebo sah entschlossen aus, als er die Tür aufsperrte und in den Laden ging. Ich folgte ihm. Auf eine merkwürdige Art fühlte ich mich zu Hause.

»Ziemlich ruhig, oder?«, fragte ich.

»Ja, viele Leute sind verreist und … Oder meinen Sie, dass auf der anderen Straßenseite nichts passiert?«

Er nickte diskret zu Ted Bakers Wohnung hinüber. Ich wusste selbst nicht so recht, was ich eigentlich gemeint hatte.

»Ich bin zurückgekommen, um Ihnen zu erzählen, was passiert ist. Ich dachte, es würde Sie interessieren.«

Ich war zurückgekommen, um ihm die Wahrheit zu

sagen. Er hatte mir geholfen, also war es selbstverständlich, dass ich ihm half. So funktionierte die Welt. Monsieur Mancebo holte die beiden Hocker hervor, und ich setzte mich unter ein Regal, in dem Olivengläser standen.

»Ich bin ihm also gefolgt. Er ist zu einem Restaurant in La Défense gefahren, und dort wartete …«

Mein Handy, das ich in der Hand hielt, piepte. Ich entschuldigte mich und öffnete die Nachricht, immerhin war es das erste Mal, dass ich meinen Sohn einem Babysitter anvertraut hatte. Es war ein Foto, aufgenommen von Monsieur Caro, das ihn und meinen Sohn dicht nebeneinander vor dem Schachbrett zeigte. Das Gesicht meines Sohnes war nur halb zu sehen, und vermutlich war es Monsieur Caros erstes Selfie. »Alles in Ordnung. Er ist immer noch am Leben«, hatte er geschrieben. Ich lächelte. Für einen Moment zogen die vergangenen Wochen bei Areva an mir vorbei.

Es dämmerte allmählich. Ein kleiner Vogel hüpfte draußen vor der Ladentür herum, und plötzlich wurde mir schlagartig klar, was ich im Begriff war zu tun. Wenn ich Monsieur Mancebo die Wahrheit erzählte, würde ich diejenige sein, die den Schlussstrich zog. Ich würde anderen die Gelegenheit vereiteln, das zu erleben, was ich erlebt hatte. Ich hatte mein Rätsel gelöst, und Monsieur Mancebo musste sein Rätsel ebenfalls selbst lösen. Und falls er es nicht schaffte, sollte es vielleicht auf ewig ein Geheimnis bleiben. Vielleicht wäre das für alle das Beste. Ich betrachtete wieder das Foto. Es war nicht schwer gewesen, Monsieur Caro zu überreden, Babysitter zu spielen.

»Wo war ich? Ach ja, Monsieur Baker hat sich in einem Restaurant mit einem Schriftstellerkollegen getroffen.«

Monsieur Mancebo sah mich fragend an.

»Jedenfalls habe ich weit und breit keine Geliebte gesehen. Aber das muss ja nichts heißen.«

»Haben Sie die Antworten auf Ihre Fragen bekommen?«, fragte er und lieferte mir dadurch unbewusst einen Vorwand, warum ich zurückgekommen war, obwohl ich ihm keine neuen Enthüllungen präsentieren konnte.

»Ja, Monsieur Baker ist Monsieur Bellivier.«

»Ted Baker ist also nur ein Soidenym?«

»Pseudonym, ja. Es scheint, als hätten wir beide auf Monsieur Bellivier gewartet.«

Ich verließ den Boulevard des Batignolles und ging in Richtung Place de Clichy. Ich hatte das Gefühl, gegen den Strom zu laufen. Als wäre der Bürgersteig eine Einbahnstraße. Mir kamen Menschen entgegen, aber niemand ging in dieselbe Richtung wie ich. In einem Treppenaufgang bereiteten sich ein paar Prostituierte auf die Pariser Nacht vor. Wahrscheinlich machten sie einen Spaziergang zur Rue Saint-Deniz oder nahmen ein Taxi zum Bois des Boulogne.

In einer Nachtapotheke standen Junkies, die in der Hoffnung, ein bisschen Schlaf zu finden, ihre verschreibungspflichtigen Medikamente abholten. Sie sahen erschöpft aus. Die Restaurants hießen ihre ersten Abendgäste willkommen. Obwohl noch nicht viel los war, liefen die Kellner gestresst umher. Sie standen immer unter Stress. Das gehörte dazu. Ein paar westafrikanische Frauen zeigten sich gegenseitig, was sie in ihren Einkaufstüten hatten. Sie schienen Gemüse untereinander auszutauschen. Auf dem schmalen Sandstreifen in der Mitte der Avenue spielten ältere Männer Boule. Nicht weit davon entfernt stand eine Gruppe Jugendlicher. Einige rauften sich zum Spaß unter den Anfeuerungsrufen ihrer Kumpel. Neben ihnen saß ein zugedröhnter junger Mann, der im Drogenrausch Dinge sah, die niemand anderes sah. Zwei Polizisten gingen an ihm vorüber, ohne die geringste Notiz von ihm zu nehmen.

Die Leute strömten an mir vorbei. Dann war ich am Ziel. Dort stand er, mit dem Rücken zu mir, mitten auf dem Weg. Als hätte er meinen Blick gespürt, drehte er sich um.

»Jetzt bin ich an der Reihe, Ihnen Blumen zu schenken«, sagte Christophe und hielt mir einen Strauß entgegen.

Ich merkte, dass ich mich immer noch über Blumen freuen konnte.

Bestimmt hat Fatima Tariq erzählt, dass Mancebo sie beim Tabakhändler überrascht hat. Und bestimmt hat sich Tariq eine mehr oder weniger glaubwürdige Ausrede ausgedacht. Mancebo fasst noch einmal für sich zusammen: Tariq weiß, dass Fatima raucht. Fatima weiß von Tariqs Waffengeschäften und von Adèles Affäre. Sie muss es wissen.

Aber was weiß Adèle? Da ist er sich nicht ganz so sicher. Vielleicht weiß sie nur, dass Fatima raucht. Vielleicht ist ihr Nervenkostüm nicht stark genug, dass sie alles verkraftet. Oder sind ihre Nerven gerade deswegen geschwächt?

Mancebo sperrt seinen Laden zu und geht pfeifend die Treppe hinauf zum Abendessen, wo das Drama unweigerlich seinen Höhepunkt erreichen wird.

Als er die Wohnung betritt, wird er von Stille empfangen. Fatima lächelt ihn an. Das macht sie sonst nie. Außer ihr ist niemand zu sehen.

»Wo sind die anderen?«, erkundigt er sich.

Sie wirkt erleichtert, als wäre die Frage ein Beweis, dass ihr Mann sich wie immer verhalten wird, als wäre nichts geschehen, und dass er das, was geschehen ist, nicht zur Sprache bringt. Aber da ist sie auf dem Holzweg.

»Adèle föhnt sich die Haare, und Tariq holt Raphaël ab. Er isst heute Abend mit uns.«

Wie passend, denkt Mancebo, wie überaus passend. Es könnte nicht besser sein.

»Es bietet sich ja an, weil Amir heute Abend nicht zu Hause isst«, ergänzt Fatima noch, bevor sie schnell wieder in der Küche verschwindet.

Eine bessere Ausgangslage kann Mancebo sich gar nicht wünschen. Amir ist schlau. Sein Sohn wird es weit bringen. Adèle kommt ins Wohnzimmer, legt ihren Schleier über das Haar, lässt aber absichtlich eine Strähne unter dem Tuch hervorgucken. Mancebo weiß, warum sie es tut. Er setzt sich an den Tisch und zündet sich eine Zigarette an. Mit großen Augen starrt Adèle ihn an und beginnt, hysterisch zu kichern.

»Was ist denn hier los? Hat Fatima dir erlaubt, vor dem Abendessen zu rauchen?«

Falls Fatima Adèles Bemerkung gehört hat, reagiert sie nicht und bleibt in der Küche. Mancebo inhaliert den Rauch bis in die letzten Lungenbläschen. Es schmeckt gut. Das ist verdammt noch mal die beste Zigarette, die ich je geraucht habe, denkt er und schaut auf den Boulevard hinaus. Adèle betrachtet ihn amüsiert, unten fällt die Haustür ins Schloss. Mancebo drückt seine halb aufgerauchte Zigarette aus und steckt sich sogleich eine neue an. Tariq und Raphaël kommen ins Wohnzimmer. Tariq lächelt ihm gequält zu. Genau so hat ihn Fatima vor ein paar Minuten angelächelt. Die beiden sind sich so ähnlich. Man könnte fast meinen, sie wären miteinander verwandt.

»Hast du gesehen, dass er vor dem Essen raucht?«, lacht Adèle.

»Ja, was soll man mit diesem Mann nur machen«, witzelt Tariq.

Fatima kommt aus der Küche. Adèle sieht sie gespannt an.

»Merkst du das denn nicht?«, ruft sie.

Fragend schaut Fatima sie an.

»Dein Mann raucht vor dem Essen! Es ist schon seine zweite Zigarette!«

»Ja, was soll ich mit ihm machen«, murmelt Fatima und verschwindet wieder in der Küche.

Adèle ist verblüfft über Fatimas Gelassenheit. Raphaël gibt Mancebo die Hand und küsst Adèle zur Begrüßung auf die Wange. Heuchler, denkt Mancebo und zieht an seiner Zigarette. Fatima stellt eine Schüssel nach der anderen auf den Tisch.

»Greift zu«, sagt sie und setzt sich auf ihren Platz.

Jetzt wäre eigentlich die Gelegenheit für Mancebos Auftritt. Doch er genießt die Situation gerade so sehr, dass er den Augenblick noch ein bisschen hinauszögern will. Er weiß, dass er damit womöglich den perfekten Zeitpunkt verpasst. Amir könnte nach Hause kommen, Raphaël könnte urplötzlich verschwinden, um irgendetwas zu reparieren, Adèle könnte auf die Idee kommen, sich ausruhen zu wollen … Er muss es jetzt tun.

Mancebo nimmt den schweren Reislöffel in die Hand und wischt ihn mit seiner Serviette ab. Noch nie hat er an ein Glas geklopft, um eine Rede anzukündigen. Deshalb fällt das Klopfen ein bisschen zu heftig aus und klingt eher so, als ob er das Glas zerbrechen wollte. Aber er erreicht die gewünschte Wirkung. Alle hören auf zu reden und sehen ihn an, außer Adèle, die weiterisst und amüsiert lächelt.

»Ja, ich würde gern ein paar Worte sagen. Es dauert nicht lange.«

Tariq und Fatima versuchen, ihre Nervosität zu verbergen. Adèle und Raphaël sind gelassen, wenn auch ein bisschen verwirrt.

»Ich habe herausgefunden, dass wir alle unsere Geheimnisse haben. Und Geheimnisse können Schaden anrichten. Eure Geheimnisse haben mich verletzt, und deshalb möchte ich euch sagen, was ich herausgefunden habe, damit nicht noch mehr Leute Schaden nehmen. Wir sind alle erwachsene Menschen und können die Verantwortung für die Dinge übernehmen, die wir tun.«

»Liebling, können wir das nicht später besprechen? Schließlich haben wir heute Abend einen Gast.«

Fatima deutet mit dem Kopf auf Raphaël. Ich hatte recht, denkt Mancebo, Raphaël war als Puffer gedacht, als Schutz, damit der Abend friedlich verläuft.

»Nein, im Gegenteil, es passt ausgezeichnet, dass Raphaël ebenfalls hier ist.«

Adèle wirft Raphaël einen Blick zu, der tief Luft holt, bevor er den Blick seiner Geliebten erwidert.

»Es ist immer schwer, einen Anfang zu finden. Aber ich fange mit dem an, was mich betrifft. Meine Frau versorgt den fetten Tabakhändler in der Rue de Chéroy mit geschmuggelten Zigaretten. Sie bekommt die Zigaretten von Tariq, der im großen Stil schmuggelt.«

Mancebo mustert die am Tisch Versammelten und bemerkt, dass diese Information lediglich für Raphaël eine Neuigkeit ist.

»Du übertreibst«, sagt Fatima. »Ich habe ihm ein paar Stangen verkauft, die Tariq von einem Bekannten bekommen hat und die übrig geblieben sind. Das habe ich dir doch schon gesagt. Können wir jetzt essen?«

»Nein, noch nicht«, erwidert Mancebo. »Tariq betreibt eine Schuhmacherwerkstatt, das wissen wir alle. Aber nebenher schmuggelt er nicht nur Zigaretten, sondern auch Waffen.«

»Nein, jetzt ist es aber genug!«, schreit Fatima.

Tariq schaut Fatima an, als erwarte er eine Erklärung, wie sein Cousin ihm auf die Schliche kommen konnte. Ob sie ausgepackt hat, um selbst in einem besseren Licht dazustehen?

Adèle und Raphaël sehen erstaunt aus, sie haben von den Waffen nichts gewusst.

»Hör nicht auf ihn«, flüstert Tariq Adèle zu und greift nach ihrer Hand. »Er ist verrückt geworden.«

Adèle sieht vollkommen schockiert aus.

»Ja, und dann wären da noch Adèle und Raphaël.«

Jetzt kommt das, worauf sich Mancebo am meisten gefreut hat. Er wendet sich an Tariq.

»Deine Frau betrügt dich mit deinem Freund Raphaël.«

Das wussten alle außer Tariq, stellt Mancebo rasch fest. Tariq lässt die Hand seiner Frau los. Adèle schlägt beide Hände vors Gesicht.

»Weißt du, was du uns da unterstellst?«, brüllt Raphaël.

»Ja«, sagt Mancebo klar und deutlich. »Und noch etwas: Ich bin eigentlich kein Ladenbesitzer. Ich bin Privatdetektiv. So, jetzt können wir essen.«

Ich hatte mir ziemlich schnell einen Plan zurechtgelegt, wie ich den Staffelstab übergeben wollte. Es hatte eine gewisse Vorarbeit erfordert, und eigentlich wusste ich nicht, ob es erlaubt war. Vielleicht existierten ein paar diffuse Regeln, dass das Opfer ein Fremder sein musste, jemand, mit dem man nie zuvor Kontakt gehabt hatte. Aber ich hatte mich veranlasst gefühlt, bei meinem Auserwählten das Eis einige Tage vorher zu brechen, indem ich ihm zulächelte, während er im Café saß und arbeitete.

Ein Zeitungsartikel hatte mich auf die Idee gebracht, wie ich den zweiten Scheck verwenden könnte. In dem Artikel ging es um eine Studie, derzufolge Eclairs das absolute Lieblingsgebäck der Franzosen seien. Und diese Leckerei würde er am Ende eines jeden Arbeitstages bekommen.

Mein Budget war mehr als ausreichend für eine dreiwöchige Eclair-Verköstigung.

Ich ging in die größte Bäckerei in La Défense. Die Bedienung bedachte mich mit einem argwöhnischen Blick und bat mich, einen Moment zu warten. Nach einer Weile erschien eine ältere Dame und fragte, was ich wünschte. Wahrscheinlich vergewisserte sie sich, ob tatsächlich jemand mehrere Wochen lang jeden Tag Gebäck an eine Büroadresse liefern lassen wollte.

Die Frau schüttelte den Kopf und teilte mir mit, dass sie solche Bestellungen nicht entgegennahmen. Ich hätte auf dem Absatz kehrtmachen können, mir etwas anderes ausdenken oder zu einer anderen Bäckerei gehen können, aber ich wollte es hinter mich bringen. Ich erklärte ihr, wie viel ich für diesen Service zu zahlen bereit war. Die ältere Dame sah mich an und bat mich zu warten. Nach kurzer Zeit waren alle Angestellten über mein Anliegen im Bilde. Sie wechselten vielsagende Blicke und lächelten mich an. Vielleicht tat ich ihnen leid, vielleicht hielten sie mich für verrückt. Die Dame kam zurück.

»Wir haben einen Praktikanten, der die Bestellung ausliefern könnte, doch dann benötigen wir die genaue Adresse und müssten wissen, wann die Eclairs geliefert werden sollen.«

Ich war ein bisschen stolz auf mich, nahm den Vertrag aus der Tasche und schrieb alles Nötige auf.

Die Wirklichkeit holte mich ein. Was tat ich hier eigentlich? Falls der Mann den Auftrag annehmen würde, gab es noch einige Hindernisse aus dem Weg zu räumen. Zum ersten Mal war ich überzeugt, dass dieser sonderbare Kettenbrief ein Ende haben würde. Das wäre schade. Ich ließ meinen Blick über die Cafégäste schweifen. Der Mann saß an seinem gewohnten Platz. Jetzt oder nie. An seinem fetten Ringfinger glänzte ein goldener Siegelring. Ich konnte Siegelringe nicht ausstehen. Langsam näherte ich mich seinem Tisch. Er legte die Zeitung beiseite. Ich lächelte.

»Sie warten auf … Monsieur Bellivier?«

Monsieur Rossi hatte nicht ausdrücklich gesagt, dass ich mit dieser Frage beginnen musste, aber ich hatte das

Gefühl, dass sie Teil des Spiels war. Wenn man sie nicht stellte, würde der Rest vielleicht wie ein Kartenhaus in sich zusammenfallen. Allerdings wandelte ich meine Einleitung ab und machte eine unnatürlich lange Pause, bevor ich Monsieur Belliviers Namen aussprach. So machte ich deutlich, dass es keinen Monsieur Bellivier gab, sondern dass meine Frage lediglich ein Vorwand war, um eine Unterhaltung zu beginnen.

»Ob ich auf Monsieur Bellivier warte?«, erwiderte der Mann leicht amüsiert.

Er wirkte verunsichert, das war gut. Das Ganze war ein Spiel. Ich fischte den Büroschlüssel aus meiner Handtasche und ließ ihn um meinen Finger kreisen. Eigentlich hatte ich mit dieser Geste noch eine Weile warten wollen, aber plötzlich wusste ich nicht, was ich sonst hätte tun sollen. Ich beantwortete seine Frage mit einem Nicken und biss mir auf die Lippe. Meine Improvisation geriet zu einer Art Parodie. Die Zeitung, die auf dem Tisch lag, rettete mich.

»Er hat sich die falsche Frau ausgesucht«, sagte ich.

Ein Bild von Dominique Strauss-Kahn, dem ehemaligen Chef des Internationalen Währungsfonds, zierte die Titelseite. Er wurde beschuldigt, in einem New Yorker Hotel ein Zimmermädchen vergewaltigt zu haben.

Jetzt bestand kein Zweifel mehr. Mein Gesprächspartner war überzeugt, ich wollte ihm Avancen machen.

»Und Sie wären die richtige Frau?«, sagte er und lachte nervös.

Er schien mit seiner Erwiderung zufrieden zu sein. Ich deutete nach draußen.

»Es ist nicht weit von hier. Nur ein paar Schritte.«

Ich zeigte zum Areva-Tower. Direkt daneben lag das Hilton.

Noch vor ein paar Wochen hatte ich Angst gehabt, für eine Begleitdame gehalten zu werden, und nun wollte ich genau das. Der Mann war jetzt hundertprozentig sicher, dass unser Ziel ein Stundenhotel war, in das müde oder sexhungrige Geschäftsmänner vorübergehend einchecken konnten.

Vielleicht würde er einen Rückzieher machen, wenn er begriff, dass ich ihn in das Areva-Gebäude lotste. Vielleicht jedoch war er so erregt, dass er eine Weile brauchen würde, um sich abzukühlen. Er klappte seinen Laptop zu und griff nach seinem Mantel. Ich konnte in seinen Augen erkennen, wie er sich in seinem wollüstigen Zustand anstrengen musste, rational zu denken. Er blickte sich um, dann folgte er mir in dem Glauben, ich sei eine Frau, die ihn haben wollte.

Es wurde Zeit, ihn abzukühlen, Zweifel zu säen.

»Wir fahren in den obersten Stock. Wussten Sie, dass Giovanni Agnelli, der Firmenchef von Fiat, die ganze obere Etage als Wohnung genutzt hat?«

Wir gingen zum Empfang, und der Mann begann, mir ein bisschen leidzutun. Ich war die Ruhe selbst. Die Rezeptionistin sah auf und bemühte sich vergebens, ein Lächeln zu unterdrücken. Sie stand auf und kam mit einem Zugangsausweis zurück.

»Danke, Madame«, sagte ich.

Sie blickte mich an. Sie spielte mit. Der Mann schwitzte. Er nahm den Zugangsausweis und betrachtete ihn. Vermutlich überlegte er, wie er sich verhalten sollte. Vielleicht entschied er sich, die Sache hier und jetzt zu beenden.

Der Fahrstuhl hielt mit einem Ruck in der obersten

Etage. Ich musste schnell handeln und gab dem Mann den Büroschlüssel. Doch das genügte nicht. Er war nicht mehr zu Sex aufgelegt und wollte auch keine Spielchen spielen. Einen Moment überlegte ich, ob ich ihm in den Schritt fassen sollte. Ich war verzweifelt. Er durfte jetzt keinen Rückzieher machen, jetzt, wo wir schon so weit gekommen waren. Wir verließen den Fahrstuhl, und ich zog den Vertrag aus der Tasche.

»Monsieur Bellivier bittet Sie, den Vertrag gründlich durchzulesen und zu überprüfen, ob die Summe stimmt und Sie damit einverstanden sind.«

Durch die Erwähnung des Geldes hatte ich sein Interesse wieder geweckt. Er überflog den Vertrag, während wir den Flur entlanggingen. Vor der Tür blieb ich stehen.

»Hier ist Ihr Büro.«

Er kramte in seinen Hosentaschen, und ich dachte, wie ernüchternd es gewesen wäre, wenn wir tatsächlich auf eine schnelle Nummer aus gewesen wären und er zuerst seine Taschen hätte leeren müssen, um den Schlüssel zu finden. Er schloss die Tür auf und nahm den Raum sofort in Besitz, als würde er ihm gehören. Ich verspürte einen Anflug von Zorn. Das war immer noch mein Büro. Wie viele Stunden hatte ich hier gesessen und das Sacré-Cœur betrachtet.

»Machen Sie es sich bequem, und lesen Sie sich den Vertrag in Ruhe durch. Ich hole uns in der Zwischenzeit einen Kaffee.«

Ich wusste nicht, ob es die richtige Entscheidung war, ihn allein zu lassen. Eilig lief ich die Treppe hinunter und war kurz darauf mit zwei Kaffees zurück. Er hatte sich auf meinen Stuhl gesetzt, hinter meinen Schreibtisch, an meinen Computer. Dieser Eindringling. Vermutlich würde ich Paris nie wieder so sehen wie in den letzten Wochen. Er würde mein Leben leben. Ein Leben, das nicht wirklich meins gewesen war. Ich hatte es mir von Monsieur Rossi geliehen, der es sich wiederum von jemand anderem geliehen hatte. Der Mann drehte sich um.

»Haben Sie den Vertrag durchgelesen?«, fragte ich.

Er fuhr sich mit einer Hand übers Kinn. Mir kam es vor, als wäre er hässlicher geworden, seit er begriffen hatte, dass das Ganze nicht auf Sex hinauslief. Nicht dass ich ihn vorher besonders attraktiv gefunden hätte, aber seine ganze Haltung hatte sich verändert.

»Ja«, antwortete er schließlich. »Und die genannte Summe ist der Lohn nach Abschluss dieses … Projekts, oder als was man es auch immer bezeichnen soll.«

»Ja, haben Sie das nicht verstanden?«

Ich musste ihn aus dem Konzept bringen. Er musste sich unsicher fühlen, damit ich alles unter Dach und Fach bringen konnte. Und ich bekam meinen Willen.

»Doch, doch«, antwortete er, »aber man möchte ja schließlich sicher sein, bevor man seine Unterschrift unter ein Dokument setzt.«

»Natürlich«, erwiderte ich und stellte den Kaffeebecher neben ihn auf den Schreibtisch.

Er stand auf und ging zum Fenster, wo er eine Weile stehen blieb. Ich war nicht beunruhigt, weil ich wusste, dass er unterschreiben würde. So, wie er dastand, schien er sich von irgendetwas zu verabschieden. Einer Reise, einem Freund, einer Arbeit.

Ich hielt ihm einen Stift hin. Er unterschrieb. Seine Unterschrift gab mir eine letzte Gelegenheit, ihn zu verunsichern. Ich betrachtete den unleserlichen Namenszug unter dem Vertrag und hörte, wie er schluckte. Rasch streckte er mir die Hand hin. Er war jemand, der es gewohnt war, zu verhandeln. Die Aussicht auf eine schnelle Nummer hatte ihn veranlasst, mir zu folgen, und das Geld hatte ihn veranlasst zu bleiben. Auf die Dauer war das kein gutes Motiv.

»Entschuldigen Sie bitte«, sagte ich schnell und tat so, als müsste ich einen Anruf entgegennehmen.

Ich verließ den Raum und ging in Richtung Fahrstuhl. Bevor ich ins Büro zurückkehrte, schickte ich ein Stoßgebet zum Himmel.

»Das war Monsieur Bellivier.«

Der Mann lächelte und setzte sich hin.

»Ich soll Ihnen ausrichten, dass er sich freut, dass Sie die Aufgabe übernehmen. Außerdem hat er mir gesagt, Sie mögen amerikanische Schriftsteller. Wenn Ihnen langweilig ist, finden Sie in dem Karton unter dem Schreibtisch ein paar Bücher.«

Er erwiderte nichts. Auch wenn er es nur des Geldes wegen tat, hatte ich ihm etwas zum Nachdenken gegeben.

»Und das vereinbarte Honorar bekomme ich von Ihnen?«, fragte er.

Du geldgeiles Schwein, dachte ich und musste wieder daran denken, dass er nur mitgekommen war, um mich ins Bett zu kriegen.

»Im Vertrag steht alles, was Sie wissen müssen. Eins noch: Lassen Sie sich nicht auf Gespräche mit den anderen Angestellten hier ein. Aber das ist Ihnen sicher klar.«

Schweigend fuhren wir mit dem Fahrstuhl nach unten zum Empfang, wo sich ein paar Männer in Anzügen lachend unterhielten. Eine mollige Sekretärin lief hinter einem jüngeren Mitarbeiter her, der ein Dokument in den

Händen hielt, ein Frauengrüppchen plauderte angeregt miteinander. Ein Mann nestelte an seinem Manschettenknopf herum, während er telefonierte. Die Rezeptionistin tat so, als würde sie mich nicht bemerken.

Ich gab dem Mann die Hand und verabschiedete mich von ihm.

Was für ein Affenzirkus, denkt Mancebo und blickt sich im Wohnzimmer um. Adèles Föhn liegt in drei Teile zerbrochen auf dem Fußboden. »Na los, sieh zu, ob du ihn jetzt noch reparieren kannst!«, hat Tariq geschrien, als er ihn Raphaël vor die Füße schleuderte. Der rote Perserteppich ist mit Reiskörnern übersät, und Raphaël ist gegangen und hat vor lauter Eile sein Telefon vergessen. Auf seinem Handy hat Tariq Beweise gefunden, die Mancebos Anschuldigungen bestätigen.

Im ersten Moment hat Raphaël alles abgestritten und behauptet, er könne seinen besten Freund niemals hintergehen. Daraufhin hat Tariq ihn seelenruhig gebeten, einen Blick auf sein Handy werfen zu dürfen. Anschließend war es mit seiner Seelenruhe vorbei gewesen.

Nachdem Raphaël verschwunden ist, ist Tariq mit seiner Frau in die Schuhmacherwerkstatt gegangen. Mancebo hat vom Fenster aus gesehen, wie er sie beinahe über den Boulevard schleifte. Fatima ist auf Tariqs Wunsch hin nach oben in ihre Wohnung gegangen.

Mancebo sitzt allein am Tisch. Vor ihm steht Essen für fünf Personen. Er isst und raucht abwechselnd. Plötzlich klopft es unten an der Tür. Er steht auf und schaut zur Schuhmacherwerkstatt hinüber. Es klopft ein zweites

Mal. Mancebo drückt seine Zigarette aus, steckt sich eine neue an und geht die Treppe hinunter.

Vielleicht kommt Raphaël zurück, um sein Telefon zu holen. Es klopft erneut. Diesmal lauter.

»Ja, ja, ich komme ja schon«, murmelt Mancebo.

Ihre grünen Augen leuchten in der Dunkelheit. Mancebo lässt Madame Cat herein. Sie sieht erschöpft aus. In der Hand hält sie einen weißen Schuhkarton. Mancebo erstarrt. Er hat genug von den weißen Kartons.

Ein letztes Mal holt Mancebo die beiden Hocker hervor und stellt sie mitten in den Laden. Er sieht, wie Tariq Adèle auf der anderen Straßenseite anschreit und wild mit den Armen fuchtelt. Dieser verfluchte Boulevard, denkt er, und wie aufs Stichwort bricht Madame Cat in Tränen aus.

Nachdem er ein paar unbeholfene Versuche unternommen hat, sie zu trösten, ihr die Schulter getätschelt und ihr versichert hat, dass alles gut werden würde, wartet er, bis Madame Cat sich wieder beruhigt. Als sie sich an seine Schulter lehnt, verrutscht der Deckel des Schuhkartons, und Mancebo erahnt einen leblosen Körper, einen toten Vogel. Es ist der Spatz, der gegen die Schaufensterscheibe seines Ladens geflogen ist. Warum er sich da so sicher ist, weiß er nicht. Reflexhaft schiebt er Madame Cat von sich. Sie hat eine Leiche unter dem Arm, vielleicht hat das etwas zu bedeuten. In Mafiakreisen dienen tote Tiere als Warnung, dass die Hinrichtung eines Angehörigen bevorsteht. Er darf nicht vergessen, dass Madame Cat trotz allem eine Fremde für ihn ist.

»Madame Bellivier, was haben Sie denn da im Schuhkarton?«

Mancebo ist stolz auf sich. Falls sie versuchen sollte, ihn zu töten, hat er ihr jedenfalls zu verstehen gegeben, dass er ihren richtigen Namen kennt.

»Oh, entschuldigen Sie. Das ist ein Vogel. Ich habe ihn vor ein paar Tagen hier draußen auf dem Bürgersteig gefunden. Erst stand der Karton auf der Fensterbank, aber dort hat er meinen Mann bei der Arbeit gestört. Also habe ich den Vogel ins Gefrierfach gelegt. Aber das ist kein würdiger Platz. Ich hatte noch nicht die Gelegenheit, ihn zu begraben. Ich will es heute Abend tun. Vielleicht ist es symbolisch, das Tier und gleichzeitig auch diese Geschichte zu begraben.«

Glücklicherweise hat sich seine Mafia-Theorie nicht bewahrheitet, allerdings ist Mancebo ein bisschen enttäuscht, dass sie nicht bemerkt zu haben scheint, dass er sie mit ihrem richtigen Namen angesprochen hat.

»Ich habe Ihren Bericht erhalten und bin gekommen, um mich zu bedanken. Sie haben gute Arbeit geleistet.«

»Ich weiß nicht, ob ich eine große Hilfe gewesen bin …«

»Das waren Sie. Sie haben alles getan, worum ich Sie gebeten habe. Und ich weiß zumindest, dass die Frau nicht in unsere Wohnung kommt. Vielleicht hat er ja doch noch ein bisschen Respekt vor mir.«

»Sie glauben also immer noch, dass Ihr Mann Sie betrügt?«

Madame Bellivier sieht Mancebo resigniert an.

»Ich glaube es nicht, ich weiß es.«

Bestimmt wird sie als Beweis weibliche Intuition anführen oder das merkwürdige Verhalten ihres Mannes. Indizien, die vor Gericht niemals Bestand hätten. Doch sie steckt nur ihre Hand in die Tasche ihres schwarzen ärmellosen Kleids.

»Würden Sie den bitte einen Moment halten?«, fragt sie und reicht Mancebo den Schuhkarton.

Widerwillig nimmt er ihn, hält ihn aber ein Stück von sich weg. Er riecht nach Tod. Madame Bellivier zieht zwei Zettel aus ihrer Tasche.

»Das sind zwei Quittungen. Ich habe sie zwischen den Papieren meines Mannes gefunden. Er hat eine Kiste Wein gekauft, die er mit seiner Geliebten trinkt, und Blumen. Drei Wochen lang hat er ihr jeden Tag einen Blumenstrauß geschickt. Das nenne ich einer Frau den Hof machen.«

Sie zeigt mit ihren schmalen Fingern auf den Preis der Blumenlieferung.

»Ich bin sogar in den Blumenladen gegangen, um herauszufinden, ob es eine andere Erklärung für die Bestellung gibt, aber es war offensichtlich ...«

»Was werden Sie jetzt tun, Madame?«

Madame Bellivier starrt vor sich hin und zuckt mit den Schultern.

»Ich weiß nicht. Das Einzige, was ich weiß, ist, dass ich nicht länger hierbleiben kann. Aber ich weiß weder, wo ich hingehen noch was ich tun soll.«

Wie ich, denkt Mancebo, aber er spricht es nicht laut aus, obwohl er ihr am liebsten alles erzählen würde.

»Ich kann ihn jetzt wieder nehmen.«

Mancebo ist so perplex, dass er ganz vergessen hat, dass er einen Vogelsarg in den Händen hält.

»Dann werde ich ihn jetzt wohl begraben.«

Madame Bellivier versucht zu lächeln.

»Ich begleite Sie«, sagt Mancebo.

Er holt seine Reisetasche aus dem Besenschrank und schließt seinen Laden zum letzten Mal ab. Mancebo und

Madame Bellivier gehen den Boulevard hinunter. Am Horizont erhebt sich das Sacré-Cœur. Zum ersten Mal gesteht Mancebo sich ein, dass sein Lebensmittelgeschäft nicht am Fuße des Montmartre liegt.

Ich lese den letzten Satz in Judith Goldenbergs Tagebuch zwei Mal, als wollte ich das Ende noch ein wenig hinauszögern. Jetzt weiß ich, dass ich einmalige Zeitdokumente in den Händen halte. Ich schlage das Tagebuch behutsam zu und blicke mich im Café um. Ich habe mich auf den Tag gefreut, an dem alles wieder so ist wie vorher. Doch jetzt fühle ich eine Leere und verspüre eine leise Wehmut. Dann aber fällt mir mein Nachbar ein, der sein Ende nicht selbst bestimmen konnte, und ich packe meine Sachen zusammen und verlasse das Café.

Vor dem Lüftungsschacht der Metro hat ein Obdachloser sein Lager aufgeschlagen. Seine Matratze besteht aus ein paar Decken, zwischen denen eine Weinflasche hervorlugt. Seine Füße stecken in viel zu großen Schuhen, und aus seinem Mund läuft ein Speichelfaden seine Wange herunter. Neben ihm liegt eine Hundeleine. Als ich mich suchend nach dem Hund umschaue, entdecke ich ihn neben dem Mann auf dem Boden: einen weißen, halb geöffneten Karton mit Goldbuchstaben. Darin liegt ein frisches Schokoladeneclair. Meine Wehmut ist schlagartig verflogen. Alles geht weiter.

Der Aschenbecher qualmt, weil Mancebo seine Zigaretten dort ablegt und sie von allein ausgehen. Ihm gefällt es, im Sessel zu sitzen und zuzusehen, wie sich der Rauch in dem stickigen Zimmer zur Decke kräuselt.

Drei große braune Ledersessel umringen einen schweren Marmortisch. Die Jalousien sind heruntergelassen, aber durch die halb geöffneten Lamellen fällt unbarmherzig das Sonnenlicht herein.

Mancebo kann die Silhouette des Sacré-Cœur erkennen. Neben dem Aschenbecher auf dem Marmortisch steht ein kleines schwarzes Gerät, das man für einen altmodischen Taschenrechner halten könnte. Aber es rechnet nicht, es kontrolliert, ob Scheine echt sind. Das rote Lämpchen leuchtet, immer bereit, die dünnen Banknoten entgegenzunehmen, um ihre Unbescholtenheit zu überprüfen. Daneben liegt ein Fernglas.

Das Telefon klingelt. Irgendjemand dort draußen benötigt seine Hilfe. Mancebo würde am liebsten sofort abnehmen, aber er lässt es ein paar Mal klingeln, damit der potentielle Klient glaubt, dass er schwer beschäftigt ist. Was er wohl als Nächstes für einen Auftrag bekommt? Illegale Geschäfte, eine außereheliche Affäre, eine verschwundene Person oder …